Arne Dahl

Rosenrot

Arne Dahl

Rosenrot

Kriminalroman

Aus dem Schwedischen
von Wolfgang Butt

Piper Nordiska

Die Originalausgabe erschien 2002 unter dem Titel
»De största vatten« bei Bra Böcker AB, Malmö.
Vermittelt durch die Bengt Nordin Agency, Stockholm.

Von Arne Dahl liegen im Piper Verlag vor:
Misterioso (Serie Piper 3992)
Böses Blut (Serie Piper 4285)
Falsche Opfer (Serie Piper 4376)
Tiefer Schmerz

ISBN-13: 978-3-492-04809-5
ISBN-10: 3-492-04809-9

Satz: Satz für Satz. Barbara Reischmann, Leutkirch
Druck und Bindung: Clausen & Bosse, Leck
Printed in Germany

www.piper.de

1

Sich schwarz ärgern, dachte er und fixierte sein Spiegelbild. Für einen flüchtigen Augenblick ließ ein kaum spürbares Beben die Konturen leicht verschwimmen.

Nur eine Minute später, oben auf dem Dach, würde er denken: Hätte ich nicht schon da reagieren sollen? Hätte ich nicht wachsamer sein sollen? Hätte ich nicht begreifen müssen, daß dieses kaum erkennbare Beben ein Vorbote war?

Dann wäre ich noch am Leben.

Doch das war später. Jetzt beschäftigte ihn etwas anderes. Die versteckten Vorurteile der neuen Sprache nahmen ihn in Anspruch. Sein letzter Gedanke sollte sein: Vielleicht war es genau das, was mich getötet hat.

Aber bis dahin war es noch fast eine Minute.

Er dachte: der schwarze Tod, die schwarze Liste, schwarze Löcher und schwarze Schafe. Er dachte: Schwarzmakler, Schwarzarbeit, Schwarztaxi.

Er dachte: vollkommen schwarz geärgert.

Das bedeutet, daß der Zorn die Vernunft verdunkelt. Und daß man es sieht.

Und er folgte den schwarzen Konturen des Spiegelbilds, immer wieder, bis er seinem eigenen weißen Blick begegnete, und nur fünfzig Sekunden später sollte er denken: Vielleicht war ich wirklich, in dieser kurzen Gnadenfrist, schwarz vor Wut. Vielleicht hat der Zorn in dieser Minute, die Leben von Tod trennte, meine Vernunft verdunkelt. Vielleicht ist in den versteckten Vorurteilen der Sprache ein feiner Determinismus versteckt.

Wie schnell die Gedanken liefen, wenn die Pforte zum Reich des Todes in Sicht war.

Aber das dachte er erst fünfundvierzig Sekunden später.

Jetzt dehnte er ein wenig den Nacken. Kohlschwarz, dachte

er. Pechschwarz, dachte er. Rabenschwarz, tiefschwarz, nachtschwarz.

Er drehte sich weg vom Spiegel, dem einzigen Wandschmuck des kargen Raums, und sah zur Küche hin. Ein diesiges Spätsommerlicht schien Staubkörner aufzuwirbeln, als es durch das ungeputzte Küchenfenster der kleinen Zweizimmerwohnung sickerte.

An der Kante des Küchentischs, in beunruhigender Nähe von Sembenes ständig fuchtelndem rechten Ellenbogen, stand ein altmodischer Wecker, dessen Ticken unnatürlich laut klang.

Tick-tack.

Tick-tack.

Oder sollte er das erst vierzig Sekunden später so empfinden?

Wahrscheinlich.

Da saßen sie alle, vollkommen schwarze Gesichter, und sahen nachmittagsträge aus. Nur Sembene war energisch wie immer. Er redete laut und eindringlich. Viermal berührte sein Ellenbogen den Wecker, der immer näher an die Kante rutschte. Und war das Ticken nicht unnatürlich laut? Obwohl Sembene fast schrie, hörte er seine Stimme nicht. Er hörte nur das langsame, immer kostbarer werdende Ticken.

Aber vielleicht kam ihm das Ticken erst eine halbe Minute später kostbar vor, als es schon vorbei war.

Vielleicht sah er erst da jenes letzte Sandkorn durch den verengten Hals des Stundenglases zu den anderen hinabkullern. Das Sandkorn blieb einen Moment in der Schwebe, als wollte es am Rand liegenbleiben, als gäbe es noch eine Chance, eine Öffnung, eine Möglichkeit.

Aber dann fiel es.

Es war am hellichten Nachmittag. Sie konnten nicht aus dem Haus gehen. Ihre Arbeit existierte nicht bei Tage. Schwarzarbeit wurde in der pechschwarzen Nacht ausgeführt.

Er tat ein paar Schritte auf den Tisch zu, und als diese Schritte zwanzig Sekunden später in seinem Innern noch einmal abliefen, war es ganz deutlich, daß sein Herz sich in diesem Augenblick zu einem winzigkleinen Sandkorn zusammenzog, das am Rand des Halses im Stundenglas noch in der Schwebe blieb, bevor es fiel und eine höchst unbedeutende weitere Gestalt mit den unzähligen Toten der Weltgeschichte vereinigt wurde.

Ja, man wird ein bißchen pathetisch in der unmittelbaren Nähe des Todes.

Er zog einen Stuhl heran, um sich an den Tisch zu setzen. Der Wecker tickte. Er tickte laut.

Er sah sich im Wandspiegel und erstarrte zu Eis.

Wieder ließ ein leichtes Beben seine schwarze Kontur verschwimmen. Fünfzehn Sekunden später war ihm klar, daß er genau in dem Moment verstanden hatte. Und da war es viel zu spät.

Das allerletzte Ticken, das der alte Wecker jemals von sich geben sollte, war unglaublich laut.

Tick-tack.

Eine Explosion.

Die Wohnungstür neben dem Wandspiegel flog auf. Splitter wirbelten. Der Spiegel fiel von der Wand und zerbarst auf dem Fußboden. Uniformierte Polizisten quollen herein, rutschten auf Spiegelscherben und Türsplittern aus.

Der erste Polizist kam direkt auf ihn zu und trieb ihn mit seltsamem Zielbewußtsein hinüber zum Schlafzimmer. Er war beleibt, trug einen blonden Schnauzbart und fixierte ihn mit einem eigentümlichen Blick. Auch darauf hätte er reagieren müssen, dachte er dreizehn Sekunden später.

Der Schnauzbartpolizist trieb ihn ins Schlafzimmer und gleich ans Fenster. Es stand offen. Wie immer.

Der Fluchtweg.

Dort blieben sie stehen. Der Schnauzbartpolizist wandte sich zur offenen Küchentür um und wechselte laut ein paar Worte mit seinen Kollegen.

Das war die Chance, die Öffnung, die Möglichkeit.

Und doch überhaupt nicht. Genau das Gegenteil. Aber das

erkannte er erst zehn Sekunden später. In ebender Sekunde, in der alles so vollkommen klar war.

Vielleicht war das der Augenblick, in dem er starb.

Der Augenblick des Fehltritts.

Er warf sich durchs Fenster nach draußen und erklomm die Brandleiter hinauf zum Dach. Ein paar Meter unter sich hörte er, wie der Schnauzbartpolizist seinen massigen Körper durchs Fenster zwängte.

Er erreichte das Dach. Er lief ein paar Meter, stürzte zur Speichertür.

Der Fluchtweg.

Die Tür war verschlossen.

Sie war nie verschlossen. Aber jetzt war sie verschlossen.

Er hatte noch fünf Sekunden zu leben, und die Fäden wurden mit furchtbarer Schnelligkeit verknüpft. Er zog die Diskette aus der Innentasche seiner Jacke und hielt sie hoch über den Kopf, hoch zu dem vollkommen klaren blauen schwedischen Sommerhimmel.

Es war der letzte Ausweg. Wenn es keinen Fluchtweg mehr gab. Nicht für ihn. Vielleicht für andere. Für sehr viele andere.

Der Schnauzbartpolizist kam die Brandleiter herauf. Er richtete eine Pistole auf ihn.

Er blickte in die Augen des Polizisten. Darin war die banale Wahrheit.

Er stand da mit der Diskette hoch über dem Kopf und spürte, daß er anbiß, daß er ihn am Haken hatte. Er lachte laut und warf die Diskette in Richtung des Polizisten.

Der Polizist fing sie auf, lächelte bedauernd und schoß.

Einen einzigen Schuß.

Sein Herz hätte zu klein sein sollen, um getroffen werden zu können. Nur ein Sandkorn.

Im Fallen dachte er, daß es vielleicht seine Fixierung auf die versteckten Vorurteile der neuen Sprache war, die ihn tötete.

Und als sein Gesicht auf dem Dachblech aufschlug, sah er – tatsächlich – aus wie einer, der sich schwarz geärgert hat.

2

Das Besondere an der Regeringsgata ist, daß sie nichts Besonderes aufzuweisen hat. Sie verläuft quer durch das Zentrum von Stockholm, und dennoch hat sie nichts Besonderes an sich. Eine ziemlich anonyme Straße ohne besondere Kennzeichen – so könnte ein Polizist sie beschreiben. Und die dunkelhaarige Frau im Trikot, die durch eine zwar recht ansprechende, aber doch anonyme Haustür in den Spätsommermorgen hinaustrat, dachte wirklich – nachdem sie einen schnellen Blick in beide Richtungen der Straße geworfen hatte: ›Ich wohne in einer ziemlich anonymen Straße ohne besondere Kennzeichen.‹

Sie war nämlich Polizistin.

Sie beugte sich noch einmal vor und schaffte es, ohne heimlich allzusehr mit den Beinen einzuknicken, ihre Joggingschuhe mit den Fingerspitzen zu berühren. Dann lief sie los.

Es war bald halb acht, und es war Dienstag, der vierte September. Das Wochenende war überstanden – sie hatte überlebt –, und jetzt sollte das Leben wieder ins normale Gleis zurückfinden. Durch die Arbeit.

Das Wochenende war überwiegend anstrengend gewesen. Besuch mit dem Kirchenchor der Jakobsgemeinde und einem Kammerorchester irgendwo in Medelpad – sie konnte den Namen des Orts nicht einmal aussprechen – und die übliche Anmache seitens ein paar verwirrter Tenöre. Auch das Konzertprogramm war ihr keineswegs spannend vorgekommen; sonst war die Musik das versöhnliche Element derartiger Veranstaltungen. Doch diesmal war es ein Potpourri fader Italiener aus dem achtzehnten Jahrhundert und einiger mittelmäßiger Schweden aus dem neunzehnten Jahrhundert – ohne jedes Gefühl für die innere Dynamik des Kirchenchors. Pflichtsingen.

Und Pflichtsingen kam ihr in etwa so anregend vor wie Pflichtpolizeiarbeit. Will sagen: wie ein weiterer Schritt, der einen dem Tod näher brachte. Ohne daß man irgend etwas zurückbekam.

Die Frau, die jetzt die wenigen Meter zur Treppe an der Kungsgata joggte, hieß Kerstin Holm, war Kriminalinspektorin bei der ›Spezialeinheit für Gewaltverbrechen von internationalem Charakter‹ bei der Reichskriminalpolizei, vorübergehend auch als A-Gruppe bekannt, und ging sichtlich auf die Vierzig zu. War jedoch ziemlich *fit* – wenn sie es selbst hätte sagen sollen.

Doch das tat sie ungern.

Es war ein gräßliches Wort.

Fit.

Slim.

Als würde ein Schwachsinniger über Geschlechtsorgane reden.

Was wahrscheinlich vollkommen korrekt war, wenn man die Herkunft der Wörter bedachte.

In der Regel waren diejenigen, die *slim* und *fit* waren – Schwachsinnige. Traurig, aber wahr, dachte sie voller hemmungsloser Vorurteile und legte eine Hand an ihre spielenden Schenkelmuskeln.

Sie kreiselte die wie gewöhnlich nach Urin stinkende Treppe hinunter und unterquerte die Regeringsgata in Höhe der einst vielbeachteten Königstürme. Stockholms Zwillingstürme. Jetzt wußte kaum noch jemand, daß es sie gab. Reste eines Stadtplans aus den fünfziger Jahren. Die Kälte biß ein wenig an den Wangen. Über den Zwillingstürmen kam ihr der vollkommen klarblaue Sommerhimmel typisch schwedisch vor.

Klar und kalt, abgewandt, doch wohlwollend; wohlwollend, doch abgewandt.

Ein sozialdemokratischer Himmel eines abgelaufenen schwedischen Modells.

Sie erreichte Sveavägen. Weil ihr Ampelmännchen grün war,

zögerte sie keine Sekunde, in den Wahnsinnsverkehr hinauszustürmen und im Vorbeilaufen mit ihrem Ring leicht über die Fronthaube eines roten Porsche zu kratzen, der diagonal über drei Viertel des Fußgängerüberwegs stand, mit der Schnauze Richtung Yuppie-Reservat Stureplan. Während sie auf der Kungsgata weiterlief, wo gerade der bunte Flickenteppich der Marktstände von Hötorget zusammengenäht wurde, dachte sie, hauptsächlich um zu verdrängen, daß sie soeben ein teures Auto geritzt hatte: Was ist eigentlich aus Porsche geworden? Was ist mit der Automarke passiert, die mehr als irgendeine andere das sozial und menschlich indifferente Streben einer ganzen Generation symbolisiert hatte?

Eigentlich war sie schon mitten in einem Gedankengang, in dem es um ein paar Tenöre ging, die vermutlich nie einsehen würden, daß sie schwul waren, doch jetzt hatte sich die Kombination Porsche/schlechtes Gewissen vorgedrängt.

Die Porscheleute waren Pioniere gewesen. Die Avantgarde des nicht rückgängig zu machenden Geldumschwungs. Jetzt begegnete man ihrer Haltung überall. Jedermann führte sie im Mund.

Die unerträgliche Leichtigkeit des Seins.

Doch, so einfach war es. Vor knapp einem Jahr, im Zusammenhang mit dem Fall der merkwürdigen Rachebande, der die A-Gruppe den Namen ›Die Erinnyen‹ gegeben hatte, war Kerstin Holm in eine Sackgasse geraten. Sie war das Gefühl nicht mehr losgeworden, daß ihr eine Erneuerung nottat, eine Form von Metamorphose.

Wie konnte man der unerträglichen Leichtigkeit des Seins entkommen?

Wie konnte man zur ursprünglichen Schwere und Kraft der Existenz zurückfinden?

Wie konnte man zurückfinden zu allem, was einmal wesentlich, brennend und existentiell anrührend gewesen war?

Es klang ein wenig trist, das mußte sie zugeben – aber im Grunde machte es – *Spaß*. Das war der Clou. Ein Zauberstab von Gleichgültigkeit hatte das Dasein berührt. Alles war gleich dick, gleich grau – aber *es gab einen Ausweg*. Das war ihre feste Überzeugung. Und damals – irgendwann im vergangenen Jahr – glaubte sie tatsächlich, ihn gefunden zu haben.

Den Ausweg.

Doch dann rollte dieser schwierige Fall über sie hinweg wie eine Lawine und riß das alles mit sich. Der schmale Weg war wieder versperrt. Vielleicht hatte es ihn nie gegeben, vielleicht war er nur eine Halluzination, hervorgerufen von ihrem Willen.

Gott?

Na ja, das wäre wohl übertriebener Optimismus. Man konnte IHN ja nicht einfach durch die Kraft des Willens herbeizaubern. So funktionierte es nicht.

Auf jeden Fall war es ihr erspart geblieben, sich mit den widersprüchlichen Thesen der Theologie konfrontiert zu sehen – dafür hatte eine Bande rachsüchtiger Ukrainerinnen gesorgt.

Die Gedanken lebten ihr eigenes Leben, als liefen sie neben ihr die Kungsgata entlang, als hüpften sie in spielerischen Kreisen um ihre Beine, um mit ihren leichten Schritten zu zeigen, wie schwer ihre eigenen waren.

Wahrscheinlich joggte sie deshalb. Sie ging mit ihren Gedanken Gassi wie andere mit ihrem Hund. Sie brauchte sich dabei nicht einmal zu bücken, um mit der über die Hand gestülpten Plastiktüte die Scheiße aufzuheben. Sie lief dem Gestank einfach davon. Und diese Erkenntnis machte die Schritte der Gedanken so schwer, daß sie ihnen davonlaufen konnte und zu sich selbst zurückkehrte.

Ihre Schritte waren nicht mehr so schrecklich schwer. Das regelmäßige Laufen hatte seine Spuren hinterlassen. Sie war sich noch immer nicht darüber im klaren, ob das Laufen nützlich oder eher gesundheitsschädlich war, aber es fiel ihr auf jeden Fall immer leichter. Vielleicht bedeutete das nur, daß man sich schneller auf den Tod zubewegte …

Was scheuerte da an der linken Hand?

Da traf die Sonne ihre Augen.

Spätsommer. Eigentlich schon Herbst, wenn man ehrlich war. Die Sonne war spürbar verblaßt, und der fächelnde Wind hatte eine neue Kühle.

Plötzlich Stopp.

An der Vasagata war die Ampel rot. Auf der Stelle zu laufen war das Schlimmste, was es gab – nichts sah lächerlicher aus. Grotesker Möchtegernprofessionalismus. Den Schenkelmuskeln zuliebe gab sie jedoch nach und hüpfte auf und ab wie ein Dorfidiot auf der Weide.

Gab es eigentlich noch Dorfidioten?

Hatte gut ein Jahrhundert der Urbanisierung sie nicht ausgerottet?

›Stadtidiot‹ klang eher tragisch als komisch, also blieb es bei ›Dorfidiot‹. Hoffentlich war sie selbst immer noch eher komisch als tragisch. Der Stich der Einsamkeit, der Stich des Älterwerdens in Einsamkeit, biß sich nicht fest in ihr, sondern war nach einer Sekunde verflogen. Nein, dachte sie schroff und wedelte mit den Händen wie ein Marathonläufer kurz vor dem Start. Nein, verdammt, ich bin nicht tragisch. Noch nicht. Noch nicht richtig.

In einem gewissen Alter werden alle Menschen tragisch. Bis dahin gedachte sie zu warten.

Und wieso Weide?

Jetzt scheuerte es wieder an ihrer linken Hand, aber gerade in dem Augenblick wurde dem Verstopften schlecht, wie ihre neunjährige Nichte zu sagen pflegte (das rote Männchen wurde grün), und sie folgte dem noch mäßigen Menschenstrom über die Vasagata. Von Norra Bantorget, auf der Höhe der Vasa, schwankten lärmend die Übriggebliebenen einer Junggesellenfete herunter, und sie legte einen Schritt zu. Denn sie zog die Spätsommersonne vor, die ihr draußen auf Kungsbron entgegentreten würde. Und so war es auch. Die Sonne hüllte Klara Strand in einen zauberhaften Morgenschimmer, der die Illusion erzeugte, Schwedens verkehrsreichstes Stück Straße sei ein Schärenidyll.

Der Zauberer Herbst mit seinen leicht durchschaubaren, aber lebensnotwendigen Illusionsnummern.

Es war ein ungewöhnliches Frühjahr gewesen. Mit faszinierender Regelmäßigkeit brachte das Frühjahr der A-Gruppe einen neuen Fall. Es schien, als hielte das ›internationale Verbrechen‹, auf das sie ein Auge haben sollten, seinen Winterschlaf – um im Frühjahr mit frischen Kräften aus der Höhle zu kriechen und, durch die winterliche Untätigkeit maßlos geworden, seine grauenvollsten Taten zu begehen.

Doch in diesem Jahr war es anders gekommen. Die A-Gruppe wartete und wartete, das Frühjahr verlief ohne größere Zwischenfälle, und der Sommer hatte nichts als eine Episode von internationalem Verbrechen in Form von Steine werfenden Deutschen und schießfreudiger Polizei beim EU-Gipfeltreffen im Juni in Göteborg zu bieten.

Jetzt war der vierte September, und das EU-Gipfeltreffen konnte als das mit Abstand unangenehmste Ereignis des Jahres verzeichnet werden. Das Polizistendasein wurde schwieriger. Die Ordnungsmacht hatte mit einer noch nie erlebten Härte zugeschlagen. Sie hatte sich einer Front von Steinewerfern gegenüber gesehen, wie man sie in Schweden noch nicht erlebt hatte. Aussage stand gegen Aussage. Anzeigen gegen Polizeibeamte strömten herein, und es war schwierig, ein klares Bild davon zu gewinnen, was eigentlich geschehen war. Klar war jedenfalls, daß es am Morgen des vierzehnten Juni begann, als die Polizei das Hvitfeldtsche Gymnasium umstellte, wo eine Menge Demonstranten einquartiert waren. Man riegelte die Schule mit Transportcontainern ab. Kurz nach zwei Uhr begannen die Demonstranten, die berittene Polizei mit Steinen zu bewerfen. Im unmittelbar benachbarten Vasapark gingen die Konfrontationen weiter. Danach wurde eine Einsatzhundertschaft damit beauftragt, im Gymnasium die Personalien der Demonstranten zu überprüfen. Es war gewissermaßen eine militärische Operation, die von Hunderten von Polizisten, einem großen Aufgebot von Pferden und Hunden und von Hubschraubern durchgeführt wurde. Die Zeugenaussagen über das, was in der Schule eigentlich passiert war, gingen auseinander.

Als hätte das nicht gereicht, wiederholten sich die Ereignisse – nur noch schlimmer – am Tag darauf im Schiller-Gymnasium. Das Gymnasium wurde gestürmt, die Menschen wurden nach draußen getrieben und mußten stundenlang auf dem regennassen Schulhof ausharren.

Und dabei handelte es sich nicht um das, was für die A-Gruppe gewöhnliche ›Gewaltverbrechen von internationalem Charakter‹ waren, weit gefehlt. Die Frage war, ob es die Steinewerfer waren, die für ›Gewaltverbrechen von internationalem Charakter‹ standen, oder die Polizei, und diese Frage war zutiefst unangenehm. Manche aus der A-Gruppe waren bereits in den Ferien, der Rest saß ein bißchen distanziert da und betrachtete das Schauspiel, und die allerwaghalsigsten erlaubten sich wirklich, die leichter zu definierenden Widerwärtigkeiten zu *vermissen*.

Kerstin Holm mußte zugeben, dieser wenig illustren Schar angehört zu haben.

Sie verließ das Festland und bewegte sich hinüber auf diejenige von Stockholms Inseln, die den Namen Kungsholmen trägt und auf der neben vielem anderen das Polizeipräsidium zu Hause ist. Es war nicht mehr richtig wie früher.

Als sie mit immer noch ziemlich leichten Schritten in die Fleminggata einbog und die bleiche Sonne hinter sich zurückließ, scheuerte es wieder an ihrer linken Hand.

Unter dem glatten Ring an ihrem Ringfinger schauten ein paar rosenrote Farbsplitter hervor.

Nein, nicht rosenrot.

Porscherot.

Sie wurde beinah – aber nur beinah – rot, als sie die stark befahrene Fleminggata hinunterlief und sich der polizeilichen Behörde näherte, als deren Teil sie sich genaugenommen zu betrachten hatte. Obwohl es ihr nicht richtig so vorkam. Auf ihrer Schulter saß nämlich – ja, natürlich war er es – Jiminee Grille und zirpte ihr ins Ohr: ›Dürfen Polizisten wirklich die Autos von Mitbürgern ritzen, so daß sich Farbsplitter lösen?‹ Sie antwortete, und dabei schwoll ihre Nase schon ein bißchen an: ›Aber er ist bei Rot gefahren! Er stand quer auf dem Fußgängerüberweg!‹ Und da sah Jiminee Grille sie nur an, und mit dem Blick war nicht zu spaßen. Dann verschwand er.

Plopp.

Mit kläglicher Feinmotorik versuchte sie – im Laufen – die Porschefarbe vom Ring zu polken. Was gar nicht so einfach war. Nach einer Weile konnte den obengenannten eine weitere Farbnuance zugefügt werden, nämlich ›blutrot‹.

Göteborg, ja … ihre Heimatstadt.

Sie blickte auf den Ring. Daß sie ihn nicht abnahm. Es war der Verlobungsring von einer vor undenklichen Zeiten abgebrochenen Verlobung. Dag. Dag Lundmark. Der Kollege in Göteborg, der die Nächte damit verbrachte, sie – ganz unbewußt – zu vergewaltigen. Er glaubte ganz einfach, daß es so sein müsse. Ich nehme, du wirst genommen. Mann, Frau. Ein sehr sonderbares Verhältnis.

Dag, ja, dachte sie und drehte ein wenig am Ring. Es tat weh. Er saß fest. Deshalb hatte sie ihn nicht abgenommen. Sagte sie sich. Mehrmals. Viel zu oft.

Dann, mit der unbarmherzigen Logik der Detektivin: Und wieso hat dann die Porschefarbe Platz darunter gefunden?

Weg.

Heck, meck, Katzendreck, wie Paul Hjelm zu sagen pflegte, wenn er einen Sonnenstich hatte. Was dann und wann vorkam.

Aber nein. Dag. Was ist aus Dag geworden? Totaler Bruch. Keine Kinder. Keine Verbindung. Plötzlich war man verschwunden aus dem Leben des anderen.

Ihr waren Gerüchte zu Ohren gekommen. Er hatte damals schon zuviel getrunken. Dann war er wegen Trunkenheit im Dienst suspendiert worden. War es nicht so? Nein, sie wußte es nicht. Sie erinnerte sich aber sehr deutlich daran, wie er ihr den Ring über den Finger gestreift hatte. In diesem *rosenroten* kleinen Ecklokal in Haga. Die rosenroten Wände. Die Rose in der Hand. Doch, bestimmt war er auf die Knie gefallen. Das konnte sie nicht geträumt haben. Und diese Worte, die …

Eine Schlagzeile auf einem Aushänger vor einem Seven Eleven – genau da, wo die Fleminggata die Scheelegata kreuzt – unterbrach sie in ihren Gedanken.

Nicht schon wieder.

›Extrameldung. Polizei erschießt Asylbewerber. Tödliche Schießerei in Flemingsberg.‹

Es muß schon einiges passieren, um Kerstin Holm aufzuhalten, wenn sie zur Arbeit joggt, aber jetzt blieb sie tatsächlich stehen. Abrupt. Ließ die lautstarken Proteste ihrer Beinmuskeln ungehört. Es war so trostlos. Eine Gewaltspirale ohne Ende. Die Gewalt gegenüber der Polizei nahm auffallend zu. Und gemäß einer unabhängigen Untersuchung hatte die Polizei nach den Polizistenmorden von Malexander eine spürbare Neigung an den Tag gelegt, zur Waffe zu greifen. Gar nicht davon zu reden, wie sie plötzlich gegen die Demonstranten in Göteborg losgeschlagen hatte. Die Migrationsbehörde trug aktiv dazu bei, für Asylbewerber auf der Flucht Fallen aufzustellen, und vor gar nicht langer Zeit war an einem anderen Ort in Schweden ein Flüchtling auf ähnliche Art und Weise erschossen worden.

Also wieder einmal.

Sie seufzte tief und versuchte, die Beinmuskeln wieder in Schwung zu bringen. Sie hatten schon nachgegeben. Sie konnte richtig spüren, wie die Mikrofasern wie Gummibänder gedehnt wurden, um beim geringsten kleinen Fehltritt zu reißen. Mit den vorsichtigen Schritten eines Minenräumers lief sie die letzten Meter die Scheelegata hinunter zum Rathaus, das zum immer noch klarblauen Septemberhimmel aufragte. Es war, als berührte sie kaum den Boden. Elfengleich schwebte sie am Polizeipräsidium entlang die Kungsholmsgata aufwärts bis zu dem Punkt, wo die Straße an der östlichen Grenze des

Kronobergsparks ein Ende mit Schrecken fand. Erreichte die Polhemsgata und den Eingang der Reichskriminalpolizei. Als sie durch die schwerbewachten Türen eintrat und Schweiß über die polizeilichen Korridore verspritzte, wurde ihr klar, daß sie auf dem gesamten Weg keinen einzigen kleinen Wolkenzipfel gesehen hatte.

Dennoch wurde es eindeutig Herbst.

Sie stieß die Tür zum Umkleideraum der Frauen auf. Da stand ihre jüngere Kollegin Sara Svenhagen, den Kopf in ihrem Spind. Über den Jeans war ihr Oberkörper nackt. Sie warf sich rasch ein Handtuch um. Für den Bruchteil einer Sekunde sah Kerstin Holm die Kollegin von der Seite. Das genügte.

Die kleine Wölbung des Bauchs war unverkennbar.

Und Sara sah, daß sie es sah. »Sag nichts«, bat sie ein bißchen verlegen und sah aus, als wäre sie mit den Fingern in der Keksdose ertappt worden.

Kerstin Holm nahm Sara Svenhagen in den Arm und drückte sie lange. Als sie dann ein wenig zurücktrat und sie betrachtete, kam es ihr vor, als wäre Sara von einem verklärenden Licht umhüllt.

Einem Spätsommerlicht.

»Wie weit bist du denn schon?« platzte Kerstin schließlich heraus.

»In der vierzehnten Woche«, sagte Sara.

»Und hast nichts gesagt!«

»Und werde auch nichts sagen. Und du auch nicht.«

»Nein. Nein. Nein. Ich auch nicht.«

Kerstin ließ Saras Arme los und fand keine Worte. Sie verstand eigentlich nicht, warum sie so überwältigt war. Übertrieb sie nicht ein bißchen?

»Ich frage mich, ob ich nicht vielleicht auch duschen muß«, lachte Sara.

Kerstin hob den Arm und roch. Die Frage war zweifellos berechtigt. Sie lachte kurz und ging zu ihrem Spind an der gegenüberliegenden Wand.

Sara warf das Handtuch in den Spind und zog sich einen sackartigen Pulli von der bauchverhüllenden Sorte über. »Hast du die Schlagzeilen gesehen?« fragte sie pulligedämpft.

»Mach jetzt nicht diesen Morgen kaputt«, rief Kerstin zurück, während sie ihre Joggingsachen auszog und sich der Dusche zuwandte.

Das Wasser war so kalt, daß sie sich wunderte, nicht von Eiszapfen durchlöchert zu werden. Während sie auf das warme Wasser wartete, steckte Sara den Kopf herein und zeigte auf die Uhr: »Vier Minuten und dreiundvierzig Sekunden.«

»Verschwinde, du Scheusal«, sagte Kerstin Holm.

Zuerst glaubte sie, ihre Periode bekommen zu haben, doch das Datum stimmte nicht. Das *rosenrote* Wasser, das in den Abflußwirbel der Dusche gesogen wurde, hatte eine andere Quelle. Sie schaute auf den linken Ringfinger, und tatsächlich zog sich von dort ein dünnes rotes Rinnsal abwärts, um immer farbloser zu werden und im glucksenden Abfluß zu verschwinden.

Wie lange sollte sie noch an ihr mangelndes Urteilsvermögen erinnert werden? Es war wie eine sich zäh in die Länge ziehende und ein wenig lächerliche Strafe. Schande als Strafe.

Sie versuchte, den Ring abzudrehen. Er saß an und für sich nicht besonders fest, aber jeder Versuch, ihn zu bewegen, war wie ein Schnitt mit dem Messer.

Schließlich war sie es leid, ihn abdrehen zu wollen, und zog statt dessen mit Gewalt. Lieber ein kurzer, intensiver Schmerz als ein in die Länge gezogenes Grummeln.

Sie bekam ein mikroskopisch kleines rotes Fitzelchen zu fassen und riß es aus der Haut. Ein Blutstrom im Miniaturformat quoll hervor.

Wie Wasser durch aufbrechendes Eis quillt.

Ihr Blick fiel auf den Ring. Die Inschrift. Sie hatte sie lange nicht angesehen. ›Auch viele Wasser löschen die Liebe nicht.‹

Und da kniete er wieder in diesem rosenroten Restaurant. Dag. Dag Lundmark. Und auf einmal waren die Worte ganz deutlich: ›Setze mich wie ein Siegel auf dein Herz und wie ein Siegel auf deinen Arm. Denn Liebe ist stark wie der Tod, und ihr Eifer ist fest wie die Hölle. Ihre Glut ist feurig und eine Flamme des Herrn, daß auch viele Wasser nicht mögen die Liebe auslöschen, noch die Ströme sie ertränken. Wenn einer alles Gut in seinem Hause um die Liebe geben wollte, so gälte das alles nichts.‹

Das Hohelied.

Dag ...

Sie schloß die Augen. Der Gang der Zeit. Alles, was danach geschehen war ...

Aber damals, genau da, war es unwiderstehlich gewesen. Er konnte die Worte auswendig, wie ein sprudelnder Quell. Er kniete in diesem rosenroten Restaurant und hatte sich die ganze Mühe gemacht. Ihretwegen. Der Liebe wegen. Das lange, verzwickte Zitat, der Ring mit der Gravierung, die roten Rosen, das Knie auf dem Fußboden der Stammkneipe. Schwer zu vergessen. Unmöglich zu verdrängen.

Und jetzt? Warum jetzt? Aufgrund eines rücksichtslosen Porsches? Wohl kaum.

Kaum deshalb.

Sie schüttelte den Kopf und schob den Ring wieder auf den Finger.

Wie ein Pflaster. Auf die Wunde.

Dann trocknete sie sich ab und zog sich an. Die Zeit war ihr nicht gnädig, sie würde ein paar Minuten verspätet erscheinen. In der Kampfleitzentrale, dem total fehlbenannten kleinen Konferenzraum, in dem die A-Gruppe sich zu ihren morgendlichen Sitzungen zu treffen pflegte.

Sie rannte durch die Korridore und die Treppen hinauf und gelangte auf sicheres Gelände. A-Gruppen-Gelände. Die Tür der Kampfleitzentrale war nur angelehnt. Davor stand eine keineswegs unbekannte Gestalt und zeigte albern auf eine nicht vorhandene Uhr am Handgelenk.

Diese dämliche Geste.

Besonders bei Paul Hjelm, der in seinem ganzen Leben bestimmt noch nie eine funktionierende Uhr am Handgelenk hatte.

Er massierte sein unerwartet gut rasiertes Kinn. Als wisse er, was ihnen bevorstand. Als habe er einen Insidertip bekommen.

Der Scheißkerl.

Aber das dachte sie erst eine Minute später.

»Wir sollen zu Hultin rein«, sagte er nur.

»Wer wir?« sagte sie.

»Du und ich«, sagte er.

»Was du nicht sagst«, sagte sie.

»Nicht wahr?« sagte er.

»Und die anderen?« sagte sie.

»Die nicht«, sagte er.

Es war mit anderen Worten ziemlich ätzend.

Sie traten an die Tür von Kriminalkommissar Jan-Olov Hultin. Sie war geschlossen. Sie klopften.

Und traten ein.

Hultin saß hinter seinem Schreibtisch und sah aus wie immer. Alles andere hätten sie auch als schockierend empfunden. Nicht wie immer war dagegen, daß noch jemand anwesend war.

Es war selten jemand außer Jan-Olov Hultin in Jan-Olov Hultins Büro. Und wenn andere Personen anwesend waren, handelte es sich meist um Mitglieder der A-Gruppe. Oder – ein bißchen weniger willkommen – um Waldemar Mörner, den formellen Chef der A-Gruppe, den Reichskasper. Der Mann, der neben dem Schreibtisch stand und stramm aussah, gehörte keiner der genannten Kategorien an. Er war ungefähr in Pauls und Kerstin Alter, vielleicht etwas über vierzig, verfügte jedoch über etwas, was ihnen fehlte – und sie wußten, daß es ihnen fehlte. Einen autoritären Blick.

Und natürlich einen dunklen Anzug.

Kerstin warf einen Blick auf Paul. Er stand wie versteinert.

Hultin befingerte seine Nase. Weil sie ziemlich umfangreich war, dauerte das eine ganze Weile. Nachdem dieses Projekt abgeschlossen war, sagte er neutral: »Paul, du kennst ja Kommissar Niklas Grundström.«

Niklas Grundström streckte die Hand aus, Paul Hjelm tat das gleiche, wenn auch mit erkennbarem Widerwillen. Kerstin streckte ihre Hand aus. Sie fühlte sich ein wenig außen vor.

»Niklas Grundström hat jetzt die Abteilung für interne Ermittlungen unter sich«, fuhr Hultin fort.

»Ich hatte schon vermutet, daß es so kommen würde«, sagte Paul Hjelm.

»Er will eure Hilfe.«

Da ging Kerstin ein Licht auf. Vor Urzeiten. Paul war wegen Regelwidrigkeiten im Zusammenhang mit einer Geiselnahme in Hallunda angeklagt gewesen. Der damals die Klage geführt hatte, war kein anderer als Niklas Grundström. Und es war Jan-Olov Hultin, der ihn damals gerettet hatte.

»Hilfe?« fragte Paul Hjelm skeptisch. »Er will unsere Hilfe?«

»Wie wäre es, wenn du mit ihm selbst redest«, sagte Hultin grantig.

Grundström fuhr sich durch sein blondes Haar – das bedenklich schütter geworden war, dachte Paul mit Genugtuung. Das nahm Kerstin auf jeden Fall an.

Grundström räusperte sich und sagte: »Habt ihr heute schon die Schlagzeilen gelesen?«

Kerstin seufzte. Na gut denn. Sie sollte nicht darum herumkommen.

»Was ist passiert?« fragte Hjelm kurz.

»Wir wissen es nicht sicher«, sagte Grundström. »Wir hoffen, daß ihr es für uns herausfindet.«

»Personalmangel?«

»Er weigert sich, mit unseren Leuten von der Internabteilung zu reden.«

»Das hat euch doch nie gehindert.«

Niklas Grundström machte eine kleine Pause und blätterte sinnlos in einem Papierstapel. »Seit ich die Abteilung übernommen habe«, sagte er, »versuchen wir, eine neue Strategie umzusetzen. Die Anzahl der Ermittlungen ist höher denn je, das wißt ihr, und in dieser Lage müssen wir eine funktionierende Arbeitssituation aufrechterhalten können. Die Existenz der Abteilung für interne Ermittlungen insgesamt ist in Frage gestellt. Immer öfter werden Forderungen nach unabhängigen Ermittlungen gegen angeklagte Polizeibeamte laut, wie im Fall Osmo Vallo. Dann wird es bedeutend härter als heute, Polizist zu sein. Und es ist schon hart genug. Ich habe die wasserdichten Schotten zwischen uns und euch abbauen wollen. Deshalb brauche ich eure Hilfe.«

Paul und Kerstin wechselten Blicke.

Glaubwürdig? Tja, vielleicht. Aber mit Einschränkungen.

»Warum gerade unsere?« fragte Kerstin Holm.

Niklas Grundström seufzte tief und biß in den sauren Apfel: »Weil es heißt, daß ihr die Besten seid.«

»Die Besten worin?« fragte Paul, um noch einen weiteren Biß ins Saure zu provozieren.

»Die besten Vernehmungsleiter. Bist du jetzt zufrieden?«

Kerstin sprang ein: »Erzähl schon.«

Grundström holte ein Blatt Papier heraus, auf das er während der folgenden Darstellung keinen einzigen Blick warf: »Gestern nachmittag wurde die Stadtteilpolizeiwache Huddinge tätig aufgrund eines Hinweises, daß fünf zur Abschiebung verurteilte afrikanische Flüchtlinge sich in einer Wohnung im Ortsteil Flemingsberg versteckt hielten. Vier Polizeiassistenten trafen …«

»Aufgrund eines Hinweises?« unterbrach Hjelm tonlos.

»Eines Hinweises«, bekräftigte Grundström sinnlos.

»Eines anonymen Hinweises?« fuhr Hjelm ebenso tonlos fort.

Grundström wand sich ein wenig. »Der Hinweis kam von der Migrationsbehörde. Darf ich weitermachen?«

»Aber selbstverständlich.«

»Vier Polizeibeamte begaben sich zu der angegebenen Wohnung und sammelten die Flüchtlinge ein. Einer von ihnen, ein Winston Modisane aus Südafrika, konnte jedoch durch ein Fenster aus der Wohnung fliehen und gelangte über die Brandleiter auf das Dach des Hauses. Einer der Beamten verfolgte ihn. Auf dem Dach angekommen, schoß Modisane auf ihn. Der Beamte erwiderte das Feuer – mit einem einzigen Schuß. Er traf direkt ins Herz. Winston Modisane war auf der Stelle tot. Es gelang uns, den Vorfall bis heute früh aus den Medien herauszuhalten. Gewisse gewiefte Blätter haben es jedoch in der Frühausgabe gebracht.

Paul und Kerstin sahen sich an, doch es war Hultin, der sagte: »Aber das hört sich ja nach einer regelrechten Schießerei an ...«

Grundström schnitt eine Grimasse und sagte: »Es gibt gewisse erschwerende Umstände ...«

»Wie zum Beispiel?«

»Wie zum Beispiel, daß die Einsatzgruppe die Tür einschlug, ohne vorher zu klingeln. Wie daß der betreffende Beamte erst kürzlich nach längerer Suspendierung wieder in Dienst getreten war. Nach menschlichem Ermessen hätte er entlassen werden müssen, aber irgendwo hat irgendwer Gnade vor Recht ergehen lassen. Ein gefundenes Fressen für die Boulevardpresse.«

Etwas in Kerstin Holm geriet in Bewegung. Ein tiefes und unmittelbares Unbehagen. »Warum war er suspendiert?« fragte sie mit einer so eigentümlichen Stimme, daß Paul Hjelm sie entgeistert anstarrte.

»Wegen Alkoholproblemen«, sagte Niklas Grundström kristallklar.

Und das tiefe und unmittelbare Unbehagen wurde *rosenrot*.

Grundström fuhr erbarmungslos fort: »Er heißt Lundmark. Dag Lundmark.«

3

Mitten im Zentrum von Flemingsberg, genauer gesagt im Diagnosväg, nicht weit von der Post, ragte Giottos im dreizehnten Jahrhundert entworfener Campanile zum Himmelsgewölbe empor. Auf der anderen Seite von Hälsovägen erstreckten sich am Ufer des Arno die Uffizien, vollgehängt mit Botticellis, Raffaels, Michelangelos und Leonardo da Vincis. Und unten am Huddingeväg, gleich diesseits der roten Ampel, lag der Dom mit Brunelleschis mächtiger roter Kuppel.

Oder auch: Arto Söderstedt hatte Sehnsucht nach Italien.

Viggo Norlander hatte diesen Zustand wirklich reichlich satt. Er lag wie ein Schleier vor den Augen des Kollegen, und Viggo meinte zu sehen – wie in einem kitschigen Reklamefilm –, wie die toskanischen Szenerien einander auf diesem Schleier ablösten. Und das war äußerst anstrengend. »Verdammt, Arto«, schnauzte er. »Das da ist die total triste Kirche von Flemingsberg. Das da ist das noch tristere Krankenhaus von Huddinge. Und dies hier ist Södertörns Hochschule. Nichts anderes.«

Arto Söderstedt betrachtete ihn mit himmlischer Geduld. »In deiner Welt vielleicht«, sagte er und streckte sich.

Sie standen auf einem Hausdach zehn Stockwerke über Flemingsbergs Zentrum und blickten über den sonnenbeschienenen südlichen Vorort, der die vielleicht allerunerträglichsten Bauwerke des Millionenprogramms umfaßte. Vor wenigen Jahren noch hatte Flemingsberg den schlechtesten Ruf von allen Stockholmer Vororten – sogar noch schlechter als Tensta und Alby, Fittja und Rinkeby –, doch seit einiger Zeit besserte sich dieser Ruf. Das lag vor allem an Södertörns Hochschule, die sich über das gesamte Zentrum hinzog. Eine Hochschule, die auch die Desillusioniertesten wieder an eine

Zukunft für das schwedische Universitäts- und Hochschulwesen glauben ließ. Obwohl sie mit haarsträubendem Verlust geführt wurde. Sie war eine Prüfung für die Regierenden. Alle liebten diese Hochschule, und wenn sie meilenweit über den Rand des Konkurses hinaus betrieben wurde – niemand würde es wagen, sie zu schließen.

Vielleicht waren derartige Machtmittel vonnöten.

»Ich verstehe dich nicht«, klagte Viggo Norlander. »Du wärst beinah hops gegangen da unten in Italien. Sie haben dir eine Pistole in die Fresse gedrückt, daß die Zähne nur so flogen. Alle deine Illusionen vom Paradies sind ein Scherbenhaufen. Und trotzdem sehnst du dich jeden Tag, jede Stunde, jede Sekunde zurück.«

»Sieh mal da«, sagte Arto Söderstedt und zeigte auf etwas.

»Na gut, wenn du nicht antworten willst«, sagte Norlander beleidigt und folgte dem Zeigefinger des Kollegen hinüber zum Nachbardach, auf dem blau-weiße Plastikbänder im Wind flatterten, als wollten sie die Krähen verscheuchen.

Dann seufzte Viggo Norlander tief.

»Sie sind alle ziemlich gleich«, sagte Söderstedt mit Engelsgeduld und wandte sich um. Er ging zur Tür des Raums, der wie ein kleines Haus auf das große Haus gesetzt war; dahinter führte eine Treppe zum Dachboden.

Norlander ging grummelnd hinterher.

Es war das dritte Mal, daß sie das falsche Haus erklommen hatten.

»Aber jetzt sind wir dicht dran«, sagte Söderstedt aufmunternd.

Viggo Norlander fühlte sich nicht aufgemuntert.

Obwohl der grummelnde Viggo Norlander inzwischen hauptsächlich eine Maske war – sie entsprach dem, was man von ihm erwartete, und aus reiner Freundlichkeit hielt er daran fest. Im Grunde war er ein glücklicher Mensch, frischgebackener Vater einer zweiten mirakulösen Tochter in ebenso vielen Jahren. Im Alter von zweiundfünfzig. Er bewegte sich im Kreis zarter Mädchen wie unter Engeln. Er *war* schon im Paradies, also brauchte er sich nicht danach zu sehnen. Und folglich erschien ihm die ständige Sehnsucht seines Kollegen als ziemlich – läppisch, ganz einfach. Kindisch.

Anderseits hatte er nie richtig begriffen, was mit Arto Söderstedt in Italien eigentlich passiert war.

Ein beträchtlicher Teil des letzten großen Falls der A-Gruppe hatte sich in Europa, vor allem in Italien abgespielt, außerhalb der Reichweite aller, nur nicht von Söderstedt. Und er hatte nicht mehr erzählt, als was rein professionell gesehen von ihm verlangt wurde.

Aber etwas fehlte.

Puzzleteile.

Er hatte behauptet, seine Frau sei schwanger, aber als sie wieder nach Hause kamen, war davon keine Spur zu sehen.

Er hatte ein Vermögen geerbt, aber jetzt tat er, als hätte es nichts dergleichen gegeben.

Er war als Europol-Polizist erfolgreich gewesen, hatte aber nicht einen Augenblick daran gedacht, Kapital daraus zu schlagen.

Er hatte mindestens einen Kriegsverbrecher aus dem Zweiten Weltkrieg zur Strecke gebracht, aber kein Wort darüber verloren, wie es eigentlich zugegangen war.

Der heimgekehrte Arto Söderstedt war ganz einfach ein Wunder an Zurückhaltung.

Doch damit mußte Viggo Norlander zu leben lernen. Söderstedt schloß sich wie eine Muschel, und entweder war er dabei, eine Perle herzustellen – oder er wurde gerade gargekocht.

Fressen oder gefressen werden, dachte Norlander verwirrt und zwängte sich in den nach Urin stinkenden Aufzug, nur um sich daran zu erinnern, daß der außer Betrieb war. »Wir lassen es an Effizienz mangeln«, sagte er zum Aufzugspiegel.

»Du jedenfalls«, sagte Söderstedt, öffnete die Aufzugtür

von außen und vollführte eine galante Geste hin zur langen und wenig einladenden Treppe.

Norlander war overdressed. Ihm gefiel das Wort, nicht aber die Sache. Er meckerte vor sich hin, während sie Stockwerk um Stockwerk nach unten kreisten. Ich bin overdressed. Ich bin overdressed.

Was ganz einfach bedeutete, daß er eine viel zu dicke Jacke trug, genauer gesagt eine schwarze Steppjacke vom denkbar plumpesten Modell. Wie üblich war er völlig unfähig gewesen, das Wetter richtig einzuschätzen. Er hatte am Morgen einen Blick aus dem Fenster und dann aufs Thermometer geworfen und – das Falsche gewählt. Dünne Sachen bei Kälte, warme Sachen bei Wärme. Das war unfehlbar.

Die Jacke war als Arbeitskleidung gänzlich ungeeignet, weil es eine halbe Minute dauern würde, aus allen krausen Falten die Pistole herauszufummeln. Zum Glück hatte er es nie ausprobieren müssen. Und morgen würde die Steppjacke im Flur bleiben. Egal, wie das Wetter war.

Und heute hatte er nicht die Absicht, die Waffe zu ziehen.

Sie gelangten nach unten und traten auf die Straße. Söderstedt blieb eine Weile stehen und richtete den Blick zum klarblauen Himmel. Norlander hatte nichts dagegen. Er legte die Hände an die Knie, beugte sich vor und atmete aus.

Und das ihnen, die gar nicht hier hätten sein sollen.

Die Morgensitzung in der Kampfleitzentrale war eingestellt worden. Statt dessen hatte Kriminalkommissar Jan-Olov Hultin sie in sein Büro gerufen und sie in *inoffiziellem* Ton gebeten, sich in Flemingsberg eine Wohnung anzusehen. »Ihr sollt nur mal die Lage peilen«, hatte er gesagt.

»Nur mal die Lage peilen?« hatte Norlander in extrem *vielsagendem* Ton erwidert.

Was mit großer Akkuratesse ignoriert wurde. »Ja«, antwortete Hultin neutral.

Das also hatte es damit auf sich.

Zum Glück funktionierte der Aufzug im Nachbarhaus. Ansonsten unterschieden sich die Häuser in keinem einzigen Detail. Sie waren ganz einfach identisch.

Es war zu vermuten, dachte Norlander, daß so die Hölle aussah. Alles identisch. Nichts hob sich heraus. Man bewegte sich von Ort zu Ort, von Höllenfeuer zu Höllenfeuer, und alles war genau wie alles andere.

Im neunten Stock hielt der Aufzug. Es war nicht schwer, die Wohnung zu finden. Die letzte Tür im Flur war ziemlich demoliert und wurde außerdem von einem gelb-schwarzen Aufkleber und einem kleinen blau-weißen Plastikband geziert.

Leider war die Tür offen.

Im Wohnungsinnern waren Bewegungen zu erkennen.

Norlander seufzte.

Er dachte an seine Schicht um Schicht in Daunenpolster eingebettete Dienstwaffe. Er dachte an das gerade erst geleistete Versprechen – ›heute hatte er nicht die Absicht, die Waffe zu ziehen‹. Er dachte an das alte Versprechen, das er seiner Lebensgefährtin Astrid und seinen Töchtern Charlotte und Sandra gegeben hatte: Nein, ich werde nicht sterben. Dann begann er, am Reißverschluß zu fummeln.

Die Mühe hätte er sich sparen können. Der Mann, der ihn durch den Türspalt anschaute, war anständig gekleidet und hielt ihnen einen Polizeiausweis entgegen. »Verschwinden Sie«, sagte er forsch. »Polizei.«

»Hier auch«, sagte Arto Söderstedt, hielt seinen Polizeiausweis dagegen und fuhr fort: »Arto Söderstedt und Viggo Norlander, ›Spezialeinheit beim Reichskriminalamt für Gewaltverbrechen von internationalem Charakter‹.«

Der Mann betrachtete sie mißtrauisch. Dann sagte er: »Die A-Gruppe?«

»The one and only.«

»Das hier ist unser Fall.«

»Ich nehme an, ihr seid von der Abteilung für Internes?«

»Dann begreifst du auch, warum ihr wieder gehen müßt.«

»Nein«, sagte Söderstedt mit einem engelgleichen Lächeln.

Zum Teufel auch, dachte Viggo Norlander und betrachtete seinen vollkommen weißen Kollegen, der von hereinfallendem Sonnenlicht umhüllt war. Er sieht tatsächlich aus wie ein Engel.

»Euer Chef, Kommissar Niklas Grundström, hat uns um Hilfe gebeten«, verdeutlichte Söderstedt.

Der Mann wurde nachdenklich. Er war gute fünfzig und gehörte zweifellos zur alten Garde interner Ermittler. »Das zu glauben fällt mir sehr schwer«, sagte er, aber es war ihm anzusehen, daß er es glaubte, es war ihm anzusehen, daß er seinen Chef verfluchte, und es war ihm anzusehen, daß es nicht das erste Mal war.

Das fand auf jeden Fall Viggo Norlander und kam sich scharfsinnig vor.

»Du kennst doch sicher eure neue Politik?« sagte Söderstedt und streute mit einem Wedeln seiner Engelsflügel Salz in die Wunden.

Der Mann sah maßlos vergrätzt aus, tat eine Weile so, als überlegte er, und ließ sie dann herein.

Das erste, was ihnen begegnete, war ein Spiegel. Er begegnete ihnen von unten. Norlander war froh, daß er overdressed war. Die dicken Winterstiefel hielten den Scherben stand. Und da Arto Söderstedt den Boden nicht berührte, sondern darüber schwebte, kam auch er nicht zu Schaden.

Der anständig gekleidete Kollege sah ein wenig enttäuscht aus. Ein bißchen Leiden hätte ihnen wohl nicht geschadet. Den Eindringlingen.

»Bist du hier ... zur Bewachung?« fragte Norlander.

»Ich schließe unsere Untersuchung ab«, sagte der Mann.

»Wie heißt du?«

»Åke Danielsson.«

»Du schließt also eure Untersuchung ab, Åke? Und was bedeutet das?«

»Hör auf«, sagte Åke Danielsson.

Während dieser stimulierende Wortwechsel vor sich ging,

nahm Arto Söderstedt die Gelegenheit wahr, sich einen Eindruck von der Wohnung zu verschaffen, in der fünf afrikanische Flüchtlinge sich vor dem Gesetz versteckt gehalten hatten. Aus dem mikroskopisch kleinen Flur kam man direkt in die Küche. Es war eine Zweizimmerwohnung, spartanisch möbliert, der Fußboden übersät mit den Überresten der Zerstörung. Türsplitter, Spiegelscherben – und ein alter Wecker. Er hob ihn vom Küchenfußboden auf und betrachtete ihn. Er zeigte Viertel nach vier. Der Todesaugenblick. Oder fast der Todesaugenblick.

»Rührt nichts an«, sagte Åke Danielsson, allerdings jetzt fast ein wenig bittend. Seine Forschheit war wie weggeblasen.

»Warum nicht?« sagte Söderstedt, ohne den Blick von dem kaputten Wecker zu wenden. »Habt ihr vergessen, eine Tatortuntersuchung zu machen?«

Aber ihm war nicht danach, zu sticheln. Er legte den Wecker dahin zurück, wohin er offenbar gehörte. Auf den Fußboden. Dann ging er in das angrenzende Zimmer. Es war ein Schlafzimmer. Zwei Betten und drei zusammengerollte Matratzen. Kahle Wände. Durchgangswohnung. Kein Grund, sich häuslich einzurichten. Nichts, was einem leid tat, wenn man sie in aller Eile verlassen mußte. Nichts, woraus man vertrieben werden konnte.

Arto Söderstedt kannte das Gefühl.

Wenn auch auf einer wesentlich privilegierteren Ebene.

Auch er war vertrieben worden. Aus dem Paradies.

Doch das war eine andere Geschichte.

Vor dem nächstliegenden Fenster führte eine Brandleiter aufs Dach. Ein blau-weißes Band versperrte den Zutritt. Söderstedt wandte sich zu Danielsson um und machte eine kleine Geste zum Fenster hin. Danielsson antwortete mit einer hilflosen Grimasse, und Söderstedt riß das Fenster auf.

»Das stand also offen?« fragte er.

Danielsson trat ans Fenster und nickte. »Vermutlich stand es ständig offen«, sagte er. »Ein vorbereiteter Fluchtweg.«

»Und wie würdest du bis hierhin den Ablauf des Geschehens rekonstruieren?«

Danielsson tippte sich mit den Fingerspitzen an die Stirn. Es sah aus, als versuchte er, die Töne der Rekonstruktion auf der Tastatur des Großhirns zu improvisieren. »Fünf Flüchtlinge am Küchentisch. Kaffeebecher. Sie tranken Kaffee, als vorschriftswidrig die Tür eingeschlagen wurde. Der Spiegel fiel von der Wand, der Wecker vom Tisch. Chaos. Der Flüchtling, der dem Fenster am nächsten ist, faßt den Fluchtweg ins Auge.«

»Winston Modisane«, sagte Söderstedt.

Danielsson nickte und fuhr fort: »Er stürzt zum Fenster und springt raus. Der Kollege folgt ihm, ohne zu wissen, daß Modisane bewaffnet ist.«

»Dag Lundmark«, nickte Söderstedt und zeigte zum Fenster. »Wollen wir auch mal ihren Spuren folgen?«

Åke Danielsson vollführte eine unwillige Geste zum Fenster hin. Söderstedt glitt hinaus. Danielsson ächzte hinterher. Norlander ebenso.

Die Brandleiter, die aufs Dach führte, war alles andere als solide und bog sich unter der gesammelten polizeilichen Last.

Sie stiegen über die nächste Sektion blau-weißen Plastikbands und betraten das Dach. Hier oben war nichts außer einem kleinen Aufbau, der wie ein kleines Haus aus dem großen herauswuchs. Söderstedt ging hin. Er faßte an die Türklinke, und die Tür öffnete sich. Er schloß sie wieder.

Dann nickte er und ging eine Weile auf dem Dach umher. »Okay«, sagte er. »Warum haut Winston Modisane ab? Natürlich um weiterzufliehen, in die Freiheit. Wenn man sich vorstellt, daß das Fenster da unten immer offengestanden hat, als Fluchtweg, wie du gesagt hast, Åke – warum, zum Teufel, bleibt er dann hier auf dem Dach und schießt auf den Polizisten, der ihn verfolgt? Warum läuft er nicht einfach weiter? Hierhin? Und durch die Tür zum Dachboden?«

»Nach unserer Einschätzung«, sagte Danielsson, »gibt es

zwei Möglichkeiten: erstens, daß er ganz einfach in Panik gerät und wild zu schießen anfängt ...«

»Wieviel Schuß hat er abgegeben?«

»Zwei Kugeln fehlten im Magazin, was zu Marklunds Aussage paßt.«

»Lundmarks. Und was haben die anderen gesagt? Haben sie auch zwei Schüsse gehört?«

»Einerseits haben wir noch nicht mit ihnen sprechen können, anderseits besteht keine Veranlassung, es zu bezweifeln. Zwei Schuß fehlen. Alles deutet darauf hin, daß sie abgefeuert wurden. Die Zahl stimmt.«

»Okay ... Und die andere Möglichkeit? Wenn es nicht – Panik war?«

»Daß Lundmark ganz einfach zu nah war. Dem Afrikaner wurde klar, daß er nicht mehr weglaufen könnte. Statt dessen schoß er.«

Söderstedt nickte. Norlander betrachtete ihn. Dieses Verhalten war ihm vertraut. Das war der alte Arto. Arto-vor-Italien. Der richtige Arto.

»Wo lag er?« fragte der richtige Arto.

»Wo du stehst.«

Arto Söderstedt blickte sich nach allen Seiten um. Er stand an der Dachkante, vom Abgrund durch ein niedriges und anscheinend wackliges Gitter getrennt. Ein paar mickrige Meter rechts von ihm kam die Brandleiter hoch. Ebenso viele Meter schräg links von ihm endete die Speichertreppe mit der Tür in dem kleinen Extraaufbau. Dahinter nach links erstreckte sich noch viel Dach.

»Und wo lag Modisanes Pistole?« fragte Söderstedt.

»Genau neben ihm«, sagte Danielsson.

»Und durch diese Speichertür geht es wohin?«

»An den Speicherverschlägen vorbei und ein Stockwerk tiefer ins Treppenhaus. Zum Aufzug.«

Söderstedt ging eine Weile auf und ab. Er schnupperte in die Luft, als versuchte er, die Atmosphäre aufzunehmen. Dabei rieb er die Fingerspitzen aneinander. »Nein«, sagte er schließlich. »Das hier stimmt nicht.«

Åke Danielsson starrte auf Viggo Norlander, offenbar in der Hoffnung, bei einem Generationsgenossen Rückhalt zu finden. Aber Norlander war nur dem Anschein nach Generationsgenosse, er war ein wie neugeborener Papa kleiner Mädchen und hegte großen Respekt vor seinem nur wenig jüngeren Partner. Keine Blicke, die besagten ›Großer Gott, was für Zeiten stehen uns bevor‹, konnten ihm etwas anhaben.

»Was stimmt denn nicht?« fragte Åke Danielsson gereizt.

Arto Söderstedt betrachtete ihn engelgleich. »Ich habe keine Ahnung«, sagte er sanft.

4

Der leicht ergraute Polizeibeamte mit dem blonden Schnauzer blickte in sein Spiegelbild, und man sah ihm an, daß er wußte, was sich dahinter befand: eine Bande prüfender interner Ermittler. Direkt vor seiner Nase. Und ein gewisses Maß an Ironie ließ sich von seinem Lächeln denn auch ablesen.

Es gefiel Paul Hjelm nicht, was er da sah. Allzu selbstsicher. Allzu unberührt. Es würde sehr, sehr schwer werden, ihm beizukommen.

Wenn es denn das war, worauf sie aus waren.

Obwohl er eigentlich nicht so sehr an den Polizeiassistenten Dag Lundmark dachte. Er dachte mehr an den Anlaß dafür, daß er ihn betrachtete.

Und der Anlaß stand neben ihm in dem kleinen Kabuff. Der Anlaß wirkte vollkommen unberührt.

Hjelm hatte wirklich gehofft, Niklas Grundström nie wieder zu begegnen. Nach den traumatischen Ereignissen im Gefolge der Hallunda-Schießerei war er nur noch einmal auf ihn gestoßen. Und zwar vor gut einem Jahr, im Anschluß an eine andere Schießerei, in einem Hotelzimmer in Skövde.

Hjelm befand sich wegen einer Schußwunde am Arm im Kärn-Krankenhaus in Skövde. Die Begegnung war vollkommen problemlos verlaufen. Als ob Grundström darauf aus war, sich Meriten zu verschaffen. Und kurz darauf war er also Chef der gesamten Abteilung für interne Ermittlungen geworden. Ein Karrierist wie aus dem Bilderbuch. Aber durchaus nicht ohne Kompetenz: eine Art klarer, ungetrübter, gänzlich gefühlsneutraler Fähigkeit.

Niklas Grundström hätte für jedes Regime arbeiten können. Das war es wohl, was ihn unangenehm machte.

Und er würde Paul Hjelm nie, wirklich nie um Hilfe bitten, wenn er dabei nicht einen Hintergedanken hatte.

Nach diesem Hintergedanken suchte er in Dag Lundmarks leicht verfetteten Gesichtszügen, denen die Schwerkraft merklich zusetzte.

Und Kerstin? Was war mit ihr los? Sie war sehr bleich und verhielt sich ganz generell eigenartig. Wie hypnotisiert starrte sie den fettlichen Schnauzermann an, der allein im Vernehmungsraum saß und sie betrachtete, ohne sie zu sehen.

Hjelm konnte sich keinen Reim darauf machen.

Er sollte eigentlich in der Lage sein, sich einen Reim darauf zu machen, aber es gelang ihm nicht. Grundström verwirrte ihn. Grundströms Hintergedanken. Wohin war die gute alte, die voraussetzungslose Polizeiarbeit entschwunden? Bei der es darum ging, die Wahrheit zu suchen, und nichts als die Wahrheit?

Sich aus Jan-Olov Hultins Miene eine Antwort zusammenzureimen war wie üblich aussichtslos. Der Alte stand nur da und warf unergründliche Blicke durch den Blindspiegel.

Die ganze Situation war äußerst irritierend.

Er schaute Kerstin wieder an. Gegen Ende des letzten großen Falls der A-Gruppe waren ihrer beide Gehirne eins geworden. Sie dachten die gleichen Gedanken. Und jetzt? Nein, sie war unerreichbar.

Was war los mit ihr?

Er erhielt ziemlich umgehend eine Antwort.

»Nein«, sagte Kerstin. »Nein, ohne mich.«

»Was?« stieß Hjelm hervor.

Hultin und Grundström betrachteten sie mit ihrer jeweiligen Form von Neutralität. Sie waren auf merkwürdige Weise wesensverschieden.

»Das ist keine Anfrage«, sagte Hultin. »Das ist ein Befehl.«

»Ich bin befangen«, sagte Holm. »Ich kann Dag Lundmark nicht verhören. Wir waren verlobt. Ich habe noch seinen Verlobungsring.«

Drei Augenpaare richteten sich auf ihre linke Hand. Danach wanderten sie aufwärts zu ihrem bleichen Gesicht.

»O verdammt«, sagte Paul Hjelm. »*Der?*«

Jetzt richteten sich zur Abwechslung drei Augenpaare auf ihn.

»Ja«, sagte Kerstin Holm und sah bedrückt aus. »*Der.*«

Und Szenen vertraulicher Intimität zogen in Paul Hjelms Kopf vorüber. Wie Kerstin von dem Kollegen in Göteborg erzählt hatte, der sie gewohnheitsmäßig, ohne je darüber nachzudenken, Nacht für Nacht vergewaltigt hatte. Sein Blick kehrte zurück zu dem blinden Spiegel und dem fettlichen Schnauzbartträger. Und die Bilder paßten nicht zusammen.

Die Bilder paßten nicht zusammen.

Kerstin und – der da? Nein.

Doch die Zeiten ändern sich und wir uns mit ihnen.

Jetzt gab es nur noch *ein* neutrales Augenpaar in dem kleinen Kabuff, und das war das von Jan-Olov Hultin. Niklas Grundström war nachdenklich geworden. Offenbar grübelte er erstens über Informationslücken des internen Archivs nach und zweitens über logistische Maßnahmenpakete.

Er fragte sich mit anderen Worten, wie zum Teufel ihm dies hier hatte entgehen können und was zum Teufel er jetzt tun sollte.

Allem Anschein nach war er schon zu einem Entschluß gekommen, als er sagte: »Ich brauche nicht eure Hilfe.«

Einen Moment herrschte Schweigen im Kabuff. Sogar Hultin zog eine Augenbraue hoch.

Grundström fuhr fort: »Ich brauche einen operativen Chef.«

Hjelm warf einen Blick auf Dag Lundmark. Der mit einem schiefen Lächeln dasaß, als hörte er genau, was hier im Kabuff vor sich ging. Diese billige Farce.

»Du brauchst einen operativen Chef«, sagte Hjelm kühl, wandte sich um und zeigte auf Hultin. »Und du bist also einverstanden?«

»Ja«, sagte Hultin. »Und ich habe auch Empfehlungen ausgesprochen.«

Grundström sagte: »Wir sprechen von einem Führungsposten als Kommissar in der Stockholmer Sektion der Abteilung für interne Ermittlungen. Chef der Stockholmer Interna. Ungefähr zwanzigtausend mehr im Monat, als ihr jetzt habt. Vielleicht noch etwas mehr.«

»Der Posten ist wie für einen von euch beiden zugeschnitten«, sagte Hultin.

Hjelm und Holm sahen ihn an. Dann sahen sie einander an. In einer anderen Situation hätten sie angefangen zu lachen. Wenn nicht auf der anderen Seite des Spiegels Dag Lundmark gesessen hätte.

»Wir können den Job teilen«, sagte Hjelm.

Grundström beobachtete ihn. Nach kurzer Denkarbeit sagte er: »Irgendwo unter dieser schlampigen Oberfläche lebt wohl trotz allem ein kleiner Karrierist, Hjelm. Einer, der nichts dagegen hätte, gegen alle Wahrscheinlichkeit und gegen massiven Widerstand zu kämpfen. Einer, der nichts dagegen hätte, gewisse kranke Stellen aus dem Polizeikorps zu entfernen. Einer, der nichts dagegen hätte, sich ein paar Reisen nach Paris oder New York im Jahr leisten zu können, jetzt, wo die Kinder das Nest verlassen. Berichtige mich, falls ich mich irre.«

Paul Hjelm betrachtete ihn. Lange.

Er berichtigte ihn nur in einem einzigen Punkt: »Ich bin kein Karrierist«, sagte er leise.

»Das habe ich auch nicht behauptet«, entgegnete Grundström. »Ich habe gesagt, daß irgendwo unter dieser schlampigen Oberfläche wahrscheinlich ein kleiner Karrierist lebt. Das ist etwas ganz anderes.«

Paul Hjelm schwieg. Okay, schwieg notgedrungen.

Niklas Grundström wandte sich an Kerstin Holm. »Alles, was ich zu Hjelm gesagt habe, gilt auch für dich, Holm. Alles, außer der schlampigen Oberfläche.«

Das war wohl das höchste, was Niklas Grundström an Kompliment zuwege brachte.

»Und außer den Kindern«, sagte Hjelm.

Kerstin Holm stand da und drehte ihren Ring. »Ich bin trotzdem befangen«, sagte sie nur.

Grundström setzte an. »Es ist ein Grenzfall«, sagte er. »Es dürfte an die sieben, acht Jahre her sein, daß eure Beziehung zu Ende gegangen ist. Es müßte nicht unbedingt Befangenheit vorliegen. Wenn nicht dieser Ring da …«

Wieder wandten sich alle Blicke Kerstin Holms linker Hand zu.

Sie hörte auf, den Verlobungsring zu drehen. »Er sitzt fest«, sagte sie.

Grundströms Miene ließ erkennen, daß er noch etwas in der Hinterhand hatte. »Sieh ihn dir an«, sagte er und nickte zur Spiegelrückseite hin. »Man sieht doch klar, daß da irgend etwas nicht stimmt?«

Sie betrachteten Dag Lundmark durch den blinden Spiegel. Und nickten. Alle drei. Auch Hultin.

»Ich wende den Braten noch einmal«, fuhr Niklas Grundström fort. »Ich benötige wirklich eure Hilfe. Auch. Zwei Fliegen mit einer Klappe. Zum einen will ich sehen, wie ihr arbeitet, will *live* sehen, ob ihr für eine so ungewöhnlich verantwortungsvolle und exponierte Stellung geeignet seid. Zum anderen will ich tatsächlich, daß ihr durch diese Maske da dringt. Ich habe nicht den geringsten Beweis, ja nicht einmal den Hauch eines Hinweises, daß bei der Schießerei in Flemingsberg etwas nicht mit rechten Dingen zugegangen ist. Auf ihn wurde geschossen, und er erwiderte das Feuer. Nichts spricht dagegen. Außer …«

»Witterung«, sagte Kerstin Holm.

Grundström betrachtete sie, und vermutlich glaubte er, Zeuge des Kampfs zu sein, der sich in ihrem Innern abspielte. Des Kampfs zwischen dem beruflichen und dem privaten Leben. Welches war das richtige?

»Witterung«, nickte er.

Hjelm dachte in anderen Bahnen: »Sollen Kerstin und ich also da drinnen sitzen und miteinander konkurrieren? Und du stehst hier draußen wie ein Punktrichter beim Kunstspringen und hältst neun Komma fünf und acht Komma null in die Höhe?«

»So funktioniert es nicht«, sagte Grundström ernst. »Ich will mir nur ein allgemeines Bild davon machen, wie ihr denkt. Ich weiß, daß es schwierig wird, aber ihr müßt versuchen, meine Anwesenheit zu vergessen.«

»Deine Anwesenheit im Spiegel«, sagte Hjelm. »›Sieh in dein Herz, Hjelm‹, erinnerst du dich? Ich hatte den Kosovoalbaner Dritëro Frakulla gerettet, indem ich ihn in die Schulter schoß. Und du bist davon ausgegangen, daß ich aus rassistischen Motiven gehandelt habe. ›Sieh in dein Herz‹, my ass. Warum sollte dein Urteilsvermögen jetzt besser funktionieren?«

Grundström begegnete seinem Blick. Vielleicht sprach aus dem eigenen ein klein wenig Schmerz. Ein klein wenig Scham. »Mir ist eine Fehleinschätzung unterlaufen«, sagte er. »Und ich bedaure es.«

Er blickte sich im Kabuff um und konterte. Alles andere wäre undenkbar gewesen. Grundström war kein Mann, der auch die andere Wange hinhielt. »Es war dennoch ein Nichts verglichen mit dem Kentuckymörder, oder etwa nicht?«

Hultin räusperte sich und starrte ihm kalt in die Augen. »Dafür haben wir einen hohen Preis bezahlt«, sagte er im frostigsten Ton der Neutralität. Die Abteilung wurde geschlossen, und ich wurde entlassen. Vielleicht erinnerst du dich. Welchen Preis hast du für deine Fehleinschätzung bezahlt?«

Hjelm befürchtete eine Sekunde lang, daß Hultin im Herbst des Alters die frühere Unsitte wieder annehmen wollte, per Kopfstoß Augenbrauen zu zerschmettern. Doch dann erlosch Hultins Blick und wandte sich wieder dem blinden Spiegel zu. Er war gealtert. Und akzeptierte es widerwillig.

Grundström schwieg. Okay, schwieg notgedrungen.

Dann sagte Kerstin Holm: »Es ist trotzdem Befangenheit.«

Grundström machte die Augen zu und brachte seine Gedanken wieder auf Kurs: »Wie ging eure Beziehung zu Ende?« fragte er.

»Wie meinst du das?« fragte sie zurück.

»Ist sie im Zorn auseinandergegangen? Gab es böses Blut?«

»Böses Blut kehrt wieder«, sagten Paul und Kerstin im Chor. Obwohl sie das nie wieder sagen wollten.

Sie sahen einander an und brachen plötzlich in ein Lachen aus, das möglicherweise befreiend genannt werden konnte.

Grundström wartete.

Und schließlich faßte sich Kerstin Holm: »Nicht direkt«, sagte sie. »Da war viel Wut und Zorn in der eigentlichen Beziehung, doch das Ende ergab sich wie von selbst. Es war vorbei, und wir wußten es beide.«

»Hat er nach eurer Beziehung angefangen zu trinken?«

»Nein, er trank schon damals heftig. Es war einer der Gründe, warum es auseinanderging. Und er war schon versoffen genug, um sich nicht besonders viel daraus zu machen, daß ich ihn verließ. Er merkte es vielleicht nicht einmal. Er hatte eine andere Liebe. Die Flasche.«

»Hast du mit jemand darüber gesprochen?«

»Mit unseren Vorgesetzten. Aber sie waren Kumpel.«

»Kommissar Victor Lövgren, ja. Der Mann, der für ihn bürgte und dafür sorgte, daß er degradiert wurde und im Entzug landete, statt gefeuert zu werden.«

»Ich verstehe nur nicht«, sagte Kerstin Holm, »was er hier tut. Er ist Göteborger durch und durch. Was macht er in Stockholm?«

»Unter solchen Umständen wird man nach der Suspendierung versetzt«, erklärte Grundström sachlich. Dann wechselte er die Richtung: »Was ich hingegen nicht verstehe: Warum findet sich nichts über eure Beziehung in unseren Unterlagen?«

»Wir hielten uns sehr bedeckt. Lövgren war gegen weibliche Polizisten im allgemeinen und gegen Beziehungen zwischen Polizeibeamten im besonderen.«

Grundström reichte ihnen je einen flachen Papierstapel. Er selbst schien der Typ zu sein, der nie Unterlagen zu Rate zog. Hatte er ein Papier einmal angesehen, reichte das für alle Zeiten. Hjelm fand, daß das eine ganze Menge über seine Persönlichkeit aussagte.

»Dag Lundmark ist vor kurzem fünfzig geworden«, rezitierte Grundström denn auch entsprechend. »Er schloß 1975 die Polizeihochschule ab und wurde Ordnungspolizist in Göteborg, wo er blieb. 1978 heiratete er Anna Högberg, 1987 wurde er zum Polizeiinspektor, später zum Kriminalinspektor befördert, 1992 wurde er geschieden. Sie hatten keine Kinder. Danach sind keine Beziehungen registriert. Ein paar Rügen wegen tätlicher Übergriffe: 1979, 1987 und dreimal 1999. 1998 gab es die erste Anzeige wegen Trunkenheit im Dienst, zwei weitere folgten 1999. Es war offenbar ein kritisches Jahr. Im Juli vorigen Jahres wurde er schließlich wegen seines Alkoholproblems suspendiert und landete in der Entzugsabteilung von Rudhagens Privatklinik in Mälardalen. Ende Juni dieses Jahres kehrte er in den aktiven Polizeidienst zurück, und zwar als Polizeiassistent im Wachdistrikt Huddinge. Er war also erst seit knapp zwei Monaten wieder im Dienst, als es zu der tödlichen Schießerei kam. Eine kurze Zeit.«

»Unser Verhältnis begann im Frühjahr 92«, sagte Kerstin, »und endete im Sommer 94. In dieser Zeit war er häufig betrunken im Dienst. Von tätlichen Übergriffen ganz zu schweigen.«

»Lövgren hat ihm wohl kräftig Rückendeckung gegeben?«

»Ja. Sie haben zusammen Badminton gespielt.«

»Badminton?« fragte Hjelm und äugte zu dem etwas dicklichen Lundmark hinaus. »Ist das nicht ein ziemlich anstrengender Sport?«

»Man kann das Tempo variieren«, sagte Grundström überraschend.

»Man kann auch behaupten, man spiele Badminton, wenn man eigentlich in die Kneipe geht und sich vollaufen läßt«, sagte Holm bissig.

»Es gibt also nichts mehr, was dich noch mit Dag Lundmark verbindet?« fragte Grundström.

»Nein«, antwortete Kerstin Holm und drehte am Ring.

»Dann kann ich nicht erkennen, daß formal gesehen eine Befangenheitssituation besteht. Außerdem möchte ich folgendes behaupten. Du kannst es als eine Prüfung betrachten. So ähnlich werdet ihr euch als interne Ermittler fühlen – hier ist es lediglich auf die Spitze getrieben. Wir ermitteln gegen Leute wie wir selbst, Menschen, zu denen wir vielleicht ein direktes oder indirektes Verhältnis haben, Menschen, in deren Lage wir uns ohne die geringste Schwierigkeit versetzen können. Man kann sagen, daß wir *die ganze Zeit*, Hjelm, in unsere eigenen Herzen blicken.«

Grundström machte eine Pause und fuhr dann fort: »Nun, was sagt ihr?«

»Für mich gibt es kein Problem«, sagte Hjelm.

Und Kerstin Holm nickte kurz. »Okay«, sagte sie. »Versuchen wir's.«

Einen Augenblick war es still in dem engen Kabuff. Hjelm bemerkte, daß es nach Schweiß roch. Achselschweiß. Kalter Schweiß.

Dann sagte Hultin: »Nur eins noch. Wie verfahren wir ansonsten mit dem Fall? Kann ich die A-Gruppe für die Vernehmungen von Polizisten und Afrikanern einsetzen?«

»Das hatte ich gehofft«, nickte Grundström.

Hultin nickte kurz, ein einziges zufriedenes Nicken, und wandte den Blick zum blinden Spiegel.

Grundström machte eine kleine Geste zu den beiden Kriminalinspektoren, und sie gingen auf den Korridor. Dann stellte er sich neben Hultin und blickte ins Vernehmungszimmer.

»Dann wollen wir mal sehen, wie er reagiert«, sagte er.

Die Zeit verging. Wahrscheinlich hatten Paul und Kerstin sich auf dem Korridor die Papiere angesehen und ihre Vorgehensweise abgesprochen.

Dann ging die Tür auf. Dag Lundmark wandte den Blick dorthin. Hjelm trat ein. Der Blick wurde aufmerksamer. Nun trat Kerstin Holm ein. Und eine sonderbare Glut entzündete sich in Lundmarks Blick.

»Ich frage mich ja doch, ob die beiden noch etwas verbindet«, sagte Jan-Olov Hultin und betrachtete Kerstins angespannten Rücken.

Ihre Hand drehte den Ring, drehte und drehte.

5

Das fröhliche Gesicht eines Schwarzen auf dem Bildschirm hieß Jorge Chavez willkommen. Aus dem Reich der Toten. Am Schreibtisch saßen zwei kräftige Gestalten und begegneten dem Blick des Schwarzen. Oder, etwas nuancierter: ein einstmals außerordentlich kräftiger Mann, der schlanker geworden war, und eine einstmals zarte Frau, die unablässig an Umfang zunahm. Der erste schrumpfte, die zweite schwoll an. Und um es noch eine Spur zu präzisieren: ein ehemaliger Mister Sweden, in entlegener Vergangenheit mit dem Ehrentitel ›Schwedens größter Polizist‹ bedacht, jetzt auch von dieser Position zurückgetreten, sowie Jorge Chavez' blonde Ehefrau. Oder, um nicht länger drumrumzureden: Gunnar Nyberg und Sara Svenhagen. Und Winston Modisane auf dem Bildschirm, der seit knapp zwanzig Stunden tot war.

Chavez gab der Frau einen leichten Kuß und streichelte ihren Bauch, ohne Winston Modisane aus den Augen zu lassen.

»Wie lange glaubt ihr, daß ihr das hier noch verbergen könnt?« fragte Gunnar Nyberg.

»Was verbergen?« fragte Chavez in Übereinstimmung mit der offenbar jetzt gebrochenen Absprache der Eheleute.

»Hör auf, dich lächerlich zu machen, und setz dich«, erwiderte Gunnar Nyberg.

Jorge Chavez warf einen verärgerten Blick auf seine schwangere Ehefrau. Und setzte sich.

»Glückwunsch übrigens«, fuhr Nyberg fort, ohne ihn anzusehen. »Klarer Mädchenbauch.«

Chavez betrachtete die minimale Wölbung des Bauchs seiner Frau und runzelte die Stirn. Mädchenbauch?

Sara Svenhagen nahm seine Hand und sagte: »Es läßt sich

wohl nicht mehr lange geheimhalten. Kerstin hat es auch gesehen.«

»Ich habe von jeder Sorte eins gehabt«, fuhr Nyberg fort. »Glaubt mir, so sieht ein Mädchenbauch aus. Mädchen sitzen im Schoß und Jungen trägt man unter dem Herzen.«

»Und was soll das heißen?« stieß Chavez verwirrt aus.

»Daß du ein halbes Jahr Zeit hast, deine Enttäuschung darüber zu schlucken, daß es kein Sohn wird, du Latinomacho«, sagte Nyberg.

»Ich glaube, du bist ein richtig kranker Mensch.«

»Sehr gut möglich«, sagte Nyberg bedächtig. »Hoffentlich sind es nur Gallensteine. Aber ich vermute Krebs. Das tue ich immer.«

Sara Svenhagen schnitt eine Grimasse und schob sich zwischen die Männer, die wetteiferten, wer der kindischste war.

»Könnten wir uns ein bißchen konzentrieren?« fragte sie.

»Nix«, sagte Chavez.

»Pix«, sagte Nyberg.

Sie hielten einen Moment inne und betrachteten den Mann auf dem Bildschirm. Sein Gesicht war sehr dunkel, beinah schwarz, und sein Lächeln glückselig und hell.

Es gab eine Zeit, da waren weiße Menschen unfähig, schwarze Menschen zu unterscheiden. Man konnte Frauen von Männern unterscheiden, doch das war auch alles. Vorurteile sind nicht nur eine Haltung, ein Mantel, den man anzieht, wenn sich das Klima ändert – sie dringen tief in die Wahrnehmung ein, verändern das Blickfeld, Gerüche werden schärfer, Geräusche klingen anders, und sie bohren sich tief in die Sprache ein.

Der fröhliche Mann war vollkommen schwarz.

Und jetzt tot. Getötet von einem weißen schwedischen Polizisten.

Namens Dag Lundmark.

Die drei am Schreibtisch betrachteten einander und wußten, daß sie die gleichen Gedanken dachten. Es war wie im

Spiegelsaal. Und es war ein seltsames Gefühl, zu ahnen, wie man selbst aussah, wenn man einen bestimmten Gedanken dachte. War es auf irgendeine Weise möglich, Gedanken am Gesichtsausdruck abzulesen? Konnte man – mit entsprechendem Training – tatsächlich Gedanken lesen, indem man nur sah, wie das extrem feinmaschige Netz der Gesichtsmuskeln sich veränderte? Gab es ein modernes Gedankenlesen, das nicht das geringste mit metaphysischen Kategorien wie ›Gedankenübertragung‹ und ›Gedankenwellen‹ zu tun hatte, sondern auf einer Fähigkeit beruhte, ganz einfach die Veränderungen des menschlichen Gesichts zu deuten. Würde das die Lüge unmöglich machen? Würde es vielleicht sogar den Weg für eine Gesellschaft ohne Lügen bereiten? Aber jetzt waren sie wieder auf das Gebiet des Metaphysischen geraten …

Statt dessen wandten sie sich dem Bildschirm zu und versuchten, Winston Modisanes Gesicht zu lesen. Ging das? Er sah fröhlich aus, sprudelnd vor Fröhlichkeit, und allein das hatte wohl etwas zu bedeuten. Aber was? Daß er über die Fähigkeit verfügte, fröhlich zu sein? Mehr Menschen, als man glauben sollte, besitzen diese Fähigkeit nicht.

Doch das genügte wohl nicht.

Gunnar Nyberg schaute auf ein Papier und sagte: »Die einzige Information, die wir haben, ist die der Migrationsbehörde. Das ist nicht gerade viel. Winston Ellis Modisane. Geboren 1965 in Kapstadt. Kam im Oktober vorigen Jahres nach Schweden. Beantragte Asyl aus politischen Gründen. Sein Antrag wurde ziemlich schnell abgewiesen. Als die Polizei ihn holen wollte, um ihn abzuschieben, war er verschwunden.«

»Aus politischen Gründen? Im heutigen Südafrika? Wie sehen solche Gründe aus?«

»Das steht nicht da. Wir müssen Kontakt mit der Migrationsbehörde aufnehmen. Worauf wollen wir tippen? Gegner des ANC? Anderseits ist es wohl eins der geeignetsten Länder Afrikas, um oppositionell zu sein.«

»Sie sperren Andersdenkende nicht ein«, sagte Sara Svenhagen.

»Kaum«, sagte Jorge Chavez. »Und er hat ja auch ziemlich schnell seine Ablehnung bekommen.«

»Also einer, der es einfach versucht hat?« fragte Nyberg. »Der herkam, weil es ihm als eine korrekte Art und Weise erschien, das Leben einfacher zu machen, nur um die Grenzen hermetisch verschlossen zu finden? In den schwedischen Touristenbroschüren ist davon wohl nicht die Rede gewesen.«

»Und es gibt keine Information darüber, wer er war?« fragte Sara. »Ich meine nicht Geburtsdaten, sondern – Lebensdaten?«

»Keine Lebensdaten, soweit das Auge reicht«, bekräftigte Gunnar Nyberg. »Anonymer schwarzer Afrikaner. Nicht einmal die Stammeszugehörigkeit wird genannt. Und soweit ich weiß, gibt es ziemlich viele Volksstämme in Südafrika. Es ist eine künstliche Kolonialnation. Von Buren und Oraniern geschaffen … Oder wie es nun heißt …«

»Wir wissen mit anderen Worten nichts«, stellte Sara Svenhagen fest und begann, eine gekochte Kartoffel zu pellen. Dann verschlang sie die Schale und warf die Kartoffel in eine Tüte.

Gunnar Nyberg betrachtete sie väterlich, während sie die Kartoffelpelle mampfte. »Ist es schon *so* weit?« sagte er.

Jorge Chavez beobachtete seine Frau mit Entsetzen. »Aber was machst du da?« stieß er hervor.

»Das ist gar nicht so blöd«, sagte Nyberg. »Gunilla, meine Exfrau, hatte eine Freundin, die Asphalt aß. Sie hat während der Schwangerschaft ihr Gewicht verdoppelt. Sie ging wie ein Nilpferd. Hinterher konnte sie nie mehr auf Asphaltstraßen fahren. Sie brauchten eine Woche mit dem Wagen, um ihre Eltern in Säffle zu besuchen. Immerhin hast du jemanden, der dir deine Kartoffeln pellt. Denk doch positiv.«

»Es schmeckt gut«, sagte Sara Svenhagen einfach. »Streite nicht mit mir.«

»Wir essen nie Kartoffeln«, murmelte Chavez.

»Man kann Kartoffelschalen frittieren«, sagte Nyberg. »Die sind richtig lecker.«

»Russischer Mist«, zischte Chavez. »Stalingradpampe. Leere die Abfälle aus und brate sie. Ludmila hat dich wirklich gut im Griff, Gunnar. Die Eier sitzen wie im Schraubstock.«

»Du bist ja nicht bei Trost«, platzte Sara heraus, daß die Kartoffelpelle spritzte.

Gunnar Nyberg lächelte nachsichtig und wischte den Bildschirm sauber; er stellte eine Betrachtung über die Phasen der Liebe an. Seine knapp ein Jahr alte Beziehung zur Dozentin Ludmila Lundkvist war ein Verhältnis jenseits des Kinderkriegens. Sie waren beide in den Fünfzigern und hatten nie über die heikle Kinderfrage nachzudenken brauchen. Sie hatten schon jeder ihr Leben eingerichtet, und ihr Verhältnis war ruhig, aber leidenschaftlich, ohne jede Anspannung, ohne jeden äußeren Druck, und er war schlichtweg glücklich. Aber auf eine reife Weise. Keine Himmelsstürmerei. Einfach ziemlich lustvolle Erotik. Ihm paßte das ausgezeichnet. Kein Schraubstock in Sicht. Und auch keine Kartoffelschalen. Im Gegenteil, um ihre Finanzen – die immer mehr ihre gemeinsamen wurden – war es besser bestellt denn je. Inzwischen überlegten sie sogar, was sie mit dem Geld anfangen könnten.

Sie tendierten – aber das war ein sorgfältig gehütetes Geheimnis – zu einem kleinen Haus in Griechenland.

Und sein Baß blieb der feste Punkt im Kirchenchor von Nacka. Der alte Chorleiter hörte nicht auf, sich darüber zu wundern, wie sich der Klang in einer Stimme so drastisch verändern konnte.

Wie das Leben so spielt, dachte Gunnar Nyberg zufrieden. Wer hätte das vor ein paar Jahren erwartet? Da lebte er in einer zwei Jahrzehnte alten Gewissenshölle und glaubte, sie würde bis an sein Lebensende andauern. Als junger Polizist war er Bodybuilder und einer der schweren frühen Fälle von Steroidenmißbrauch. Er war gewalttätig, zu Hause ebenso wie bei der Arbeit. Diese Vergangenheit hatte ihm beide Kinder entfremdet und würde ihn immer weiter heimsuchen. Er bezahlte jeden Tag den Preis, innerlich durch überwältigende Angstanfälle, äußerlich durch Vorträge in den Schulen über die Nebenwirkungen des Dopings. Dann hatte er die Eingebung – es war in der Erregung während der Jagd auf den Kentuckymörder –, den Stier bei den Hörnern zu packen. Extrem nervös nahm er den Kontakt zu seiner Exfrau und seinen Kindern auf. Und es ging. Sie haßten ihn nicht. Er war kein böser Geist aus der Vergangenheit. Eher ein vager Schatten, der Gestalt annahm. Möglicherweise ein wenig zu deutlich Gestalt annahm; er erinnerte sich mit einem Lächeln daran, wie seine Tochter Tova in Uddevalla vor der gigantischen Erscheinung auf der Türschwelle zurückgezuckt war. Und jetzt hatte sie selbst ein Kind bekommen, vor zwei Wochen. Sein drittes Enkelkind. Sein Sohn Tommy in Östhammar hatte schon zwei, und er liebte sie über alle Maßen. Sie bekamen alles, was seine eigenen Kinder nie bekommen hatten. Und schließlich wurde es ein bißchen zuviel. Er merkte, daß sein Verhältnis zu der Farmerfamilie in Roslagen ein wenig angestrengt wurde. Zu dem Zeitpunkt traf er Ludmila, und alles normalisierte sich. Der große blinde Fleck in seinem Leben war sehend geworden.

All dies ging ihm durch den Kopf, als er Jorge Chavez' flammende Blicke auf sich gerichtet sah. Wegen einer Kartoffelschale.

Chavez' Zorn war vollkommen unmotiviert. Als er es in einem Moment von Selbsterkenntnis einsah, erlosch er unmittelbar. Seine Stimmungsumschwünge waren inzwischen Legion; er war ganz einfach nicht daran gewöhnt, schwanger zu sein. Eine lange und ziemlich erbittert geführte Debatte zwischen den Eheleuten hatte schließlich mit dieser Schwangerschaft geendet. Um eine lange Geschichte kurz zu machen: Die Schwangerschaft entsprach zu einhundert Prozent Saras Willen. Er wollte warten – wie alle eingefleischten Junggesellen. Wir warten noch ein bißchen, es eilt doch nicht. Aber eine Frau, die schwanger werden will, ist eine Urkraft, und die läßt sich nicht unterdrücken. Wenn er weiter in dieser Beziehung leben wollte – und das wollte er um jeden Preis –, war er gezwungen, zu Kreuze zu kriechen.

Er dachte: Wie viele Kinder wohl auf diese Weise entstehen?

Und dann fühlte er einen Stich von schlechtem Gewissen, streichelte ihr leicht über den Bauch und sah mit großer Deutlichkeit vor sich, daß er dieses Kind genauso lieben würde wie sie. Auch wenn es ein Mädchenbauch war …

Sara deutete das Streicheln über ihren Bauch auf ihre Weise. Ihr selbst war es völlig gleichgültig, ob es ein Mädchen oder ein Junge war – Hauptsache, es war ein Kind. Vor zwei Jahren war sie kurz davor gewesen, sich bei der Abteilung für Kinderpornographie der Reichskriminalpolizei aufzureiben. Sie hatte ihre Tage damit verbracht, mit anzusehen, wie Kinder mißbraucht wurden, wie Kindern das Schrecklichste angetan wurde, was man Menschen antun konnte. Sie war um die Dreißig und nahezu sicher, daß sie es nie wagen würde, Kinder zu bekommen. Man setzte einfach keine Kinder in eine Welt, die aussah wie die, mit der sie täglich konfrontiert war. Sie lebte in einem parallelen Universum, und das war finster, verfault, schmutzig, als wäre von allen Menschen ausgerechnet sie dazu bestimmt worden, alle Abarten des Menschlichen zu bewachen. Da trat plötzlich Jorge Chavez in ihr Leben und zog sie hinüber in ein anderes Universum. Es war zwar auch nicht besonders hell, doch zumindest konnte sie dort freier atmen. Dort war es auf jeden Fall denkbar, Kinder zu bekommen. Und der Gedanke wurde immer stärker: Mit diesem Mann wollte sie ein Kind. Ein kleines halbchilenisches Kind.

Sie beantwortete das leichte Streicheln damit, daß sie für einen kurzen Augenblick ihre Hand auf seine legte. Dann wandte sie sich wieder Gunnar Nyberg zu.

In der Zeit, als die A-Gruppe auf Eis gelegt war, hatte man Nyberg zur Abteilung für Kinderpornographie versetzt.

Es war Sara gewesen, die ihn behutsam in das Universum der Widerlichkeiten eingeführt hatte. Und Gunnar hatte sich langsam, aber sicher zu ihrem stellvertretenden Papa entwickelt.

In diesem anonymen kleinen Büro im Polizeipräsidium saß also ein Trio mit komplizierter Vergangenheit und kompliziertem Beziehungsgeflecht und betrachtete ein Gesicht ohne Vergangenheit und ohne Beziehungsgeflecht. Und sie hatten kein Problem damit, zu erkennen, daß sie vieles lernen mußten, um irgendwelche Schlußfolgerungen über Winston Modisane und seinen schmählichen Tod zu ziehen.

Sara Svenhagen pellte die nächste Kartoffel.

6

Kerstin Holm zog den Stuhl vor und setzte sich. Sie versuchte, sämtliche bei Vernehmungen üblichen Vorgehensweisen durchzuspielen und sich ganz normal zu verhalten. Aber die Vernehmung, die vor ihr lag, war nicht normal. Alles andere als normal. Jede Bewegung kam ihr unnatürlich vor, als würden ihre Gelenke, Muskeln und Sehnen nicht zusammenwirken. Es war, als wollte man darüber nachdenken, wie man geht, atmet – was sonst wie von selbst ablief, ging auf einmal ruckhaft, stotternd und holperig. Sie spürte Dag Lundmarks Blicke wie Nägel in ihrem Fleisch. Als sie einen Blick zum Spiegel warf, empfand sie eine gewisse Faszination bei dem Gedanken, wie viele einzelne Momente tatsächlich in einer so einfachen Bewegung enthalten sind. Sie hörte deutlich, wie ihre Gelenke knarrten und quietschten, als wären sie von einer dicken Rostschicht umgeben.

Sie war eingerostet.

»Spieglein, Spieglein an der Wand, wer ist die Schönste im ganzen Land«, sagte Dag Lundmark.

Kerstin Holm betrachtete den aufgedunsenen Mann und dachte, daß das Leben des Menschen aus vielen verschiedenen Leben besteht, und sie passen oft nicht zusammen. Allein der Gedanke, daß Dag Lundmark eine wesentliche Rolle in ihrem Leben gespielt haben sollte, war direkt lachhaft – und sie sah, daß Paul Hjelm das sah. Er setzte sich an eine Ecke des Tischs und beobachtete das Schauspiel.

Dag Lundmark beugte sich über den kahlen Tisch und fuhr fort: »Du bist so schön wie immer, Kerstin. Was für ein sadistisches Gehirn hat dich hierhin gesetzt, hier zu mir? Kann es ... Niklas Grundströms sein?«

Er rief den Namen laut und starrte unverwandt in den Spiegel. Kerstin wandte sich Paul zu und bemerkte erstaunt seine angewiderte Miene. Anscheinend war es Zeit, das Affentheater nicht mehr nur aus der Distanz zu betrachten.

»Halt die Klappe«, sagte Paul Hjelm ruhig; sie betrachtete ihn überrascht. Er fuhr im gleichen milden Tonfall fort: »Rede nicht, wenn du nicht angesprochen wirst, antworte vernünftig auf die Fragen, die wir dir stellen, und leg diese Attitüde ab. Dann können wir dir vielleicht sogar aus der Klemme helfen.«

»Ich stecke in keiner Klemme«, sagte Dag Lundmark ruhig. »Ich habe mich bis aufs I-Tüpfelchen an die Vorschriften gehalten. Der Neger hat auf mich geschossen, und ich habe das Feuer erwidert. Mit einem einzigen Schuß. Und mehr als das gibt es nicht zu sagen.«

»Du weißt, daß du einen Gewerkschaftsvertreter hinzuziehen kannst, wenn du willst?«

»Danke, nein danke«, sagte Dag Lundmark und fuhr fort, ohne seinen Ton zu ändern: »Stimmt es, daß du sie gevögelt hast, Paul Hjelm?«

Paul und Kerstin sahen sich an. Die Situation war absurd. Sie durften sich nicht provozieren lassen. Obwohl Hjelm nicht umhinkonnte, daran zu denken, in welchen Bahnen hinter dem verdammten Spiegel die Gedanken der anderen sich wohl bewegten.

Stimmt es, daß du sie gevögelt hast, Paul Hjelm?

»Was sagst du, wenn ich folgende Behauptung aufstelle?« sagte Paul Hjelm mit der größtmöglichen Kälte und blätterte in dem gerade erst überflogenen Papierstapel. »Es ist sehr unwahrscheinlich, daß Winston Modisane eine Scharfschützenpistole des ausgefallenen britischen Modells Waylander 6.5 besaß. Dagegen wissen wir, daß du selbst verschiedentlich die Lizenz für Waffen dieser Marke innehattest. Wie erklärst du das?«

»Habe ich eine Lizenz für genau diese Waffe innegehabt?« fragte Dag Lundmark entspannt und lehnte sich zurück.

»Nicht für genau diese Waffe, nein, aber weil die fragliche

Waffe nur im Direktimport durch Schützenclubs bezogen werden kann und weil du Mitglied in einem Schützenclub bist, der gerade die Waylander 6.5 importiert, und weil du mehrfach andere Waylander-Waffen angeschafft hast, sieht die Tatsache, daß wir in der Hand eines Mannes, den du erschossen hast, eine Waylander gefunden haben, ausgesprochen seltsam aus. Es wirkt fast ein bißchen unbedarft, ausgerechnet diese Waffe zu wählen. Du hättest doch wohl eine andere finden können.«

»Meine Frage war, ob mich etwas an genau diese Waffe bindet«, entgegnete Lundmark seelenruhig.

»Wir gehen weiter«, sagte Hjelm. »Wie lange bist du nach deiner Suspendierung wieder im aktiven Dienst?«

»Das steht in deinen Papieren.«

»Zwei Monate und zwei Tage, ja. Es hat nicht lange gedauert, bis du wieder in deine alte Gewohnheit der Übergriffe zurückgefallen bist.«

»Es war kein Übergriff. Es war ganz normale Notwehr. Auch du, Paul Hjelm, hast in Notwehr getötet. Ein einziges Mal, genau wie ich. Danne Blutwurst, falls du dich an ihn erinnerst.«

»Du interessierst dich ja mächtig für meine geringe Person, Dag Lundmark. Warum das?«

»Weil du so ein Held bist.«

Paul Hjelm schwieg. Es schien ganz unmöglich, dieser Figur beizukommen. Keine Blößen, keine Risse. Man konnte Dag Lundmarks Selbstsicherheit leicht für die Selbstsicherheit des Gerechten halten, für das glasklare Selbstbewußtsein eines Menschen, der weiß, daß er nichts falsch gemacht hat. Aber etwas stimmte nicht, und Hjelm gelang es nicht, den Finger daraufzulegen. Eine Art Endgültigkeit des Handelns, die irgendwie *über allem stand.* Zielbewußtheit? Oder nur eine alles beherrschende Gleichgültigkeit? Er müßte durchgeschüttelt werden, aber es schien keinen Punkt zu geben, an dem man ihn zum Schütteln packen konnte. Vielleicht wäre es möglich, wenn man in die Vergangenheit zurückging, doch Hjelm wollte die Landschaft des Vergangenen nicht betreten und darin herumwühlen. Kerstin zuliebe. Er wartete ab, um zu sehen, wie sie selbst vorzugehen gedachte.

»Du hast uns haben wollen, nicht wahr?« sagte sie leise. »Du hast dich geweigert, mit der Internabteilung zu reden, wenn sie nicht gerade Paul und mich hinzuzögen … Warum? Es sieht ja nicht so aus, als wolltest du ein Geständnis machen. Was willst du denn dann?«

Dag Lundmark strich sich über den Schnauzbart. Eine kleine Falte hatte sich zwischen seinen Augen eingefunden. Er beobachtete seine ehemalige Verlobte mit scharfem, beinah brennendem Blick. »Warum glaubst du das, Kerstin?« fragte er.

»Ich versuche, mir auf das Ganze hier einen Reim zu machen«, sagte Kerstin Holm.

»Und ich versuche, mir auf die Tatsache, daß ausgerechnet du hier sitzt und mich vernimmst, und auf Ravanelli einen Reim zu machen.«

»Den Fußballer?« sagte Paul Hjelm. »Es könnte schwierig werden, da eine Verbindung zu finden. Das kann ich verstehen.«

Dag Lundmark fuhr fort, ohne auch nur mit der Wimper zu zucken: »Sagt dir das etwas, Kerstin? Ravanellis Eckkneipe in Haga. Herbst 92. Ganz in Rot eingerichtet. Brennende Kerzen auf den Tischen, ein Armvoll Rosen. Und der Ring da.«

Lundmark zeigte auf Kerstins linken Ringfinger.

Sie lächelte, doch das Lächeln erreichte nie ihre Augen. Kaum einmal die Wangen. Sie sagte, nicht ohne eine gewisse Kälte in der Stimme: »›Auch viele Wasser löschen die Liebe nicht.‹«

Und Dag Lundmark sagte: »›Setze mich wie ein Siegel auf dein Herz und wie ein Siegel auf deinen Arm. Denn Liebe ist stark wie der Tod, und ihr Eifer ist fest wie die Hölle. Ihre Glut ist feurig und eine Flamme des Herrn. Daß auch viele Wasser nicht mögen die Liebe auslöschen, noch die Ströme sie ertränken. Wenn einer alles Gut in seinem Hause um die Liebe geben wollte, so könnte das alles nicht genügen.‹«

Paul Hjelm starrte sie eine Weile an. Was für eigentümliche Bindungen zwischen Menschen entstehen. Nicht zuletzt, wenn man bedachte, was Kerstin während jener Zeit durchgemacht hatte.

»Und der Rest«, fuhr Dag Lundmark fort. »Die kleine Hütte auf Tjörn, die wir in dem Sommer gemietet hatten, die Dänemarkreisen zu deinen Freundinnen, die lange Rundreise auf Öland, der Frühling in Paris.«

All das gab Lundmark mit einer beinah maschinell unsentimentalen Stimme von sich. Kein Zittern. Keine Veränderung im wäßrigen Blick.

Kerstin saß mit geschlossenen Augen da. Würde sie zu ihrer Rolle als Vernehmungsleiterin zurückkehren können, oder war alles außer Kontrolle geraten? Paul wartete ab.

Dann öffnete sie die Augen und sagte: »Ist es so, daß du darum gebeten hast, von mir vernommen zu werden?«

Jetzt war Lundmark ganz, ganz still.

»Wir können das ja leicht feststellen«, sagte Paul Hjelm nach einer Weile.

Da richtete sich Dag Lundmarks wäßriger Blick auf ihn: »Es ist doch ziemlich sonderbar, daß ihr nicht schon wißt, wie es sich damit verhält. Paul Hjelm.«

Die letzten Worte mit unverhohlener Verachtung ausgesprochen.

Was ist das hier für ein Schlamassel? dachte Paul Hjelm. Aber er sagte: »Du weißt natürlich, daß wir binnen kürzester Zeit die Waylander-Pistole identifiziert haben ...«

Lundmark zuckte mit den Schultern. Er machte sich nicht das geringste daraus.

Warum nicht? dachte Paul Hjelm. Warum macht es ihm nichts aus?

Es kam ihm ganz entscheidend vor. War er dermaßen jenseits von Gut und Böse? War es ihm wirklich scheißegal, ob er aufflog oder nicht? Und war es wirklich das, was sie in seinem Wasserblick sahen? War es vielleicht etwas vollkommen anderes?

»Du warst so schwer alkoholabhängig, daß nicht einmal dein unendlich loyaler Chef weiter in der Lage war, dich zu halten. Den Unterlagen nach bist du 1999 bei mindestens zehn Fällen von Trunkenheit im Dienst ertappt worden, von all den Übergriffen, die unter den Teppich gekehrt wurden, gar nicht zu reden. Mich interessiert, wie du so schnell aus einem dermaßen gravierenden Alkoholmißbrauch herausgekommen bist.«

»Dafür gibt es heutzutage gute Medikamente«, sagte Lundmark und zuckte wieder die Schultern, total gleichgültig.

Fand Hjelm und fuhr fort: »Gehen wir noch einmal zurück in die Wohnung in Flemingsberg, kurz nach vier Uhr gestern nachmittag. Ihr habt damit gerechnet, hinter dieser Tür fünf untergetauchte Flüchtlinge anzutreffen. Gab es irgendeinen Grund anzunehmen, daß sie bewaffnet waren? Gab es überhaupt einen kriminellen Hintergrund? Warum hättet ihr sonst mit solcher Wucht die Tür aufgebrochen? Ihr hättet zum Beispiel, ja ... klingeln können. Und damit die Vorschrift einhalten.«

»Eine Frage zur Zeit, sagt das Handbuch der Verhörtechnik«, belehrte ihn Dag Lundmark.

»Das paßt ziemlich selten.«

»Fünf Afrikaner in den Dreißigern – ist doch klar, daß ein Gewaltrisiko bestand. Einer von ihnen hatte nachweislich kriminelle Kontakte. Wir haben die Sicherheit der Unsicherheit vorgezogen und die Wohnung gestürmt.«

»War euch bekannt, daß es vor dem Fenster eine Brandleiter gab?«

»Nein.«

»Erzähl mal genau, was passiert ist.«

»Wir verschaffen uns Zutritt. Die Afrikaner sitzen am Tisch. Außer einem. Der unmittelbar ins Schlafzimmer läuft und sich aus dem Fenster schwingt. Es dauert eine Weile, bis wir begreifen, wo er abgeblieben ist. Da gehe ich also hinterher. Die Brandleiter ist verflucht instabil. Ich habe meine liebe Mühe, nicht übers Geländer zu fallen. Als ich oben ankomme, fliegen mir zwei Kugeln um die Ohren. Ich ziehe die Waffe und schieße.«

»Einen einzigen Schuß«, sagte Kerstin Holm, die sich plötzlich gefangen zu haben schien.

Wiederauferstanden von den Toten.

»Japp«, sagte Dag Lundmark und betrachtete sie mit schiefgelegtem Kopf.

»Dir fliegen Kugeln um die Ohren. Trotzdem gibst du – der geübte Scharfschütze – nur einen einzigen Schuß ab. Du weißt, daß er treffen wird, und du triffst genau dahin, wohin du treffen willst. Ins Herz. Du hast geschossen, um zu töten, oder?«

»Ich habe geschossen, um unschädlich zu machen. Das ist häufig dasselbe. Das wißt ihr sehr wohl selbst.«

»In dieser bedrängten Lage entscheidest du dich dennoch, als Scharfschütze zu agieren. Man kann den Eindruck bekommen, daß die Lage nicht ganz so bedrängt war, wie du geltend machen möchtest.«

»Aber Eindrücke sind kein Grund für eine Suspendierung.«

Ein sehr leichtes Lächeln huschte über Lundmarks Lippen. Als wäre er richtig zufrieden mit seiner Formulierung. »Nun kommt schon«, sagte er und scharrte mit dem Stuhl. »Ich sehe, daß ich einen Volltreffer gelandet habe. Da schieße ich nicht noch mal. Hättet ihr es vorgezogen, wenn ich mehrmals geschossen hätte?«

»Weißt du, was ich glaube?« sagte Kerstin Holm, und in ihren Augen leuchtete eine Glut, die Hjelm nicht kannte. »Ich glaube, daß Winston Modisane überhaupt nicht geschossen hat. Ich glaube nicht, daß er eine Waffe hatte. Ich glaube, daß du deine eigene illegale Reservewaffe neben ihn aufs Dach gelegt hast. Du hast einen flüchtigen *Neger* gejagt, bekamst ihn perfekt ins Visier und hast geschossen. Wenn ein rassistischer Bulle mit einer ganzen Armee aufgestauter Aggressionen Witterung aufnimmt, gibt es nichts mehr, was ihn aufhält. Nicht, wenn ein Fluchtweg da ist.«

Dag Lundmark sah sehr zufrieden aus.

Paul und Kerstin wechselten Blicke.

Aha, sagten die Blicke.

»Aber«, sagte Paul Hjelm und beobachtete Dag Lundmark sehr genau. »Aber seltsamerweise kann es genau das sein, was du uns glauben machen möchtest.«

»Ein Verbrechen kann bekanntlich ein anderes Verbrechen verdecken«, sagte Kerstin Holm.

»Es gibt einen äußerst erschwerenden Umstand«, sagte Hjelm. »Wie konntest du ihn einholen, bei deinem Gewicht?«

»Denn du hast ihn eingeholt«, sagte Holm. »Sonst hättest du es möglicherweise, im Höchstfall, geschafft, ihn in den Rücken zu schießen, und das wegzuerklären wäre ein bißchen schwieriger gewesen.«

»Wenn dies hier«, fuhr Hjelm fort, »ihr eingeübter Fluchtweg war, wäre ein guttrainierter Fünfunddreißigjähriger dir mit Leichtigkeit davongelaufen. Aber er blieb stehen. Nachdem er sich aus dem Fenster im neunten Stock geschwungen hatte und wie wild die unsichere Brandleiter hinaufgeklettert war, blieb er plötzlich stehen.«

»Die Hauptfrage wird da unwillkürlich: Warum blieb Winston Modisane stehen? Wodurch wurde er in seiner Flucht aufgehalten?«

»Es gibt verschiedene denkbare Antworten. Erstens: Ihm wurde plötzlich die Unmöglichkeit seines Fluchtprojekts bewußt, und er hielt inne. Gerade um zu vermeiden, eine Kugel in den Rücken zu bekommen. Ach, wie er sich getäuscht hatte, falls es so war.«

»Zweitens: Du hast etwas gerufen, was ihn veranlaßte, stehenzubleiben. Etwas Entscheidendes, das ihn dazu gebracht hätte, seine Freiheit zu opfern. Doch was hätte ein solches Gewicht haben können?«

»Drittens: Er wurde rein physisch aufgehalten.«

»Wovon? Was konnte ihn aufhalten? 3 A: ein anderer Polizist, der den Fluchtweg kannte – oder bestenfalls ahnte –, war außen herum gegangen, durch die Dachbodentür. Da erwartete er ihn. Falls es so war, habt ihr die Tat zu zweit begangen – aber alle anderen Polizisten waren in der Wohnung, glauben wir zu wissen. Nein, 3 A ist nicht richtig gut ...«

»Bleibt 3 B: Die Dachbodentür war verschlossen.«

»3 B klingt interessant, nicht wahr, Paul?«

»Doch, Kerstin, ich finde auch, daß 3 B sehr interessant klingt. Besonders weil die Dachbodentür unmittelbar nach der Tat unverschlossen war.«

»Und dann kommt etwas ganz anderes zum Vorschein.«

»Nichts da mit Impulsen. Mit Notwehrimpulsen, aber auch: Nichts da mit Rassistenimpulsen.«

»Her mit der Planung.«

»Her mit der *pedantischen* Planung.«

»Her mit vorsätzlichem Mord.«

»Her mit der Vertuschung eines Mordes durch ein kleineres Verbrechen.«

»Du mußt also von vornherein den ganzen Fluchtweg gekannt haben. Du mußt einen Schlüssel gehabt haben. Du mußt zum einen den Mord vorbereitet haben, indem du die Tür von innen abgeschlossen hast, zum anderen die Tür unmittelbar nach der Tat wieder aufgeschlossen haben. Mit dem Schlüssel.«

»Außerdem eine Pistole, aus der zwei Schüsse abgefeuert wurden, neben den Körper gelegt haben. Das nenne ich sorgfältige Planung.«

»Her mit der Motivjagd. Was sollte ein abgehalfterter schwedischer Polizist, der nach einer Suspendierung gerade wieder seinen Dienst angetreten hat, für ein Motiv haben, einen südafrikanischen Flüchtling zu ermorden, dessen Asylantrag abgelehnt worden ist?«

»Das wird der nächste Schritt der Untersuchung«, sagte Hjelm und streckte sich. »Damit machen wir beim nächsten Mal weiter. Sind wir nicht weit gekommen? Dag Lundmark?«

Dag Lundmark lächelte.

Lag wirklich die gleiche überlegene Zufriedenheit in diesem Lächeln? Oder sah es eine Spur hohler aus?

Oder war es nur die Phantasie, die mit ihnen durchging?

Wieder einmal hatten Paul Hjelm und Kerstin Holm sich gegenseitig zu einer Theorie hochgepuscht, die keineswegs ausformuliert war, als sie den Vernehmungsraum betraten. Es war ein gutes Gefühl – auch wenn die Theorie als solche haarsträubend war. Als wäre die Maschinerie wieder in Gang gekommen, wie gewöhnlich etwas eingerostet, aber auch wie gewöhnlich selbstschmierend. Der Abstand zwischen ihnen war geschrumpft. Wieder einmal hatten sie fast wie ein einziges denkendes Wesen funktioniert. Wieder einmal gab es eine vollkommen natürliche und selbstverständliche Verbindung zwischen ihnen.

Und daß ausgerechnet Dag Lundmark das zu sehen bekam, war auch nicht schlecht.

Kerstin Holm spürte, wie ihre Lebenskräfte nach einer Zeit absoluter Lähmung zurückkehrten – als erwachte sie aus einem widerwärtigen Alptraum. Aber etwas hielt sich noch, eine Spur von etwas Schlimmerem, und sie konnte es nicht einordnen. Zwar hatte alles ausgezeichnet geklappt: Dag Lundmark war aus seinem lächerlichen Selbstbewußtsein herausgerissen worden – vielleicht, möglicherweise, hoffentlich –, doch anderseits war sie selbst von einer seltsamen, gleichsam lauernden, schleichenden Angst ergriffen worden. War es nur der Schock, der nachließ?

Ja, entschied sie. Es war nur der Schock, der nachließ.

Nicht nur der Schock, wieder mit einem Menschen konfrontiert zu sein, der sie so gräßlich enttäuscht hatte, sondern auch der Schock darüber, daß er so verändert war. Daß er so – alt aussah, so müde, fett und erbärmlich. Dennoch lag vermutlich irgendwo darin auch ein Trost. Daß er ein anderer war.

Mit anderen Worten: Die Gefühle waren in Aufruhr.

Da sagte Dag Lundmark: »Heißt das, daß der Staatsanwalt eingeschaltet ist? Daß ihr vorhabt, mich über Nacht in Arrest zu nehmen?«

Sie betrachteten ihn. Es war das erste Mal, daß sie eine Gefühlsregung erkannten – vielleicht, möglicherweise, hoffentlich –, aber wie sah die in diesem Fall aus? War da nicht eine ganz, ganz kleine Befürchtung, hochgenommen zu werden?

Kerstin und Paul sahen sich an.

Nein, natürlich gab es keinen Grund, ihn dazubehalten. Aber sie würden neue Chancen bekommen, davon waren sie überzeugt. Sie warfen einen Blick zum Spiegel – dem *vergessenen* Spiegel –, und der fühlte sich tatsächlich *gemeinschaftlich* an. Als könnte man einen Blick teilen.

»Nein«, sagte Paul Hjelm. »Aber wir wollen uns morgen weiter mit dir unterhalten. Das hier war ja richtig erhebend, Dag Lundmark.«

Lundmark stand auf. Sein Blick verriet extreme Erleichterung. Dann verließ er wortlos den Raum.

»War das jetzt komisch?« sagte Paul Hjelm.

Kerstin nickte. »Ziemlich«, sagte sie.

Dann ging die Tür auf. Der Raum füllte sich mit Kommissaren. Niklas Grundström und Jan-Olov Hultin kamen herein. Sie setzten sich ihnen gegenüber und beobachteten sie eine Weile.

Dann sagte Niklas Grundström, der Chef der Abteilung für interne Ermittlungen: »Glaubt ihr an diese Geschichte?«

»Welche Geschichte?« fragte Paul Hjelm treuherzig.

»An den Mord«, sagte Grundström, ohne eine Miene zu verziehen. »Glaubt ihr, daß diese Sache größer ist, als sie zu sein scheint?«

»Es gibt keinerlei äußere Gründe, das zu glauben«, sagte Hjelm.

»Nur innere«, sagte Kerstin Holm.

»Interne«, sagte Jan-Olov Hultin ein wenig überraschend.

Sie betrachteten ihn einen Augenblick.

»Und du, Jan-Olov?« sagte Grundström.

Hultin studierte die betongraue Wand. »Ich würde sie noch eine Zeitlang weitermachen lassen«, sagte er schließlich.

Grundström nickte und stand auf. »Okay«, sagte er. »Ihr könnt morgen weitermachen. Die Sache sieht ja recht interessant aus.«

Dann verließ er den Raum.

»Und das«, sagte Hultin, »war das höchste Lob, das ich jemals über Niklas Grundströms Lippen habe kommen hören.«

Er stand auf und wartete. Paul Hjelm stand auch auf. Und wartete. Kerstin Holm blieb sitzen.

»Ich bin nicht sicher, ob ich aufstehen kann«, sagte sie leise.

Sie ließen sie allein.

Mit ihren Gefühlen in Aufruhr.

7

Der Einbrecher nieste.

Er wartete einen Augenblick, und dann nieste er noch einmal.

Es war nicht die günstigste Nacht für einen Einbruch.

Zehn Minuten bevor er aus dem Haus ging, hatte er sich mit dem stärksten Nasenspray die Nase vollgesprüht und gehofft, alles würde funktionieren wie immer.

Lautlos.

Einen Moment lang stand er in dem pechschwarzen Flur und schwankte. Wahrscheinlich hatte er vierzig Grad Fieber, dazu entsetzliche Halsschmerzen, die vermutlich längst nicht nur Halsschmerzen waren, sondern eine Mandelentzündung oder sogar ein Halsgeschwür.

Und Halsgeschwüre haßte er wirklich von ganzem Herzen.

Er erinnerte sich daran aus seiner Kindheit. Ein Halsgeschwür mußte operiert werden, und weil man den Hals nicht betäuben konnte, ohne daß die Atmung aussetzte, arbeitete man sich mit Eisspray als Anästhetikum in die Halsregion vor und schabte. Und Eisspray war nur eine verschönernde Umschreibung für den grellsten Schmerz.

Dann nieste der Einbrecher noch einmal und wartete.

Er war auf einen schnellen Rückzug vorbereitet. Falls jemand in der Wohnung das Niesen gehört hatte, war ihm jeder kleinste Schritt klar. Innerhalb von zwölf Sekunden wäre er auf der Straße. Mit dem Risiko einer Herzmuskelentzündung. Wie sie sich Jogger mit Fieber zuziehen, Elitefritzen, die es nicht lassen können, mit einem von der Hongkonggrippe befallenen Körper in Södermalm herumzujoggen.

Aber klar, er mußte da jetzt durch, wie es so schön heißt. Er hatte den Naturgesetzen getrotzt und sich wie gewöhnlich auf

Raubzug begeben, ohne die Folgen seines Zustands einzukalkulieren. Außer was das Niesen anging, das auch nicht zur Standardausrüstung des professionellen Einbrechers gehört.

Tatsache war, daß die Mehrzahl seiner Sinne außer Funktion war. Die Augen tränten, der Blick war getrübt, es pfiff und knackte in den Ohren wie ein unentschlossener Tinnitus, kein Duft drang in sein geschwollenes Riechorgan, er konnte nichts schmecken, und daß auch sein Tastsinn angeschlagen war, wurde ihm bewiesen, als er die Tür aufbrach – es dauerte mindestens zwanzig Sekunden länger als gewöhnlich.

Er machte ein paar Schritte ins Wohnungsinnere. Die kleine Taschenlampe ließ ihren auf Punktlicht eingestellten Strahl über den Fußboden und die Wände gleiten. Ein paar Schubladen sahen interessant aus. Er würde später zu ihnen zurückkommen.

Er pflegte Wohnungen eine Woche lang zu beobachten. Das war Teil seiner Strategie – er hatte stets mindestens zehn ›interessante Objekte‹ unter Beobachtung. Wenn kein Licht angemacht wurde, wenn Post und Zeitungen aus dem Briefschlitz ragten, waren die Leute verreist. Dann war es *verhältnismäßig* sicher zuzuschlagen.

Doch dies hier war keiner seiner gewöhnlichen Fälle. Hier war es *vollkommen* sicher, das war ihm garantiert worden. Deshalb unterdrückte er auch das nächste Niesen nicht, sondern ließ es im Raum explodieren. Der Einbrecher schlich weiter ins nächste Zimmer, es mußte das Schlafzimmer sein. Einiges an Büchern, von denen einige richtig interessant wirkten, Sammlerstücke, eine Stereoanlage, die ganz neu zu sein schien.

Und Bargeld auf dem Nachttisch.

Ja, wirklich, da lag ein kleiner Stapel Fünfhundertkronenscheine.

Der Einbrecher hob den obersten ab und beleuchtete ihn. Er schüttelte ein paar schlappe Insekten ab, wahrscheinlich Motten, und prüfte ihn. Doch, er wirkte echt.

Neben den Fünfhundertkronenscheinen lag ein handgeschriebener Brief. Er hob ihn hoch. Er war merkwürdig schwer. Er ließ den Lichtstrahl über die Einleitungsworte des Briefes wandern. Er las: ›Ich habe nach reiflicher Überlegung beschlossen, mir das Leben zu nehmen.‹

Weiter konnte er nicht lesen. Das Papier war ganz mit Insekten bedeckt. Deshalb war es so schwer.

Aber waren das wirklich Motten? Waren es überhaupt Insekten? Er leuchtete sie an und betrachtete sie genauer.

Waren das nicht Larven? Kurze, dicke weiße Larven?

Schmetterlingslarven?

Oder eher – Würmer?

Und Würmer waren wohl keine Insekten?

›Ich habe nach reiflicher Überlegung beschlossen, mir das Leben zu nehmen.‹

»Scheiße, verdammt!« rief der Einbrecher und schickte den Lichtstrahl zum Bett hinüber.

Das ganze Bett wimmelte von kurzen, dicken weißen Würmern.

Und irgendwo darunter waren die mehr oder weniger aufgelösten Konturen eines Menschen.

Dem Einbrecher drehte sich der Magen um. Er fuhr herum und rannte aus der Wohnung. Er lief ins Treppenhaus, stürzte die drei Stockwerke hinunter und gelangte auf die Straße.

Herzmuskelentzündung, dachte er und blickte auf seine Hand. Da hing dieser verdammte Brief. Er schüttelte ihn ab und betrachtete ihn. Er zitterte heftig.

Statt Fünfhundertern, dachte er selbstkritisch. Sehr profihaft angestellt.

Er knüllte ihn zusammen, und als er ihn in den nächsten Papierkorb warf, sah er auf der anderen Straßenseite ein erleuchtetes Schild. Eine Kneipe.

Ja, er brauchte einen Schnaps. Grippe hin oder her.

Er überquerte die Straße und betrat die Kneipe. Sie war halbvoll. Die Leute wichen zurück. Und sonst gelang es ihm immer, sich unsichtbar zu machen. Jetzt richtete sich die Aufmerksamkeit aller auf ihn. Was hatten sie?

Die Antwort kam unmittelbar. »Himmel, Arsch und Zwirn«, sagte eine Stimme hinter seinem Rücken. »Das ist ja unfaßbar, wie Sie stinken.«

Er drehte sich um.

Ein uniformierter Polizist stand vor ihm und hielt sich die Nase zu. Dahinter wedelte ein zweiter sich mit der Hand vor der Nase wie mit einem Fächer.

»Ich glaube, es ist am besten, Sie kommen mit«, sagte der zweite und wedelte weiter.

»Zur Wache«, sagte der erste mit der Hand vor der Nase.

Der Einbrecher lachte bitter und nieste.

Es war nicht sein bester Tag.

8

Die Wände sahen jetzt ganz anders aus. Die Decke, der Fußboden. Der Tisch, die Stühle. Es war lange her, seit sie allein in einem Vernehmungsraum gesessen hatte. Vielleicht hatte sie es nie getan.

Vielleicht war sie nie auf diese Weise allein gewesen.

Der Raum sah karg aus, endgültig verlassen. Nicht eine Bewegung, kein Leben. Als wäre sie der letzte Mensch auf der Welt.

Sie konnte ganz einfach nicht aufstehen.

Allein. Kerstin Holm war es ja gewohnt, allein zu sein. Sie hatte das Alleinsein sogar als Lebensform gewählt. Single. Ein Euphemismus für Leere.

Sie hatte die Landschaft der Vergangenheit besucht, und die sah ganz und gar nicht so aus, wie sie erwartet hatte. Leichter und schwerer zugleich.

Was hatte sie eigentlich erwartet? Daß Dag Lundmark vor Haß kochte? Daß er sich ihr an den Hals warf und ihr lebenslange Liebe erklärte?

Sie drehte den Ring, drehte und drehte.

Der Ring. Warum trug sie ihn noch? Die Beziehung war doch seit einem halben Dutzend Jahren beendet. Und sie war grauenhaft gewesen, zumindest zuletzt. Sie hatten sich ohne stärkere Gefühle getrennt. Am stärksten – von allen Gefühlen – war die Erleichterung gewesen. Dennoch war der Ring am Finger geblieben. Es wäre äußerst logisch gewesen, ihn in den Müll zu werfen oder zumindest in einer der hintersten Schubladen zu verstecken. Sie hatte es nicht getan. Es mußte einen Grund gegeben haben.

Sie spürte ihn. Sie hatte keine Ahnung, welcher Art der Grund war, doch sie spürte ihn. Er schüttelte ihren Körper. Er machte es ihr unmöglich, aufzustehen. Sie näherte sich etwas – etwas Verbotenem.

Dem Verbotensten.

Das mußte warten. Es war mit logischen Methoden nicht zu finden. Es war immun gegen die Logik, das spürte sie. Immun gegen die Logik der Detektivin. Und es war furchtbar. Welche anderen Methoden standen ihr zur Verfügung? Gar keine. Überhaupt keine.

Sie kehrte zu dem Verhör mit Dag zurück. Mit der Logik der Detektivin. Mangels subtilerer Methoden.

Es war leichter und schwerer gewesen, als sie erwartet hatte.

Warum?

Leichter vor allem, weil das Zusammenspiel mit Paul so gut funktioniert hatte. Aber auch leichter, weil es zwischen ihr und Dag nicht zu größeren Spannungen gekommen war. Leichter, weil er weder angriff noch sentimental wurde. Weil er beinah gleichgültig wirkte.

›Stimmt es, daß du sie gevögelt hast, Paul Hjelm?‹ Merkwürdig distanziert. Es war ja eine drastische Äußerung. Sie hätte mit starken Gefühlen ausgesprochen werden sollen, mit Haß oder Hohn, aber nein. Eher desinteressiert. Als hätte er abgelesen. ›Das hier muß mit. Sieh zu, daß du es mit rein bekommst.‹ Warum? Und was er alles von Paul wußte. Warum? Hatte er ein echtes Interesse an dem, was Paul tat oder nicht tat? Kaum. Auch das hörte sich – eingeübt an.

Was trieb er da für ein Spiel?

Es war eindeutig nicht so, als säße er auf der Anklagebank wegen des tödlichen Schusses auf einen afrikanischen Flüchtling. Es schien nichts mit der Sache zu tun zu haben. Es war wohl dies, was das Verhör *schwerer* machte, als sie erwartet hatte. Auch. Gleichzeitig.

Und es war so ungreifbar.

Sie bekam kein Gefühl dafür, was Dag Lundmark während dieser Vernehmung eigentlich betrieben hatte. Sie bekam kein Gefühl dafür, wer er war. Es blieb vage.

Obwohl er das Zitat aus dem Hohenlied angebracht hatte. Wie ein sprudelnder Quell. Warum?

Warum war sie damals auf Dag Lundmark reingefallen? Wie war es dazu gekommen? Wer war sie gewesen, im Frühjahr 92? Nicht gerade ein Unschuldslamm, über dreißig und eine ziemlich routinierte Polizeiassistentin. Er war zehn Jahre älter, ihr übergeordnet und außerdem verheiratet. Er war lustig, polternd und fröhlich. Stark.

Ja, das war die deutlichste Erinnerung. Er war *stark*. Ein starker Mann. Einer, bei dem man sich anlehnen konnte. Sie mußte ein großes Bedürfnis gehabt haben, *sich anzulehnen* – heute fiel es ihr schwer, sich das vorzustellen. Warum? Was hatte sie mit ihren Zwanzigern gemacht, diesem Jahrzehnt, auf das man immer mit solcher Wehmut zurückblickt? Es gab keine markanten Erinnerungen. Keine festen Beziehungen. Ein Leben als Single, das soweit wie möglich dem ihrer männlichen Kollegen glich.

Da war es: der Wunsch, wie sie zu sein. Deshalb hatte sie keine Erinnerung an sich selbst als Fünfundzwanzigjährige. Sie versuchte, das Leben eines anderen Menschen zu leben. Ein männliches Leben. Es gab Bilder, Erinnerungsbilder, aber nie war sie selbst mit darauf.

Was für Lücken es im Leben gab! Wer war sie eigentlich? Warum war sie Polizistin geworden? Was war das für eine eigentümliche Berufswahl?

Ein Kampf. Sie erinnerte sich an Kampf, ununterbrochenen Kampf. Zuerst, um über die absonderlichen Vergewaltigungen ihrer Kindheit hinwegzukommen, die an Familienfeiertagen von einem männlichen Verwandten im Garderobenschrank verübt wurden. Onkel Holger, der eigentlich gar kein Onkel war, sondern ein entfernter Verwandter, der ausschließlich bei Familienfesten in Erscheinung trat, und zwar aus einem einzigen Grund: damit die kleinen Mädchen ihn im Garderobenschrank befingern sollten. Zum Ende hin wurde daraus die eine oder andere regelrechte Vergewaltigung. Dann war es vorbei mit den Vergewaltigungstreffen, und Onkel Holger starb ein paar Jahre später. An Leberzirrhose.

Es war keine Kindheit im Schlamm, wie man sie nur vergessen und hinter sich zurücklassen will. Eine von denen, die einen entweder stark machen oder umbringen. Nein, eher recht grau. Kein größeres Licht, aber auch kein größeres Dunkel. Außer Onkel Holger. Ihre Familie war normale Göteborger Mittelschicht, mustergültig trist und knauserig, und sie war vollkommen überzeugt davon, daß keiner eine Ahnung davon hatte, was Onkel Holger im Garderobenschrank trieb. Ihre Sensibilität reichte dafür wohl nicht aus. Wahrscheinlich kam es deshalb zum Bruch. Sie war auf irgendeine Weise etwas größer als ihre Eltern. Und daß sie Polizistin werden wollte, nachdem sie einige Jahre wechselnde Jobs ausgeübt und zwei weitere Jahre mit wechselnden Studienfächern an der Universität verbracht hatte, konnten sie nicht nachvollziehen. Ihre Mutter, die Krankenschwester, wollte, daß sie Krankenschwester wurde. Ihr Vater, der Vorarbeiter auf der Werft, wollte, daß sie Vorarbeiterin auf der Werft wurde. Jedenfalls vermittelten sie genau dieses Gefühl – Schuster, bleib bei deinem Leisten. Übernimm dich nicht. Und wer will nicht Vorarbeiter auf der Werft werden?

Ihre Schwester wurde Krankenschwester.

Und was wurde sie?

War ihre Berufswahl nur ein Teenageraufruhr? Trotz allem nicht. Sie meinte, sich an eine Art Gerechtigkeitspathos zu erinnern, das sie mit den anderen in ihrer Nähe teilte, aber es drückte sich nicht als ein politischer Aufruhr aus – eher ethisch. Was sie von den meisten ihrer Freundinnen (gab es denn welche?) trennte, war trotz allem Onkel Holger. Sie hatte gesehen, daß ein Verbrecher frei herumlief. Sie war Opfer eines Verbrechens geworden, ohne es zu wissen, und sie hatte gesehen, wie er seine Untaten begehen konnte, ohne bestraft zu werden. Niemand hatte ihr geholfen. Sie war, ja, rechtlos gewesen. Niemand sollte rechtlos sein.

Doch, dachte sie ein wenig überrascht, so war es wohl gewesen. Das gleiche soziale Pathos wie ihre Umgebung, doch ohne den Zug hin zu politischen und sozialen Abstraktionen. Das Unrecht war etwas sehr Konkretes. Hier und jetzt. Und die konkreteste Unrechtsbekämpferin war – zumindest für ein verhältnismäßig naives Gemüt – die Polizei. Sie wollte die Instanz werden, die sie selbst vermißt hatte in jenen schwarzen Tagen, wenn sie mit rotgeweinten Augen an die Decke des Garderobenschranks starrte und den Schmerz im Unterleib verspürte.

Niemand sollte rechtlos sein.

Sich aus der Erniedrigung zu erheben – dieser seltenen, aber regelmäßigen Erniedrigung –, das war kompliziert. Es entstand ein tiefer Riß in ihrem Verhältnis zu Männern. Sie kam zur Polizeihochschule. Nur Männer um sie herum. Betont männliche Männer. War das auch ein Grund, ein bißchen weniger stubenrein? Sich an Männer zu *gewöhnen*? An Männlichkeit? Als eine Beschwörung? Es war unvermeidlich, daß sie die männliche Art, sich zur Umwelt zu verhalten, annahm. Angehende Polizisten mit der Welt zu ihren Füßen – mit der Macht in ihren Händen. Darin trainiert, sich zu bedienen. Und sie bediente sich. Sie war einer von den Jungs, sie fühlte sich wie einer von den Jungs. Ihr Sexualverhalten wurde ebenso expansiv wie das der Jungs. Und da merkte sie, daß sie eben *nicht* einer von den Jungs war. Sie akzeptierten sie – doch eher unwillig, widerstrebend – in allen Zusammenhängen, außer dem einen: Ein Männchen, das Weibchen jagt, ist etwas ganz anderes als ein Weibchen, das Männchen jagt. Und sie wurde wieder an ihren Platz gesetzt. Verkroch sich in ihre Höhle. Zölibat. Wurde statt dessen *tüchtig*. Kursbeste. Ließ die Jahre vergehen. Wurde eine annehmbare uniformierte Polizistin mit dürftigen Aufgaben. Fühlte sich allgemein unbefriedigt. Tat nicht das geringste, um dafür zu sorgen, daß niemand rechtlos zu sein brauchte.

Irgendwann in dieser Lage mußte sie Dag getroffen haben.

Eine Injektion von Leben. Kriminalinspektor. Der Anfang war stürmisch. Sie kam mitten in eine schmutzige Scheidungsgeschichte und nahm natürlich für ihn Partei. Seine Sexualität war einfach, von der Hau-den-Lukas-Sorte. Das Wort ›nein‹ existierte nicht in seinem Wortschatz. Klare Linien. Neue Vergewaltigungserlebnisse. Aber sie wollte nicht mehr tüchtig und einsam sein. Es war ihr nahezu unbegreiflich, als sie jetzt in dem kahlen Vernehmungsraum saß und ihr Leben Revue passieren ließ, wieviel sie hingenommen hatte, um nicht wieder einsam zu sein.

Sie glaubte allen Ernstes, daß Männlichkeit so aussah. Bis sie Paul Hjelm begegnete.

Nach ihrer kurzen, stürmischen Affäre öffnete sich ihr die Welt. Alles war möglich. Sie verliebte sich in einen sechzigjährigen krebskranken Pastor der Schwedischen Kirche und lebte bis zu seinem Tod mit ihm zusammen. Es war eine merkwürdige Zeit. Seitdem nichts.

Außer Erinnerungen. Diese seltsame Mischung von Erinnerungen, die unser Erbe sind.

Und Vergessen.

Eine Weile saß sie da und fühlte sich wie durchgespült. Gereinigt.

Ein Augenblick absoluten Friedens.

Als Paul Hjelm ins Vernehmungszimmer schaute, drehte sie noch immer an ihrem Ring, drehte und drehte.

Er beobachtete sie eine Weile. Dann sagte er: »Bist du soweit?«

Sie betrachtete ihn eine Weile. Dann sagte sie. »Ja. Ich bin soweit.«

9

Arto Söderstedt hatte Zahnschmerzen. Er war bedeutend klüger aus Italien zurückgekehrt, fand er, bedeutend geneigter, Kleinkram als das zu sehen, was er war. Weisheit war ganz einfach der Sinn für Proportionen. Weiter erstreckte sich die Fähigkeit des Menschen nicht.

Als Ganzes gesehen war der voraufgegangene Fall eine sehr nützliche, geradezu lebensentscheidende Erfahrung gewesen. Bis auf einen Punkt: Er hatte einen Pistolenlauf in der Schnauze gehabt. Der hatte nicht eine einzige positive Spur hinterlassen. Im Gegenteil. Er hatte ihm die beiden oberen Schneidezähne herausgerissen, drei Backenzähne zerschmettert und die Mundhöhle insgesamt malträtiert. Außerdem hatte er ihm den Kiefer gebrochen.

Die Wunden waren verheilt, der Kiefer war fixiert, die Zahnprothese am Platz. Rein medizinisch war er geheilt. Dennoch durchzuckten hin und wieder wahnsinnige Schmerzwellen den Gaumen, gegen die kein Zahnarzt etwas ausrichten konnte – aus dem einfachen Grund, weil sie nicht wußten, was es war.

Aber Arto Söderstedt wußte es.

Es war ein metaphysischer Schmerz. Er kehrte in regelmäßigen Abständen wieder, um ihn an all das zu erinnern, was er während seines Aufenthalts in Europa gelernt hatte. All das, was er nie richtig würde formulieren, aber zumindest mit einem ausgebleichten Etikett würde versehen können: Lebensweisheit.

Diese Weisheit in praktisches Handeln umzusetzen war eine ganz andere Sache.

Er betrachtete den Mann auf der anderen Seite des Schreibtischs und fühlte sich müde. Das war nicht gut. Müdigkeit ist selten ein Bestandteil von Lebensweisheit. Eher das Gegenteil.

Wenn es etwas gab, was Arto Söderstedt nicht kannte, dann war es Müdigkeit.

Die Schmerzwelle, die durch seinen Gaumen fuhr, ebbte ab, und ein anderer Sinn drängte in den Vordergrund. Der Geruchssinn.

»Nein«, sagte er zu dem Mann auf der anderen Seite des Schreibtischs. »Gut riechen Sie nicht.«

»Ich fange an, das einzusehen«, näselte der Mann.

»Haben Sie in der Haft nicht duschen können?«

»Doch. Ich glaube, daß es in den Kleidern sitzt. Aber ich selbst rieche es nicht.«

Arto Söderstedt nickte. »Weil Sie erkältet sind. Das erzählen Sie uns jetzt schon die ganze Zeit.«

»Ich habe meine Lektion gelernt.«

Söderstedt neigte den Nacken etwas nach vorn und ließ es vernehmlich knacken. Er seufzte und sagte: »Wissen Sie, mein lieber Björn Hagman, wie viele Verbrecher mir schon gegenüber gesessen haben – genau da, wo Sie sitzen – und exakt diese Worte gesagt haben? ›Ich habe meine Lektion gelernt.‹ Können Sie sich vorstellen, wie hoch die Chance ist, daß ich das glaube?«

»So habe ich es nicht gemeint.«

»Was haben Sie nicht gemeint?«

»Daß ich mich bessern würde.«

»Sie haben also nicht die Absicht, sich zu bessern?«

»Nein«, sagte Björn Hagman und legte den Kopf schief.

Er war ein schwarzgekleideter kleiner Mann und sah aus wie Gentlemen-Diebe in mittelmäßigen Kriminalfilmen. Modell Sean Connery im Verhältnis eins zu zwei. Mindestens fünfzig Jahre alt und mit einer Vorstrafenlatte, die sich bis nach Dalarna erstreckte. Ausschließlich Einbrüche.

Arto Söderstedt fand den Mangel an geheuchelter Reumütigkeit erfrischend.

»Und inwiefern haben Sie eine Lektion gelernt?« fragte er.

»Daß ich nie mehr einen Einbruch begehe, wenn meine Nase dicht ist.«

»Da sieht man mal wieder«, sagte Arto Söderstedt, »daß man jeden Tag noch etwas Neues lernen kann.«

»Dazu wird man nie zu alt«, sagte Björn Hagman mit einem fiebrigen Lächeln.

Söderstedt blätterte in den Papieren vor sich und sagte: »Heute nacht um halb zwei wurden Sie mit einer Tasche voller Einbruchswerkzeug in der Half Way Inn an der Kreuzung Wollmar Yxkullsgatan – Swedenborggatan geschnappt. Außerdem hing Ihnen ein kräftiger Leichengestank an. Sie wurden von zwei Polizeiassistenten namens Gunnarsson und Bergström gefaßt, die sich vor Ort befanden, um den Zeugen eines Motorradunfalls auf Sveavägen zu vernehmen. Dennoch bilden Sie sich also ein, etwas in der Hand zu haben, um mit uns zu handeln.«

»Davon bin ich vollkommen überzeugt«, sagte Björn Hagman. »Obwohl ich es im Grunde nicht brauchte. Die sogenannten Einbruchswerkzeuge sind lediglich normale Hobbyausrüstung. Und schlecht zu riechen ist ja wohl kein Verbrechen.«

»Warum kommt es mir so vor, daß nicht einmal Sie selbst an diese Verteidigungsstrategie glauben?«

»Weil ich es nicht tue. Weil ich weiß, wie meine Vorstrafenlatte aussieht. Weil ich weiß, daß ich schlechte Karten habe, wenn ich nicht noch was in der Hinterhand habe.«

»Aber Sie wollen nicht mal sagen, wo Sie eingebrochen sind?«

»Nicht zu verschlafenem Nachtpersonal. Aber jetzt spreche ich ja mit einem qualifizierten Kriminalmann.«

Gott im Himmel, dachte Arto Söderstedt. Er haßte es, mit Schlupflochkerlen zu tun zu haben. Gaunern mit der einzigartigen Fähigkeit, Schlupflöcher zu finden.

Wahrscheinlich, weil er dadurch an seine Vergangenheit erinnert wurde.

»Jetzt erzähle ich Ihnen eine Geschichte«, sagte Arto Söderstedt. »Es war einmal ein sehr junger und sehr ehrgeiziger Strafverteidiger in Vasa. Im Alter von fünfundzwanzig Jahren hatte er sich darauf spezialisiert, Schlupflöcher im finnischen Rechtswesen ausfindig zu machen. Weil er ständig Auswege fand, wurde er der von der Unterwelt gefragteste Anwalt. Er verdiente das große Geld damit, den Abschaum des Globus freizubekommen, damit sie ungestört weiter ihrem Gewerbe nachgehen konnten. Doch dann geschah etwas. Er bekam eine Störung in seinem Geruchsorgan. Um ihn herum begann es zu riechen. Er fragte sich, was das sein mochte. Er suchte Ärzte auf, sein Riechorgan wurde minutiös untersucht, aber man fand keinen Fehler. Schließlich fand er den Fehler selbst. Er war es, der roch. Er strömte Leichengeruch aus. Er war im Begriff zu verrotten. Es war nur eine Frage der Zeit, wann auch die Menschen in seiner Umgebung den Gestank wahrnehmen würden. Da änderte er sein Leben. Bevor es zu spät war.«

Und da war die Geschichte plötzlich zu Ende.

Björn sah den kreideweißen Finnlandschweden skeptisch an.

Vasa? dachte er, Söderstedt konnte es deutlich sehen. Wo verdammt liegt Vasa?

»Hat die Geschichte irgendeine Pointe?« fragte Björn Hagman.

»Ich weiß alles über Schlupflöcher«, schloß Söderstedt. »Vor allem weiß ich, wie sie riechen. Es ist nicht zufällig der Gestank, der uns jetzt und hier in die Nase steigt?«

Viggo Norlander sah zum Papierkorb. Arto Söderstedt sah zum Papierkorb. Björn Hagman sah zum Papierkorb.

Dann sahen sie einander an.

Der Papierkorb war einer von der üblichen graugrünen

Sorte mit zwei horizontalen Eingrifflöchern im oberen Teil. Nicht ganz üblich war, daß er bekotzt war. Die Kotze hatte nur zur Hälfte den Weg durch die Löcher gefunden. Der Rest klebte an der Außenseite.

»Farbenfroh«, sagte Viggo Norlander.

»Bunt«, sagte Arto Söderstedt.

Worauf sie Björn Hagman ein Paar Gummihandschuhe reichten und sagten: »Dann mal los.«

»Aber ...«, sagte Björn Hagman.

Doch nur, weil das von ihm erwartet wurde.

Er streifte sich die Handschuhe über und machte sich ans Werk.

Der Papierkorb befand sich auf dem Bürgersteig auf der nördlichen Seite der Wollmar Yxkullsgata auf Södermalm, im Viertel südlich von Mariatorget. Die vor sich hin summenden Strahlen einer heiteren Spätsommersonne begleiteten das heldenmütige Graben im Abfall. Die Schatten waren lang geworden. Stockholm ging dunkleren Zeiten entgegen. Auf dem Bürgersteig sammelten sich die Schätze der Nacht. Bierdosen, Wodkaflaschen, Busfahrscheine, kaputte Kondome und eine gehörige Menge halbverdauter Würstchen mit etwas, was aussah wie Gurkenmajonnaise in einer Fehlfarbe, was aber etwas ganz anderes war.

»Ich frage mich manchmal, was Menschen dazu bringt, in Papierkörbe zu kotzen«, sagte Viggo Norlander, betrachtete den wachsenden Haufen Unrat und fuhr fort: »Ein umnebeltes, um nicht zu sagen, völlig außer Kraft gesetztes Über-Ich? Man darf nicht auf den Boden kotzen. Also hockt man sich hin, zielt seitwärts durch zwei kleine Löcher, produziert eine waagerechte Kaskade und macht mit dieser fehlgeleiteten Fürsorglichkeit den Kommunalarbeitern das Leben unerträglich.«

Arto Söderstedt ergänzte mit der Replik: »Und nicht einen Augenblick bedenkt man, daß ein alternder Meisterdieb gerade hier ein Schlupfloch plaziert hat.«

»Daran hätte man wahrlich denken sollen«, sagte Norlander.

»Wirklich rücksichtslos«, sagte Söderstedt.

Björn Hagman betrachtete sie grimmig und setzte die Durchforschung des Papierkorbs fort. Er tröstete sich damit, daß seine Sachen sowieso in die Reinigung mußten – der Müll- und Kotzgeruch war vermutlich nichts gegen den Leichengestank.

Dann fand er, was er suchte. Auf dem zusammengeknüllten Papier waren nur ein paar Spritzer Erbrochenes. Von zwei Polizisten sorgfältig überwacht, wickelte er es auseinander. Schließlich nahm Arto Söderstedt es ihm aus der Hand. Mit übergestreiften Gummihandschuhen.

Er las laut, zunächst ziemlich lebhaft, dann immer gedämpfter: »›Ich habe nach reiflicher Überlegung beschlossen, mir das Leben zu nehmen. Der Mensch ist fähig, sehr viel zu ertragen, aber es gibt eine Grenze, und jenseits dieser Grenze kann alles geschehen. Glaubt mir, ich weiß es. Ich habe Dinge getan, mit denen kein Mensch, der trotz allem Mensch bleibt, leben kann. Und wie gern ich auch etwas anderes werden möchte, bleibe ich gleichwohl Mensch.‹«

Arto Söderstedts Miene veränderte sich drastisch. Seine Stimme löste sich in nichts auf, und er las ohne Ton weiter.

Die innere Stimme.

Als er schließlich aufblickte, sagte Björn Hagman: »Na, genügt das?«

Söderstedt sah ihn an wie aus einem parallelen Universum.

»Genügt das, als Schlupfloch«, fuhr Hagman hartnäckig fort.

Söderstedt betrachtete ihn ernst und hielt den Brief hoch. »Woher haben Sie den?« fragte er.

»Das«, erwiderte Björn Hagman mit triumphierender Glut in den Augenwinkeln, »das erzähle ich, wenn Sie gesagt haben, daß es genügt.«

Söderstedt blickte auf das Papier und sagte: »Das genügt.«

Die Wohnung war nur wenige Meter entfernt in der Wollmar Yxkullsgata. Der professionelle Einbrecher Björn Hagman geleitete sie auf verjüngten Beinen dorthin. Nichts erfreut nämlich einen Schlupflochmenschen so sehr wie ein ordentlich erweitertes Schlupfloch. Zwar wußte er auch nicht besser als das ungleiche Polizistenpaar, was ihm eigentlich zugesagt worden war, doch darum ging es nicht. Es ging um das Schlupfloch an sich. Das war als solches schon Belohnung genug.

Im Treppenhaus stank es wie die Pest. Gelinde gesagt.

Es ist schwierig, Leichengestank zu beschreiben. Er ist schwer, dumpf, widerwärtig süß und wirkt wie ein Volltreffer auf den Solarplexus. Man entkommt ihm nicht. Er beißt sich fest.

Die Frage war, wie lange dieser überwältigende Gestank das Treppenhaus beherrscht hatte – und wie lange die Nachbarn ihn ganz einfach ignoriert hatten. Sie konnten doch nicht alle erkältet sein. Arto Söderstedt fand, daß es etwas über das soziale Leben in der Großstadt aussagte, und das war nichts Gutes.

Björn Hagman führte sie in dem schönen Treppenhaus aus der Jahrhundertwende zwei Stockwerke nach oben. Er zeigte auf eine Tür mit dem Namen Ragnarsson am Briefschlitz. Die Tür war nur angelehnt – der Spalt, den er offengelassen hatte, als er die Wohnung vergangene Nacht so überstürzt verließ.

Norlander trat als erster ein, die Hand vor der Nase. Dann Hagman und danach Söderstedt, der, mit dem Brief in der Hand, aus den Tiefen seiner Hosentasche ein Taschentuch herausangelte. Hagman brachte sie sogleich zum Schlafzimmer.

Der Tod ist selten schön, aber hier war er über die Maßen häßlich. Ekelerregend, ganz einfach. Ein Meer von Leichenwürmern im Bett und im Zimmer verteilt. Ein fast gänzlich in Auflösung befindlicher Körper ohne Gesicht, ohne Konturen. Ein Körper in flüssiger Form.

»Ja, du«, sagte Söderstedt, durch ein ziemlich schmutziges

Taschentuch gedämpft, »und von diesem Gestank hast du also nicht das geringste gemerkt?«

»Das tu ich jetzt auch nicht«, sagte Hagman. »Tut mir leid.«

»Das braucht dir nicht leid zu tun«, sagte Norlander. »Freu dich lieber. Wo lag der Brief?«

»Auf dem Nachttisch. Neben den Fünfhundertern.«

»Die sind für die Beerdigung«, sagte Söderstedt und beugte sich über das Meer von Leichenwürmern. »Wenn auch nur ein einziger Schein fehlt, wenn wir diesen Raum verlassen, sind all unsere Absprachen ungültig.«

»Ich will sie nicht haben«, sagte Hagman und starrte angeekelt auf den Geldscheinstapel.

»Woher weißt du, daß sie für die Beerdigung sind?« fragte Norlander.

»Das steht in dem Brief«, sagte Söderstedt. »Da steht eine ganze Menge.«

Sie sahen sich im Schlafzimmer um. Es gab nicht viel zu sehen. In Regalen an den Wänden ziemlich viele Bücher. Wahrscheinlich mußte alles weggeworfen werden. Sogar die Erstausgabe von Gunnar Ekelöfs *Dedikation*, die Söderstedt erkannte, bevor er gezwungen war, das Zimmer zu verlassen.

»Darf ich etwas vorschlagen?« sagte Norlander weltgewandt, während sie zur Wohnungstür liefen. »Lies den Brief. Aber diesmal laut.«

Wie zwei angeschossene Elchkühe stürzten sie die Treppe hinunter und gelangten nach einer Zeit, die ihnen unendlich lang vorkam, hinaus auf die spätsommerliche Wollmar Yxkullsgata. Da hielten sie eine Weile inne und hyperventilierten wie zwei übermotivierte Thaiboxer.

»Herrgott«, keuchte Norlander. »Und gerade, wenn man glaubt, man hätte alles gesehen.«

»Ja«, hechelte Söderstedt. »Eine Lehre fürs Leben: Es gibt immer noch etwas Schlimmeres.«

Dann blickte Viggo Norlander um sich. »Aber wo ist Hagman, verdammt?« rief er.

10

Kriminalkommissar Jan-Olov Hultin war sich nicht völlig darüber im klaren, was er von seinem Kollegen von der Sektion für interne Ermittlungen halten sollte. Es geschah ihm immer häufiger und war inzwischen das sicherste aller Altersanzeichen, die ihn zu umgeben begannen. Er hatte eigentlich ein gutes Gespür für Menschen – das hatte er stets für seine hervorragendste Führungseigenschaft gehalten. Aber immer häufiger stand er vor jüngeren Kommissarkollegen, die mit grotesken Vokabeln um sich warfen wie zum Beispiel gerade ›Führungseigenschaften‹. Und diese Kollegen waren es, von denen er nicht recht wußte, was er von ihnen halten sollte. Sie standen sich Auge in Auge gegenüber, sie hatten den gleichen Beruf, den gleichen Rang, sie sprachen die gleiche Sprache. Vieles hätte sie vereinen sollen. Dennoch war es so, als ob die Worte für sie nicht das gleiche bedeuteten.

Wie als Niklas Grundström in seiner Tür erschien und seinen Bedarf auf folgende Weise formulierte: »Ich suche eine hochkompetente polizeilich ausgebildete Person für eine leitende Kommissarposition in der Stockholm-Sektion der Abteilung für interne Ermittlungen.«

Hultin wußte ganz einfach nicht genau, was das bedeutete.

Nicht genau.

Er wußte jedoch, daß die A-Gruppe in nicht allzu ferner Zukunft eine große Veränderung erleben würde. Nämlich wenn er in Pension gehen würde. Intensive Gespräche mit seiner Ehefrau Stina und mit seinem einzigen wirklichen Freund Erik Bruun, seinem früheren Chef, hatten ihn dahin gebracht, die Seiten zu wechseln. Er wußte inzwischen, daß es trotz allem gar nicht so blöd war.

Pensioniert zu sein.

Er war immerhin vierundsechzig Jahre alt.

Es würde sich also vieles verändern. Er war sich nicht sicher, ob Waldemar Mörner, der formelle Chef der A-Gruppe, die innere Dynamik der Gruppe begriffen hatte – oder überhaupt irgend etwas im Universum. Deshalb existierte noch immer ein gewisses Risiko, daß Mörner darauf verfallen könnte, einen externen Kommissar von der neuen Schule zu rekrutieren. Kommissarberater? Beratender Kommissar? Er fragte sich, wie lange es noch dauern würde, bis Polizisten eigene Beratungsfirmen gründeten und sich von der Polizei anheuern ließen. Ungefähr wie jetzt schon Ärzte und Krankenschwestern.

Es war nicht unmöglich, daß es schon geschehen war.

Sicherheitshalber indoktrinierte er Mörner täglich mit der These, daß der neue Chef aus der Gruppe kommen müsse.

Und da gab es einige, die sich anboten.

Viggo Norlander war kaum geeignet als Chef. Möglicherweise Sara Svenhagen. Aber noch nicht. Sie fielen aus, jeder auf seiner Seite der Altersgrenze.

Aber eigentlich alle anderen.

Ginge er nach jugendlicher Energie, Computerkenntnissen und qualifizierter interner Ausbildung, wäre Jorge Chavez die natürliche Wahl.

Ginge er nach logischem Kombinationsvermögen und juristischer Fingerfertigkeit, um nicht von schierer Pfiffigkeit zu reden, müßte die Entscheidung zugunsten von Arto Söderstedt ausfallen.

Wäre das Auswahlkriterium unbeugsame Entschlossenheit und richtig altmodische Handlungskraft, könnte es sogar Gunnar Nyberg werden.

Bei diesem Gedanken hielt er einen Moment inne und versuchte, sich die Verhaltensmuster der A-Gruppe mit Gunnar Nyberg als Chef vorzustellen. Wahrlich interessante Bilder zeigten sich da.

Aber im Grunde kamen nur zwei in Betracht, zwischen denen die Entscheidung fallen mußte: Paul Hjelm und Kerstin Holm. Und wenn einer der beiden einen gewichtigen Chefposten in der Internabteilung bekam, war die Bahn frei für den anderen. Dann hätte er ein Jahr Zeit, um Mörner mit einem einzigen Namen zu bearbeiten.

Außerdem kam er auf diese Weise drum herum, die Entscheidung selbst zu treffen.

Denn für Jan-Olov Hultin war es wirklich gehupft wie gesprungen. Holm war geschmeidiger, vielleicht sogar tüchtiger, hatte aber eine Menge noch Unbefreites und Unbearbeitetes in sich. Hjelm war effizienter, vielleicht ein bißchen klarsichtiger, aber möglicherweise hatte er angefangen zu stagnieren. Es passierte nichts Neues mehr in seinem Leben. Über Holm wußte er hingegen erstaunlich wenig.

Aus den genannten Gründen war Kriminalkommissar Jan-Olov Hultin dem erstaunten Niklas Grundström mit offenen Armen entgegengekommen. Keiner von beiden fühlte sich in dieser Situation ganz wohl in seiner Haut. Grundström war es gewohnt, mit Widerwillen betrachtet zu werden. Hultin war es gewohnt, skeptisch zu sein. Statt dessen also diese künstliche Herzlichkeit, der beide instinktiv mißtrauten. Auf diesem unsicheren Boden bauten sie ihre vorübergehende Gemeinsamkeit.

Und folglich bildete Hultin sich ein, daß Grundström ständig nach versteckten Motiven in seinen Gesichtszügen suchte. Doch da suchte er vergebens. Nur wenige verstanden sich so gut auf die edle Kunst der Undurchdringlichkeit wie Jan-Olov Hultin.

»Setzt ihr immer so fleißig Video ein?« fragte Niklas Grundström, als er Schulter an Schulter mit Hultin in dem engen Videoraum im Polizeipräsidium saß.

»Viggo Norlander hat es eingeführt«, sagte Hultin neutral. »Er macht gern Videoaufnahmen. Du solltest ihn dir ein bißchen genauer ansehen. Für deine leitende Kommissarstellung in der Stockholmsektion für interne Ermittlungen.«

»Das habe ich schon getan«, sagte Grundström ebenso neutral.

»Ich verstehe«, sagte Hultin.

Es war Mittwoch, der fünfte September. Früher Morgen. Hultin hatte den Tag damit begonnen, die Überstundenmeldungen vom Vortag durchzusehen, und konnte zu seiner Genugtuung feststellen, daß alle Untergebenen kräftig Überstunden angeschrieben hatten. Das ließ auf etwas schließen. Und zwar auf entschieden mehr als Begeisterung darüber, für die Internabteilung arbeiten zu dürfen. Möglicherweise, möglicherweise das Gefühl, daß etwas am Horizont heraufzog. Obwohl das vielleicht nur der letzte professionelle Wunschtraum eines angehenden Pensionärs war. Der Alltagstrott ging ihm allmählich auf die Nerven. Es war an der Zeit für ein bißchen mehr, tja, Action ...

Hultin wollte sich gerade auf den Weg zur morgendlichen Zusammenkunft in die Kampfleitzentrale begeben, als Sara Svenhagen in sein Büro stampfte. Sie sah wie zerschlagen aus. Ihre Augen waren gerötet, und sie wirkte ein bißchen plump und aufgequollen. Das war nicht die liebliche Frauenblüte, an die er – als guter alter Macho – gewöhnt war.

Sie reichte ihm etwas, was wie eine CD aussah, und sagte: »Jorge und ich haben die ganze Nacht hiermit verbracht.«

Hultin blickte auf die silberglänzende Scheibe und wartete auf die Fortsetzung. Er machte sich ein wenig Sorge, Sara könnte im Stehen einschlafen und ihm wie eine Kiefer in die Arme fallen. Aber noch mehr Sorge bereitete ihm der Gedanke, er würde es nicht schaffen, sie aufzufangen.

O Zeichen des Alters, dachte er poetisch.

Schließlich kam die Fortsetzung: »Wir haben die gestrigen

Verhöre auf DVD zusammengestellt. Es wird sonst ein bißchen unübersichtlich. Es sind so viele Beteiligte. Paul und Kerstin vernehmen Polizisten – ich, Jorge und Gunnar Afrikaner.«

Hultin nickte dankbar. Die Technik machte zweifellos Fortschritte. Es war ein Segen, nicht mehr Stapel von schlampigen maschinengeschriebenen Vernehmungsprotokollen mit aufsehenerregenden Mengen von Rechtschreibfehlern durchsehen zu müssen. Anderseits fing er an, das Durchblättern von Papierstapeln zu vermissen. War es doch sein Wahrzeichen gewesen.

Dennoch überkam ihn ein Gefühl von Geschenk-in-geriatrischer-Klinik. Wenn dieses Gefühl denn nachvollziehbar ist. »DVD?« fragte er skeptisch, statt seiner Dankbarkeit Ausdruck zu geben.

»Das ist wie ein Videoband«, sagte Sara Svenhagen und sah aus, als wäre sie nicht darauf aus, den Technischen Grundkurs 1A für Pensionäre mit ihm durchzugehen. »Du kannst es am Computer lesen. Einfach die Scheibe einschieben. Aber es gibt auch einen nagelneuen DVD-Spieler im Videoraum. An dem haben wir letzte Nacht gesessen und herumgespielt.«

Sollte das junge Paar nicht ganz andere Spiele spielen? dachte Hultin. Aber er sagte: »Laß mich raten. Es war Jorges Idee.«

»Tja«, sagte Sara und zuckte mit den Schultern.

Im Videoraum stand Jan-Olov Hultin jetzt auf und hielt Niklas Grundström die kleine magische Scheibe vor die Nase. Grundström nickte. »DVD«, konstatierte er ruhig.

Als Jan-Olov Hultin mit vorgetäuschter Routine die Scheibe in das nagelneue Gerät gleiten ließ, empfand er teils Genugtuung darüber, die richtige Öffnung gefunden zu haben, teils Enttäuschung darüber, daß es nicht mehr gelingen wollte, Menschen zu imponieren.

Das Gefühl verflog rasch. Das war der Vorteil des Älterwerdens. Alles geht schnell vorbei.

»Die Verhöre von gestern?« wollte Grundström wissen und setzte sich zurecht.

»Hoffentlich«, sagte Hultin und tat desgleichen. Die Stühle standen viel zu nah beieinander, aber jetzt war es zu spät, Gegenmaßnahmen zu ergreifen. Ihre Schultern berührten sich die ganze Zeit. Die falsche Intimität bereitete ihm nahezu Übelkeit.

Aber auch dieses Gefühl verschwand schnell. Die Videoaufnahmen der A-Gruppe hatten eine Tendenz zu sonderbaren Überraschungen, so daß er nicht ohne eine gewisse Erwartung sah, wie der Krieg der Ameisen durch ein erkennbares Bild ersetzt wurde. Leider aus seinem eigenen Büro. Das verhieß nichts Gutes. Er ahnte eine Verschwörung.

Hultins Schreibtisch. Dahinter, sitzend, Hultin selbst. Vor dem Schreibtisch, stehend, kerzengerade wie ein Schuljunge im neunzehnten Jahrhundert, Arto Söderstedt in Erwartung des Lineals.

Spät gestern nachmittag, dachte der Detektiv in Hultin. Eine Person war nicht im Bild. Ein videoversessener Herr mit Schultertasche. Darin mußte Viggo Norlander den Camcorder versteckt haben.

Um *heimlich zu filmen*.

Hultin schüttelte den Kopf und fixierte sein Abbild auf dem Bildschirm. Das Abbild war merklich verschlimmert. Tatsache war, daß es im Innern kicherte. Irgendwie war es ein gutes Gefühl, ein Chef zu sein, mit dem man tatsächlich einen Spaß zu treiben wagte. Er selbst sah sich nicht so. Leider. Störend war nicht, daß das Abbild verschlimmert war, sondern daß es so alt aussah. Und die Nase schien überhaupt nicht mehr aufzuhören.

Wie bei einem gealterten Pinocchio.

Grundström warf einen verwunderten Blick auf ihn. Hultin wahrte natürlich die Maske und zuckte mit den Schultern.

Dann ging es los.

»Verschwunden?« sagte Abbildhultin mit absoluter Neutralität.

»Ehöm«, murmelte Söderstedtabbild. »Tja ...«

»Zwei erfahrene Detektive holen einen gealterten Einbrecher aus der Untersuchungshaft und lassen ihn während eines Routineauftrags abhauen?«

»Tja, also ... Vielleicht kann man ...«

»Könntest du nicht dein Gehirn mal aus Italien kommen lassen – zumindest für einen kurzen Besuch?«

»Es ... stank ...«

»Ich verstehe«, sagte Hultin, und seine Milde ließ einen so verhärteten Menschen wie Niklas Grundström erschaudern. »Es stank so schlimm, daß zwei erfahrene Polizeibeamte einen von Schwedens schlimmsten Einbrechern auf freien Fuß setzten. Ich verstehe. Ist ja vollkommen logisch.«

»Das Schlupfloch«, sagte Söderstedt wie ein von Aphasie Befallener.

»Na, das macht es schon wesentlich klarer«, erwiderte Hultin boshaft. »Ein Schlupfloch hat gestunken. Und ich dachte, es stinke nach dummem Gequatsche.«

Arto Söderstedt stand weiterhin vollkommen still da und sah aus, als hätte er nun auch noch das Gehör verloren. Schließlich faßte er sich und sagte mit deutlicher Betonung, als hätte er die abhanden gekommene Sprache wiedergefunden: »Ein gerissener Halunke, unser Björn Hagman. Er führte uns zielstrebig an einen Ort, der jeden Menschen mit intaktem Geruchssinn umhauen würde. Er erkannte, daß er aus unserem Mangel an Aufmerksamkeit Vorteil ziehen und verschwinden könnte. Er verdeckte ein Schlupfloch mit einem anderen Schlupfloch. Es war subtil.«

Hultin – das Original – dachte: Bin ich nicht im Verlauf des gestrigen Tages auf einen ähnlichen Gedanken gestoßen?

Hultin – das Abbild – sagte: »Subtil oder nicht subtil, schon morgen wird Björn Hagman eine weitere Wohnung besudelt haben. Schon morgen wird wieder eine Familie ihre Familienalben von den Händen eines Verbrechers beschmutzt vorfinden. Schon morgen wird einem Behinderten der für seinen

Lebensunterhalt wichtige Computer gestohlen. Und es ist alles euer Fehler.«

»Vielleicht eine Spur übertrieben«, sagte Niklas Grundström.

Hultin starrte ihn verblüfft an.

Auf dem Bildschirm sagte eine unverkennbare Stimme: »Ich glaube, er wird im Bett liegen.«

Hultins und Söderstedts Blicke richteten sich direkt in die Kamera.

»Kann *die* auch sprechen?« sagte Hultin schließlich.

»Das Hongkonggerippe«, sagte die unverkennbare Stimme. »Er darf mich nicht angesteckt haben. Ich habe Kleinkinder zu Hause.«

Die Blicke verweilten einen Augenblick auf der Kamera. Dann sagte Söderstedt: »Er hätte so oder so gehen dürfen.«

»Wieso das?« stieß Hultin hervor.

Söderstedt wedelte mit einem zerknitterten Blatt Papier. »Aufgrund dessen hier«, sagte er. »Es ist der Abschiedsbrief eines Mannes namens Ola Ragnarsson. Er ist ausgesprochen interessant.«

Hultin auf dem Bildschirm seufzte tief, sah auf die Uhr und lehnte sich zurück. Dann sagte er: »Das heben wir uns bis morgen auf. Ich werde die Nacht damit verbringen, mir disziplinarische Maßnahmen zu überlegen. Im Moment geht die Tendenz dahin, daß Niklas Grundström sich eurer annehmen wird.«

Das Bild blieb genau in dem Moment stehen, als Hultin sich erhob. Er verharrte in einer eigentümlichen Position, den Hintern in die Luft gereckt. Und der war ansehnlich. Leider.

Hultin betrachtete die Fernbedienung in Niklas Grundströms Hand; erst danach begegnete er dessen leicht finsterem Blick.

Es war eine tiefreichende Verschwörung. Nahezu eine Meuterei. Söderstedt und Norlander hatten ihr heimlich aufgenommenes Video an Svenhagen und Chavez weitergereicht, die es auf die DVD überspielt hatten, von der ihnen klar war, daß

Hultin sie gemeinsam mit Grundström ansehen würde. Hier lag Unheil in der Luft.

»Jahaja«, sagte Grundström kühl. »War das wirklich die schlimmste Drohung, die dir in den Sinn kam?«

Hultin zog es vor, sich sein ansehnliches hervorstehendes Hinterteil zu betrachten, statt Grundströms Blick zu begegnen. »Im Eifer des Gefechts«, sagte er neutral.

Da lachte Niklas Grundström tatsächlich. Hultin hörte es zum ersten Mal: ein unerwartet helles Jungenlachen. Als wäre es seit der Kindheit konserviert worden und seither nicht benutzt worden.

»Machen wir weiter«, sagte Grundström, als er zu Ende gelacht hatte.

Eine gute Minute später.

Und sie machten weiter:

GUNNAR NYBERG: Sie heißen also Sembene Okolle und kommen aus Uganda?

SEMBENE OKOLLE: Ja. Und ich bin sehr dankbar, daß das Verhör auf englisch geführt wird. Ich habe es nicht geschafft, besonders gut Schwedisch zu lernen. Und jetzt soll ich abgeschoben werden. Dann war es wohl auch am besten so.

GUNNAR NYBERG: Warum flieht man aus Uganda? Wenn Sie meine Unwissenheit entschuldigen.

SEMBENE OKOLLE: Es gibt viele Gründe. Aber alle haben einen gemeinsamen Nenner. Gewalt.

GUNNAR NYBERG: Und wie war es in Ihrem Fall?

SEMBENE OKOLLE: Ich komme aus Norduganda, aus dem Kitgumdistrikt. Dort wütet eine bewaffnete Widerstandsbewegung, die sich Lord's Resistance Army nennt. Ihre Spezialität ist es, Kinder zu kidnappen und sie zu Soldaten auszubilden. Was nicht verwunderlich ist, wenn man bedenkt, daß achtzig Prozent von ihnen selbst gekidnappte Kinder sind.

Sie haben gelernt, daß man es so macht. Im Oktober letzten Jahres nahmen sie mich aufs Korn, weil ich Schauspieler bin. Das ist das gleiche, wie schwul zu sein. Was das gleiche ist, wie tot zu sein. Eines Nachts, als sie betrunken waren, gelang es mir zu fliehen, und ich kam nach Schweden, über das ich viel Gutes gehört hatte.

GUNNAR NYBERG: Und warum wurde Ihr Asylantrag abgelehnt?

SEMBENE OKOLLE: Die Migrationsbehörde meinte, daß ich nicht in Norduganda zu leben brauchte. Ich schlug Westuganda vor, wo eine ebensolche Armee ihr Unwesen treibt, die Allied Democratic Front. Sie sagten, es gäbe ja noch zwei Himmelsrichtungen. Da habe ich ihnen erklärt, daß Uganda aus ungefähr vierzig ethnischen Gruppen besteht und daß man sich nicht einfach zwischen ihnen hin und her bewegen kann. Es gibt an die zwanzig Sprachen, und wir verstehen einander ganz einfach nicht. Ganda versteht Acholi nicht, Sebei versteht Nyoro nicht, Nkole versteht Karamojong nicht, Soga versteht Lango nicht, Teso versteht Alur nicht. Ich fürchte, daß ich mir etwas zu sagen erlaubt habe wie, daß Uganda eine demographische Komplexität hat, die Schweden brutal homogen erscheinen läßt. Das kam wohl nicht so gut an.

GUNNAR NYBERG: Afrika gleich Afrika?

SEMBENE OKOLLE: Das war mein Eindruck …

GUNNAR NYBERG (*schweigt zehn Sekunden, dann*): Wir lassen das Thema am besten beiseite. Was geschah an diesem Nachmittag in Flemingsberg?

SEMBENE OKOLLE: Es war ein fauler Nachmittag. Wir saßen alle am Tisch, außer Winston, und ich versuchte, die Stimmung ein wenig zu beleben. Ich erzählte eine Geschichte. Winston stand vor dem Spiegel und betrachtete sich. Dann kam er, um sich zu uns zu setzen. Da schlugen sie die Tür ein. Vier Polizisten in Uniform. Einer von ihnen folgte Winston, der sich ins Schlafzimmer zurückzog. Das war unser Fluchtweg. Ein offenes Fenster zu einer Feuerleiter. Wir übten dann und wann. Die Feuerleiter führt zum Dach, und vom Dach führt eine Treppe durch die Speicherräume ins Treppenhaus. Das war ein ausgezeichneter Plan. Dachten wir.

GUNNAR NYBERG: Sie haben dann und wann geübt?

SEMBENE OKOLLE: Ja, haben getestet, daß alles okay war, Fenster und Türen und Treppen. Und das war es.

GUNNAR NYBERG: Wann haben Sie zuletzt kontrolliert?

SEMBENE OKOLLE: Vorgestern. Und da war alles okay.

GUNNAR NYBERG: Warum war Winston Modisane bewaffnet?

SEMBENE OKOLLE: Er war nicht bewaffnet.

GUNNAR NYBERG: Wie können Sie das wissen?

SEMBENE OKOLLE: Ich kannte ihn. Es ist vollständig wahnsinnig, wenn ich mir vorstelle, daß er tot ist. (*Pause.*) Entschuldigung, es tut mir leid. Ich ...

GUNNAR NYBERG: Sollen wir eine Pause machen? Einen Kaffee?

SEMBENE OKOLLE: Ja, danke. (*Pause. Stühlerücken. Nyberg verschwindet aus dem Bild. Okolle dreht sich auf dem Stuhl um.*) Wir sind vor den Waffen *geflüchtet.*

PAUL HJELM: Bo Ek, hast du jemals einen Menschen getroffen, der einen kürzeren Namen hatte als du?

BO EK: Was?

PAUL HJELM: Wie alt bist du? Wie lange bist du schon Polizist?

BO EK: Das hast du nicht gefragt.

PAUL HJELM: Aber darauf sollst du antworten.

BO EK: Ich bin sechsundzwanzig und arbeite seit knapp zwei Jahren als Polizist. Ist an meinem Namen etwas auszusetzen?

PAUL HJELM: Nein, überhaupt nicht. Ich habe auch nur eine Silbe pro Namen. Nur ein paar mehr Buchstaben. Erzähl von dem Einsatz.

BO EK: Wir entschieden uns, auf Nummer Sicher zu gehen und die Tür einzuschlagen. Es wird ja viel gekifft in den Kreisen. Aber da war nichts. Sie waren lammfromm. Außer dem, der abgehauen ist. Dagge ist ihm gefolgt, die Treppe rauf. Als er zurückkam, war er total bleich. Auf ihn war geschossen worden, und er hatte das Feuer erwidert, sagte er. Der Flüchtling war tot. Einer der Neger geriet vollkommen außer sich, als er das hörte. Wir mußten ihn mit Gewalt bändigen.

PAUL HJELM: Ihr habt also keine Schüsse gehört?

BO EK: Es war ziemlich viel Geschrei in der Küche. Sie weigerten sich, sich mit den Händen am Hinterkopf hinzulegen. Wir mußten sie runterdrücken.

PAUL HJELM: Vielleicht haben sie nicht verstanden, was ihr gemeint habt?

BO EK: (*Pause.*) Aber Körpersprache muß man kapieren.

PAUL HJELM: Wer leitete den Einsatz?

BO EK: Wir haben den gleichen Rang.

PAUL HJELM: Aber wer hat die Leitung gehabt? Wer beschloß, daß die Tür eingeschlagen wird? Obwohl es sowohl gegen die Vorschrift als auch gegen die Praxis verstößt?

BO EK: Das war vielleicht Dagge. Er ist der älteste. Verdammt routinierter Mann, das muß man sagen.

PAUL HJELM: Du bewunderst Dag Lundmark?

BO EK: Er weiß, was er tut.

PAUL HJELM: Bist du die ganze Zeit mit ihm zusammen gewesen, seit er nach der Suspendierung zurückgekommen ist?

BO EK: Ja. Der Chef bildet gern Teams aus Alten und Jungen. Wir waren gerade ein ziemlich gutes Team geworden, als das hier passierte. Scheiße. Als hätte er nicht schon so genug.

PAUL HJELM: Woran denkst du dabei?

BO EK: An sein Alkoholproblem natürlich. Nur dazusitzen und zuzusehen, wenn wir anderen ein Bierchen kippen.

PAUL HJELM: Hat er in den letzten Tagen verändert gewirkt?

BO EK: Was? Nein. Das war verdammt noch mal nichts, was

er geplant hatte, von einem Drogenverrückten beschossen zu werden. Er war wie immer.

PAUL HJELM: Seid ihr den ganzen Tag zusammen gewesen?

BO EK: Ja. Nein, er war am Nachmittag kurz beim Zahnarzt. Von drei bis Viertel vor vier.

PAUL HJELM: Und der Einsatz kam um Viertel nach vier?

BO EK: Ja.

PAUL HJELM: Beschreibe genau, was passierte, nachdem ihr die Tür eingeschlagen hattet.

BO EK: Aber das habe ich doch schon getan. Ziemlicher Tumult. Sie wußten nicht, wohin sie sollten. Einer von ihnen verdrückte sich ins Schlafzimmer. Dagge hinterher. Dann kam er wieder. Ich glaube, er kriegte einen Splitter in den Arm, als er hereintaumelte. Total bleich.

PAUL HJELM: Einen Splitter in den Arm?

BO EK: Von der Tür.

PAUL HJELM: Er kam also durchs Treppenhaus zurück?

BO EK: Diese Brandtreppe war ziemlich widerlich. Ich verstehe ihn. Ich bin danach rauf aufs Dach, um die Lage zu kontrollieren. Er muß direkt tot gewesen sein. Was für ein Trefferbild. Richtig schaurig. Ich habe es überprüft, er hatte zwei Schuß abgefeuert. Genau wie Dagge gesagt hat.

PAUL HJELM: Du hast gesagt, einer der Gefaßten hätte laut geschrien, als er hörte, daß Winston Modisane tot war. Wer war das?

BO EK: Was? Wie kann ich das wissen?

JORGE CHAVEZ: Sie waren auf der Flucht vor Recht und Gesetz. Wenn man es so nennen kann. Wie haben Sie überlebt?

ELIMO WADU: Schwarzarbeit hauptsächlich. Sembene und ich haben in einem Restaurant am Stureplan Teller gewaschen. Siphiwo hat Schwarztaxi gefahren. Winston hat bei einer großen Firma geputzt. Ngugi hatte etwas beiseite gelegt, glaube ich. Er hatte auf jeden Fall keinen Job. Er hat sich um die Wohnung gekümmert.

JORGE CHAVEZ: Ist das Ngugi – Ogot? Ihr Landsmann?

ELIMO WADU: Ja, er ist auch Kenianer. Winston und Siphiwo sind Südafrikaner. Und Sembene ist Ugander. Um es ein wenig zu vereinfachen.

JORGE CHAVEZ: Kam es wegen der nationalen Unterschiede nicht zu Problemen zwischen Ihnen?

ELIMO WADU: Nationale Unterschiede sind für uns etwas anderes als für Sie. Kenia hat eine sehr komplizierte soziale Struktur. Es gibt an die sechzig ethnische Gruppen und – ob Sie es glauben oder nicht – *fünfundfünfzig* Sprachen. Der kenianische Nationalitätsgedanke lief auf den Versuch hinaus, diese verschiedenen Stämme und Gruppen zu vereinen, indem man Englisch und Suaheli zu offiziellen Sprachen machte. So sollten wir uns alle verstehen können. Und ethnische Konflikte sind uns erspart geblieben – bis vor kurzem. Der Nationsgedanke hat Völkermord vom Typ Ruanda verhindert. Aber jetzt haben wir andere Probleme.

JORGE CHAVEZ: Die Sie zur Flucht getrieben haben?

ELIMO WADU: Die Polizei.

JORGE CHAVEZ: Die Polizei?

ELIMO WADU: Präsident Moi zieht jetzt die Schlinge fester. Die Polizei ist sehr brutal. Wir sind eines der von amnesty am häufigsten angemahnten Länder. Ich bin Politikwissenschaftler. Ich habe an der Universität von Mombasa gearbeitet. Meine Forschung wurde verboten. Ich wurde festgenommen. Ich habe drei Jahre im Gefängnis gesessen. Sie müssen entschuldigen, wenn ich mit Polizisten meine Schwierigkeiten habe.

JORGE CHAVEZ: Worüber haben Sie geforscht?

ELIMO WADU: (*lacht.*) Über die Ausbreitung der Korruption im kenianischen Rechtswesen.

JORGE CHAVEZ: Und bei der Polizei, nehme ich an?

ELIMO WADU: Nicht zuletzt bei der Polizei. Sie haben mir meine Forschungsberichte laut vorgelesen, während sie mich folterten. (*Zieht das Hemd hoch und entblößt den Bauch.*)

Zählen Sie selbst. Eine Brandwunde für jede kritische Anmerkung in meinen Texten.

JORGE CHAVEZ: (*Nach einer längeren Pause.*) Sie hören sich nach dem klassischen Flüchtling an. Wieso durften Sie nicht bleiben?

ELIMO WADU: Bei einer Gelegenheit, als wir in einem leeren Tanklaster Deutschland durchquerten, zwanzig Flüchtlinge in einem geleerten Benzintank, hatte ich eine falsche Identität angegeben. Ich wollte nicht in Deutschland bleiben. Ich wollte nach Schweden. Aber die deutsche Polizei hatte mir das angehängt. Sie hatten den Tankwagenfahrer geschnappt, und der verriet meine wahre Identität. Das wurde mir als Gesetzesbruch angerechnet. Zusammen mit der ganzen Schwarzarbeit reichte das.

JORGE CHAVEZ: Aber Herrgott!

ELIMO WADU: Neutralität, Jorge, Neutralität. Sie heißen doch Jorge? Spanier?

JORGE CHAVEZ: Ja, Jorge. Chilenische Eltern. Mein Vater wurde im Fußballstadion von Santiago gefoltert.

ELIMO WADU: Da sieht man's. The times they are a'changing.

JORGE CHAVEZ: Das kann man wohl sagen. Wollen wir zurückkehren zu gestern nachmittag?

ELIMO WADU: Um Ihre Frage zu beantworten. Nein, es gab keine Streitereien zwischen uns aufgrund der Nationalitätsunterschiede. Wir saßen ganz einfach im selben Boot.

JORGE CHAVEZ: Was ist passiert?

ELIMO WADU: Sie schlugen die Tür ein. Der große Polizist trieb Winston ins Schlafzimmer. Wir anderen mußten uns auf den Fußboden legen. Sie hatten ziemlich lange die Waffen auf uns gerichtet. Der große Polizist drehte sich um und schrie den anderen Befehle zu. Da muß Winston abgehauen sein. Ich habe es nicht selbst gesehen. Und ich hörte keine Schüsse. Es war ein unglaublicher Schock, als der große Polizist herunterkam und sagte, er habe Winston erschossen. Siphiwo schrie laut. Sie haben ihn geschlagen.

JORGE CHAVEZ: Er sagte, daß er ihn erschossen hätte? Du kannst so gut Schwedisch?

ELIMO WADU: Ich habe zweieinhalb Jahre auf meinen Bescheid gewartet. Da will man ja nicht untätig sein, schon gar nicht als Akademiker. Sie und ich, wir könnten ebensogut Schwedisch sprechen.

JORGE CHAVEZ: Dann haben Sie auch gehört, welche Befehle Dag Lundmark seinen Kollegen zurief, als Winston Modisane durchs Fenster floh?

ELIMO WADU: (*Auf Schwedisch.*) ›Haltet sie in Schach. Seht zu, daß sie sich hinlegen. Hände in den Nacken. Und nicht die geringste Bewegung. Null Toleranz.‹

JORGE CHAVEZ: (*Auch auf Schwedisch.*) O verdammt. Sie haben ein gutes Gedächtnis.

ELIMO WADU: Ich erinnere mich an jedes Wort, das sie im Gefängnis in Mombasa zu mir gesagt haben. Ich werde es nie vergessen. Aber Schwedisch werde ich wohl vergessen.

JORGE CHAVEZ: Klingen diese Worte nicht wie Selbstverständlichkeiten für die schwedische Polizei bei solchen Einsätzen?

ELIMO WADU: Das wissen Sie besser als ich. Aber sie waren ein wenig unnötig. Denn genau das taten sie ja schon. Die Kollegen.

JORGE CHAVEZ: Hatten Sie den Eindruck, daß er derjenige war, der bestimmte?

ELIMO WADU: Die anderen waren viel jünger. Sie hatten Angst. Er hatte keine Angst. So etwas spürt man.

JORGE CHAVEZ: Meinen Sie das wortwörtlich, wenn Sie sagen, daß er Modisane ins Schlafzimmer *trieb*?

ELIMO WADU: Es war chaotisch. Ich habe nicht alles gesehen. Mein Eindruck war, daß er es gerade auf ihn abgesehen hatte. Ich dachte, er wollte ihn ins Schlafzimmer bringen, um ihn zu verprügeln, ohne daß Zeugen dabei waren. Statt dessen trieb er ihn direkt zu dem Fluchtweg.

JORGE CHAVEZ: Direkt aufs offene Fenster zu? Und genau da dreht er sich um und schreit sinnlose Befehle?

ELIMO WADU: So kann man die Sache sehen.

KERSTIN HOLM: Du bist also Polizeiassistent Stefan Karlsson, 741107?

STEFAN KARLSSON: Ich verweise auf mein Recht zu schweigen, bis ein Rechtsbeistand anwesend ist.

KERSTIN HOLM: Du hast kein solches Recht. Du bist ja nicht angeklagt. Dagegen kannst du einen Vertreter der Gewerkschaft dabeihaben. Das meinst du vielleicht mit Rechtsbeistand.

STEFAN KARLSSON: Ich verweise auf mein Recht zu schweigen, bis ein Rechtsbeistand anwesend ist.

KERSTIN HOLM: Wie siehst du den Einsatz von gestern nachmittag?

STEFAN KARLSSON: Ich verweise auf mein Recht zu schweigen, bis ein Rechtsbeistand anwesend ist.

KERSTIN HOLM: Wenn du noch einmal sagst ›Ich verweise auf mein Recht zu schweigen, bis ein Rechstbeistand anwesend ist‹, bekommst du keinen Kaffee.

STEFAN KARLSSON: Das ist eine gesetzwidrige Drohung.

KERSTIN HOLM: Ich verweise auf mein Recht zu schweigen, bis ein Rechtsbeistand anwesend ist.

SARA SVENHAGEN: Sie sind also Ngugi Ogot aus Kenia?

NGUGI OGOT: Ich soll ausgewiesen werden. Ich beabsichtige, meine Kräfte für die richtigen Verhöre zu schonen. Im Staatsgefängnis in Nairobi. Und da werde ich nicht von einer schwangeren Schönheit mit sanfter Hand verhört, das kann ich Ihnen versichern. Möglicherweise wird er Kartoffelschalen essen. Er ist ein Schwein. Ich kenne ihn. Ich kenne ihn viel zu gut. Kommissar Smith nennt er sich. Der Teufel wäre ein besserer Name.

SARA SVENHAGEN: Sieht man, daß ich schwanger bin?

NGUGI OGOT: Deutlich. Es ist mehr ein Glanz in den Augen als ein runder Bauch. Wenn man mal von diesen Kartoffelschalen absieht.

SARA SVENHAGEN: Haben Sie selbst Kinder?

NGUGI OGOT: Fünf Stück. Das Jüngste habe ich noch nie gesehen. Den Ältesten viermal. Er ist achtzehn. Viermal in achtzehn Jahren Besuch von der Familie. Jedesmal wurde meine Frau schwanger. Wir konnten in einem Abstellraum miteinander schlafen. Im Beisein der Kinder. Schließlich bin ich geflohen. Es war eine raffinierte Flucht. Ich habe sie über Jahre hin geplant. Zu meiner Familie konnte ich nicht zurückkehren, ich habe sofort das Land verlassen. Ich kam hierher. Und wie es dann ging, wissen wir.

SARA SVENHAGEN: Warum durften Sie nicht in Schweden bleiben?

NGUGI OGOT: Mein Gefängnisbesuch in Kenia hatte nichts Heldenhaftes. Drogenvergehen. Lebenslänglich. Das gibt einem kaum einen Flüchtlingsstatus. Ich habe es mit einer falschen Identität versucht, als ich nach Schweden kam, aber sie taten alles, um mich aufzuspüren. Ein wegen Drogenvergehen verurteilter Schwarzer ist wohl in keinem europäischen Land der Traumflüchtling. Ich bin kein Intellektueller wie die anderen. Ich bin ein gewöhnlicher Krimineller, der nicht länger gefoltert werden wollte. Immerhin war es eine Pause. Jetzt heißt es: Folter bis ans Lebensende. Ich weiß nicht, ob ich das aushalte.

SARA SVENHAGEN: Im Unterschied zu den anderen haben Sie nicht gearbeitet?

NGUGI OGOT: (*Pause.*) Ich habe keine Lust, noch mehr zu sagen. Mir reicht es. Warum sollten Sie, die mich verhört, besser sein als der, der Winston erschossen hat? Sie verwischen nur die Spuren eines Mörders. Ich war ein gewalttätiger Mensch. Es wäre besser gewesen, sie hätten mich erschossen. Winston Modisane war der friedlichste Mensch, der mir jemals begegnet ist. Er hat mich dazu gebracht, an ein Leben ohne Verbrechen, ohne Gewalt und ohne Drogen zu glauben. Er hat mich dazu gebracht, zum ersten Mal nach all den verfluchten Jahren Lebenslust zu empfinden. Und es ist so verdammt klar, daß sie ausgerechnet ihn erschießen. Winston. Den freundlichsten Menschen auf der Welt. Und jetzt, wo sie ihn erschossen haben, schieben sie uns andere ab. Das macht mich wahnsinnig.

SARA SVENHAGEN: (*Pause.*) Ich weiß nicht, was ich sagen soll.

NGUGI OGOT: Nein. Das verstehe ich.

KERSTIN HOLM: Was ist das für ein Gefühl, als einzige Frau bei einem solchen Einsatz dabeizusein?

BRITT-MARIE RUDBERG: Ich verweise auf mein Recht zu …

KERSTIN HOLM: Ich bitte dich. Nicht schon wieder. Ich muß versuchen, mir ein Bild zu machen von dem, was wirklich da drinnen geschehen ist.

BRITT-MARIE RUDBERG: Aber nicht auf meine Kosten. Ich verweise auf mein Recht zu schweigen, bis ein Rechtsbeistand anwesend ist.

KERSTIN HOLM: Du hast keine Angst, daß dieser Satz den Eindruck macht, ihr hättet euch abgesprochen?

BRITT-MARIE RUDBERG: Wie kann eine Frau für die Internabteilung arbeiten?

KERSTIN HOLM: Das ist vorübergehend. Wie kann eine Frau an der fahrlässigen Tötung eines unbewaffneten Flüchtlings beteiligt sein? So etwas ist nicht vorübergehend. So etwas hängt einem ein Leben lang an. So etwas zerstört einem das Leben.

BRITT-MARIE RUDBERG: Ich verweise auf mein Recht …

KERSTIN HOLM: Nein. Schluß jetzt. Du weißt genau, was oben auf dem Dach passiert ist. Hör auf mit dem Unsinn.

BRITT-MARIE RUDBERG: Ich habe niemanden ermordet.

KERSTIN HOLM: Aber du verschweigst eine Menge Dinge, die du besser erzählen solltest. Nicht wahr?

BRITT-MARIE RUDBERG: Ich weiß nicht, wovon du redest.

KERSTIN HOLM: Ich will mir ein Bild von den Vorbereitungen vor dem Einsatz machen. Wie sahen die aus?

BRITT-MARIE RUDBERG: Ich weiß nicht, soll ich …

KERSTIN HOLM: Ja, du sollst. Und zwar von Anfang an.

BRITT-MARIE RUDBERG: Es ging ein Tip auf der Wache in Flemingsberg ein, so gegen zwei Uhr. Der Tip kam von der Migrationsbehörde. Das hatten wir in der letzten Zeit ja häufiger. Untergetauchte Flüchtlinge, die abgeschoben werden sollen, werden von ihren Sachbearbeitern angegeben.

KERSTIN HOLM: Ich brauche einen Namen.

BRITT-MARIE RUDBERG: Ich weiß keinen Namen. Ich hatte zu dem Zeitpunkt nichts mit der Sache zu tun. Zuerst ging es an Dagge und Bosse. Die haben dann uns dazugeholt, Steffe und mich. Sie fürchteten, es könnte Krawall geben. Fünf Afrikaner, möglicherweise in Drogen- und Waffengeschichten verwickelt.

KERSTIN HOLM: Wem zufolge?

BRITT-MARIE RUDBERG: Das wurde gesagt.

KERSTIN HOLM: Aber *wer* hat es gesagt?

BRITT-MARIE RUDBERG: Das war Dagge.

KERSTIN HOLM: Dag Lundmark?

BRITT-MARIE RUDBERG: Ja.

KERSTIN HOLM: Ihr bekommt also die Information auf der Wache um zwei Uhr. Was passiert dann?

BRITT-MARIE RUDBERG: Lubbe, also der Chef, Ernst Ludvigsson, gibt sie an Dagge weiter. Dagge diskutiert die Sache mit Bosse. Dann ziehen sie uns hinzu. Gegen halb drei. Dann gehen wir die Vorbereitungen durch.

KERSTIN HOLM: Aber dann muß Dagge zum Zahnarzt.

BRITT-MARIE RUDBERG: Ja. Wir verschieben es um eine Stunde.

KERSTIN HOLM: Und wenn wir jetzt bei seinem Zahnarzt nachfragen, wird es sich natürlich zeigen, daß er zwischen drei und Viertel vor vier mit dem Bohrer im Maul dagesessen hat?

BRITT-MARIE RUDBERG: Das ist wohl klar.

KERSTIN HOLM: Gehen wir weiter. Wie sehen die Vorbereitungen aus?

BRITT-MARIE RUDBERG: Wir legen die Reihenfolge fest. Bosse schlägt die Tür ein. Dagge …

KERSTIN HOLM: War Kommissar Ludvigsson dabei, als ihr gemeinsam beschlossen habt, gegen die Vorschrift zu verstoßen und die Tür einzuschlagen, ohne vorher zu klingeln?

BRITT-MARIE RUDBERG: Nein, das hat Dagge bestimmt. Es gab anscheinend ein Drohbild.

KERSTIN HOLM: Sieh mal an. Mach weiter.

BRITT-MARIE RUDBERG: Ja, okay. Bosse schlägt die Tür ein. Dagge geht zuerst rein. Steffe und ich hinterher. Wir beide konzentrieren uns auf die Küche. Bosse kommt als letzter und hat den Überblick.

KERSTIN HOLM: Was heißt das, daß Steffe und du euch auf die Küche konzentriert?

BRITT-MARIE RUDBERG: Da saßen sie.

KERSTIN HOLM: Aber es war in eurer Vorbereitung abgesprochen, daß ihr beide euch auf die Küche konzentriert? Daß Bo Ek die Tür einschlägt und als letzter reinkommt, daß Dag Lundmark als erster reingeht, und ihr, Stefan Karlsson und Britt-Marie Rudberg, euch auf die Küche konzentriert? Ziehe ich eine voreilige Schlußfolgerung, wenn ich vermute, daß es Lundmark war, der den Plan entworfen hat?

BRITT-MARIE RUDBERG: Nein, das war wohl er. Das mit der Küche also … Wir haben uns einen Grundriß der Wohnung angesehen. Es war anzunehmen, daß sie in der Küche sitzen würden.

KERSTIN HOLM: Sagte Dag Lundmark.

BRITT-MARIE RUDBERG: Ja. Er hat mehr Erfahrung als wir.

KERSTIN HOLM: Und warum sollte Dag Lundmark sich *nicht* auf die Küche konzentrieren?

BRITT-MARIE RUDBERG: (*Pause.*) Ich weiß nicht. Darum ging es nicht. Aber er hat uns gesagt, wir sollten die Küche bewachen.

KERSTIN HOLM: Erzähl, was passiert ist.

BRITT-MARIE RUDBERG: Wir machten, was er gesagt hat. Und es war so, wie er gesagt hat. Einer versuchte, zum Fenster zu kommen. Es war ganz richtig, daß wir uns auf die Küche konzentrieren sollten. Da waren sie alle. Außer dem, der abgehauen ist. Ich habe davon nichts weiter gesehen. Ich war voll auf vier wild gestikulierende Figuren konzentriert, die vom Küchentisch aufsprangen und herumhüpften. Wir bekamen sie nicht schnell genug auf den Boden. Ich glaube, sie kapierten nicht, was wir sagten. Sie schienen in Panik zu geraten. Dagge merkte das und rief uns über die Schulter schnelle Befehle zu. In dem Moment muß dieser Winston entwischt sein. Ich sah nur, daß Dagge durch ein Fenster nach draußen kletterte, denn jetzt war das Chaos richtig in Gang gekommen. Einer heulte, andere brabbelten einfach drauflos. Als ich mich einem auf den Rücken setzte und versuchte, ihm die Hände hinter den Kopf zu zwingen, hörte ich den Schuß und dachte: Scheiße, jetzt ist richtig was schiefgegangen, jetzt ist auf Dagge geschossen worden. Aber er kam herunter und sah total fertig aus und sagte, es sei Notwehr gewesen, und es dauerte einen Moment, bis wir begriffen, wovon er redete, und da stieg Bosse über die wacklige Brandleiter aufs Dach. Und einer von den Afrikanern schrie nur, vollkommen herzzerreißend. Und alles war ein einziges Chaos. (*Pause.*) Pfui Teufel.

KERSTIN HOLM: Möchtest du etwas Wasser?

BRITT-MARIE RUDBERG: Ja, danke. (*Holm gießt Wasser in einen Pappbecher. Rudberg trinkt, daß es überschwappt.*)

KERSTIN HOLM: Das Wort.

BRITT-MARIE RUDBERG: Was?

KERSTIN HOLM: The magic word.

BRITT-MARIE RUDBERG: Wovon redest du?

KERSTIN HOLM: ›Den Schuß‹. Singular.

BRITT-MARIE RUDBERG: Nein. ›Die Schüsse‹ habe ich gesagt. Ich habe ›die Schüsse‹ gesagt.

KERSTIN HOLM: Nein.

BRITT-MARIE RUDBERG: Doch.

KERSTIN HOLM: Genug davon. Wir haben bestimmt noch Grund genug, darauf zurückzukommen. Hast du die Urinprobe abgegeben?

BRITT-MARIE RUDBERG: Doch, vielen Dank. Das ist schon ein toller Dank, nach einer erfolgreichen Operation in einen Becher pissen zu müssen. Weißt du, wie hart es da draußen zugeht? Weißt du, mit was für einem verdammten Streß man Tag für Tag lebt? Man kann jeden Augenblick ein Messer in den Rücken kriegen, nur weil man Uniform trägt. Das ist menschenunwürdig.

KERSTIN HOLM: Das grassiert im Moment. (*Pause. Steht auf und nimmt ihre Papiere zusammen.*) Wir machen bei allen Beteiligten einen Drogentest. Das ist jetzt Vorschrift. Um eurer selbst willen.

BRITT-MARIE RUDBERG: Bestimmt.

GUNNAR NYBERG: Kannten Sie sich, bevor Sie nach Schweden kamen? Sie und Winston? Winston Modisane und Siphiwo Kani aus Südafrika?

SIPHIWO KANI: Nein, wir kamen aus verschiedenen Regionen und verschiedenen Völkern. Er war aus Kapstadt. City boy. Ich stamme aus der Kwa Zulu Natal-Provinz. Als Südafrika ein richtiges Land wurde, haben wir uns gegen diese Einheitlichkeit entschieden, die andere afrikanische Länder zustande bringen wollten. Südafrika hat folgende offizielle Sprachen: Afrikaans, Englisch, Ndebele, Pedi, Sotho, Swazi, Tsonga, Tswana, Venda, Xhosa und Zulu. Und das sind nur die offiziellen.

GUNNAR NYBERG: Hier ist viel von Sprachen und Völkern die Rede.

SIPHIWO KANI: Wahrscheinlich liegt es daran, daß wir die ganze Zeit das Gefühl haben, erklären zu müssen, daß wir eine ganz andere Vorstellung davon haben, was ein Land ist. Aber darüber wollten wir nicht sprechen.

GUNNAR NYBERG: Nein. Sie waren enge Freunde?

SIPHIWO KANI: Wir haben uns in der Flüchtlingsunterkunft kennengelernt und wurden Freunde. Wir stellten fest, daß wir beide mit dem Regime aneinandergeraten waren. Auf ungefähr die gleiche Weise.

GUNNAR NYBERG: Und wie war das? Kann man so heftig mit dem ANC aneinandergeraten? Strengt der sich nicht aufs äußerste an, eine zivilisierte Nation zu lenken? ›Flüchtling aus Südafrika‹ hört sich in meinen Ohren recht eigentümlich an. Ich habe mir die Statistik ein wenig angesehen, habe aber keine südafrikanischen Flüchtlinge gefunden. Von Afrika nach Schweden, da lag im letzten Jahr Somalia an der Spitze, danach Eritrea, Algerien, der Kongo, Äthiopien. Alle sind mehr oder weniger durch Kriege verwüstet. Aus Uganda kamen zwölf, aus Burundi elf und aus Marokko zehn. Das sind die kleinsten Posten. Dann gibt es einen Posten, der heißt ›Sonstige Staatsangehörigkeit‹. Und da sind Sie wohl mitgerechnet. Und zusammen waren Sie nicht mehr als zehn.

SIPHIWO KANI: Südafrika hat ein umgekehrtes Flüchtlingsproblem. Es kommen Flüchtlinge ins Land. Und wir behandeln sie sehr hart. Sogar härter als Sie. Allerdings erschießen wir sie nicht. Meistens nicht.

GUNNAR NYBERG: Worum ging es in Ihrem Fall?

SIPHIWO KANI: Die Sicherheitskräfte. Sie dürfen nicht glauben, daß die Wandlung von einer der meistgefürchteten Organisationen zu einer demokratischen Organisation reibungslos verlaufen ist. Es war ja eine rein faschistische Organisation. Und die wirklichen Profis sind dieselben wie vorher. Ich habe in den Diamantengruben Gewerkschaftspropaganda gemacht – ich bin Grubenarbeiter. Es war nicht leicht, bloß zu versuchen, etwas zu ändern.

GUNNAR NYBERG: Und Winston?

SIPHIWO KANI: So ähnlich. Linksaktivist. Er arbeitete in einer Gummifabrik in Kapstadt. Da ging das Leben weiter, als wäre die Apartheid nie abgeschafft worden. Die Drähte von der Unternehmensleitung zu den Sicherheitskräften waren sehr direkt. Das sagte er.

GUNNAR NYBERG: Aber jetzt arbeiten Sie an verschiedenen Stellen. Sie fahren also Schwarztaxi? Lohnt sich das?

SIPHIWO KANI: Es ist gefährlich. Schwarzer Mann im Schwarztaxi mitten in schwarzer Stockholmnacht. Wenn sie kräftig betrunken sind, ist alles gut genug. Sonst rufen sie viele Schimpfworte.

GUNNAR NYBERG: Und Winston hat schwarz bei einer Reinigungsfirma gearbeitet. Wo?

SIPHIWO KANI: Ich glaube, er hat für eine Reinigungsfirma gearbeitet, die Reiner Raub heißt. Ich frage mich, ob es eine solche Firma gibt. Es ist ein reines Schwarzunternehmen. Ich glaube nicht, daß Sie es finden. Die Kontakte waren ziemlich zwielichtig. Sie hatten zum Beispiel keine Büros. Nur Kontaktleute, die Winston dann und wann traf und die ihm Aufträge gaben.

GUNNAR NYBERG: Und wo hat er geputzt?

SIPHIWO KANI: Hier und da. Großfirmen. Hotels. Es ist schwer für andere Firmen, auch so billige Angebote zu machen. Soweit ich weiß, haben dort fast ausschließlich Leute mit einem Abschiebungsbescheid gearbeitet. Immer Nachtarbeit.

GUNNAR NYBERG: Ich würde tippen, daß Sie nicht bleiben durften, weil Ihre Probleme nicht staatsgebunden waren. Sie wurden nicht von einem Regime verfolgt. Offiziell waren es private Unternehmen: die Grube, die Gummifabrik.

SIPHIWO KANI: (*nickt.*) Ungefähr so sah der Bescheid aus. Und ich nehme an, wir haben einfach unser Glück versucht. Beide. Wir wollten nur weg. Irgendwohin, wo es freundlicher war. Aber daraus wurde nichts. In keiner Hinsicht. (*Pause.*) Winston. (*Pause.*)

GUNNAR NYBERG: Können Sie noch weitermachen?

SIPHIWO KANI: Ja. Ich will es hinter mich bringen.

GUNNAR NYBERG: Es gibt gewisse Anzeichen dafür, daß Winston nicht zufällig erschossen wurde. Was sagen Sie dazu?

SIPHIWO KANI: Rassist? Ja, warum nicht?

GUNNAR NYBERG: Ich habe nicht in erster Linie an einen Rassisten gedacht, sondern an etwas eher – Persönliches.

SIPHIWO KANI: Ich verstehe nicht, was Sie meinen. Ich bin ein einfacher Arbeiter. Ich verstehe nicht, wovon Sie sprechen.

GUNNAR NYBERG: Sah es so aus, als ob der große Polizist, der Winston erschossen hat, es gerade auf ihn abgesehen hatte?

SIPHIWO KANI: Nein. Er war nur wütend. Er sah aus wie ein Mann, der immer wütend ist. Ich habe früher schon solche gesehen. Aus der Nähe.

GUNNAR NYBERG: Hat Winston Modisane nebenher noch etwas betrieben? Etwas Kriminelles?

SIPHIWO KANI: Absolut nicht. Er war der freundlichste Mensch auf der Welt.

GUNNAR NYBERG: Es gibt andere, die das gleiche gesagt haben.

SIPHIWO KANI: Weil es stimmt. Sie können nicht im Ernst glauben, daß Winston sich mit etwas Kriminellem abgegeben hat. Er war ein einfacher Bursche, genau wie ich. Er war der beste Freund, den ich jemals hatte. Jetzt will ich nicht mehr weitermachen. Wollen Sie ihn nach seinem Tod auch noch verleumden? Erst werfen sie ihn aus dem Land, weil er in Südafrika von Faschisten verfolgt wurde. Dann erschießt ihn die Polizei in Schweden. Dann sitzen andere schwedische Polizisten hier und nennen ihn einen Verbrecher. *Wenn Sie wüßten, was er war!*

GUNNAR NYBERG: Ich möchte es gern wissen.

SIPHIWO KANI: Jetzt sage ich nichts mehr. Sie mißverstehen alles mit Absicht.

KERSTIN HOLM: Du heißt also Paul Hjelm und bist Kriminalassistent bei der ›Spezialeinheit für Gewaltverbrechen von Internationalem Charakter beim Reichskriminalamt‹?

PAUL HJELM: Ich glaube schon. Auf jeden Fall heiße ich nicht Dag Lundmark. *Denn der ist nicht hier*.

KERSTIN HOLM: (*Zur Kamera.*) Nein. Der ist nicht erschienen.

11

Kriminalkommissar Jan-Olov Hultin versuchte, einen Beschluß zu fassen. Das war gar nicht so einfach, wenn jemand vor ihm stand und von einem Fuß auf den anderen trat. Und wenn obendrein dieser Jemand ein gefallener Engel war, der noch gestern auf Wolken über der Erdoberfläche zu schweben schien, aber jetzt den Eindruck machte, als wäre er platt auf die Erde gefallen. Wegen eines ausgerissenen Einbrechers namens Björn Hagman.

Die merkwürdige Sammlung von auf DVD überspielten Verhören stand ihm noch wie ein schwer greifbares Raster vor Augen und erschwerte ihm das Lesen – abgesehen von allem anderen, was die Lektüre störte. Insbesondere Arto Söderstedt.

»Steh endlich mal still«, schnauzte Hultin unnötig laut. »Oder geh pissen«, fügte er etwas verbindlicher hinzu.

»Ich muß nicht pissen«, murmelte Söderstedt. »Ich bin *motiviert.*«

»Es sind jetzt viele Dinge auf einmal«, sagte Hultin ein wenig zerstreut. »Was zum Teufel machen wir mit Dag Lundmark?«

»Wenn ich die Sache richtig verstehe, muß er in Untersuchungshaft?«

»Selbstverständlich. Aber er hat sich in Luft aufgelöst. Die Frage ist, ob wir eine landesweite Fahndung veranlassen sollen – es liegen ja trotz allem hauptsächlich Indizien vor. Ich finde es völlig absurd. Warum sollte er vorsätzlich den engelgleichen Winston Modisane ermorden? Es läßt sich keine Verbindung herstellen, und sei sie noch so weit hergeholt.«

»Beutetier in einer regulären Lynchjagd?«

»Hör auf.«

»Hör selbst auf und lies.«

Hultin zog die Augenbrauen hoch und versuchte, sich auf den Selbstmordbrief des unbekannten Ola Ragnarsson zu konzentrieren. Er hatte die Fotos von Ragnarssons von Würmern zerfressener Leiche gesehen und alle Mühe gehabt, sich dabei nicht den Gestank vorzustellen. Der den schwer erkälteten Björn Hagman auf freien Fuß gesetzt hatte.

Das Fußvolk hatte soviel wie möglich über Ragnarsson zusammengetragen, und das war nicht viel. Ein Eigenbrötler, sagten die Nachbarn in der Wollmar Yxkullsgata. Man sah ihn überhaupt nie. Sah ziemlich gut aus, fand eine Nachbarin. Eklig, fand eine andere. Es war nicht möglich, irgendwelche Schlußfolgerungen zu ziehen. Verwandte konnten nicht aufgetrieben werden, alles, was es gab, waren amtliche Papiere. Davon allerdings eine ganze Menge. Aber ziemlich alt.

Ragnarsson war knapp fünfzig Jahre alt gewesen, und allem Anschein nach hatte er während der sonderbaren Kapitalexplosion in den achtziger Jahren ein Vermögen gemacht. Ola Ragnarsson war einer der ersten, die auf den Cayman Islands eine Investmentgesellschaft gegründet hatten. Im Laufe weniger Jahre hatte er ein umfangreiches Netz von Finanzgesellschaften aufgebaut, und an willigen Spekulanten hatte es keineswegs gefehlt. Dann hatte er plötzlich alles verkauft, sich zurückgezogen und in einer abseits gelegenen kleinen Wohnung auf Södermalm von seinen Zinsen gelebt. Irgendwelche Erklärungen hatte das Fußvolk nicht gefunden. Aber es mußte doch möglich sein, alte Geschäftspartner aufzutreiben. Das war der nächste Schritt.

Warum hatte man überhaupt so unerbittlich nach Ola Ragnarssons Geschichte geforscht? Aus einem einzigen Grund: Björn Hagmans Schlupfloch. Dem Abschiedsbrief, der jetzt vor Jan-Olov Hultin lag und sich nicht richtig lesen lassen wollte.

»Ich glaube, wir sollten etwas unternehmen«, sagte Söderstedt und trat weiter Wasser. »Es ist schon ein Tag vergangen, völlig unnötig.«

»Und das ist mein Fehler?« sagte Hultin mit Eisesstimme.

»Du hast ihn gestern bekommen. Oder nicht?«

»Soll ich nun quatschen oder lesen?«

Arto Söderstedt schwieg mit verkniffenem Gesicht und trat weiter von einem Fuß auf den anderen.

»Außerdem würde ich Hjelm schicken, nicht dich. Ihr Vernehmungsobjekt hat sich ja in Luft aufgelöst. Und du hast anderes zu tun.«

»Dann quatsch los«, sagte Söderstedt.

Das Gerichtsmedizinische Institut hatte einen provisorischen Bericht verfaßt. Hultin las ihn zum zweiten Mal durch.

»Falsches Blatt«, sagte Söderstedt.

»Hör auf zu quatschen«, sagte Hultin.

Schlimm war nur, daß es beiden richtig Spaß machte.

Die Gerichtsmedizin wurde immer noch von dem unglaublich überlebensgeneigten Ältesten Sigvard Qvarfordt geleitet. Seine handgeschriebenen Berichte waren allerdings durch ordentliche computergetippte Schriftstücke ersetzt worden. Dies war ein solches.

Ola Ragnarsson hatte erhebliche Mengen Talliumsulfat geschluckt, ein inzwischen verbotenes Rattengift, geschmack- und geruchlos, und war allem Anschein nach sofort daran gestorben. Der Körper dürfte zwei Wochen in der Wohnung gelegen haben und befand sich im Zustand fortgeschrittener Auflösung. Die vorläufige Untersuchung ergab keine Verdachtsmomente. Ein klassischer Selbstmord – auch wenn Schlafmittel entschieden häufiger genommen werden als Talliumsulfat.

Nichts Verdächtiges außer dem Brief.

Hultin befingerte ihn. Söderstedt nickte ihm aufmunternd zu.

»Ich bin skeptisch«, sagte Hultin.

»Du bist Legastheniker«, sagte Söderstedt. »Gib's zu.«

Was Jan-Olov Hultin dazu veranlaßte, endlich seine Eulenbrille aufzusetzen und zu lesen.

›Ich habe nach reiflicher Überlegung beschlossen, mir das Leben zu nehmen. Der Mensch ist fähig, sehr viel zu ertragen, aber es gibt eine Grenze, und jenseits dieser Grenze kann alles geschehen. Glaubt mir, ich weiß es. Ich habe Dinge getan, mit denen kein Mensch, der trotz allem Mensch bleibt, leben kann. Und wie gern ich auch etwas anderes wäre, bleibe ich gleichwohl Mensch. Ich habe viele getötet. Ich begann schon damit, als ich noch im Geschäftsleben stand. Ich verließ die Frau, die mich liebte – ich stieß das Messer in den Leib meiner Geliebten. Ich habe nicht die getötet, die ich nicht mochte. Es waren die, die ich gern hatte. Es hatte größeren Effekt. Denn ich war auf den Effekt aus. Zu berauben. Das Feine in den Schmutz zu ziehen. Sie gerade deshalb zu töten, weil ich sie gern hatte. Ich und meine Geliebte schufen etwas Schönes – doch die, die mich liebte, verbarg es vor mir, zog das Schöne in den Schmutz und warf es fort. Zu töten wurde ein Freizeitinteresse. Ein Hobby. Ich verkaufte mein Unternehmen und lebte von den Zinsen. Es gefiel mir wirklich, zu töten. Ich hatte mich daran gewöhnt, mich über Recht und Unrecht hinwegzusetzen. Das war die Beurteilungsgrundlage der kleinen Menschen, und damit hatte ich nichts zu tun. Ich war daran gewöhnt, daß landläufige Moral für mich nicht galt, ich war größer. Die Zeiten waren eben so, das ist das einzige, was ich zu meiner Verteidigung vorbringen kann. Es war logisch. Ich bin zwei Jahrzehnte lang mit falschen Pässen aus dem Land aus- und wieder eingereist – und habe im Ausland getötet. Ich habe nie in Schweden getötet. Ich weiß nicht, warum. Das eigene Nest beschmutzt man nicht, vielleicht war es das. Als ich es schließlich doch tat, wurde mir klar, warum ich es früher nicht getan hatte. Es kam irgendwie zu dicht heran. Früher hatte ich auf Distanz getötet. Mit einer arroganten kleinen Drehung des Handgelenks. Aber jetzt: Der Genuß verschwand, der Selbstekel kam. Ich bin im Vollbesitz meiner Geisteskraft, wenn ich in diesem Augenblick das Mittel schlucke, das man als Talliumsulfat identifizieren wird. Es dürfte schwerfallen, sich einen gesünderen, heilsameren, sinnvolleren Selbstmord vorzustellen. Holt sie aus ihren unwürdigen Gräbern und gebt ihnen – als den einzigen meiner Opfer – ein ehrenvolles Begräbnis. Sie liegen auf einem Acker zwischen Grönby und Sörby. Man sieht die Kirche zwischen den Bäumen. Ich erinnere mich nicht mehr, denn das Gift beginnt zu wirken, wie viele es sind. Aber holt sie heraus. Sie verdienen etwas Besseres. Und ich, ich verdiene etwas Schlechteres. Das Geld auf dem Nachttisch ist für meine Beerdigung. Begrabt mich tief. Ich verdiene die Hölle. Flammen schlagen am Fenster hoch. Jetzt klettern sie aufwärts, sie kleiden das Zimmer die Wärme die Hitze ich sehe ein Gesicht ein Gesicht aus Feuer es kommt ich sehe es schneidet dreht ringt frißt ich‹

Jan-Olov Hultin saß still und massierte bedächtig seinen Nasenrücken. Das war starker Tobak, um in einem faden Klischee ein wenig Sicherheit zu finden. Er legte die Eulenbrille auf den Schreibtisch und sagte geradeheraus: »Wie echt kommt uns das vor?«

Arto Söderstedt hörte auf, von einem Fuß auf den anderen zu treten, und fixierte seinen Chef. »Echt genug, um loszulegen«, sagte er.

»Glaubst du wirklich, daß Ola Ragnarsson aus der Wollmar Yxkullsgata ein unbekannter internationaler Serienmörder ist?«

»Das ist schwieriger. Es hat ein bißchen was Mystisches im Ton. Aber die Orte sind ganz und gar nicht mystisch.«

»Ich nehme an, du hast Grönby und Sörby überprüft?«

»Es sind zwei Dörfer, die ein paar Kilometer voneinander entfernt im südlichen Schonen liegen. Kommune Trelleborg. Die Kirche steht in Grönby, das eindeutig größer ist. Es war früher ein lebhaftes Zentrum mit Mühlen, Schmieden, Wagenmacherei und Töpferei. Sörby ist kleiner. Man kann es kaum ein Dorf nennen. Sörby besteht aus drei Höfen, weißgekalkten kleinen Häusern und gepflegten Gärten.«

»Du kennst dein Schonen.«

»Ich kenne meine Tatorte.«

Kriminalkommissar Jan-Olov Hultin nickte. Dann seufzte er laut, klopfte mit der Eulenbrille auf den Tisch und sagte: »Okay. Ich stelle aus jeder Vernehmungsgruppe einen frei. Paul und Sara. Du und Viggo, ihr widmet euch dem mystischen Ola Ragnarsson. Hört sich das gut an?«

»Das hört sich sehr gut an«, sagte Arto Söderstedt und stapfte davon. Die leichten Wolken waren zurückgekehrt, um ihn ein Stückchen über dem Boden schweben zu lassen. Der gefallene Engel trat nicht länger Wasser.

12

Der Kirchturm war kaum zu erkennen, wie er da zwischen den Baumwipfeln der kleinen Allee aufragte. Regenschauer klatschten den Leuten, die sich auf dem Lehmacker versammelt hatten, wie Ohrfeigen ins Gesicht, sie waren unberechenbar und kamen aus immer neuen Himmelsrichtungen. Die Menschen auf dem Acker waren viel zu dünn angezogen und nahezu schutzlos den immer neuen Böen ausgesetzt, und ihre Füße steckten bis über die Schuhe im Schlamm.

Paul Hjelm blickte auf zu den regenschweren Wolken. Es war das Ursprungschaos des Wassers, dessen Zeuge er vor dem sprechenden Dunkel des Himmels wurde. Ein göttliches Gemurmel hinter Wasserkaskaden, ohne Ordnung, ohne Sinn, ohne Struktur, ohne Form – ein cholerischer Diskant gegen den dumpfen Baß des melancholischen Himmels.

Er sah zu Sara Svenhagen hinunter, ein pudelnasses Wesen an seiner Seite. Ihr dicker Mantel machte zwar einen wärmeren Eindruck als sein verschlissenes Leinenjackett, sog dafür aber literweise Wasser auf. Sie sah schwer aus. Doppelt schwer.

Ihre Blicke trafen sich. Es lag etwas Herbstliches darin. Sie wechselten ein schnelles Lächeln und sahen hinüber zu dem kleinen Häufchen von Technikern und Polizeiassistenten. Unermüdlich gruben sie weiter in dem schweren Lehmboden, der sich den Spaten hartnäckig widersetzte, immer öfter mit einem aufreizenden Schlürfen wieder zurückrutschte und jede Arbeit illusorisch werden ließ.

Es war der dritte Acker, den sie sich vornahmen. Die örtlichen Experten hatten mindestens acht genannt, die zu Ola Ragnarssons vager Beschreibung paßten. Von allen acht Äckern aus sah man die Kirche von Grönby zwischen den Bäumen aufragen. Allerdings sah man immer weniger.

Als sie angefangen hatten, war es noch mitten am Tag gewesen. Die Spätsommersonne hatte ihre milde Decke über das südschonische Flachland gebreitet. Niemand hatte daran gedacht, daß man Stiefel und Regenzeug brauchen würde. Also hatte keiner so etwas dabei. Nachdem sie den ersten Acker unverrichteter Dinge verlassen hatten, waren ihnen beim zweiten leichte Regenschleier entgegengeweht. Und jetzt, auf dem dritten, schüttete es. Und es gab auch keinen Grund mehr, daß es aufhörte – es war nichts mehr da, was noch naß werden konnte.

Hjelm machte ein paar prüfende Schritte im Schlamm. Es gelang ihm nur mit größter Mühe, sich überhaupt vom Fleck zu bewegen. Es schmatzte und sog unter seinen Füßen. Alles war durchtränkt, das ganze Dasein war durchtränkt. Er dachte an Überschwemmungskatastrophen in Bangladesh und Kolumbien, an Schlammlawinen, die Menschen und Gebäude ohne Vorwarnung mitrissen. Dann warf er einen kurzen Blick hinüber zur Kirche von Grönby, deren Mittelschiff aus dem Mittelalter stammte. Als Kirchenfetischist, der er war, hatte er sich zwischendurch davongestohlen und sie besichtigt. Das Chorgewölbe wies großartige Malereien des sogenannten Snårestadsmeisters von ungefähr 1350 auf. Der Turm war 1741 angebaut worden, und in den 1870er Jahren wurde das Querschiff hinzugefügt. Es war der Turm von 1741, der mit einer gewissen Nachsicht auf die durchtränkte Gesellschaft hinabblickte. Die Kirche schien keine Furcht davor zu haben, daß Schlammlawinen sie fortreißen könnten.

Aber sie hatte ja auch schon etwas mehr Erfahrung.

Außerdem *klang* der Regen. Nicht jenes stille Strömen, das schwache Dröhnen, das entsteht, wenn Regentropfen auf Blechdächer trommeln, sondern ein massives, beinah schrilles Prasseln, das sich für den Stadtbewohner besorgniserregend anhört.

Durch das Regengetöse erklang plötzlich eine menschliche Stimme, mit südschonisch rollendem R. »Hier haben wir etwas.«

Sara Svenhagen schauerte zusammen, es war ein Schauern, das durch Mark und Bein ging und nicht allein mit der Nässe zu erklären war. Sie ließ etwas zu Boden fallen und griff nach seiner Hand. Während sie ihn in Richtung des Sprechenden zog, blickte er zurück in die Ackerfurche, wo sie etwas hingeworfen hatte. Da lag eine gepellte Kartoffel. Es war ein wenig überraschend.

Der kleine Menschenhaufen rückte zusammen, man suchte instinktiv die Nähe der anderen. Paul und Sara standen dort Hand in Hand, ohne darüber nachzudenken. Ein paar Stablampen streuten schwaches Licht durch das Nachmittagsdunkel; die Lichtkegel tanzten über den Lehmfurchen. Ein Mann kniete im Schlamm.

Als er zu ihnen aufblickte, beleuchtete einer der Lichtkegel sein Gesicht, und ein kreisrunder weißer Blick stieg aus einem lehmdunklen triefenden Gesicht auf.

Es war ein Blick, der aufgeben wollte – aber nicht durfte.

Paul Hjelm nickte leicht und sagte: »Ich weiß, Nilsson. Ich kann es machen.«

Der Mann schüttelte den Kopf. Die Lichtkegel konzentrierten sich auf einen Punkt bei seinen Händen. Aber die zitterten noch immer. Langsam packten die Hände die Zipfel der schwarzen Plastikfolie, die aus dem matschigen Boden hervorragte, und schlugen sie auseinander.

Plötzlich war Hjelm dankbar für den Regen. Für einen kurzen Moment schien alles einen Sinn zu haben. Der Regen milderte den Gestank. Die Wolke von Ausdünstungen, die aus dem schwarzen Plastiksack aufstieg, wurde durch die Wasserkaskaden gedämpft. Und auch das Blickfeld war mildtätig diffus – die Konturen des stark mitgenommenen Gesichts waren mit Mühe und Not erkennbar. Leider war Hjelms Phantasie so lebhaft, daß das keinen größeren Unterschied machte; er hatte keine Probleme damit, vor seinem inneren Auge die Insekten zu sehen, die auf der Jagd nach den letzten Resten eßbarer Materie in den Gesichtsöffnungen ein- und auskrochen.

Sara Svenhagen drückte seine Hand. Er drückte zurück.

»Es ist noch einer daneben«, sagte der Mann in der Grube.

Er schlug eine zweite Plastikfolie auseinander.

Und der Regen strömte weiter.

Sie saßen auf der Polizeiwache in Trelleborg und versuchten trocken zu werden. Es wollte nicht recht gelingen. Die Nässe schien sich bis ins Mark gefressen zu haben; sie hatte sich dort eingenistet und hatte keinerlei Absicht, ihre Körper zu verlassen. Direkt gegenüber saßen zwei steife Herren gehobenen mittleren Alters, ein schlanker und ein dicker. In einer anderen Situation hätte Paul Hjelm wahrscheinlich an Dick und Doof gedacht, aber das schien im Moment nicht angebracht.

Die Gummihandschuhe hatten nicht richtig über die Hände rutschen wollen. So sehr sie die Hände auch trockneten, sie blieben feucht. Die Handschuhe saßen nicht ordentlich und machten ihre Bewegungen unbeholfen. Sara Svenhagen legte die Gegenstände in eine schnurgerade Reihe und betrachtete sie. Der Inhalt einer sehr nassen Brieftasche. Zwei Hunderter, ein Führerschein, ein Foto und ein handgeschriebener Zettel mit zerlaufener Tintenschrift.

»Wie sieht deine vorläufige Beurteilung aus?« fragte Hjelm den Dicken.

Der Dicke hieß Nils Krogh und war Gerichtsmediziner in Trelleborg.

Er strich sich über das glattrasierte Doppelkinn und sagte in schleppendem, doch leicht verständlichem Schonisch: »Ein Mann und eine Frau, und es gibt keine Anzeichen dafür, daß es sich um andere Personen handeln könnte als das Ehepaar Sjöberg. Max Evald Sjöberg und Rigmor Alberta Sjöberg, Landwirte aus Anderslöv. Das Alter stimmt. Um die fünfundvierzig Jahre, genau wie das Ehepaar Sjöberg. Die Eheleute

Lindblom sind jetzt bei ihnen drin, um sie zu identifizieren. Die Todesursache konnte noch nicht festgestellt werden.«

Hjelm nickte, nahm die auseinanderfallende Fotografie auf und betrachtete sie. Sie zeigte sechs Menschen um einen Weihnachtstisch. Alle trugen Weihnachtsmannmützen und lachten. Zwei Männer, zwei Frauen und zwei Kinder, beides Jungen, im Alter von etwa sieben und zehn Jahren. Der Raum war eine große Bauernküche, und die Physiognomien und die Kleidung der Erwachsenen stimmte ziemlich gut mit Hjelms vorgefaßten Ansichten über Bauern überein. Er drehte das Foto um und las zum x-tenmal: ›Zu Hause bei Maggan und Robban Lindblom Weihnachten 2000.‹

»Margareta und Robert Lindblom sind also die Nachbarn draußen auf dem Land?« fragte er.

Der schlanke Mann, Kommissar Sten Johansson, antwortete mit knochentrockener edelschonischer Stimme: »Sie besitzen den Nachbarhof bei Anderslöv.«

Sara Svenhagen nieste und fragte: »Wo liegt Anderslöv im Verhältnis zu Grönby und Sörby?«

»Du solltest in einem so empfindlichen Stadium der Schwangerschaft nicht draußen im Regen herumlaufen«, sagte Gerichtsmediziner Nils Krogh und beugte sich zu Sara Svenhagen vor.

Hjelm starrte Sara entgeistert an.

»Jaja«, sagte sie ungeduldig und schien anschließend doch hellhörig zu werden. »Wieso empfindlich?«

»Um die fünfzehnte bis zwanzigste Woche«, sagte Nils Krogh. »Das ist die kritische Zeit.«

»Aber verdammich, bist du schwanger?« platzte Hjelm heraus. »Glückwunsch. Weiß Jorge davon?«

»Natürlich. Inzwischen wissen es alle, außer dir.«

»Wie üblich«, sagte Hjelm brummig.

»Anderslöv«, sagte Kommissar Sten Johansson ausdruckslos, »liegt unmittelbar südlich von Sörby. Sjöbergs Hof liegt unmittelbar südlich von Anderslöv, es sind etwa drei Kilometer bis zum Fundort.«

»Glückwunsch«, wiederholte Paul verwirrt, riß sich zusammen und fuhr fort: »Es ist der fünfte September. Müßte nicht jetzt die Kartoffelernte anfangen?«

»Der Platz ist gut gewählt«, sagte Sten Johansson. »Genau der Acker liegt in diesem Jahr brach. Ich habe mit dem Bauern gesprochen.«

»Ich wohne in Anderslöv«, sagte Nils Krogh heiter. »Diese Gegend hat im Lauf der Geschichte eine geographische Einheit gebildet. Vor langer Zeit war Grönby größer, die Muttergemeinde von Anderslöv. Dann kehrten sich die Größenverhältnisse um, und jetzt ist Anderslöv größer. Zwölfhundert Einwohner und der Zentralort des Flachlands. Unsere Kirche ist viel älter als die von Grönby. Wir gehen davon aus, daß sie auf einem alten Opfer- und Grabplatz errichtet wurde. Als der Snårestadmeister 1350 dort die Gewölbe mit den Bildern vom Jüngsten Gericht und von Jesu Kindheitsgeschichte ausschmückte, gab es die Kirche schon seit zweihundert Jahren. Anderslöv entstand zu beiden Seiten des wichtigen Handelswegs zwischen Malmö und Ystad, und die Landstraße geht noch immer durch den alten Ortskern.«

Sie starrten ihn einen Moment lang an. Wie einen Mann, der in die Manege geschissen hat.

Dann sagte Paul Hjelm: »Es sieht so aus, als hätte unser Mann über gute Ortskenntnis verfügt.«

»Oder«, sagte Kommissar Sten Johansson, »er versteht sich auf Tatorte. Und euer Ragnarsson hat ja, nach allem, was ich mitbekommen habe, die Fähigkeit besessen, unentdeckt zu bleiben.«

»Wenn es denn sein Werk ist«, meinte Sara Svenhagen.

Sten Johansson warf ihr einen strengen Blick zu. »Es ist auf jeden Fall eine plausible Arbeitshypothese«, sagte er eiskalt.

Paul Hjelm legte das auseinanderfallende Foto auf den Tisch und nahm statt dessen den Führerschein auf. Die neue

EU-Version im Kreditkartenformat. Ein Standardformat, das man als ein Gegenwartssymptom ansehen konnte: die Kreditkarte als das Maß aller Dinge. Max Evald Sjöberg, 551203. Eine ernstere, steifere Version des größeren Weihnachtsmanns auf dem Foto, mit den gleichen grobkantigen Gesichtszügen und dem kräftigen Stiernacken.

Dann wieder das Foto. Der Blick auf die Kinder. Die Jungen von sieben und vielleicht zehn Jahren.

»Haben wir noch keine Bestätigung, wessen Kinder es sind?« fragte Hjelm mit einem Kloß im Hals, der sich dort in dem Moment festgesetzt hatte, als das Foto entdeckt worden war.

Sollten noch zwei Leichen draußen im Lehm liegen? Zwei Kinderleichen?

Das war der springende Punkt.

Sten Johansson verzog das Gesicht. Im selben Moment ging sein Mobiltelefon. »Johansson«, sagte er. Dann sagte er: »Ja. Okay. Wann? Okay.«

Dann sagte er nichts mehr.

»Nun?« sagte Paul Hjelm.

Johansson verzog erneut das Gesicht. »Der ältere ist Lindbloms«, sagte er. »Axel Lindblom. Aber der jüngere ist Sjöbergs. Anders Sjöberg. Sieben Jahre alt.«

Hjelm nickte und warf einen Blick auf Sara. Sie saß da, eine Hand auf ihrem Bauch.

Alle im Raum hatten den gleichen Gedanken.

Wo war der siebenjährige Anders Sjöberg?

Seine Eltern hatten so lange in der Erde gelegen, daß ihre Körper in Verwesung übergegangen waren, und niemand schien sie vermißt zu haben. Warum nicht?

Doch bis jetzt hatte man erst *zwei* schwarze Plastiksäcke aus dem Acker geborgen. Noch bestand Hoffnung. Die Suche draußen auf den Feldern ging weiter. Und es goß immer noch in Strömen.

»Sie kommen in einer Minute«, sagte Sten Johansson.

Es wurde eine Minute des Schweigens.

Hjelm sah auf den Zettel, der in der Brieftasche des Landwirts Max Sjöberg gesteckt hatte. Ein Zettel von einem Notizblock, zehn mal zehn Zentimeter groß, die Schrift ganz und gar zerlaufen. Tinte eher als Kugelschreiber. Nur zwei Wörter ließen sich einigermaßen entziffern. Möglicherweise stand da ›Arm‹, und möglicherweise ›Haus‹. Doch im übrigen war der Text praktisch ausgelöscht. Etwas für die Techniker, um sich daran die Zähne auszubeißen.

Dann ging die Tür auf und ein triefendnasses rotäugiges Paar blieb etwas hilflos in der Tür stehen. Ein junger Mann schob sich an ihnen vorbei und nickte kurz.

»Danke, Broman«, sagte Sten Johansson und erwiderte das Nicken des jungen Mannes. Dieser verließ den Raum und schloß die Tür hinter sich.

Sten Johansson zeigte auf die freien Stühle im Raum und sagte: »Bitte setzen Sie sich.«

Das Paar war leicht als das von der Fotografie wiederzuerkennen. Der Mann trug sogar dasselbe karierte Hemd wie am Heiligabend 2000. Er war der kleinere der beiden erwachsenen Weihnachtsmänner, aber doch auf kompakte Weise massiv. Es war deutlich zu sehen, daß er geweint hatte. Die Frau war ein paar Jahre jünger, auch sie ziemlich untersetzt. Die beiden waren gewissermaßen ein klassisches schwedisches Landwirtpaar.

Als sie sich gesetzt hatten, sagte Kommissar Sten Johansson: »Sie haben also das Ehepaar Max und Rigmor Sjöberg identifiziert?«

Die beiden nickten. »Ja«, sagte Margareta Lindblom leise.

»Waren Sie eng befreundet?« fragte Johansson.

»Ja«, antwortete Margareta Lindblom. Dann stieß sie mit tränenerstickter Stimme hervor: »Sie wollten verreisen. Sie wollten ja ihren ersten Urlaub seit Jahren machen. Zwei Wochen Griechenland. Wir dachten, sie wären abgereist. Anders hatte solange schulfrei bekommen. Wir hatten uns verabschiedet und ihnen gute Reise gewünscht, sie hatten gepackt, ich habe ihre Koffer gesehen.«

Sie hielt inne und schluchzte. Der Mann legte eine breite Hand auf ihre Schulter.

»Sind sie ermordet worden?« fragte Robert Lindblom.

»Wir haben noch keine Möglichkeit gehabt, die Todesursache festzustellen«, sagte Nils Krogh. »Aber sie lagen in Plastiksäcken.«

»Und Anders?« sagte Lindblom und richtete mit sicherem Gespür das tiefe Dunkel seines Blicks direkt auf Paul Hjelm.

»Wir wissen es noch nicht«, sagte Hjelm und verspürte ein körperliches Unbehagen, als der Blick ihn traf.

»Wer ist das?« sagte Lindblom zu Johansson.

»Paul Hjelm von der Reichskriminalpolizei«, sagte Hjelm. »Dies ist Sara Svenhagen, auch Reichskriminalpolizei. Können Sie sich jemanden denken, der Sjöbergs etwas Böses gewollt hätte? Der kleinste Verdacht ist wichtig.«

Robert Lindblom sah den Fremdling mißtrauisch an und sagte: »Natürlich nicht. Wenn, dann höchstens Veganer.«

»Veganer wollen nicht einmal Zecken entfernen«, stieß Nils Krogh hervor und erntete einen bissigen Blick von Sten Johansson. Es schien nicht das erste Mal zu sein, daß derartige Blicke zwischen ihnen gewechselt wurden.

»Denen kommt es auf Menschen nicht so genau an«, sagte Lindblom grämlich.

»Wie weit voneinander entfernt wohnen Sie?« fragte Sara Svenhagen.

»Unser Land grenzt aneinander. Aber wir können unsere Höfe gegenseitig nicht sehen, wenn Sie das meinen.«

»Das meine ich.«

»Es sind siebenhundert Meter von Hof zu Hof«, sagte Lindblom.

»Wie lange sind sie schon weg?« fragte Sara Svenhagen.

»Jetzt wohl zwei Wochen.«

»Sie sollten morgen zurückkommen, am Donnerstag, dem

sechsten September«, präzisierte Margareta Lindblom. »Ich habe sie am Mittwoch vor zwei Wochen zum letzten Mal gesehen. Wir waren drüben und haben ein paar empfindliche Blumen geholt, die wir gießen sollten. Orchideen.«

»Und wer hat sich um die Tiere gekümmert?«

»Eine Firma, die so etwas macht«, sagte Margareta Lindblom. »Eine Art Landwirt-Pool. Wir haben sie auch schon in Anspruch genommen. Bondejouren AB.«

»Und Sie haben keine verdächtigen Personen in der Nähe des Hofs gesehen?«

»Nein. Nein, das hätten wir bemerkt. Hier draußen kommen nicht so viele Menschen her.«

Ihr Mann sah plötzlich auf. Sein Blick war ganz woanders. Er sagte: »Sie hatten kleine Löcher im Gesicht.«

Hjelm und Svenhagen sahen sich an.

Der Gerichtsmediziner Nils Krogh beugte sein ansehnliches Körpergewicht über den Tisch und sagte: »Das sind die Larven.«

Ein verwirrtes Schweigen stellte sich ein. Was seinem Gesichtsausdruck zufolge genau die Wirkung war, die er beabsichtigt hatte. Er fuhr fort: »Wir nennen sie ein bißchen oberflächlich Leichenwürmer. Eigentlich sind es gewöhnliche Larven, Fliegenlarven, Käferlarven. Sie machen kleine Löcher in die Haut der Toten, um ins Freie zu gelangen.«

Robert Lindblom hielt die Hand vor den Mund und stürzte aus dem Zimmer. Sten Johansson schickte einen eisigen Blick zu Nils Krogh hin, der richtig zufrieden aussah.

Paul Hjelm schnitt eine müde Grimasse und sagte: »Frau Lindblom, was können Sie über Anders sagen?«

»Verzeihung?«

»Anders Sjöberg, den Sohn.«

»Sie haben ihn so sehr geliebt. Ich war fast neidisch auf sie. Unser Axel wird viel härter erzogen. Manchmal kam es mir beinah so vor, als würden sie ihn zu Tode lieben. Aber was sag ich denn da? Sie machen mich ganz verwirrt. Sie haben ihn geliebt wie ihren eigenen, das können Sie mir glauben. Und wenn Sie andeuten, sie hätten ihm etwas angetan, dann sind Sie total auf dem Holzweg.«

Sie stand auf, zitterte, hob drohend den Zeigefinger. Sara Svenhagen legte ihr die Hand auf den Arm, ließ ihn dort, bis sie sich wieder setzte.

»Wir werden tun, was wir können, um Anders zu finden«, sagte Svenhagen. »Wir lassen ab sofort im ganzen Land nach ihm suchen. Und sicherheitshalber durchsuchen wir auch noch die übrigen Äcker. Wir werden ihn finden.«

Margareta Lindblom sah mit apathischem Blick auf. »Aber wenn Sie ihn finden, wird er tot sein«, sagte sie glasklar.

13

Gunnar Nyberg fiel in den letzten Jahren das Denken leichter als früher. Vermutlich war das zum großen Teil Ludmilas Verdienst – sie dachte eigentlich andauernd. Fast wie eine Verteidigung gegen die Existenz, so kam es ihm in boshaften Augenblicken vor. Aber leider war es fast ebensosehr das Verdienst der A-Gruppe. Oder ihr Fehler. Eher Fehler. Es war in hohem Maße der Fehler der schwierigen, fordernden Umgebung, daß er etwas leichter dachte.

Denn es war wahrlich nicht nur von Vorteil.

»Puhh«, faßte er zusammen. Jorge Chavez sah ihn an und verstand, seltsamerweise, was er meinte.

Es war Nachmittag. Weitere Verhöre hatten im Verlauf des Tages mit den afrikanischen Flüchtlingen stattgefunden, und die Lage war nicht übersichtlicher geworden.

Eine ganze Menge deutete darauf hin, daß Polizeiassistent Dag Lundmark tatsächlich Winston Modisane ermordet hatte. Und jetzt war er verschwunden. Hultin zögerte noch, die landesweite Fahndung zu veranlassen. Nichts ließ befürchten, daß Lundmark neue Verbrechen plante, und eine landesweite Fahndung nach einem Polizisten würde ohne Zweifel das Vertrauen in die Polizei auf den Nullpunkt sinken lassen.

Gunnar Nyberg – dessen Vertrauen in das Polizeikorps, dem er selbst angehörte, eine ganze Menge zu wünschen übrig ließ – entdeckte, daß er für Hultins Zögern Verständnis hatte. Vor ein paar Jahren hätte er seinen Chef lediglich für feige gehalten. Jetzt verstand er ihn. Er meinte, einen dumpfen Kompromißlergeist zu spüren, der aus seinem Mund aufstieg.

Die Ereignisse während des EU-Gipfels in Göteborg – die noch immer nicht vollauf klargelegt waren – hatten ihm physisches Unbehagen bereitet. Die Polizeimacht, die als Militär agiert und wohlwollenden Friedensdemonstranten seelische Schäden fürs Leben zufügt. Anderseits (und er hatte zu seinem Entsetzen bemerkt, daß er dieses ›anderseits‹ der Demokratie guthieß) hatte die Gewaltbereitschaft hier und da bei den Demonstranten drastisch zugenommen, und die Grenze zum Terrorismus war nicht immer klar auszumachen. Die reinsten Gewissen, die die Gesellschaft aufzubieten hatte, teilten naiv das Bett mit der reinsten Gewalt, und das war bedenklich. Auch für die Gesellschaft gab es eine Toleranz zum Tode; das hatte er während seiner Zeit bei der Abteilung für Kinderpornographie der Reichskriminalpolizei gesehen. Das hatte die Weimarer Republik erfahren müssen.

Kurz gesagt: Wenn in den Medien weitere Rückschläge für die Polizei breitgetreten würden, könnte das Vertrauen der Allgemeinheit gänzlich verlorengehen, und davon würden nur undemokratische Elemente profitieren, sowohl innerhalb wie außerhalb des Polizeikorps.

Also war es nicht ganz selbstverständlich, eine landesweite Fahndung nach Dag Lundmark auszulösen. Es war besser, ihn auf andere Art aufzuspüren. Und in Paul Hjelms Abwesenheit war Kerstin Holm allein verantwortlich für diesen Teil der Ermittlungsarbeit.

Sie beneideten sie nicht.

Und dabei ahnten sie nicht einmal etwas von Holms und Lundmarks gemeinsamer Vergangenheit.

Somit konzentrierten sie sich auf die Afrikaner. Und der sich erweiternde Einblick in den wahnsinnigen Alltag dieser ziemlich normalen Menschen war anstrengend. Es bestand kein Zweifel daran, daß große Wasser sie voneinander trennten.

»Laß uns mal versuchen, Ordnung in das Ganze zu bringen«, sagte Jorge Chavez und starrte auf den Monitor, auf dem Vernehmungsprotokolle in endlosen Reihen abrollten.

»Was ist die Grundfrage?« meinte Nyberg. »Laß uns versuchen, es ein wenig professionell anzugehen; der Versuch kann ja nicht schaden. Das einzige, was wir eigentlich wissen wollen, ist – was?«

»Warum Dag Lundmark Winston Modisane getötet hat«, sagte Chavez. »Und was wollen wir dann bei den Gesprächen mit den Afrikanern herausbekommen?«

»Wir wollen eine Verbindung zwischen Lundmark und Modisane finden«, erklärte Nyberg. »Und das ist wohl das einzige, was wir nicht finden. Also laß uns zu den Absonderlichkeiten kommen, die wir im Vernehmungsmaterial gefunden haben. Morgen werden sie an mehr oder weniger wahnsinnige Regime ausgeliefert, wenn sie nicht einfach in Ghana abgesetzt werden. Also eilt es. Dann wird es nicht mehr so einfach sein, ihrer habhaft zu werden, und Antworten auf Identitätsanfragen aus Kenia, Uganda und Südafrika sollen dauern. Die Information seitens der Migrationsbehörde war eigentümlich wortkarg – eigentlich kaum ausreichend für einen Beschluß in der einen oder der anderen Richtung. Also müssen wir die Lücken mit unseren eigenen Eindrücken aus den Verhören auffüllen.«

»Mit wem von den Vernommenen stimmt etwas nicht?« fragte Chavez. »Wer weicht ab?«

Sie antworteten im Duett, wie der Chor in einer griechischen Tragödie: »Siphiwo Kani.«

Darauf nickten sie im Duett.

»Gut, daß wir uns einig sind«, sagte Nyberg. »Siphiwo Kani, Winston Modisanes Freund und Vertrauter, der südafrikanische Landsmann. Der Grubenarbeiter. Warum?«

»Nicht nur, weil diese Reinigungsfirma Reiner Raub, bei der Modisane gearbeitet haben soll, nicht existiert. Kani hat uns zwar vorgewarnt, daß sie nicht existiert, und es ist wohl auch logisch, daß eine Organisation, die konsequent Steuerflucht betreibt, keine Spuren hinterlassen will. Nur daß es ihnen nie gelingt. Es gibt immer Spuren. Aber hier finden wir keine einzige. Und wenn die Firma eine Erfindung ist: warum? Warum sollte Kani in solch einem Punkt lügen? Hat

Winston überhaupt nicht saubergemacht? Hat er sich kriminell betätigt? Drogen?«

»Wären für den Fall nicht alle fünf beteiligt? Das ist fast nicht auszuschließen. Aber ich wette meinen rechten Arm darauf, daß mindestens zwei von ihnen die reine Wahrheit sagen. Und sie sind wirklich der Meinung, Winston Modisane sei der netteste Mensch gewesen, dem sie je begegnet sind. Wenn man Tag für Tag auf der Flucht vor dem Gesetz und in ärmlichsten Verhältnissen zusammenlebt, kann man wohl kaum verbergen, daß man Drogendealer ist. Und warum dann übrigens mit einer Gang desperater Schwarztellerwäscher und Schwarztaxifahrer die Wohnung teilen? Dann kann man sich doch wohl etwas anderes leisten. Und die anderen waren sicher, daß Modisane saubermachte. Was haben wir sie zu fragen vergessen?«

Jorge Chavez nickte stumm.

Nyberg fuhr fort: »Ganz genau. Wir sollten davon ausgehen, daß es tatsächlich eine Reinigungsfirma gibt. Und einer der anderen *weiß*, wie die Firma heißt, wir haben nur nicht daran gedacht, sie zu fragen. Warum will Kani es verbergen?«

Chavez nickte, aber nicht mehr stumm: »Ich bekomme das Gefühl, daß es wahr ist: Winston Modisane *war* ein guter Mensch, was das auch heißen mag. Und insoweit seine Tätigkeit kriminell war, hat sie doch keinem geschadet. Wahrscheinlich das Gegenteil. Worum handelt es sich dabei? Was Dag Lundmark verhindern wollte – soll man es so sehen? Was ist das für eine Tätigkeit, die gut ist und die ein alkoholisierter und vorurteilsbeladener Polizist stoppen will? Etwas Antirassistisches? Etwas, was vielleicht sogar mit den Krawallen von Göteborg zu tun hat? Die EU? Beide gehörten in Südafrika der Linken an – der Gewerkschaftsbewegung. Können sie Kontakte zu den Demonstranten gehabt haben? ›Die weißen Overalls‹ oder ›die Schwarzen‹ oder etwas dergleichen?«

»War Lundmark bei den Krawallen anwesend?« fragte Nyberg. »Wohl kaum. Da hatte er den Dienst noch nicht wieder angetreten. Und außerdem ist er aus Göteborg verbannt. Und das mit der Gewerkschaftsbewegung, ja ... Was sagst du dazu?«

»Mmmm«, brummelte Chavez vor sich hin wie Sherlock Holmes (eine alte schlechte Angewohnheit). »Unsere Afrikaner sind ganz unterschiedlich. Der Ugander Sembene Okolle ist ausgebildeter und aktiver Schauspieler, und von den Kenianern ist Elimo Wadu Akademiker, Forscher und Dozent, und Ngugi Ogot ist ehemaliger Drogendealer. Darüber hinaus haben wir also noch zwei gewerkschaftlich aktive Schwerarbeiter aus verschiedenen Teilen Südafrikas: Winston Modisane hat in einer Gummifabrik in Kapstadt gearbeitet, und Siphiwo Kani ist Grubenarbeiter aus der Provinz Kwa Zulu Natal. Letzterer behauptet, er und Winston Modisane hätten sich vor ihrer Ankunft in Schweden nicht gekannt, aber sie gehören einer überschaubaren Anzahl von Flüchtlingen aus Südafrika an. Weniger als zehn letztes Jahr. Vielleicht zwei ...«

»Was für einen Eindruck macht Kani?« sagte Gunnar Nyberg. »Ich habe ihn verhört, du hast die DVD mehrfach angesehen. Aber als du heute versucht hast, ihn zu verhören, lief es nicht besonders gut ...«

»Er gibt sich große Mühe zu betonen, daß Winston und er ganz normale Arbeiter sind. Einfache Burschen. Das ist das zweite, woran ich gedacht habe, nicht nur Reiner Raub. Da gibt es eine Diskrepanz zwischen seiner Art zu sprechen und seinen Behauptungen. Sein Tonfall und, ja, was verdammt, seine *Intonation* sagen etwas ganz anderes. Manchmal merkt er es und will es gleich korrigieren. Dann kommt das mit diesen einfachen Burschen. Sieh dir mal die Abschrift hier an: Zuerst so ein Ding wie ›Südafrika hat folgende offizielle Sprachen: Afrikaans, Englisch, Ndebele, Pedi, Sotho, Swazi, Tsonga, Tswana, Venda, Xhosa und Zulu‹, und dann: ›Ich bin ein gewöhnlicher, einfacher Arbeiter‹ und: ›Er war ein gewöhnlicher Bursche, genau wie ich.‹«

»Außerdem«, ergänzte Nyberg, »ist er der einzige, der abstreitet, daß Dag Lundmark direkt auf Modisane losging, als die Polizisten in die Wohnung eindrangen. ›Er war nur wütend. Er sah aus wie ein Mann, der immer wütend ist.‹ Kann es sein, daß er die Aufmerksamkeit von einer Verbindung zu Lundmark fortlenken wollte?«

»Und dann dieser Ausruf: ›*Wenn Sie wüßten, wer er war!*‹ Ich weiß nicht, aber vielleicht läßt da die Kontrolle eine Sekunde nach. Er war im übrigen sehr unwillig, als ich ihn heute vernommen habe. Wollte überhaupt nichts sagen. Er war deprimiert. Winston tot und er selbst morgen früh abgeschoben zu den Sicherheitskräften. Das kann man verstehen.«

»Man kann nicht gerade behaupten, wir hätten lupenreine Beweise vorzulegen ...«

»Nicht direkt«, räumte Chavez ein. »Möglicherweise kann man die südafrikanischen Behörden ein wenig zur Eile drängen. Wir brauchen mehr Fakten, um weiterzukommen. Aber meinst du nicht auch, daß Siphiwo Kani über eine höhere Ausbildung verfügt?«

Gunnar Nyberg vollführte eine ausholende Armbewegung und sagte: »Wir Schweden wissen vielleicht besser als manche andere, daß man die Bildungsarbeit der Gewerkschaften nicht unterschätzen darf. Aber ich stimme dir zu. Das ist kein Grubenarbeiter. Er hat die Hände eines Intellektuellen.«

»Und die kommen vor Gericht immer gut an.«

»Du sagst es.«

Nach diesen abschließenden weisen Worten blieb es eine Weile still. Nyberg und Chavez saßen einander am Schreibtisch in Chavez' und Hjelms ziemlich dürftigem Büro gegenüber. Draußen regnete es, ein leichtes Rieseln wie ein Vorbote des Herbstes. Der Innenhof des Polizeipräsidiums sah aus wie ein Stück Niemandsland früher an der Berliner Mauer, verdreckt, verlassen und verregnet. Vielleicht miniert, vielleicht von Polizei bewacht, die sich über Nacht in Militär verwandelt hatte.

Und tief dort unten sah Jorge Chavez an einem kleinen

Busch die ersten gelben Blätter. Er seufzte schwer und dachte an seine schwangere Frau, die auf regenschweren schonischen Kartoffeläckern herumstiefelte und das Leben ihres Kindes aufs Spiel setzte. Sie braucht nur die Hand auszustrecken, dachte er grimmig, die Kartoffeln aufzunehmen und reinzuhauen.

Obwohl er eigentlich etwas völlig anderes dachte. Er dachte an die großen Meere, die Menschen voneinander trennen. Er dachte daran, was seine anspruchslose Existenz Menschen mit schwarzem Gesicht tatsächlich *kostete*. Er dachte: ›Niemand ist unschuldig, nicht einmal meine ungeborene Tochter ist unschuldig‹, doch da gebot er sich Einhalt. Jetzt reichte es wirklich.

Und doch spürte er, daß er auch einer dieser Menschen aus der dritten Welt war, die mit ihrem Leiden unser Wohlergehen ermöglichen. Doch da fühlte er, wie sich seine chilenischen Vorväter der Reihe nach in ihm regten und zu ihm sprachen. Sie sagten: ›Genug jetzt. Wie verdammt schwedisch willst du eigentlich noch werden?‹ Aber dabei beließen sie es. Jetzt mußte es reichen.

Diese schreckliche Trauer, die ihn überwältigt hatte, als er am Vortag Elimo Wadu vernommen hatte, den Akademiker, der drei Jahre lang in einem kenianischen Gefängnis wegen seiner Forschung gefoltert worden war. Die plötzlich entblößte Brust. Die Brandmale von Zigarettenglut. Ein Brandmal für jeden kritischen Kommentar in seiner Forschung.

»Da ist etwas, was mich jetzt schon eine ganze Weile stört«, sagte Gunnar Nyberg langsam. »Eine Bildungsreminiszenz. Meine Generation ist ja in der Regel einen Deut gebildeter als deine.«

»Du bist für deine gediegene Bildung bekannt«, erwiderte Chavez ohne jede Ironie. »Laß hören.«

Gunnar Nyberg beugte sich vor und sagte: »Liegen Südafrikas Diamantengruben wirklich in der Kwa Zulu Natal-Provinz?«

14

Zwei lesende Menschen können sehr unterschiedlich aussehen. Zumal dann, wenn sie einander gegenübersitzen und den gleichen Text lesen. Einer kann aussehen wie ein Fisch im Wasser, ganz und gar in seinem Element. Die kleine Lesebrille ist auf die Nasenspitze gerutscht, und die Finger streicheln nahezu erotisch genußvoll das Papier. Ein anderer kann aussehen, als wäre er vollkommen fehl am Platze, als prügelte der Text unablässig auf ihn ein, als ob allein seine Anwesenheit das Papier zerknitterte und es ihm gleichzeitig gelänge, sich daran zu schneiden, daß das Blut über die Knitterfalten spritzt.

»Au verdammt«, stieß Viggo Norlander aus. »Scheißpapier.«

»Halt es drüben auf deiner Seite«, sagte Arto Söderstedt und sah ihn über den Brillenrand an. »Du könntest Aids haben.«

Mit einem aggressiven Schwung warf Viggo Norlander das geschundene Blatt über die Tischplatte. »Ich kann nicht mehr«, klagte er. »Wonach suchen wir? Warum, verdammt noch mal, sitzen wir hier und drücken uns, statt Ragnarssons Wohnung auseinanderzunehmen? Warum holen wir uns nicht diesen Sack Rundqvist und drehen ihn durch die Mangel?«

Arto Söderstedt nahm langsam die Brille ab und rieb sich mit Daumen und Zeigefinger sorgsam die Augenwinkel.

Dann blickte er seinen Kollegen an. »Viggo. Mir ist schon lange klar, daß unsere Freundschaft auf Ungleichheit beruht und nicht auf Gleichheit. Das ist gut so. Nur mit seinesgleichen zu verkehren birgt die Gefahr, daß man eingeschränkt wird. Du bist meine Kontaktfläche mit dem Humus, in dem Würstchenbudenfritzen, Takakladeninhaber und Hotelzimmermädchen gedeihen. Dafür bin ich dir dankbar. Aber es gibt auch andere Sphären. Und von diesen Sphären hast du deinerseits einiges zu lernen.«

»Eigentlich bist du gar nicht so, Arto. Ich kitzle nur deine aristokratischen Vorurteile hervor. Damit erfülle ich eine wichtige Funktion.«

»Möglicherweise bin ich ironisch. Das mußt du selbst entscheiden.«

»Auf jeden Fall hast du nicht auf meine Frage geantwortet.«

»Meiner Meinung nach hab ich das.«

Obenstehender Dialog beschreibt ein nahezu kultisches Ritual, das täglich im Zimmer 302 des Polizeipräsidiums stattfindet. Eine recht erquickliche Art und Weise, den Tag zu verbringen. Zumal, wenn man sich in die letzten bebenden Worte eines möglichen Serienmörders vertieft.

»Dafür, daß der Text von einem Mann geschrieben ist, der im Begriff ist, sich das Leben zu nehmen – und der sogar gegen Ende des Briefs zu sterben scheint –, ist er sehr reflektiert«, sagte Arto Söderstedt und zeigte auf das Blatt Papier. »Beinah verdächtig reflektiert. Zuerst kommt eine Passage, wo er erklärt, warum er sich das Leben nimmt. Er hat eine Grenze passiert. Er hält es nicht mehr aus. Das ist logisch. ›Ich habe Dinge getan, mit denen kein Mensch, der trotz allem Mensch bleibt, leben kann.‹ Dann wird es kniffliger, finde ich. Er informiert darüber, daß er schon zu töten anfing, als er im *big business* war – und unvermittelt: ›Ich verließ die Frau, die mich liebte – ich stieß das Messer in den Leib meiner Geliebten.‹ Ist das ein metaphorisches Messer, oder ist es wirklich passiert? Falls letzteres zutrifft, ist diese Geliebte tot und begraben, wahrscheinlich für immer. Falls das erste zutrifft, lebt sie wahrscheinlich noch. Und das ist interessant. Ola Ragnarsson ist 1953 geboren. Er beendet seine Laufbahn als Finanzmann 1984, mit einunddreißig Jahren. Er behauptet, schon vorher angefangen zu haben zu töten, und die Beziehung liegt wohl auch nicht lange zurück. Der Bruch (sei es durch Mord oder Verlassen) dürfte jedoch ungefähr zu der Zeit stattgefunden haben, als er als Geschäftsmann aufhört, sagen wir 1984. Daß der Brief dies alles in einem Atemzug nennt, läßt darauf schließen, daß das Töten, der Bruch mit der Geliebten und das Ende des Lebens als Finanzmann in eine Zeit fallen. Was Ursache und was Wirkung war, ist schwerer zu erkennen. Möglicherweise ist der Bruch mit – oder vielleicht das Verbrechen an – der sogenannten Geliebten die Ursache dafür, daß alles schiefgeht. Was dann folgt, die Mordmotive – ›Zu berauben. Das Feine in den Schmutz zu ziehen.‹ –, hat ja eine direkte Parallele, als er das Geständnis beim nächsten Mal unterbricht, und es geschieht erneut durch ›die Geliebte‹. Da hört es sich folgendermaßen an, und das ist vielleicht die sonderbarste Stelle des ganzen Briefs: ›Ich und meine Geliebte schufen etwas Schönes – doch die, die mich liebte, verbarg es vor mir, zog das Schöne in den Schmutz und warf es fort.‹ Vielleicht kann man es so verstehen, daß er jetzt anfängt, das Schöne in den Schmutz zu ziehen, *weil die Geliebte es zuerst getan hat*. Doch das ist ziemlich vage. Danach setzt abrupt das kühle Bekenntnis wieder ein: ›Zu töten wurde ein Freizeitinteresse‹ und so weiter. Die frühen achtziger Jahre waren eine Zeit, in der es an der Tagesordnung war, sich über richtig und falsch hinwegzusetzen, wie er sagt. Danach schreibt er, daß er nur im Ausland getötet habe. ›Ich weiß nicht, warum. Das eigene Nest beschmutzt man nicht, vielleicht war es das.‹ Mit dem Mord an der Familie Sjöberg in Schonen hat er seine eigenmächtig errichtete Moralgrenze überschritten und wird von Selbstekel ergriffen. Und das erscheint ihm als ausgesprochen logisch: ›Es dürfte schwerfallen, sich einen gesunderen, heilsameren, sinnvolleren Selbstmord vorzustellen.‹ Danach kommt die geographische Präzisierung: ›ein Acker zwischen Grönby und Sörby‹. Und dann beginnen die Höllenflammen an seinem sündigen Körper zu schlecken. Alles bricht zusammen. Er kann seinen beherrschten Stil nicht beibehalten. Er stirbt.«

»Gott sei Dank«, sagte Viggo Norlander.

»Das Interessante an diesem Brief«, sagte Arto Söderstedt, »ist seine ganz bewußte Konstruktion. Er folgt einem klassischen rhetorischen Muster, könnte man sagen, bei dem Punkt um Punkt in einer logischen und sich steigernden Folge abgehandelt wird. Der Höhepunkt ist die geographische Präzisierung, der Epilog ist der Zusammenbruch der Syntax. Noch angesichts des Todes behält er seine Eiseskälte bei. Aber die Passagen mit ›der Geliebten‹ sind ein fremdes Element. Sie stören den logischen Aufbau und erscheinen als willkürlich eingestreute Passagen. Begreifst du, was ich sage, Würstchenbudenfritze?«

»Schnauze«, sagte Viggo Norlander.

»Genau so: das Erwartete. Ola Ragnarsson sagt das Erwartete, das, was von der rhetorischen Struktur her erwartet wird – überall, nur da nicht. Entweder bedeutet der Gedanke an die Geliebte, daß er für einen kurzen Augenblick von Gefühlen überwältigt wird, oder aber – und das würde besser zum übrigen Brief passen – es ist ihm äußerst wichtig, daß gerade diese Passagen mitkommen.«

»Wir sollten ›die Geliebte‹ ausfindig machen«, faßte Norlander zusammen.

»Ja, klar«, sagte Söderstedt. »Aber zuerst: *follow the money.*«

Viggo Norlander nickte und drückte aufs Haustelefon: »Du kannst ihn jetzt reinschicken«, sagte er.

Die Tür wurde geöffnet, und herein kam ein Bankier. ›Der Sack Rundqvist‹, wie Norlander ihn ein paar Minuten zuvor so freundlich tituliert hatte.

Lars Rundqvist war alles andere als ein Sack, sondern ein guterhaltener, hochgewachsener Mann von Anfang Fünfzig, wahrscheinlich mit sportlichem Hintergrund. Man sah ihm auf Anhieb an, daß er jahrelang viel Zeit in Sporthallen verbracht hatte. Und daß er um jeden Preis dem gnadenlosen Prozeß des Alterns zu entgehen versuchte.

Er begrüßte die beiden Staatsbeamten höflich und nahm auf dem ihm angewiesenen Stuhl Platz.

»Ja, Herr Rundqvist«, eröffnete Söderstedt. »Sie sind heute Chef des internationalen Aktienfondsmarkts an der SE-Bank. Ist das korrekt?«

Lundqvist lächelte und vollführte eine kleine Geste mit der Hand. »So ungefähr, ja«, sagte er. »Aber wir müssen vielleicht nicht auf die komplizierten Organisationsformen des Bankwesens eingehen.«

»Nein. Noch komplizierter war es vermutlich Anfang der achtziger Jahre, als Sie und Ola Ragnarsson auf den Cayman Islands die erste Holdinggesellschaft in schwedischem Besitz gründeten und zu einem regelrechten Finanzimperium entwickelten.«

»Absolut nicht«, sagte Rundqvist und lehnte sich zurück.

»Wie bitte?« entfuhr es Söderstedt.

»Es war absolut nicht komplizierter. Es war ganz einfach. Es lief praktisch wie von selbst. Damals waren die nationalen Grenzen noch die wichtigsten Grenzen. Und den Nationen fiel es extrem schwer, globale Geldströme zu kontrollieren. Man brauchte eigentlich nur loszulegen. Als es am besten lief – ich meine mich zu erinnern, daß es 1982 war –, rechneten wir aus, daß unser Umsatz genauso hoch war wie das Bruttosozialprodukt von Guatemala. Und Guatemala hat zwölf Millionen Einwohner.«

»Wie haben Sie sich kennengelernt?«

»Wir waren zusammen auf der Wirtschaftshochschule. Uns vereinte die Erkenntnis, wie grenzenlos die internationalen Möglichkeiten waren – und wie wenige Schweden sie wahrnahmen.«

»Waren Sie Freunde? Privat?«

»Freunde ...? Wir waren viel zusammen, zogen durch die Kneipen, rissen Mädchen auf, aber vor allem schmiedeten wir Pläne. Also waren wir wohl Freunde. Er hatte auf jeden Fall keine anderen Freunde.«

»Wann haben Sie sich kennengelernt?«

»Wir haben '77 die Wirtschaftshochschule abgeschlossen. Wir müssen uns gegen '73 getroffen haben, als er zwanzig war und ich dreiundzwanzig. Dann starteten wir '78 PowerInvest. Anfangs ging es etwas holprig, aber dann bekamen wir ein paar Finanziers zusammen und machten uns im Herbst '80 auf in die Welt. Danach ging es schnell. Ola sprang '84 ab und verkaufte alles an mich und ein paar neue Teilhaber. Seitdem habe ich ihn nicht mehr gesehen. Ich weiß nicht einmal, wo er abgeblieben ist. Meine eigenen internationalen Interessen habe ich '96 abgewickelt und bin in eine mehr bürgerliche Existenz eingetreten. Ich habe eine Frau getroffen, habe jetzt zwei Kinder und wohne auf Värmdö. Worum geht es hier eigentlich? Soweit ich verstehe, sind Sie nicht von der Wirtschaftspolizei?«

»Wir interessieren uns für Ola Ragnarsson«, sagte Söderstedt wenig informativ. »Sie haben ihn also seit 1984 nicht mehr gesehen? Und auch nichts von ihm gehört?«

»Nein. Tatsächlich nicht. Er hat sich in Luft aufgelöst.«

»Beschreiben Sie Ola Ragnarsson, so gut Sie können.«

Lars Rundqvist überlegte zum ersten Mal einen Moment. »Jung, vor allem«, sagte er ein wenig zögernd. »Jung und geldgeil. Ich fühlte mich immer alt neben ihm. Eine unglaubliche Energie. Aber auch eine – heute, mit ein wenig Lebenserfahrung, würde ich es als *Verletzlichkeit* bezeichnen. Als ob er bewußt blindlings vorwärtsgerast wäre. Um dieser Verletzlichkeit zu entkommen. Wenn das verständlich ist.«

Arto Söderstedt betrachtete den durchtrainierten Banker und sah einen intelligenten und sensiblen Menschen hinter der notwendigen äußeren Fassade. Und wie gewöhnlich bereitete es ihm Vergnügen, mit seinen eigenen Vorurteilen konfrontiert zu werden. Er sagte: »Also war Ola Ragnarsson von Ihnen beiden die treibende Kraft?«

»Ja, ganz eindeutig. Was ich noch besitze von meinem Vermögen – und ich muß sagen, daß in den Finanzkrächen der frühen neunziger Jahre ein großer Teil den Bach runterging –, das habe ich Ola Ragnarsson zu verdanken. Das vergißt man nicht.«

»Und doch haben Sie nie Kontakt zu ihm aufgenommen. Sie haben sich in den fast zwanzig Jahren keine Sekunde gefragt, was aus ihm geworden ist.«

Rundqvist senkte den Blick auf den Tisch und schüttelte den Kopf. »Er ist tot, nicht wahr? Wie ist er gestorben?«

»Er hat sich das Leben genommen. Und hat einen ziemlich spannenden Selbstmordbrief hinterlassen.«

»Pfui Teufel. Wieso spannend?«

»Darauf kann ich nicht näher eingehen. Aber es ist sehr wichtig, daß Sie versuchen, sich ins Jahr 1984 zurückzuversetzen. Was war geschehen, daß Ragnarsson sich aus der Finanzwelt zurückzog?«

Lars Rundqvist rieb sich die Stirn. Antifalten-Make-up bröselte zwischen seinen Fingern.

Nein, dachte Arto Söderstedt und schlug sich auf die Finger. Schluß damit.

»Ich bin darin geschult, nach vorn zu blicken, nicht zurück«, sagte Rundqvist. »Es ist schwierig. Wenn ein Ergebnis erzielt ist, blickt man vorwärts auf das nächste und läßt das alte hinter sich zurück.«

»Wir blicken *nur* zurück«, sagte Viggo Norlander plötzlich. »So erreichen *wir* unsere Ziele. Zurück, um vorwärtszukommen. Wie kann man ohne Geschichte vorwärtskommen?«

Söderstedt betrachtete seinen Würstchenbudenkollegen und spürte amüsiert, wie sich noch mehr Vorurteile einstellten, um ihn zu verhöhnen. Es war eine spezielle Form von Masochismus.

Rundqvist hingegen nickte nur. »Das ist vollkommen richtig«, sagte er. »Ich habe inzwischen eingesehen, was mir auf meiner Jagd durchs Leben entgangen ist. Ich will es nachzuholen versuchen.«

Eine gute Minute war es vollkommen still.

»1982 war unser großes Jahr«, begann Rundqvist leise. »Im Frühjahr '83 geschah etwas. Ola veränderte sich. Ich begriff nicht, was es war, ich war mitten im Gewimmel, da merkt man nicht viel anderes. Wenn ich jetzt darauf zurückblicke und es mit reiferen Augen betrachte, ist es ja glasklar. Er war verliebt. Es war Liebe. Er bewegte sich langsamer. Diese Verletzlichkeit hatte ihn eingeholt. Er war immer weniger Geschäftsmann.«

»Eine Frau?« fragte Söderstedt.

Rundqvist nickte. »Ich habe sie getroffen. Ich habe sie mehrmals getroffen und nicht begriffen, was los war.«

»Kennen Sie ihren Namen?« fragte Norlander.

»Daran versuche ich mich gerade zu erinnern. Zu der Zeit war unser Hauptbüro in Monaco. Wir wohnten in Monte Carlo und in Georgetown auf den Cayman Islands. Pendelten. Ich bin ziemlich sicher, daß sie aus Monaco war. Auf jeden Fall Französin. Claudine. Claudine hieß sie. Dunkle Schönheit. Sie waren ein ungleiches Paar. Es hätte nicht gehalten. Ich erinnere mich an ein Gefühl, daß sie wegen des Geldes bei ihm war. Besonders gut sah er nicht aus, der arme Ola. Ich glaube, in der Schule war er gemobbt worden. Er kam aus irgendeinem Vorort. Vallentuna, glaube ich. Davor lief er weg. Vor seiner Verletzlichkeit.«

Arto Söderstedt atmete kaum. Ola Ragnarsson hatte nur im Ausland gemordet. Hatte es mit Claudine in Monaco angefangen, die ihn des Geldes wegen genommen hatte, die ihn gezwungen hatte, sich seiner Verletzlichkeit zu stellen, seiner Vergangenheit als Mobbingopfer? ›Ich stieß das Messer in den Leib meiner Geliebten.‹ Hatte sie ihn verraten? Diese merkwürdige Passage in dem Brief: ›Ich und meine Geliebte schufen etwas Schönes – aber die, die mich liebte, verbarg es vor mir, zog das Schöne in den Schmutz und warf es fort.‹ Was hieß das? Es kam ihm ganz grundlegend vor. Ola und Claudine schufen etwas Schönes – *die Liebe ganz einfach*. So hatte Söderstedt die ganze Zeit gedacht. Das Schöne, was sie zusammen schufen, war die Liebe. Aber dann? Claudine *verbarg es* vor Ola – was mit Rundqvists Erzählung übereinstimmte, daß sie nur des Geldes wegen bei ihm war. Aber das paßte rein sprachlich nicht – und sonst war der Brief sprachlich tadellos. Dieses ›es‹ schien sich eher auf *das Schöne* zu beziehen, das sie gemeinsam geschaffen hatten. Und sie verbarg doch nicht die Liebe? War es denkbar, daß ›es‹ für Verrat stand? Sie verbarg den Verrat. Aber es war doch wohl das gleiche ›es‹, das am Ende des Satzes wiederkehrte? Und das abschließende ›es‹, das *fortgeworfen wurde* – war ja ausdrücklich ›das Schöne‹. Das Schöne, was Ola und Claudine geschaffen hatten, schien etwas Konkreteres zu sein als die Liebe. Etwas, was nicht nur in den Schmutz gezogen, sondern auch *verborgen* und *fortgeworfen werden* konnte.

Jesses.

Arto Söderstedt blickte auf. Norlander und Rundqvist glotzten ihn an.

»Gast bei der Wirklichkeit«, sagte Viggo Norlander streng.

»War Claudine schwanger?« fragte Söderstedt.

Rundqvist sperrte die Augen auf. »Ich habe keine Ahnung«, sagte er.

Söderstedt war nicht zu bremsen: »Zusammen schufen sie ein Kind, etwas Schönes. Aber sie verheimlichte ihm die Schwangerschaft. Sie ließ das Kind ohne sein Wissen abtreiben. Sie zog das Schöne in den Schmutz und warf es fort. Ein Kind. Ein abgetriebenes Kind.«

Lars Rundqvist starrte den nicht zu bremsenden Finnlandschweden mit großen Augen an. »Das ist durchaus möglich«, sagte er leise. »Es würde einiges erklären.«

»Irgendwie hat er davon erfahren, und da begann ein anderes Leben. Ein ganz anderes Leben.«

»Wir sollten uns jetzt wieder ein wenig beruhigen«, sagte Viggo Norlander wie ein Moderator in einer hitzigen Diskussionsrunde.

Söderstedt sah geradewegs durch ihn hindurch. »Wir müssen Claudine finden«, sagte er. »Denken Sie einmal nach.«

Lars Rundqvist dachte nach. Es fiel ihm nicht leicht. Ein vorwärtsgewandtes Leben, das sich plötzlich rückwärts orientieren sollte. Als wäre nur noch ein sehr kleiner Teil des hocheffizienten Gehirns der Erinnerungsfunktion vorbehalten. Er schloß die Augen. »Sie arbeitete in der Bank«, sagte er. »Sie arbeitete in der Bank schräg gegenüber von unserem Büro. Avenue d'Ostende. Da sind sie sich begegnet. Banque du Gothard Monaco in der Avenue d'Ostende 19 in Monte Carlo. Sie war an der Kasse. Sie hatte … einen Goldzahn. Ich erinnere mich noch, weil ein Namensschild an ihrem Kassenschalter stand. Der Text war in dem gleichen Goldton gehalten wie ihr Zahn. Goldschrift, versenkt in eine mattschwarze Metallfläche. Es begann mit Mademoiselle, der Abkürzung Mlle. ›Mlle. Claudine …‹ ›Mlle. Claudine …‹ ›Mlle. Claudine … Verdurin‹.«

Lars Rundqvist atmete aus, ein tiefes, schweres Ausatmen, Resultat einer bedeutend größeren Anstrengung, als es ein paar Stunden in der Sporthalle sind. Dann sagte er aufrichtig überrascht: »Ja, ich werd verrückt. Claudine Verdurin.«

»Danke«, sagte Arto Söderstedt.

15

Der Tontechniker war ein in die Jahre gekommener Hardrocker. Allem Anschein nach hatte er vier, fünf Tage nicht geduscht. Kerstin Holm begegnete seinem leicht benebelten Blick und sagte sich, daß er nicht eingestellt worden war, weil er reinlich oder weil er clean war, sondern aufgrund seiner Kompetenz. Mehr zu verlangen war nicht angebracht, denn es war allgemein bekannt, daß Roger Rikardsson Schwedens bester Tontechniker im kriminaltechnischen Bereich war. Scin kleines Studio lag in einem stilgerechten Kellerraum in der hintersten Ecke des Polizeipräsidiums. Sie bekam ihre Assoziationen an Graf Dracula nie richtig aus dem Kopf.

»Vielleicht doch«, sagte Roger Rikardsson, entblößte seine Eckzähne und ließ das Band zurücklaufen.

Das tat auch Kerstin Holm. Ließ ihr inneres Band zurücklaufen und ging den Tag durch.

Das Gefühl am Morgen, als sie aus dem Schlaf hochgeschreckt war, wie man es tut, wenn einen der Alptraum gerade verschlingen will. Doch sie hatte nicht geträumt. Es gab keinen Alptraum, um daraus hochzuschrecken. Nur eine große Leere, als wiese das Aufwachen auf etwas voraus, statt es abzuschließen. Ein enormes Loch mitten in der Pechschwärze, in das langsam etwas Fremdes einsickerte. Sie konnte ahnen, wie es sich füllte, ein schwaches, ganz schwaches Rieseln, sie konnte eine Andeutung von Duft wahrnehmen, und dann durchfuhr sie ein Beben, eine durchgreifende, glasklare Einsicht, die so schnell verschwand, wie sie gekommen war. Für einen kurzen Augenblick hatte ein Teil von ihr, den sie nicht erreichte, einen Zusammenhang gesehen, doch sie konnte ihn nicht zurückrufen, nur das sich noch haltende Gefühl akzeptieren, daß etwas im Begriff war zu explodieren. *Und sie hätte es wissen müssen.*

Sie machte Frühstück. Sie bewegte sich zwischen ihren abgenutzten Küchenmöbeln, und kein einziger Gegenstand war derselbe wie am Tag zuvor. Da hatten sie unzerstörbar gewirkt, unveränderlich. Jetzt waren sie flüchtig. Sie hatte die Empfindung, als könnten ihre Finger jederzeit durch die Dinge hindurchgreifen und ins Leere sinken, als könnte die Hand nur um sich selbst greifen. Sie trank ihren Morgenkaffee, und er schmeckte nach nichts, als wäre er dabei, sich zu verflüchtigen, und als sie die Kungsgata hinunterjoggte, kostete es sie nicht die geringste Anstrengung. Als wäre sie es, die sich verflüchtigte, die verdampfte, und nicht die Dinge.

Etwas ging mit ihr vor.

Aber war es in ihr oder kam es von außen?

Und warum? Was war das für ein sonderbarer Zusammenhang, den sie da in der Pechschwärze geahnt hatte?

»Ich glaube, hier haben wir etwas.«

Sie blickte auf. Der Schweißgeruch war verschwunden. Verdampft.

»Hallo«, sagte Roger Rikardsson und fuhr sich mit der Hand durch seine langen fettigen Haare. »Ist jemand zu Hause?«

»Was?« sagte Kerstin Holm.

»Ich filtere es nur noch ein paarmal.«

Sie nickte und wußte nicht, wozu sie nickte.

Sie war zur Arbeit gekommen. Paul Hjelm hatte in ihrem Zimmer gewartet. Er saß auf ihrem Schreibtisch und hielt ein Formular in die Höhe. »Vergiß nicht, die Papiere auszufüllen«, sagte er.

»Was für Papiere denn?«

»Der Kommissarsposten bei den Internen. Muß spätestens am Dreizehnten bei Grundström sein. Chef der Stockholm-Abteilung.«

»Mal sehen …«

Er sprang vom Schreibtisch. »Es sieht so aus, als müßte ich runter nach Schonen«, sagte er und betrachtete ihre Hände.

»Artos Selbstmordbrief. Hast du jetzt den Überblick über alle losen Enden?«

»Warum siehst du auf meine Hände?« fragte sie.

Er tippte mit dem Zeigefinger in die Luft und sagte: »Du drehst deinen Ring.«

Sie hörte auf, den Ring zu drehen.

»Ist etwas mit dir nicht in Ordnung, Kerstin?« fragte er.

Aufrichtig? Oder nur sozial? Machte er sich wirklich Sorgen? Wichen Sie einander aus? War er nicht auf dem Weg fort von ihr? Wie alles im Universum auf dem Weg fort von allem anderen ist.

Sie waren plötzlich in einem Hotelzimmer in Växjö – vor Gott weiß wie vielen Jahren. Sie lagen umschlungen im Bett, und das rote Mal auf Paul Hjelms Wange sah aus wie ein kleines Kreuz. Sie hatte gerade von ihrer Vergangenheit erzählt, von Onkel Holger und Dag Lundmark, und er war abrupt erschlafft. In dem Augenblick hatte sie begriffen, wie eng verbunden sie waren.

Auch jetzt noch?

Sie sah in seine Augen.

Doch, es war noch da. Das Band zwischen ihnen bestand noch. »Irgend etwas kommt auf mich zu«, sagte sie.

»Was meinst du?«

»Ich habe kein gutes Gefühl. Ich weiß nicht.«

»Ist es Lundmark? Ist es der ganze Mist, der zurückkommt? Die Erinnerungen?«

»Nicht direkt.«

Sie schwiegen eine Weile. Paul Hjelm betrachtete sie. Es war ihm anzumerken, daß er die Frau, die er vor sich sah, nicht richtig wiedererkannte.

Sie sagte: »Wenn es passiert, dann laß mich nicht im Stich.«

Er drückte ihre Hände und verschwand.

»Wer sagt's denn«, frohlockte Roger Rikardsson. »Gleich haben wir's.«

Da war sie bei Hultin.

»Hotel?« sagte sie.

»Ja«, sagte Hultin und nahm seine Eulenbrille ab. »Dag Lundmark wohnte in einem versifften Hotel in Huddinge. Hotel Siebenstern. Die Ortspolizei war da, aber sie haben nichts gefunden. Sie hatten den Eindruck, daß der Raum ziemlich lange unbewohnt war. Staub an Stellen, die man täglich anfaßt. Wenn du willst, kannst du hinfahren, aber ich glaube nicht, daß es etwas bringt.«

»Er hat also eine falsche Adresse angegeben?«

»Oder er hat einfach vergessen zu sagen, daß er zwei Adressen hat. Vielleicht ist er bei einem Kumpel eingezogen oder, ja, bei einer Frau. Heutzutage ist ja nicht mehr die Adresse wichtig, sondern die Handynummer. Die haben wir angerufen. Er scheint sein Handy abgeschaltet zu haben. Rudhagen haben wir auch kontaktiert.«

»Rudhagen?«

»Rudhagens Klinik in Mälardalen. In der Nähe von Eskilstuna anscheinend. Da war er zum Entzug. Keiner hatte etwas von ihm gehört. Er hatte dort die gleiche Adresse hinterlassen. Hotel Siebenstern in Huddinge.«

»Also ist er wirklich verschwunden?«

»Ja«, sagte Hultin und betrachtete sie aufmerksam. »Mir ist eine Sache durch den Kopf gegangen, Kerstin. Du könntest in Gefahr sein. Willst du, daß wir dir jemand zur Seite stellen?«

»Ich habe auch schon daran gedacht. Aber ich glaube es nicht. Ich hatte während des Verhörs nicht diesen Eindruck.«

»Aber es war anderseits ein ziemlich fragwürdiges Verhör. Ich habe es mir noch einmal angesehen. DVD, du weißt. Er ist vollkommen ungreifbar. Er scheint mehr auf Paul anzusprechen als auf seine Exverlobte. Das ist schon ein wenig seltsam.«

»Es ist möglich, daß ich für ihn gar nicht *existiere*. Für ihn zählen nur Männer.«

»Denk auf jeden Fall mal über das mit der Begleitung nach.«

»Slksdjgopdfoijoboubdfofvvfdod!«

»Sorry«, sagte Roger Rikardsson. »Falscher Filter.«

Und da zeigte Kerstin Holms zurückgespultes Band die oststaatenartige Wandbekleidung einer Zahnarztpraxis. Ein Schreibtisch blockierte den Weg zu den Behandlungsräumen. Dahinter saß eine massige Empfangsschwester und wirkte unerhört grimmig. Als spielte sie eine Rolle in einer Satire über grimmige Empfangsschwestern. Von der Subtilität einer Neujahrsrevue.

»Sie brauchen doch nur das Buch aufzuschlagen und nachzusehen«, sagte Kerstin.

»Ganz so einfach ist es nicht«, sagte die Empfangsschwester. »Wir unterliegen strengster Schweigepflicht. Sonst können wir Probleme mit dem Ethikausschuß bekommen.«

»Was glauben Sie eigentlich? Daß wir Geständnisse erzwingen, indem wir in den freigelegten Zahnhälsen Verdächtiger herumstochern?«

»Woher soll ich wissen, daß Sie von der Polizei sind. Sie sehen nicht aus wie von der Polizei.«

»Dies hier ist ein echter Polizeiausweis. Er gilt in ganz Schweden, außer bei Ihnen. Könnten Sie mir erklären, warum nicht?«

Kerstin Holm fühlte sich zu diesem Zeitpunkt ziemlich erschöpft. Sie hatte andere Sorgen. Sie schnappte sich das Terminbuch, sauste in die Toilette und schloß hinter sich ab. Begleitet von hammergleichen Schlägen gegen die Tür, las sie die Termine von Montag, dem dritten September, fünfzehn Uhr. Kein Dag Lundmark. Sie mußte mit dem Zahnarzt selbst sprechen. Hoffentlich hatte er inzwischen aufgehört zu bohren.

Sie öffnete die Tür. Hinter der massigen Empfangsschwester, die inzwischen eine reichlich demolierte Schreibtischlampe in der Hand hielt, war ein kleiner grauer Herr im weißen Kittel zu sehen. Die Sprechstundenhilfe riß das Buch an sich, ließ die Lampe fallen und kehrte zum Schreibtisch zurück. Sie legte das Terminbuch an seinen Platz, 14,3 Zentimeter von der oberen Schreibtischkante, 6,43 Zentimeter von der linken Kante entfernt. Der kleine graue Herr hob die demolierte Schreibtischlampe vom Boden auf, betrachtete die Dellen in der Toilettentür und lächelte dünn.

Dies war offenbar sein Alltag.

»Sind Sie Doktor Algot Strääf«, fragte Kerstin ziemlich brüsk.

Der kleine Graue fuhr zurück. »Ja«, sagte er.

»Sind Sie Dag Lundmarks Zahnarzt?«

»Dag Lundmark … Warten Sie. Aus Göteborg? Polizeibeamter?«

»Richtig.«

»Ja«, sagte Algot Strääf.

»Ich habe im Terminbuch gesehen, daß er letzten Montag keinen Termin bei Ihnen hatte. War er Montag gegen drei Uhr bei Ihnen?«

»Nein«, sagte Strääf. »Er ist erst einmal hier gewesen, und zwar im Frühsommer. Keine Löcher. Tadelloses Gebiß.«

»Danke«, sagte Kerstin Holm.

»Jetzt werden wir's sehen«, sagte Roger Rikardsson. »Gleich haben wir's. Ich spule nur noch einmal zurück.«

Kerstin tat wiederum das gleiche. Jetzt war sie auf der Wache in Flemingsberg. Ihr gegenüber, auf der anderen Seite des Schreibtischs, saß ein sehr müder Mann in den Fünfzigern. Sein Name war Lubbe. Hinter diesem originellen Pseudonym verbarg sich Polizeikommissar Ernst Ludvigsson. Aber niemand sagte jemals etwas anderes als Lubbe.

Lubbe seufzte schwer und sah aus, als sehnte er das Wochenende herbei.

»Dagge, ja, weiß der Kuckuck«, sagte er. »Er hat gut reingepaßt. War ein bißchen eine Art Leithammel für die Jüngeren. Hat gern das Kommando übernommen. Für mich war das ganz okay. Ich kann mir kaum vorstellen, daß er sich etwas anderes zuschulden kommen lassen würde als Nachlässigkeit.

Das kann ich mir allerdings vorstellen. Er hat ein bißchen was von einem Schlamper.«

»Wie ist es abgelaufen, als dieser Einsatz vorbereitet wurde?« fragte Kerstin Holm. »Erzähl bitte so genau wie möglich.«

Lubbe blickte auf einen handgeschriebenen Zettel. Er hatte sich gut vorbereitet. »Um 14.06 Uhr kam ein Gespräch für mich. Der Anrufer nannte sich Mattson und sagte, er arbeite bei der Migrationsbehörde. Er hatte einen Tip. Fünf abgewiesene afrikanische Asylbewerber, die untergetaucht waren. Er sagte die Adresse und legte auf. Ich habe die Sache mit Dagge diskutiert.«

»Warum gerade mit Dag Lundmark?«

»Er war am nächsten. Er stand hier draußen, vor der Glastür, und machte Kaffee. Er war frei, der Auftrag ging natürlich an ihn und Bosse.«

»War Bo Ek dabei?«

»Nicht in dem Moment. Er kam vielleicht zehn Minuten später. Hatte irgendwas am Auto in Ordnung gebracht, glaube ich.«

»Was habt ihr diskutiert?«

»Wir haben eine Weile darüber gesprochen, ob es notwendig wäre, von der Migrationsbehörde eine Bestätigung zu bekommen. Aber wir einigten uns darauf, es als anonymen Tip zu behandeln, weil die Behörde inzwischen ziemlich vorsichtig geworden ist und nicht mehr gern als Hinweisgeber in Erscheinung tritt.«

»War das deine Idee oder Lundmarks?«

»Darauf lief unser Gespräch hinaus, wie gesagt. Dann kam also Bosse, und wir fanden, zwei Mann wären etwas zu wenig für fünf desperate Afrikaner. Dagge schlug vor, noch eine Streife hinzuzuziehen. Brittan und Steffe. Das war gegen halb drei. Sie waren die ersten, die reinkamen.«

»Britt-Marie Rudberg und Stefan Karlsson. Dann fiel also Dag Lundmark plötzlich ein, daß er zum Zahnarzt mußte?

Wäre es nicht in dem Fall logisch gewesen, ihn gegen jemand anders auszutauschen?«

»Er wollte gern dabei sein. Und es war ja nicht direkt dringend. Während wir warteten, besorgte ich einen Grundriß der Wohnung. Um kurz nach halb vier war Dagge zurück. Dann planten wir den Einsatz.«

»Du warst also beteiligt, als beschlossen wurde, die Vorschrift außer acht zu lassen und die Tür einzuschlagen?«

»Nein, das war ... eigenmächtig ...«

»Okay, mach weiter.«

»Kurz vor vier fuhren sie los. Um zwanzig nach vier teilte Steffe über Polizeifunk mit, daß geschossen worden sei. Ich fuhr hin. Nichts deutete darauf hin, daß eine Unregelmäßigkeit vorgekommen war. Und es fällt mir weiterhin schwer, das zu glauben. Könnte es sein, daß ihr versucht, Dagge loszuwerden? Ich habe den Eindruck, daß das schon früher versucht worden ist.«

»Das ist nicht beabsichtigt, nein«, sagte Kerstin Holm und fühlte sich noch müder als Lubbe.

»Man kann den Eindruck bekommen.«

»Noch eins. Das Gespräch von der Migrationsbehörde kam also direkt zu dir? Nicht über die Vermittlung?«

»Das stimmt.«

»Gehen wir noch einmal zu dem Anruf zurück. War es eine männliche Stimme?«

»Ja.«

»Der Anruf kam also von einem Mann namens Mattson bei der Migrationsbehörde. Er hat sich nicht näher vorgestellt? Mit Vornamen zum Beispiel?«

»Es war ein sehr kurzes Gespräch. Er hat nur die Information ausgespuckt und wieder aufgelegt.«

»Also ihr habt gar kein richtiges Gespräch geführt?«

Kommissar Ernst Ludvigsson blickte auf. Er sah überirdisch müde aus. »Nein«, sagte er.

»Jetzt aber«, sagte Roger Rikardsson und rieb sich die

Hände. Er drückte wie wild auf den Knöpfen seiner voluminösen und total unbegreiflichen Tonanlage herum.

Kerstin Holm sah in das Papier auf dem Tisch vor ihr. Das nationale Mitarbeiterregister der Migrationsbehörde. Neun Mattsons, davon sechs Frauen. Drei Männer. Einer hieß Lars-Gunnar und einer Kristoffer, beschäftigt in Malmö beziehungsweise Umeå.

Dazu Eric Mattson, tätig in Stockholm, der den Angaben zufolge erst *heute früh* einen dreiwöchigen Indienurlaub angetreten hatte.

Es war natürlich durchaus möglich, daß Eric Mattson vor dem Indienurlaub sozusagen seinen Schreibtisch aufgeräumt hatte. Daß er tatsächlich Pflicht und Moral gegeneinander abgewogen hatte und zu dem Ergebnis gekommen war, daß die Pflicht schwerer wog. Dann hatte er gehört, daß sein Anruf ein Menschenleben gekostet hatte. Und er war mit noch schwerer beladenen Schultern in die Welt hinausgefahren. Falls es so war, brauchte er ein Gewissen aus gehärtetem Stahl, um die indische Küche zu genießen.

Auf jeden Fall war er nicht erreichbar. Er befand sich ›auf Reisen‹, und falls er ein Handy hatte, so wußte zumindest keiner seiner Kollegen davon.

Eric Mattson hatte keinen der Fälle Modisane, Okolle, Wadu, Ogot oder Kani bearbeitet. Aber er hatte eine zentrale Position. Er konnte natürlich auf den Gängen dies und jenes aufgeschnappt und beschlossen haben, zu handeln. Das war durchaus möglich.

»Hallo«, sagte Roger Rikardsson und wedelte mit der Hand vor Kerstins Augen hin und her. »Ich habe das Gefühl, du verschwindest.«

»Was hast du rausgekriegt?« fragte Kerstin gedämpft.

Rikardsson ging im Zimmer auf und ab. »Wie du vermutet hast«, sagte er, »ist es eine einzige Sequenz. Wir hören, wie der Kommissar sich am Telefon meldet. Dann leiert dieser Mattson seinen Senf herunter und legt auf. Am Ende hören wir den Kommissar ein paarmal hallo sagen. Es war schlau von dir, Kerstin, an die Möglichkeit zu denken. Weil kein Wechselgespräch stattfindet.«

»Danke«, sagte sie matt. »Was hast du rausgefunden, Roger?«

»Hör zu«, sagte er und ließ das Band ablaufen.

Das Band sagte: ›Ja, Kommissar Ludvigsson?‹ Dann hastig, schnell, mit einer hellen Stockholmstimme: ›Hier Mattson, Migrationsbehörde. Unterbrechen Sie mich nicht. In einer Wohnung bei Ihnen, Diagnosvägen 4, neunter Stock, sitzen fünf abgewiesene afrikanische Asylbewerber, die untergetaucht sind. An der Tür steht Lundström. Kontrollieren Sie das mal.‹ Am Ende: ›Hallo. Hallo. Verdammt, hat er aufgelegt? Hallo!‹

Dann war es still.

»›Unterbrechen Sie mich nicht‹«, wiederholte Kerstin Holm.

»Es wäre sowieso nicht gegangen«, sagte Roger Rikardsson und spulte das Band zurück. Er ließ es wieder laufen und fuhr fort: »Hör mal genau hin, nachdem der Kommissar sich gemeldet hat.«

Lubbes Stimme sagte: ›Ja, Kommissar Ludvigsson?‹ Dann eine Sekunde Schweigen. Genau als Mattson anfing, stoppte Rikardsson das Band und spulte ein kleines Stück zurück.

»Ich habe nichts gehört«, sagte Kerstin Holm.

»Wir lassen es jetzt richtig laut laufen. Krieg keinen Schreck.«

Lubbes Stimme dröhnte, daß die Wände des kleinen Kellerraums sich bogen: ›Ja, Kommissar Ludvigsson?‹ Dann kam die sekundenlange Pause. Durch das starke Rauschen hörte man ein kleines Klicken.

»Klick?« sagte Kerstin.

»Ich habe diese Pause als Schleife gelegt«, sagte Rikardsson. »Hör zu.«

Immer wieder dieselbe Sequenz. Ohrenbetäubendes Rauschen, minimales Klicken. Ohrenbetäubendes Rauschen, minimales Klicken. Ohrenbetäubendes Rauschen, minimales Klicken.

»Okay«, sagte Kerstin und hielt sich die Ohren zu.

Rikardsson stoppte das Band.

»Jetzt hast du mich lange genug auf die Folter gespannt«, sagte Kerstin Holm. »Was ist es?«

Rikardsson kratzte sich am Kinn und sagte: »Da springt ein Tonbandgerät an.«

16

Paul Hjelm hatte Sehnsucht – nach Hause. Das war ziemlich ungewöhnlich. Im Gegenteil, er hatte in jüngster Zeit das Gefühl, viel zuviel zu Hause zu sein. Niklas Grundström hatte ohne Zweifel einen wunden Punkt berührt. Paul Hjelm war ein Mann, der nichts dagegen hätte, sich ein paar Reisen nach Paris und New York leisten zu können, jetzt, da die Kinder sich anschickten, aus dem Nest zu fliegen.

Deshalb saß er jetzt auf seinem Bett im Cronia Bed & Breakfast in einem alten Haus von der Jahrhundertwende an der Järnvägsgata in Trelleborg und trank ein Glas Whisky aus einer kurz zuvor gekauften Flasche Cragganmore. Er war in Unterhosen, und vor ihm auf dem Bett lag ein widerspenstiges Bewerbungsformular für die Kommissarstelle bei der Abteilung für interne Ermittlungen.

Es ging ihm schwer von der Hand. Curriculum vitae. Beglaubigte Arbeitsbescheinigungen. Beglaubigte Zeugniskopien und Empfehlungsschreiben von Vorgesetzten. Alles in vierzehnfacher Ausführung.

Während vor dem Fenster schwere Kriminalität ihr Unwesen trieb.

Er blickte hinaus in die schwarze Herbstnacht, und es gelang ihm nicht, auch nur einen einzigen Stern zu finden.

Er blickte in das kohlschwarze Himmelsgewölbe wie in eine Kristallkugel. Er war sich nicht sicher, ob er der richtige Mann für Verwaltungsarbeit war. Aber natürlich lockte Paris.

Das Leben ... Wie es sich dahinschleppte. All die Versuche, sich dem, tja, dem Sinn des Lebens ein wenig zu nähern. Hatten sie eigentlich zu etwas geführt? Die Musik, die Kunst, die Literatur? Er fand nur, daß die Fragen mehr und mehr wurden.

Aber das war es vielleicht, was Reife ausmachte.

Er nahm einen ordentlichen Schluck Whisky.

Curriculum vitae. Die Vita, wie es im Berufsleben hieß. Lebensbeschreibung, Lebenslauf. Machte nicht viel her bei ihm. Vage Konturen. Die vereinzelten Lichtpunkte des Lebenslaufs würden in der Lebensbeschreibung kaum angebracht sein; es waren zwei völlig verschiedene Dinge. Lichtpunkte: eine Anzahl von Augenblicken zusammen mit seiner Frau Cilla, Dannes und Tovas Geburt, ihr Heranwachsen zu Individuen, die Dämmerungen beim Sommerhaus draußen in Dalarö, die Lektüre von Kafka und Rilke, die Offenbarung, als er Faulkners und Claude Simons Romanen begegnete, die Dramen des Äschylos, Ovids *Metamorphosen*, John Coltranes Saxophonimprovisationen, Miles Davis' *Kind of Blue*, Thelonius Monks *Misterioso*, Bachs *H-Moll-Messe*, Mozarts *Requiem*, ein seltsam heroisches Geiseldrama in Hallunda, die Festnahme des Machtmörders, das Einkreisen des Kentuckymörders, ein paar der Erlebnisse um den Drogenkönig Rajko Nedic und die Rätsel im Zusammenhang mit dem emeritierten Professor Leonard Sheinkman. Sowie ein paar Momente zusammen mit Jorge Chavez und Kerstin Holm.

Kerstin, ja. Kerstin, Kerstin. Was war eigentlich mit ihr los? Wie hart hatte sie der Fall mit Dag Lundmark ganz im Innersten mitgenommen?

›Wenn es passiert, dann laß mich nicht im Stich.‹

Und der mental behinderte Paul Hjelm hatte nicht verstanden, hatte unbeholfen dagestanden wie ein Kind vor dem Schlafzimmer der Eltern. ›Es‹, was für ein ›es‹? Wenn *was* passierte?

Was waren das für Teile ihres Lebens, die ihm so fremd waren?

Aber im Stich lassen würde er sie nicht. Falls er es nicht bereits getan hatte.

Er hatte sie verlassen und war zu einem ganz anderen Fall übergegangen. Das Wüten des potentiellen Serienmörders

Ola Ragnarsson in Schonen. Sara Svenhagen war mit dem Nachtzug nach Hause gefahren. Er hatte es übernommen, das schonische Material zusammenzutragen. So wie es nun vorlag.

Paul Hjelm warf die Bewerbungspapiere zu Boden, setzte sich im Schneidersitz aufs Bett, nahm einen weiteren großen Schluck Cragganmore und zog das ›schonische Material‹ näher heran.

Sie hatten nachgeprüft, wie es sich mit der Reise der Familie Sjöberg verhielt. Konnte man tatsächlich eine Griechenlandreise buchen und dann nicht erscheinen, ohne daß jemand sich die Mühe machte, mal nachzufragen? Doch, doch, das ging ganz ausgezeichnet, wie sich herausstellte. Nachdem sie es bei zahlreichen Reisebüros versucht hatten, fanden sie schließlich das richtige. Ein Unternehmen namens Glücksreisen in Lund hatte der Familie für die fragliche Zeit eine Reise verkauft. Nach Paros auf den Kykladen. Der Angestellte zog die Worte genüßlich in die Länge – als wollte er sagen: Ja, ich habe eine Menge zu verbergen.

Hjelm stieß zu: »Was passierte mit ihrem Zimmer?«

»Ich verstehe nicht richtig.«

»Max, Rigmor und Anders Sjöberg sind am Flughafen Kastrup nicht rechtzeitig erschienen. Was haben Sie da gemacht?«

»Wir können doch nicht die Verantwortung dafür übernehmen, daß alle mitkommen. Am Flugplatz kontrollieren wir nicht.«

»Aber doch bei der Ankunft in Paros? Sie müssen ja ein Zimmer gebucht haben.«

»Wir haben es anderweitig vermietet. Man kann in der Hochsaison ja kein Zimmer leerstehen lassen.«

»Statt nachzuprüfen, was mit der Familie los war, haben Sie also ein bißchen zusätzliches Geld eingenommen, indem Sie ihr Zimmer vermieteten?«

Eine Weile war es still am anderen Ende. Dann sagte der Angestellte: »Das ist das übliche Verfahren.«

Währenddessen rief Sara Svenhagen bei der Firma Bondejouren AB an. Sie bekam den Geschäftsführer an den Apparat.

»Was ist Bondejouren?« fragte sie einleitend.

»Eine verflixt gute Idee«, erwiderte der Geschäftsführer in kräftigem Malmöer Tonfall. »Landwirte können keinen Urlaub machen – das war seit ewigen Zeiten die Regel. Man kann Tiere und Land nicht einfach sich selbst überlassen. Sie bedürfen täglicher Pflege. Wie viele der heutigen Landwirte haben diesen Zustand nicht gründlich satt? Und da kommen wir ins Bild. Wenn eine Landwirtsfamilie ein paar Wochen ausspannen will, nehmen wir uns in der Zwischenzeit des Hofs an. Wir sind ein paar Stunden täglich da und erledigen das Notwendigste. Basisservice.«

»Läuft es gut?«

»Es läuft sogar verflixt gut«, sagte der Geschäftsführer stolz. »Wir expandieren ständig. Es sieht so aus, als hätten wir die perfekte Nische gefunden.«

»Sie haben zwei Wochen lang den Hof von Max und Rigmor Sjöberg bei Anderslöv versorgt, nicht wahr?«

»Ich sehe mal nach. (Blätter, blätter.) Ja, das ist richtig. Ziemlich unproblematisch, zwanzig Kühe, der Weizen für dies Jahr schon geerntet. Eine gute Stunde täglich. Melken, die Milch abliefern, die Kühe und Katzen füttern. Das war's. Und morgen ist es vorbei. Da kommt die Familie zurück.«

»Sind Sie auch im Wohnhaus gewesen?«

»Einen Moment, da muß ich nachfragen.«

Der Geschäftsführer verschwand und kam nach ein paar Minuten zurück. »Nein«, sagte er. »Dafür war keine Veranlassung. Jonas und Hasse haben den Job gemacht. Es war alles im Stall. Worum geht es denn?«

»Sie müssen den Vertrag wohl um eine Woche verlängern«, sagte Sara Svenhagen. »Die Familie Sjöberg kommt nicht zurück.«

Anschließend fuhren sie zum Hof der Sjöbergs. Der Besitz erstreckte sich über die regenschwere Ebene. Die Äcker lagen brach. Die Ernte war schon eingebracht. Und die Familie Sjöberg hatte nach Jahren ununterbrochener Schufterei ihren wohlverdienten Urlaub nehmen wollen. Statt dessen – was? Wie war Ola Ragnarsson vorgegangen? Warum ausgerechnet die Familie Sjöberg? Ein kleines Bauernehepaar auf dem schonischen Flachland, das wahrscheinlich keiner Fliege je etwas zuleide getan hatte und seinen Sohn über alles liebte. Der Selbstmordbrief gab darüber keine Auskunft. War es reiner Zufall? Waren sie Ola Ragnarsson auf seinem Heimweg von einer routinemäßigen Mordreise in Europa einfach nur über den Weg gelaufen? Der Hof lag ja nicht direkt an einer Durchgangsstraße.

Es war stockdunkel, als Hjelm und Svenhagen auf dem Hof ankamen. Kommissar Sten Johansson fuhr sie in seinem privaten Volvo, ein Streifenwagen folgte ihnen. Es war acht Uhr am Abend, und der Regen prügelte weiter unablässig auf die verschlammte Landschaft ein.

»Wir sind bald durch«, sagte Sten Johansson, als sie den Kiesweg zum Wohnhaus hinauffuhren. »Unsere Männer sind auf dem letzten der denkbaren Äcker. Nichts.«

Sara Svenhagen sah zu ihm auf. Mit dumpfer Stimme sagte sie: »›Ich erinnere mich nicht mehr, denn das Gift beginnt zu wirken, wie viele es sind. Aber holt sie heraus. Sie verdienen etwas Besseres.‹«

Sten Johansson starrte sie erschrocken an und wäre beinah in ein Blumenbeet gefahren.

»Das ist ein Zitat«, erklärte sie. »Aus Ola Ragnarssons Selbstmordbrief. Er weiß nicht einmal, wie viele er hier draußen vergraben hat. Er weiß nicht, ob er ein Kind ermordet hat.«

Denn eigentlich ging es hier nur noch um eine einzige Sache.

Ein Kind fehlte.

Ein Siebenjähriger mit Namen Anders Sjöberg.

Unmittelbar vor dem Haus stand ein alter Saab in der Kiesauffahrt. Sie verschafften sich Zugang zum Haus; ein Kollege von der Besatzung des Streifenwagens öffnete das Schloß mit verdächtig geübten Fingern mit Hilfe eines Dietrichs.

Die Koffer standen im Hausflur. Eine hauchdünne Staubschicht darauf. Sie hatten zwei Wochen hier gestanden. Es war nicht zur Griechenlandreise gekommen. Statt dessen hatte die Familie Sjöberg aus Anderslöv eine ganz andere Reise angetreten.

Paul Hjelm strich mit seiner gummibehandschuhten Hand über einen kleinen Kinderkoffer, betrachtete die Finger und sagte: »Alles war zur Abfahrt bereit. Sie müssen genau in dem Moment überrascht worden sein, als sie die Koffer zum Wagen tragen wollten. Der Flug sollte um 11.45 Uhr von Kastrup abgehen. Zwei Stunden vorher soll man da sein. Über die Öresundbrücke dauert es höchstens eine Stunde nach Kastrup. Sie müssen also am Donnerstagmorgen angegriffen worden sein. Donnerstag, den dreiundzwanzigsten August gegen 8.30 Uhr am Vormittag. Und keine Spuren eines Kampfes.«

Sie wanderten durchs Haus. Eine ganz normale schwedische Wohnungseinrichtung. Und ein ganz normales schwedisches Kinderzimmer. Paul und Sara trafen in dem aufgeräumten Kinderzimmer im Obergeschoß zusammen. Das einzige, was nicht ganz ordentlich war, war ein etwas nachlässig aus dem Apparat herausgezogenes Videospiel.

»Die Mutter hat das Zimmer aufgeräumt«, sagte Sara. »Während er darauf wartete, daß alles fertig war, saß er hier oben und spielte (sie ließ das Play-Station-Laufwerk aufgleiten und sah auf die Diskette) Crash Bandicoot. Da geschah etwas. Er lief aus dem Zimmer und ließ alles liegen. Obwohl die Mutter ihm gesagt hatte, daß er das Spiel wieder ordentlich ins Regal zurückstellen müßte, wenn er fertig wäre.«

»Ist es hier im Haus geschehen?« fragte Hjelm. »Waren die Eltern schon tot, als Anders herunterkam? Wurde er auch sofort getötet?«

»Auch wenn wir nicht genau wissen, wie sie gestorben sind, so deutet doch eine ganze Menge darauf hin«, sagte Sara. »Ola

Ragnarsson fuhr direkt nach Stockholm, wurde von Ekel über sein widerwärtiges Dasein gepackt und nahm sich das Leben. Er wird wohl kaum ein Kind bei sich gehabt haben.«

»Er hat die Eltern zu einem Acker ein paar Kilometer entfernt transportiert. Er muß einen Wagen gehabt haben. Hatte Ragnarsson einen? Hast du in den letzten Tagen mit Jorge gesprochen?«

»Ja. Von einem Wagen hat er nichts gesagt. Also, es war ein Donnerstagmorgen gegen Ende des Sommers. Der Acker draußen bei Grönby liegt zwar brach, aber bei Tageslicht zwei Leichen dort zu vergraben, das kommt mir undenkbar vor. Es ist ja nicht direkt eine Einöde. Es ist Schonen, nicht Lappland. Die Höfe liegen dicht beieinander, viele Menschen haben dort zu tun. Er muß bis zur Nacht gewartet haben.«

»Ja«, nickte Paul und hielt eine heftig zerkuschelte Stoffkatze in die Höhe. »Ragnarsson fährt mitten in der Nacht die Eltern, gut verpackt in Plastiksäcken, auf einen brachliegenden Acker hinaus. Weiß er das? Weiß er, daß es ein Acker ist, der nicht angerührt wird? Aber vor allem: Wo ist Anders währenddessen? Wird seine Leiche woandershin gebracht? Oder – lebt er noch? Ist er *aufgespart* worden, um irgendwo unterwegs ermordet zu werden? Ein gräßlicher Gedanke: Stell dir vor, es ist gar nicht die Tatsache, daß Ragnarsson zum ersten Mal in Schweden gemordet hat, die ihn in den Selbstmord treibt. Stell dir vor, es ist die Tatsache, daß er *eine neue Art von Verbrechen* begangen hat.«

»Sag so etwas nicht«, sagte Sara Svenhagen. »Ich will da nicht wieder hin.«

Doch Paul Hjelms Gedanken waren schonungslos: »Stell dir vor, er hat seiner umfangreichen Liste von Untaten die Pädophilie hinzugefügt. Stell dir vor, er nutzt die Rückreise nach Stockholm, um sich an dem siebenjährigen Anders Sjöberg zu vergreifen, der mit ansehen mußte, wie seine Eltern ermordet wurden? Schließlich bringt er ihn um und wirft ihn unterwegs irgendwo aus dem Wagen.«

Es wurde still im Kinderzimmer. Im Aquarium lagen ein paar kaum noch erkennbare Plättchen mit Fischfutter. Sie waren fast aufgefressen, die Fische schienen zu plätschern, um Aufmerksamkeit zu erregen. Oder sie fraßen sich gegenseitig. Sara trat ans Aquarium und dröselte ein wenig Fischfutter hinein. Die Fische stürzten sich auf die kleinen Flocken.

»Puhh«, sagte sie.

Paul Hjelm war wieder auf seinem Hotelbett. Die Beine waren im Schneidersitz eingeschlafen und ließen sich nicht bewegen. Er saß wie in einem Schraubstock. Er trank einen weiteren Schluck Whisky, um seinem gebrechlichen Körper Mut einzuflößen. Dann nahm er seine ganze Kraft zusammen. Die Beine lösten sich unter heftigem Schmerz. Er fühlte sich alt.

Der Tag war mit einer eigentümlichen Vorlesung von Gerichtsmediziner Nils Krogh zu Ende gegangen. Er stand in einer Gasse und sah verdächtig aus, als Sara und Paul die Polizeiwache in Trelleborg verließen, um zum Cronia Bed & Breakfast in der Järnvägsgata hinüberzuschlendern. Er fing sie ab wie ein Geheimagent kurz hinter dem Checkpoint Charlie – mit hochgeschlagenem Mantelkragen, und sogar eine filterlose Zigarette wurde vor ihren Füßen auf dem Asphalt zertreten. Ohne überflüssige Begrüßungsphrasen zischte Nils Krogh: »Verwesung, eile, o herzliebe Braut.«

Hjelm konnte der Versuchung nicht widerstehen und fuhr fort: »Unser einsames Lager zu richten.«

Krogh blinzelte ihn schräg von unten an und sagte: »Von der Welt verstoßen und verstoßen von Gott.«

Worauf Hjelm fortfuhr: »Nur auf dich will mein Hoffen ich richten.«

Sara Svenhagen sagte: »Laßt schon gut sein.«

»Tatsache ist«, sagte Krogh ernst, »daß die Verwesung eilen *kann*. Aber ebensogut kann sie sich viel Zeit nehmen. In diesem Falle hat sie sich beeilt. Wenn ein Mensch stirbt, beginnt ein Zerfallsprozeß, der teilweise auf Autolyse und teilweise auf Verwesung beruht. Autolyse bedeutet, daß körpereigene Enzyme und natürliche biochemische Gärungsprozesse den Körper zersetzen. Verwesung ist ein ganz anderer Prozeß, der dadurch entsteht, daß Bakterien das Gewebe auflösen. Ein anderer sehr wichtiger Teil des Zersetzungsprozesses sind die Insekten, die die Biomasse dadurch reduzieren, daß sie das Gewebe fressen. Die Insekten, die man in einem toten Körper antreffen kann, werden je nach ihrer ökologischen Rolle in verschiedene Gruppen eingeteilt. Arten, die sich von totem Gewebe ernähren, werden Nekrophagen genannt. Andere Insekten sind Parasiten oder Predatoren, die direkt vom Körper leben. Wiederum andere, wie beispielsweise Wespen und Ameisen, sind Omnivoren und können entweder den Körper oder andere Insekten fressen. Sie fressen alles. Diese verschiedenen Insektenarten ziehen unterschiedliche Zersetzungsstadien vor und finden sich deshalb zu verschiedenen Zeitpunkten am Körper ein. An den zwei ersten Tagen findet keine Verwesung statt. Die Zersetzung hat jedoch von innen heraus begonnen. Die ersten Schmeißfliegen (Calliphoridae) treffen in diesem Stadium ein und legen ihre Eier vor allem in die Körperöffnungen des Gesichts oder in eventuelle Wunden. Danach folgt ein Stadium mit mäßiger Verwesung, bis zu ungefähr zwölf Tagen. Der Körper ist jetzt von Gasen aufgebläht. Es entsteht ein deutlicher Geruch von verfaulendem Fleisch. Jetzt erscheinen Fleischfliegen (Sarcophagidae) und Hausfliegen (Muscidae). Die ersten Käfer tauchen ebenfalls auf, wie Aaskäfer (Silphiadae) und Kurzflügler (Staphylinidae). Zwischen den Tagen zwölf und zwanzig haben wir dann ein Stadium von ausgeprägter Verwesung. Das Fleisch hat eine cremige Konsistenz angenommen. Gewisse exponierte Teile sind schwarz geworden. Es kommt zu einem äußerst starken Verwesungsgeruch. Fliegenlarven finden sich häufig in sehr reichlichen Mengen. Käferlarven beginnen im Körper aufzutreten. Schließlich haben wir das Stadium schwerer Verwesung, bis zu vierzig Tagen. Der Körper beginnt auszutrocknen. Große Partien der Weichteile sind aufgrund der Aktivität der Fliegenlarven verschwunden. Ein süßer Geruch strömt vom Körper aus, ungefähr wie Käse. Die Schmeißfliegenlarven verschwinden. Statt dessen treten andere Fliegen auf, zum Beispiel Piophiliden. Zwischen vierzig und fünfzig Tage nach Eintritt des Todes setzt das Stadium der Skelettierung ein. Käfer, besonders Cleridae und Nitiduliae, können in großen Mengen auftreten. Die Piophiliden sind noch im Knochenmark.«

»Das ist ja richtig angenehm zu hören, so vor dem Zubettgehen«, sagte Paul Hjelm neutral.

Nils Krogh fuhr ebenso neutral fort: »Man kann das Vorhandensein der Insekten in zweierlei Weise nutzen. Teils sehen, welche Insekten da sind, teils das Alter der Insektenstadien bestimmen, die am Körper anzutreffen sind.«

»Ich nehme an, es gibt auch eine Pointe?« sagte Hjelm.

»Die Menge von Fliegenlarven deutet an, daß seit dem Tod des Ehepaars Sjöberg mindestens zwölf Tage vergangen sind.«

»Das hättest du gleich sagen können.«

»Das wäre aber nicht so lehrreich gewesen.«

»Wie wahr. Aber auf welche Weise sie gestorben sind, kannst du noch nicht sagen?«

»Nein, noch nicht. Die Obduktion machen wir morgen früh. Jetzt habe ich mir nur das üppige Tierleben angeschaut.«

»Du könntest eine ordentliche ärztliche Untersuchung brauchen.«

»Dafür ist es viel zu spät«, sagte Nils Krogh und verabschiedete sich.

Paul Hjelm begann seine Beine zu spüren. Sie lagen wie zwei Pfähle vor ihm auf dem Bett. Ein aggressives Stechen setzte ein. Er dachte an Myiasis. Also das Phänomen, daß mehrere Schmeißfliegenarten ihre Eier auch in lebende Menschen legen können.

Doch das war nicht unbedingt sein eigener Gedanke.

Sobald es möglich war, schüttelte er die Beine. Er hörte die

Larven darin rascheln. Bald würden sie austreten und wie ein Bienenschwarm über Europa fliegen.

Oder so.

Er langte zum Nachttisch hinüber und zog eine Klarsichthülle mit gelochtem Rand heran. Allerdings war die Öffnung verschlossen. In der Hülle lag ein abgerissener Zettel, zerflossene Buchstaben darauf. Man hatte ihn in Max Sjöbergs Brieftasche gefunden. Nach zwölf Tagen im Boden.

Vielleicht war der Text jetzt ein wenig deutlicher, weil sein Blick unklarer geworden war. Als wäre der Text einem todmüden Blick angepaßt. Einem Blick, der sich wider besseres Wissen weigerte zu schlafen.

Es war ein etwa zehn mal zehn Zentimeter großer Zettel mit einem zerlaufenen Tintentext. Eindeutig Tinte, kein Kugelschreiber. Da stand ›Arm‹, und da stand wohl auch ›Haus‹. Möglicherweise ›stark‹. Vielleicht sogar ›geben‹. Dann meinte er, ›Myiasis‹ zu lesen. Und am Ende stand da: ›Deine Beine sind voller Fliegenlarven. Du bist eine lebende Puppe.‹ Da war es Zeit zum Einschlafen.

Und das tat Paul Hjelm.

Mit leichtem Drehwurm.

17

Was sie erwartete, war nicht leicht zu ahnen. Sie waren eine wenig Aufsehen erregende Ansammlung von Menschen, die durch die Auslandshalle des Arlanda International Airport zur Paßkontrolle ging. Vier schwarze Männer und zehn weiße. Vier der Weißen trugen Uniform. Alle sahen ziemlich verbissen aus.

Es war Donnerstag, der sechste September, noch früh am Morgen, halb acht. Binnen kurzem sollte sich die Gruppe etappenweise trennen. Zunächst würden sie einen Flug nach London nehmen; sobald sie die Paßkontrolle passiert hatten, wäre für die vier Uniformierten der Auftrag erledigt, sie würden zur Polizeiwache Märsta zurückkehren und frühstücken. Dann würde die Gruppe aus zehn Personen bestehen, vier schwarzen und sechs weißen. In London würde die Gruppe sich wiederum teilen. Zwei der Weißen und einer der Schwarzen würden eine Maschine nach Kampala in Uganda besteigen. Kurz danach würden zwei der Weißen und einer der Schwarzen einen Flug nach Kapstadt in Südafrika nehmen, und als letzte würden zwei der Weißen und zwei der Schwarzen nach Nairobi in Kenia fliegen. Anschließend würden die drei Gruppen zu je zwei Weißen über London nach Schweden zurückkehren. Möglicherweise würde die eine oder andere Gruppe in London übernachten müssen. Aber das machte ja nichts. Dann würden sie in ihre Büros zurückkehren, die E-Mails vom Vortag öffnen und nach erledigtem Auftrag durchatmen. Vier schwarze Männer würden in Afrika bleiben.

Rückgeführt.

Wie kindliche Ausreißer ins Elternhaus. Wo der Vater mit der Peitsche wartete.

Falls nicht die Männer in Zivil auf die Idee kamen, etwas zu tun, was schon so viele ihrer Vorgänger getan hatten: Ganz einfach alle abgeschobenen Afrikaner ungeachtet ihrer Nationalität in Ghana abzusetzen. Vielleicht wäre das sogar vorzuziehen.

Die sechs Männer in Zivil stellten eine weitgereiste Schar dar. Sie waren Angehörige des sogenannten Transportdienstes der Kriminalpolizei. Und sie klopften auf Holz: Nicht alle Abschiebungen von Afrikanern verliefen so gesittet. Sie konnten nur hoffen, daß es weiterging, wie es begonnen hatte.

Doch da fing einer der schwarzen Männer an zu nerven. Der mit der Brille. Er mußte auf die Toilette. Die weißen Männer vom Transportdienst der Kriminalpolizei seufzten tief. Es war immer ein bißchen verdächtig, in der Auslandshalle auf die Toilette gehen zu wollen. Von da konnte man ohne weiteres abhauen. Keine Sicherheitskontrollen, die einen aufhielten. Aber er ließ nicht locker. Er behauptete, wirklich dringend zu müssen. Und die Schlange vor der Paßkontrolle war tatsächlich ziemlich lang. Die zehn weißen Männer berieten sich einen Moment und ließen dann fünf gerade sein.

Ein Uniformierter und zwei Zivilgekleidete begleiteten ihn zur Toilettentür und ließen ihn hinein. Sie bezogen Posten vor der Toilette. Sie trugen die Köpfe hoch.

An einem Pinkelbecken stand ein kräftiger kleiner Mann von südamerikanischem Aussehen und versuchte, sich ein paar Tropfen abzupressen. Er mußte ganz und gar nicht dringend.

Der schwarze Mann mit Brille trat an das Becken daneben. Auch er mußte bei genauerem Hinsehen nicht besonders dringend.

Er blickte zu dem Pinkelbecken links von ihm. »Sie sind Kriminalassistent Chavez?« fragte er und nickte.

»Dozent Wadu?« nickte der Latinomann.

»Ich habe Ihr kleines Zeichen draußen in der Halle bemerkt«, sagte Elimo Wadu und lächelte schief. »Wollen Sie mir zur Flucht verhelfen?«

»Das liegt leider außerhalb meiner Befugnisse«, sagte Jorge

Chavez und drückte weiter. »Aber es ist sehr wichtig, daß ich Ihnen noch eine Frage stellen kann, bevor Sie verschwinden.«

»In den Medienschatten verschwinde«, sagte Elimo Wadu. »Ich werde wahrscheinlich direkt im Gefängnis landen. Ohne über »Los« zu gehen. Dort werde ich erneut mit Menschen konfrontiert werden, die etwas gegen meine Forschungen einzuwenden haben. Vielleicht wollen Sie sich die Narben noch einmal anschauen? Um Ihren Enkelkindern etwas erzählen zu können?«

»Es tut mir leid, daß ich nicht mehr für Sie tun konnte. Aber ich bin leider ein ziemlich machtloser Mensch. Es spielt wohl keine Rolle, wenn ich sage, daß Sie meiner Meinung nach hätten bleiben sollen. Alle fünf. Alle vier.«

»Keine besonders große Rolle, nein. Was wollten Sie fragen?«

»Wissen Sie, wie die Reinigungsfirma hieß, bei der Winston Modisane gearbeitet hat?«

»Haben wir darüber nicht schon einmal gesprochen?«

»In gewisser Weise schon. Als ich Sie gefragt habe, ob Sie wüßten, wo Winston Modisane gearbeitet hat, haben Sie geantwortet, er hätte ›bei irgendeiner großen Firma‹ geputzt.«

»Das hat er auch. Aber ich erinnere mich nicht an den Namen. Ein richtiges Großunternehmen, glaube ich.«

»Und die eigentliche Reinigungsfirma? Erinnern Sie sich an Reiner Raub?«

»So hieß sie *nicht*«, sagte Elimo Wadu bestimmt. »Dagegen frage ich mich, ob sie nicht Reines Haus hieß. Das könnte sein. Kommanditgesellschaft. Nicht besonders interessiert daran, Steuern zu zahlen.«

Einer der Uniformierten kam herein und stellte sich an das dritte Becken. Chavez hoffte, daß der Mann ihn nicht kannte. Das sähe nicht gut aus.

Der Uniformierte würdigte ihn jedoch keines Blicks. Er fixierte Elimo Wadu, während er pißte, daß es plätscherte. Das Plauderstündchen war beendet, soviel war klar. Chavez blieb stehen. Während die beiden anderen sich die Hände wuschen, gelang es ihm, Elimo Wadu einen dankbaren Abschiedsgruß hinüberzuschicken. Er wurde mit einem leichten, aber stolzen Nicken beantwortet. Das war das letzte, was sie voneinander sehen sollten.

Jorge Chavez fixierte die schnupftabakbraune Kachelwand. Er sah die narbenübersäte Brust des Dozenten Elimo Wadu vor sich. Die Flecken wurden mehr und mehr, bis von Elimo Wadu nichts anderes mehr übrig war. Ihm war gar nicht wohl zumute.

Als er aus der Toilette kam, war die Gruppe von der Schlange vor der Paßkontrolle verschluckt. In Schweden war keine Spur mehr vorhanden von den fünf Afrikanern, die noch vor ein paar Tagen an einem Küchentisch gesessen und sich durch den Nachmittag gelangweilt hatten.

Dagegen traf er – Arto Söderstedt.

Das war höchst verblüffend. Gunnar Nyberg sollte sich irgendwo in der Auslandshalle aufhalten, aber nicht Arto Söderstedt. Chavez gelang es nicht, gleich richtig zu schalten.

»Aber was machst du hier?« platzte Söderstedt heraus.

»Das gleiche könnte ich dich fragen«, sagte Chavez.

»Ich reise wieder nach Europa. Mit neuen internationalen Aufträgen.«

»Nicht zu fassen. Du verläßt uns schon wieder?«

»Nur eine Spritztour nach Monaco. Ein paar Runden um den Roulettetisch auf Kosten der Steuerzahler und dann wieder zurück. Hoffe ich.«

Und schon war er weg. Chavez sah ihm lange nach.

Gunnar Nyberg starrte hungrig auf die rotierenden Würste in einem nahe gelegenen Kiosk. Er fastete – obwohl er es nicht so nennen wollte. Es klang so defensiv. Nein, sein erfolgreicher Angriff auf seine ehedem so monströse leibliche Hülle war alles andere als defensiv. Es war eine aktive Kost- und Lebensstilumstellung. Aber die Würste sahen richtig lecker aus, sie glänzten so schön und symmetrisch, wie sie da in ihrem glitzernden Metallgestell Pirouetten drehten. Die gesunden Gedanken an zermantschtes Schweinehirn und zermahlene Kalbsschädel fruchteten nichts. Die Würste sahen noch immer höchst appetitlich aus.

Chavez tauchte auf, kaufte zwei und verschlang sie wortlos. Nyberg schaute ihn von der Seite an und wünschte, daß dieser merkwürdige Partnertausch bald nur noch eine Erinnerung wäre. Er hatte das Gefühl, untreu zu sein – aber er wußte nicht richtig, wem.

»Wie ist es gelaufen?« fragte er mürrisch.

»Reines Haus«, sagte Chavez extrem undeutlich. »Nicht Reiner Raub.«

»Du redest in Zungen. Wir müssen die Weltpresse hinzurufen. Auf der Stelle.«

Chavez kaute den Mund leer und sagte, ohne eine Miene zu verziehen: »Es kann ein Reiner Irrtum gewesen sein, wie man so sagt.«

»Es geht weiter. Gleich fängst du an, mit den Augen zu rollen und mit den Erzengeln zu sprechen.«

»Reines Haus. Die Reinigungsfirma. Unser Grubenarbeiter Siphiwo Kani kann die Reinheiten sehr wohl verwechselt haben. Reines Haus, Reiner Raub – wenn man die Sprache nicht beherrscht, ist der Unterschied nicht besonders groß. Vielleicht sonst auch nicht.«

»Ist das wirklich wichtig?« sagte Gunnar Nyberg mehr zu sich selbst.

Sie wanderten durch die große Halle dem Flughafenausgang zu.

»Du weißt, daß es wichtig ist«, sagte Chavez. »Wadu hat gesagt, daß Modisane bei einem Großunternehmen saubergemacht hat, und zwar für die steuerunwillige Firma Reines Haus. Wir haben sonst nicht viel anderes, wonach wir gehen können.«

»Hast du nach der Kwa Zulu Natal-Provinz gefragt?«

»Hör auf, Wadu ist aus Kenia. Außerdem wissen wir, daß das eine falsche Fährte ist. Es gibt überall in Südafrika Diamantengruben.«

»Davon bin ich nicht ganz überzeugt.«

»Fakten genügen dir nicht«, sagte Chavez. »Wir haben Sehnsucht nach unseren regulären Partnern, so einfach ist das. Du sehnst dich nach Kerstin, und ich sehne mich nach Paul. Wir passen nicht so gut zusammen. Du siehst lächerlich groß aus, und ich sehe lächerlich klein aus.«

Das Paar blieb stehen und betrachtete sein Spiegelbild in einer Glastür. Chavez hatte leider recht. Er sah aus wie Zwerg Nase und Nyberg wie ein Hüne. Ungleiches Paar war noch geschmeichelt.

»Hmmm«, sagte Chavez.

»Kann man wohl sagen«, sagte Nyberg.

Sie traten hinaus auf den Parkplatz und stiegen in Nybergs neuen Renault Laguna ein. Er glänzte goldgelb im herbstlichen Schmuddelwetter. Wie ein sehr großes Herbstblatt.

Nyberg fuhr schnell; er sah allmählich selbst ein, daß es sich um eine richtige Perversion handelte. Absurd schnell zu fahren. Und wenn Ludmila es außerdem so richtig russisch liebte, bekam es einen eigentümlich erotischen Beigeschmack.

Deshalb war es wenig erhebend, als Chavez, an seinem funkelnagelneuen Mobiltelefon fingernd, sagte: »Ich hasse Abschiebungen.«

Nyberg sah auf Chavez' tastendrückende Finger und erwiderte: »Ich verstehe, was du meinst.«

»Man hat das Gefühl, sich hinterher nicht mehr so selbstverständlich zu bewegen wie vorher. Man geht nicht mehr frei. Die Freiheit baut darauf auf, daß andere keinen Platz bekommen. So sieht unsere Freiheit aus. Stell dir vor, sie hätten meinen Vater zu Pinochet zurückgeschickt. Wo wäre ich dann?«

»Ich verstehe, was du meinst«, wiederholte Nyberg.

»Hör auf, immer so verständnisvoll zu sein. Sag was Konstruktives.«

»Was machst du da?«

»Ich versuche, diese Internetfunktion hinzukriegen«, sagte Chavez verbissen. »Hast du Erfahrung mit der dritten Generation von Mobiltelefonen?«

»Nicht die geringste«, gestand Nyberg. »Ich bin sowieso nicht gut mit Mobiltelefonen. Meine Finger sind zu dick. Ich treffe mehrere Ziffern gleichzeitig. Als ich dieses letzte kleine Streichholzdosen-Nokia sah, wollte ich es zertrümmern. Telefone für Kinderfinger.«

Es war erstaunlich wenig Verkehr, obwohl es die Rushhour war. Nyberg trieb im Zorn die Tachonadel bis hundertachtzig hoch. Es war mehr als eine Perversion, es war eine Krankheit.

Und Chavez merkte nichts. Sein Handy machte Pling. »Sieh mal an«, sagte er. »Teufel, Teufel. Explorer in Mikroversion.«

»Stell dir vor, daß Explorer nicht mehr der Fusel ist, mit dem die Alkis sich abfüllen, sondern ein Internetprogramm. Ist es das, was man Fortschritt nennt?«

»Reines Haus«, sagte Chavez hellhörig. »Jetzt wollen wir mal sehen.«

Bis auf den surrenden Motor war es vollkommen still im Auto. Das einzige, was dachte, war das Handy. Nach einer Weile hatte es zu Ende gedacht.

»Na. Wer sagt's denn«, entfuhr es Chavez. »Die Reinigungsfirma Reines Haus in Huvudsta. ›Scheiß auf die Alte. Wir erledigen den Bodenservice.‹«

Nybergs Augenbrauen gingen Richtung Wagendach. »Steht das da?«

»Nein.«

Nyberg seufzte. »Was steht denn da?«

»›Komplettes Reinigungspaket für große und mittelgroße Unternehmen. Angebot in garantiert zwei Stunden.‹«

»Das andere war besser.«

»Zwei Stunden«, sagte Chavez nachdenklich. »Das reicht, um ein paar verzweifelte Schwarzputzer mit Abschiebungsbescheid zusammenzukratzen und sich zu vergewissern, daß sie sich auch weiterhin mit den paar Kröten pro Arbeitstag zufriedengeben.«

Nyberg trat ein bißchen extra aufs Gaspedal.

»Huvudsta«, fuhr Chavez fort. »Wir sind ja schon in Ulriksdal. Verdammich, wie du fährst.«

»Das ist zu unser aller Nutzen«, sagte Nyberg. »Lahme wurstessende Polizisten gehören einem vergangenen Zeitalter an. Polizei, Polizei, Kartoffelbrei.«

»Du kannst ja deine gebratenen russischen Mülltüten kauen, während wir zum Johan Enbergs väg in Huvudsta fahren. Da warten Steuerhinterzieher von Format. Ihrer Homepage zufolge öffnen sie um acht. Jetzt haben wir fünf vor. Das nenne ich Timing.«

Es folgte tatsächlich ein Moment Schweigen. Nyberg linste zu Chavez hinüber. Saß dieser Arsch etwa da und spielte Tetris auf dem Mobiltelefon?

Schließlich bog Gunnar Nyberg bei Haga Norra ab und rollte zu dem heiklen Kreisverkehr bei der Kraftfahrzeugprüfstelle hinauf. Dort gab es auf der Stelle ein Verkehrschaos. Obwohl sie allein waren.

»Eine Runde reicht«, sagte Jorge Chavez.

»Scheiß Beschilderung«, sagte Nyberg.

Jetzt wurde der Verkehr zähflüssiger. Die Autos stauten sich und kamen nicht richtig in Fahrt, wenn die Ampel auf Grün sprang. Es war ein klassisches Irritationsmoment.

Nyberg meckerte: »Warum können nicht alle Fahrer vor einer roten Ampel von dem Wagenarsch vor ihrer Nase aufsehen und versuchen, bei Grün gleichzeitig loszufahren?«

Genau vor der Nase des goldgelben Renault sprang die Ampel auf Rot. Nyberg fuhr bedenkenlos noch bei Rot.

»Überblick ist in der Regel nicht die starke Seite von Autofahrern«, sagte Chavez verbindlich. Er fürchtete inzwischen um sein Leben.

Soweit es möglich war zu zischen, zischten sie Frösundaleden entlang und am Råsunda-Fußballstadion vorbei, an der Ampel nach links Richtung Huvudstavägen.

»Findest du zum Johan Enbergs väg?« fragte Chavez. »Oder fährst du nur in blinder Wut?«

»Ich finde schon hin«, murmelte Nyberg. »Das ist der triste große Längsblock von Solnabostäder. Weißt du, wer Johan Enberg war?«

»Keine Ahnung.«

»Ich habe es schon mal gesagt. Bildung ist nicht die starke Seite deiner Generation.«

Der Huvudstaväg endete und mündete mit einer entsetzlichen Linkskurve in die Armégata ein.

Nyberg fuhr fort: »Johan Enberg wird auch der August Palm von Gotland genannt. Ein früher Pionier der Arbeiterbewegung. Blechschmied war er. Ich glaube, er stammte aus Solna, zog jedoch 1901, im Alter von fünfundzwanzig Jahren, nach Visby und gründete den Diskussionsclub ›Die Fackel‹, der zur Jahreswende 1904–05 umgebildet wurde zu Visbys Arbeiterkommune.«

»Und hier ist das Ergebnis seiner Vision, ein Jahrhundert später«, sagte Chavez mit ausladender Handbewegung. Johan Enbergs väg in Huvudsta. Ein monströses Gebäude im echten Geist des Millionenprogramms mit 766 Wohnungen, fertiggestellt in den Jahren 1960–70. In einer dieser Wohnungen residierte die suspekte Reinigungsfirma Reines Haus.

Nyberg und Chavez traten in den Hauseingang und fuhren mit einem wie üblich vollgekritzelten Aufzug zwei Stockwerke aufwärts.

Am Briefschlitz stand Reines Haus, das war alles. Wenn verschiedene Großunternehmen Kontakt mit der Firma hatten, waren sie sich bestimmt darüber im klaren, daß es sich nicht um eine durch und durch offizielle Firma handelte. Viele große Schwarzunternehmen sahen so aus.

Jorge Chavez klingelte. Nach einer Weile öffnete ein unrasierter Mann von etwa vierzig in einem Gitterhemd. Doch, tatsächlich, ein klassisches Gitterhemd. Seine Brusthaare drängten stellenweise aus dem grobmaschigen Netz heraus und imitierten damit die Frisur des Mannes auf imponierende Weise.

»Was ist?« fragte er mißtrauisch.

»Sind Sie Reines Haus?« fragte Chavez intelligent.

»Das ist kein Name, das ist ein Unternehmen«, sagte der Mann unwirsch.

Chavez hielt seinen Polizeiausweis in die Höhe und spürte, daß die Verhandlungslage zufriedenstellend war. Hier gab es genug begrabene Hunde, mit deren Ausgrabung man drohen konnte. Um es locker zu formulieren.

»Sie sind also Mitinhaber Joakim Backlund?« sagte Jorge Chavez und drückte sich an dem Mann vorbei in die Wohnung. Es waren Büroräume von der schmierigeren Sorte. Modell versiffter Computer-Kunststoff.

»Mitinhaber und geschäftsführender Direktor«, sagte Joakim Backlund und stellte sich zwischen Chavez und Nyberg. Oder Scylla und Charybdis, wenn man wollte. Er ging zu dem größten Computer und schaltete ihn ganz einfach aus. »Was wollen Sie?« sagte er nur. Er wirkte gefaßt. Vermutlich war ihm die Situation nicht neu.

»Wir wissen, was Sie treiben«, sagte Chavez friedlich. »Doch deshalb sind wir nicht hier. Aber das kann ja noch kommen.«

»Und was treibe ich?« fragte Joakim Backlund und setzte sich auf einen knarrenden Korbstuhl vor dem abgeschalteten Rechner.

»Ich habe gerade von Reines Haus reden hören«, sagte Chavez und schaute auf ein Playboyposter an der Wand. Silikon oder nicht Silikon, das war hier die Frage.

Gunnar Nyberg bewegte seinen imposanten Körper ein wenig näher an Backlund heran – das verfehlte selten seine Wirkung – und übernahm: »Ohne das mindeste über Reines Haus zu wissen, würde ich auf folgendes tippen. Die Geschäfte gehen schlecht. Reines Haus befindet sich am Rande des Ruins. Die Auftragslage ist mies. Dieses verkommene Büro sagt ja alles. Und das Kettenhemd ist auch nicht schlecht. Imponierend. Wir glauben wirklich, daß dieses Unternehmen auf dem absteigenden Ast ist, mit einem geschäftsführenden Direktor, der ein bißchen zuviel säuft. Und wenn wir die Aufstellung des Finanzamts betrachten, werden wir das gleiche sehen. Außerdem werden wir sehen, daß Joakim Backlunds Einkünfte sehr niedrig sind. Tatsache ist, daß dieses Kettenhemd Ihr Anzug ist, Ihre Uniform. Sie erfüllt ihre Funktion genauso wie ein Armanianzug. Ich würde tippen, Sie wohnen in einer Villa in, sagen wir Äppelviken. Und Sie ziehen den Armanianzug an, wenn Sie zur Familie nach Hause kommen.«

Der Kontrast zwischen der bedrohlichen Grizzlybärgestalt und der gepflegten Sprache schien Joakim Backlund zu beeindrucken.

»Im Internet sieht es nicht ganz so aus«, sagte Chavez. »›Komplettes Reinigungspaket für große und mittelgroße Unternehmen. Angebot in garantiert zwei Stunden.‹«

»Man kann seinen Niedergang mit einer hübsch gestalteten Homepage verbergen«, sagte Backlund beherrscht. »Das bedeutet nicht, daß jemand sich etwas daraus macht.«

»Nein«, sagte Chavez. »Das stimmt. Und deshalb werden wir uns nicht weiter für die verborgene Hälfte von Reines Haus interessieren. Die lukrative Hälfte, die von Großunternehmen stark in Anspruch genommene Gewinnmaschine Reines Haus, die mit verzweifelten Flüchtlingen arbeitet, die ein zweites Mal fliehen müssen, wegen etwas, was Sklavenarbeit gleichkommt. Wieviel verdienen sie? Achtzig Kronen am Tag? Sechzig? Vielleicht sogar nur vierzig? Für den Fall halten Sie den Rekord in dieser immer häufiger vorkommenden Unternehmensnische.«

»Sie reden wie zwei Bücher«, sagte Backlund.

Nyberg und Chavez sahen sich verwundert an.

»Würden Sie es vorziehen, wenn wir auf der Jagd nach Beweismaterial Ihr Büro kurz und klein schlagen?« fragte

Nyberg höflich. »An uns soll es nicht liegen, ganz zu Ihren Diensten. Und dann nehmen wir die Festplatte mit. Was sagst du, Jorge? Wollen wir es lieber so machen, und nicht hier stehen und uns anhören wie Bücher?«

»Okay«, sagte Chavez, riß das Playgirl von der Wand, nahm die Brüste näher in Augenschein, knüllte das Poster zusammen und warf es Joakim Backlund an den Kopf. »Silikon«, sagte er.

Backlund hielt still und verzog keine Miene. Er dachte nach. Schließlich sagte er: »Sie kommen nicht von der Abteilung für Wirtschaftskriminalität. Sie wollen etwas anderes. Wir können uns wohl einig werden.«

»Ein Südafrikaner«, sagte Nyberg. »Winston Modisane in Flemingsberg.«

Es war offensichtlich, daß es keinen bedeutenden Unterschied gemacht hätte, wenn sie die Festplatte mitgenommen hätten. Daß Backlund den Rechner ausschaltete, war ebenfalls ein strategischer Zug, genau wie das Netzhemd und die Schmuddeligkeit. Der schwarze Reinigungsmarkt war zweifellos gut organisiert. Alles befand sich in Backlunds Kopf und vermutlich nirgendwo sonst auf der Welt.

»Was wollen Sie wissen?« fragte er abwartend.

»Alles«, sagte Chavez.

Backlund nahm Anlauf und sprang: »Winston Modisane kontaktierte mich vor einigen Monaten. Ich habe einen großen Vertrag mit einer gewissen Branche und brauche die ganze Zeit Leute. Er paßte gut in unseren Betrieb.«

»Kein Gelaber jetzt. Wo hat er saubergemacht?«

»Dazimus Pharma AB.«

»Pharma? Das klingt nach Arzneimittelbranche?«

»Ja. Mit der Branche habe ich einen umfassenden Vertrag. Dazimus ist in der sumerischen Mythologie der Gott der Heilkunst. Ihre Zentrale liegt auf Lidingö.«

»Und Modisane hat in der Zentrale geputzt? Nachts?«

»Ja. Auf beide Fragen.«

»Nur da?«

»Ja, nur da.«

»Und es war also er, der Kontakt zu Ihnen aufgenommen hat?« sagte Nyberg. »Hat er Ihnen gesagt, wie er an Ihren Namen gekommen ist?«

»Nein. Ich glaube ihnen sowieso nichts. Sie können das Blaue vom Himmel herunterlügen. Sie sind daran gewöhnt, sie *müssen* die ganze Zeit lügen. In dieser Branche kann man sich auf keinen verlassen. Es gibt nie Verträge. Ich muß aber immer ihren Hintergrund kontrollieren. Objektiv.«

»Und das haben Sie getan?«

»Nur daß es stimmte. Ich habe seinen Abschiebungsbescheid gesehen.«

»Sie haben also Beziehungen zur Migrationsbehörde?«

»Ja.«

»Ihre Firma scheint sehr gut organisiert zu sein.«

»Das ist sie.«

Chavez und Nyberg betrachteten den dem äußeren Anschein nach verkommenen geschäftsführenden Direktor. Danach betrachteten sie sich gegenseitig. Klar, sie waren auf ein Muster gestoßen. Es hatte wenig mit ihrem Fall zu tun, aber das machte es gewissermaßen noch wichtiger. Dennoch konnten sie nicht genau den Finger darauf legen. Es war, als wäre der Blick in die Zukunft ebenso ein Blick in die Vergangenheit.

Zurück in die Zeit der Sklavenschiffe.

18

Arto Söderstedt wanderte durch die Auslandshalle des Arlanda International Airport. Er fühlte sich frei wie ein Vogel. Nach einem Jahr, in dem ein alter finnischer Kriegsheld namens Pertti Lindrot eine nasse Wolldecke über seine Reiselust gelegt hatte, war er jetzt wieder bereit, Europa in Angriff zu nehmen. Und Vergangenes zu vergessen.

Nein, da machte er sich etwas vor.

Das Vergangene würde er nie vergessen. Der Europa Blues hatte ihn für immer fest im Griff. Doch das durfte seine Handlungskraft nicht lähmen. Außerdem taten ihm die Zähne noch immer weh, und mehr und mehr bekam er das Gefühl, daß es nie aufhören würde. Es war *der Sinn der Sache*, daß der Schmerz nie aufhörte. Und er akzeptierte es.

Gleichwohl würde ein Tag in Monte Carlo nicht schaden. Über das Ligurische Meer zu blicken, die Côte d'Azur, die Riviera. Dort war noch Sommer, und war der Spätsommer am Mittelmeer nicht das absolut beste Klima, das der Planet Tellus zu bieten hatte?

Er schwebte auf kleinen Wolken, als eine wohlbekannte Gestalt sich vor seinen Augen offenbarte. Eine Latinogestalt. »Aber was machst du hier?« platzte Arto Söderstedt heraus.

»Das gleiche könnte ich dich fragen«, sagte Chavez.

»Ich reise wieder nach Europa. Mit neuen internationalen Aufträgen.«

»Nicht zu fassen. Du verläßt uns schon wieder?«

»Nur eine Spritztour nach Monaco. Ein paar Runden um den Roulettetisch auf Kosten der Steuerzahler und dann wieder zurück. Hoffe ich.«

Und dann ging er von dannen, ohne eine Antwort auf seine Frage bekommen zu haben. Und Tatsache war, daß die Frage rhetorisch war. Sein Interesse für Chavez' Tun und Lassen war zum gegenwärtigen Zeitpunkt recht begrenzt.

Daß er eine halbe Stunde Schlange stehen mußte, um durch die Paßkontrolle zu kommen, focht ihn nicht im geringsten an. Auch nicht das leichte Chaos in der Abflughalle. Die Geschäftsleuteellenbogen, die ihn auf seinem Weg in die Maschine begleiteten, waren ihm vollkommen egal. Die unerwartete Schroffheit der französischen Stewardessen ließ ihn kalt. Der Tumult im Bus von Nizza nach Monaco spielte anderswo. Und daß das Taxi vom Busbahnhof in Monte Carlo zur Avenue d'Ostende atemberaubende Umwege fuhr, störte ihn nicht die Bohne.

Als er die Schalterhalle der Banque du Gothards betrat, stellte er fest, daß sich seit den großen Tagen Lars Rundqvists und Ola Ragnarssons nicht viel verändert hatte. Das Marmorgefühl gehörte in die achtziger Jahre, und es war nicht ganz unwahrscheinlich, daß man in gewisser Weise noch in jener Zeit lebte. Einer Zeit, in die man sich zurückträumen konnte.

Die Namensschilder an den Kassen sahen genauso aus, wie Rundqvist sie beschrieben hatte. Goldschrift, eingraviert in eine mattschwarze Metalloberfläche. Arto Söderstedt wanderte umher und suchte nach dem richtigen Namen. Schließlich fand er ihn, unmittelbar unterhalb der Büste einer guterhaltenen Frau von etwa fünfundvierzig Jahren mit sehr französischem Aussehen. Als sie ihn anlächelte, stellte Söderstedt fest, daß Rundqvist auch in diesem Punkt recht gehabt hatte: Auch wenn sie jetzt einen anderen Namen trug, hatte der Text ihres Namensschilds noch immer exakt die gleiche Farbe wie ihr Goldzahn.

»Madame Claudine Jauret?« sagte Arto Söderstedt und zeigte seinen Polizeiausweis.

Sie nickte und vollführte eine kleine einladende Geste. Er folgte ihr wie ein Hund in einen Sitzungsraum. Dort bot sie ihm einen Platz an einem großen Marmortisch an, wartete, bis er sich gesetzt hatte, und setzte sich anschließend neben ihn.

»Vor fast zwanzig Jahren waren Sie also Mademoiselle Claudine Verdurin, Madame Jauret?« begann Söderstedt auf englisch. Er hatte von einem Mailänder Kommissar namens Italo Marconi ein wenig europäische Manieren gelernt und hatte es jetzt nicht mehr so eilig.

Madame Claudine Jauret lächelte und bot ihm ein Glas Ramlösa an. Da er inzwischen weltgewandt war, hatte er aufgehört, sich über Exportprodukte und ihre Durchschlagskraft zu wundern. Gewöhnliches Wasser mit ein wenig Kohlensäure darin war ein wichtiges schwedisches Exportprodukt. Also nickte er nur leicht und bekam die fragliche Flüssigkeit in einem stilvollen Glas serviert. Die einfachen Konturen deuteten an, daß auch das Glas schwedisch war. Strenges schwedisches Design kam bei den Katholiken immer noch an. Es war immer noch exotisch.

»Das ist richtig, Monsieur Sadestatt«, sagte Madame Jauret in tadellosem Englisch und mit derselben dunklen Stimme, die er vom Telefongespräch am Vortag wiedererkannte. »Ein paar Jahre nach dem Abenteuer mit Ola heiratete ich den Bankdirektor Alphonse Jauret.«

»Direktor an dieser Bank?«

»Das ist richtig«, wiederholte Madame Jauret und zeigte ein schwaches Lächeln, daß der Goldzahn funkelte.

Söderstedt hatte kein Problem damit, sich vorzustellen, was Ola Ragnarsson vor achtzehn Jahren in Claudine Verdurin gesehen hatte. Es war noch immer ganz deutlich. Vielleicht noch deutlicher.

»Was können Sie über Ihre Beziehung mit Ola Ragnarsson sagen?«

»Ich weiß nicht, wo ich anfangen soll, Monsieur Sadestatt.«

Dies war die korrekte europäische Aussprache seines Namens, das hatte er gelernt.

»Es war eine chaotische Zeit in meinem Leben«, seufzte

Claudine Jauret. »In vielerlei Hinsicht. Ich erledigte einen Teil der eher alltäglichen Bankgeschäfte von PowerInvest. Ich war jung und grün und hatte sehr wenig mit den großen Geschäften zu tun. So begegnete ich Ola.«

»Kannten Sie seinen – finanziellen Status?«

Claudine Jauret warf ihm einen verstohlenen Blick zu. »Ja. Sonst wäre es kaum etwas geworden zwischen uns. Er war nicht schön, der Ola. Aber er war reich.«

»Sie sind sehr aufrichtig.«

»Es gibt keinen Grund, etwas anderes zu sein. Er war schüchtern und verlegen und sehr leicht zu lenken. Das einzige, was er konnte, war Geld. Aber das um so besser.«

»Möglicherweise konnte er noch etwas anderes. Ich bin sehr froh, daß Sie leben, Madame. Wie ich Ihnen am Telefon sagte, ist Ola Ragnarsson tot. Er hinterließ einen Brief, in dem er schrieb, er habe ›das Messer in den Leib seiner Geliebten gestoßen‹.«

Claudine Jauret sah äußerst verwundert aus. Die gepflegten Augenbrauen fuhren hoch in die Stirn. »Ola?« stieß sie hervor? »Nie im Leben. Er war ein sehr friedfertiger Mensch. Allzu friedfertig für meinen Geschmack.«

»Sie wollten kein Kind mit ihm haben?«

Sie hielt inne und saß reglos da. Dann sagte sie: »Ich verstehe.«

»Was verstehen Sie?« fragte Arto Söderstedt.

»Daß etwas, was ich mit viel Mühe geheimgehalten habe, ans Licht gekommen ist.«

Söderstedt sah sie an. In irgendeiner Weise schien die Zeit sie eingeholt zu haben. Sie alterte vor seinen Augen. »Es ist nicht ans Licht gekommen«, sagte er. »Ich habe nur geraten.«

»Wenn nur mein Mann nichts davon erfährt. Es war eine illegale Abtreibung. Ich wurde schwer krank. Damals verlor ich meine Gebärfähigkeit. Mein Mann und ich versuchten zehn Jahre lang, Kinder zu bekommen. Und ich spielte mit. Obwohl ich wußte, daß ich unfruchtbar war, spielte ich mit.«

»Man kann doch Kinder adoptieren ...«

Claudine Jauret lachte laut, ein schrilles, bitteres Lachen: »Mein Mann mit einem kleinen Chinesen! Sie wissen nicht, wovon Sie reden.«

Söderstedt schwieg und ließ die Bemerkung einsinken. Sie beinhaltete eine ganze Menge. »Sie haben es also streng geheimgehalten?« fragte er schließlich.

»Sehr streng. Niemand wußte davon. Niemand. Ich litt und blutete schweigend und hielt nach außen hin die Maske aufrecht. Ich blutete ein Jahr, fast ununterbrochen, bis ich schließlich all meinen Mut zusammennahm und zu einem Arzt ging. Ich fuhr bis nach Paris, um zu einem Arzt zu kommen. Er rettete mich. Und sagte, daß ich für immer unfruchtbar wäre.«

»Ola wußte von der Abtreibung«, sagte Arto Söderstedt. »Das hat sein Leben zerstört.«

Sie nickte schwer. »Ich weiß. Wir hatten eine furchtbare Auseinandersetzung, als ich Schluß machen wollte. Er weinte und bettelte. Schließlich schleuderte ich es ihm ins Gesicht. Ich, die beschlossen hatte, keinem Menschen in der ganzen Welt etwas zu sagen. Ich sagte es ihm. Er verstummte. Es war, als wäre etwas in ihm zerbrochen. Ich konnte sehen, daß etwas in ihm kaputtging. Etwas Lebenserhaltendes.«

»Wieviel später verkaufte er sein Geschäft?«

»Am Tag danach. Ich glaube, Lars mußte alles in die Hand nehmen. Ola verschwand einfach. Ich habe nie wieder etwas von ihm gehört.«

Söderstedt beugte sich zu ihr vor und ergriff ihre Hand. Er sagte leise: »Ola hat sich das Leben genommen. Achtzehn Jahre später. In seinem Abschiedsbrief sagt er, daß er die ganze Zeit, seit Ihr Verhältnis endete, damit verbracht habe, rundum in Europa Menschen zu ermorden.«

Jetzt rannen die Tränen. Die distinguierte Madame Jauret war wieder die junge Mademoiselle Verdurin, die blutete und ein Jahr lang litt und gezwungen war, einen wichtigen Teil ihres Lebens vor der Umwelt geheimzuhalten. Es ließ sich nicht aufhalten.

Dennoch sagte sie inmitten des Tränenstroms sehr bestimmt: »Ola Ragnarsson hat niemanden ermordet. Darauf kann ich mein Leben wetten.«

Arto Söderstedt wurde klar, daß er nicht die kleinste spätsommerliche Spiegelung der Sonne über der Côte d'Azur genießen würde.

Er würde seinen Europa Blues nicht loswerden.

19

Krankenhauswände waren sich immer gleich, wohin man auch kam. Man konnte sie anmalen und Bilder aufhängen und sie zentimeterdick verspachteln, man würde sie doch immer als Krankenhauswände erkennen.

Auf jeden Fall Viggo Norlander, kompetenter Krankenhauswandexperte. Eine lukrative Branche.

Er war ja an einem Ort, an dem alle auf die eine oder andere Weise *kompetent* waren. Genauer gesagt, im Söder-Krankenhaus.

Das Söder-Krankenhaus war ein total undurchdringliches Labyrinth. Man hatte versucht, der Undurchdringlichkeit abzuhelfen, indem man verschiedenfarbige Linien auf den Fußboden gemalt hatte, doch das machte die Sache nur noch schlimmer. Früher oder später stand man immer mit der Nase vor einer *Krankenhauswand*. Es reichte ihm allmählich. Zum dritten Mal kehrte er zur Anmeldung zurück.

Die Angestellte hinter ihrer Glaswand seufzte nachdrücklich. »Hat es wieder nicht geklappt?« fragte sie mit eisiger Ironie.

»Ich verstehe nicht, wie ihr diesen Laden gebaut habt«, sagte Viggo Norlander. »Ihr seid doch allesamt so verdammt kompetent. Hättet ihr nicht einen kompetenten Architekten zu Rate ziehen können?«

»Aber Sie sind sich sicher, daß Sie ein kompetenter Polizeibeamter sind?« murmelte die Frau.

»Ich habe das genau gehört«, stieß Norlander aus.

Die Rezeptionistin stand auf und klopfte heftig an die Scheibe.

Norlander duckte sich instinktiv. »Das ist Beamtenbeleidigung«, sagte er und drohte mit dem Zeigefinger.

»Machen Sie mal halblang«, sagte die Rezeptionistin und winkte wütend.

Eine Frau im weißen Kittel kam an die Anmeldung und machte ein fragendes Gesicht. Sie war engelgleich, fand Norlander. Besonders verglichen mit der Elster im Glaskäfig.

»Ylva, du arbeitest doch auf der Intensivstation?« sagte die Elster im Käfig.

»Ja«, sagte der weiße Engel.

»Kannst du nicht diesen Mann dahin mitnehmen? Er ist Polizist.«

Der Engel zögerte. »Ich wollte gerade zu Tisch gehen«, sagte sie.

»Och bitte«, flehte die Rezeptionistin.

Der Engel sah sie einen Moment an, zuckte mit den Schultern und geleitete den Verirrten auf den rechten Weg. Der Verirrte dachte an Ariadne, und noch mehr dachte er an Beatrice, die Lichtgestalt, die den verirrten Dante zu den höchsten Höhen des Paradieses führt.

Das Krankenhauszimmer, in dem die Wanderung endete, schien eher an den Beginn von Dantes Wanderung zu gehören.

Beatrice sagte: »Hier liegt er. Die Drei. Rechts am Fenster. Jetzt muß ich aber los.«

»Danke herzlichst«, sagte Dante und trat durch die Pforten des Todesreichs. ›Laß, der du eintrittst, alle Hoffnung fahren.‹

In Bett drei lag ein Paket, dessen Gesicht nur partiell erkennbar war.

»Ein ziemlich häßlicher Unfall mit Fahrerflucht«, sagte eine Männerstimme hinter Norlanders Rücken.

Er wandte sich um. Da stand ein Arzt. Durch und durch kompetent. Norlander las das Namensschild. Mikael Svensson. Sollten Ärzte nicht mindestens Rudbeck oder von Sydow heißen? dachte Norlander einfältig.

»Waren Sie dabei, als er eingeliefert wurde?« fragte er.

Mikael Svensson nickte. »Ich arbeite jetzt seit zwanzig Stunden, es wird Zeit, daß ich nach Hause komme. Er ist heute nacht eingeliefert worden, kurz nach Mitternacht. Unfaßbar zugerichtet. Er hatte ein unglaubliches Glück. Sein Gehirn ist völlig unversehrt. Der Rest ist weitgehend kaputt. Wir haben die ganze Nacht und einen großen Teil des Vormittags gebraucht, um ihn zusammenzuflicken. Ich kann Ihnen die Liste der Verletzungen vorlesen, wenn Sie wollen. Trotzdem dürfte er wieder vollständig gesund werden. Auch wenn es ein wenig dauern kann. Sind Sie ein Verwandter?«

»Ich bin Polizeibeamter«, sagte Norlander. »Kann man mit ihm sprechen?«

»Er hat starke schmerzstillende Medikamente bekommen, aber vielleicht ist er wach.«

»Hatte er etwas bei sich?«

»Ich meine, er hätte eine Tasche gehabt, aber das war nicht direkt meine erste Sorge.«

»Das verstehe ich«, sagte Norlander. »Ist es möglich, sie zu sehen?«

»Ich werde versuchen, sie zu finden«, sagte Mikael Svensson.

»Danke.«

Svensson verschwand. Norlander zog den Polizeibericht der letzten Nacht aus der Innentasche seiner Lederjacke und las ihn noch einmal. Von einem Wagen in der Grindgata angefahren. Fahrerflucht, keine Spur vom Wagen oder vom Fahrer. Doch der Wagen war schnell gefahren. Sonst wären die Verletzungen nicht so umfassend gewesen. Der vorläufigen Tatortuntersuchung zufolge mußte er mindestens zehn Meter durch die Luft geflogen und mit dem Bauch auf einem abgestellten Fahrrad gelandet sein. Keine Zeugen. Die Nähe zum Söder-Krankenhaus hatte ihm vermutlich das Leben gerettet.

Der Arzt Mikael Svensson kehrte mit einer wohlbekannten Tasche zurück und verabschiedete sich mit müden Augen.

Norlander warf einen Blick in die Tasche. Sie war voller Einbruchswerkzeug, und möglicherweise roch sie noch immer ziemlich schlecht.

Er setzte sich ans Bett des Verletzten. Er erkannte keinen Zug in dem zerschlagenen Gesicht. Aber die Nase des Verletzten lief.

»Du bist also immer noch erkältet?« sagte Norlander.

Björn Hagman öffnete mühsam die Augen. Die mikroskopisch kleinen Veränderungen in der verletzten Gesichtsmuskulatur sollten vermutlich ein Lächeln darstellen.

»Das hört sich nicht richtig nach einem Unfall an«, fuhr Norlander fort. »Oder war es einer?«

Die schwache Kopfbewegung war zweifellos ein Schütteln und kein Nicken. Björn Hagman schüttelte den Kopf.»Dldskjgo«, zischelte er.

»Besser hätte ich es selbst nicht sagen können«, sagte Viggo Norlander und führte sein Ohr so nah an Hagmans Kopf, wie er es wagte. Er wollte kein Blut an die Koteletten bekommen.

»Dwawasj«, zischelte Hagman.

»Da war was?« sagte Norlander.

»Wachjnchsaktb.«

»Was du nicht gesagt hast?«

»J.«

»Okay, was hast du nicht gesagt? Da war etwas, was du unterlassen hast, uns zu sagen? Was du uns hättest sagen sollen?«

Norlander fühlte sich wie ein richtiger Dolmetscher. *Kompetenter* Dolmetscher.

»Jmtatmntpgeem.«

»Jetzt wird es ein bißchen heikel«, sagte Norlander. »Was hat dir der Typ gegeben?«

Zucken unter dem Laken. Erstickter Schrei.

»Immer mit der Ruhe«, sagte Norlander. »Wir haben jede Menge Zeit.«

»TIPGEEM«, zischelte Hagman laut und vernehmlich.

»Aha. Jemand hat dir einen Tip gegeben?«

Die Kopfbewegungen gingen jetzt in die andere Richtung. Nicken. Bejahen.

»Ausgezeichnet«, sagte Norlander und meinte damit seine Fähigkeit als Dolmetscher. »Jemand hat dir einen Tip gegeben, und du bist überfahren worden?«

Wilde Bewegungen im Bett. Schütteln. Verneinen. »Llche«, sagte Björn Hagman sehr deutlich.

»Aah«, sagte Norlander. »Jemand hat dir den Tip mit der Leiche gegeben? Nein, natürlich nicht. Aber mit der Wohnung der Leiche. Daß in der Wollmar Yxkullsgata eine Wohnung leer war?«

Nicken.

»Okay, aber wer? Wer hat dir den Tip gegeben?«

»Wssncht.«

»Du weißt es nicht?«

Schütteln.

»Wie ist es denn abgelaufen. Hast du die Person getroffen, die dir den Tip gegeben hat?«

Schütteln.

»Brief? Fax? Mail? Telefon? Rauchsignale?«

»Tlfn. Mann. Keltng.«

»Jemand hat dich angerufen? Ein Mann? Weiß der Kuckuck, was Keltng bedeuten soll.«

»Ekeltng!«

»Ein Mann rief an und gab dir den Tip. Erkältung? Was zum Teufel hat das mit der Sache zu tun?«

»Wltnchsmhaus. Antsüblekt.«

»Herrjesses«, stöhnte Norlander. »Wolltest nicht aus dem Haus? Arsch an die Luft, um die Sterne in güldener Stockholmsnacht funkeln zu sehen? Nein. Konzentration. Du hattest nicht vor, aus dem Haus zu gehen? Aber da kam der Anruf, und du hast es dir anders überlegt? Jetzt sieht es doch schon nach was aus. Du hattest eine Erkältung und wolltest zu Hause bleiben, doch der Tip hat dich umgestimmt?«

»Mstantemtak.«

»Misttandem, ach?«

»Mstnbtingtantemtaksn.«

»Hmm. Es mußte unbedingt an dem Tag sein? Das versteh ich nicht.«

»Morknahauskm.«

»Morgen nach Hause kommen? Aha. Die Stimme im Hörer sagte, daß es genau an dem Tag sein müßte, weil der Wohnungsinhaber morgen nach Hause käme? Und dann würde es zu spät sein.«

Nicken.

»Und du hast keine Ahnung, wer dich angerufen hat? Du bist einer, der allein arbeitet. Du hast deine Telefonnummer doch bestimmt nicht vielen Leuten mitgeteilt, richtig?«

Nicken.

Norlander stand auf und wischte sich mit einer Serviette, die auf dem Tisch neben dem Bett gelegen hatte, das Ohr trokken. Hagman schien wegzudämmern.

Norlander legte die Hand auf Hagmans und sagte: »Danke, Björn. Und jetzt sieh zu, daß du wieder auf die Beine kommst.«

Aber als er ihn verließ, konnte er nicht umhin, an all die Wohnungen zu denken, denen in den kommenden Wochen unerwarteter nächtlicher Besuch erspart blieb.

Und er fand ganz allein den Weg aus dem Söder-Krankenhaus.

Kein Engel war in Sichtweite.

20

Sie war zu einem weiteren Tag erwacht. Sie hatte aufstehen können, die Zähne putzen, frühstücken, einen Blick in die Zeitung werfen und zur Arbeit joggen können. Das war möglich gewesen.

Und die Arbeit ging ihr flott von der Hand. Niemand schien etwas zu merken. Vielleicht wirkte sie tatsächlich wie immer. Vielleicht kann ein Mensch sich innerlich verwandeln, ohne daß jemand es an seinem Äußeren bemerkt. Vielleicht steht man niemals einem Menschen nahe genug, um so etwas zu bemerken. Man kommt eigentlich nie jemandem näher als dem Mann auf dem Sitz gegenüber in der U-Bahn, der Frau am Nachbartisch im Café.

Der einzige, der wenigstens etwas wußte, war in Schonen. Und sie wußte nicht einmal, ob sie sich auf Paul Hjelm verlassen konnte. Er war in den letzten Jahren eckiger geworden, vielleicht sogar erstarrt.

Etwas kam auf sie zu, kam immer näher, nur sie selbst hatte keine Möglichkeit, sich diesem Etwas zu nähern. Sie konnte nichts anderes tun, als darauf zu warten.

Sie hatte zu träumen angefangen. Heftig. Die Träume wollten ihr etwas sagen. Aber in dem Moment, in dem sie aufwachte, hatte sie sie vergessen. Sie wußte, daß sie verstehen müßte. Das war das schlimmste am gegenwärtigen Zustand: das Gefühl, daß *sie wissen müßte, was mit ihr los war.*

Es war, als bewegte sich die Welt mit zwei ganz verschiedenen Geschwindigkeiten. In der einen Welt wollte eine Sturmflut über sie hereinbrechen, die sie nur ahnte. In der anderen tat sie die kleinen, täppischen Schritte der Arbeit.

Schritt eins. Versuchen, Eric Mattson zu erreichen, Sachbearbeiter bei der Migrationsbehörde, unterwegs in Indien.

Schritt zwei. Ein ernsthaftes Gespräch mit Polizeiassistent Bo Ek führen.

Schritt eins beinhaltete eine Menge unnötiger Teilschritte. Die Kollegen bei der Migrationsbehörde berichteten, daß Mattson mit seiner zwanzig Jahre jüngeren neuen Frau gestern morgen mit Air France nach Bombay geflogen sei. Eine nähere Prüfung ergab, daß die Maschine um 6.55 Uhr von Arlanda abgeflogen und um 9.30 Uhr auf dem Flugplatz Charles de Gaulle bei Paris gelandet war, wo sie umsteigen mußten. Um 10.15 Uhr startete der Flug von Paris nach Bombay, wo die Maschine um 22.40 Uhr landen sollte. Es waren zwar in diesen Zeitangaben verschiedene Zeitzonen vermischt, aber trotzdem müßte Mattson sich noch in Bombay befinden, und falls er ein Handy bei sich hatte, müßte er zu erreichen sein. War er jedoch schon draußen auf dem Land, würde die Funknetzdichte vermutlich zu gering sein. Eile war geboten.

Nach einigem Wenn und Aber bekam sie eine Tochter von Eric Mattson zu fassen. Sie war noch nicht ganz zwanzig und gerade zu Hause ausgezogen, in eine Studentenwohnung auf Lappkärrsberget bei Frescati. Die Tochter wußte, daß ihr Vater ein Handy mit nach Indien genommen hatte, kannte aber die Nummer nicht. Sie waren seit einigen Jahren zerstritten. Es hing offenbar damit zusammen, daß sie eine Stiefmutter bekommen hatte, die nicht älter war als sie selbst – ein in Stockholm nicht allzu ungewöhnliches Phänomen. Wer sonst konnte die Nummer haben? Die Mutter. Eric Mattsons Exfrau. Kerstin Holm erreichte sie auf ihrer Arbeit bei der Lebensmittelprüfstelle, wo sie ihre Tage damit verbrachte, Waschmittel zu testen. Doch, sie hatte seine Handynummer. Obwohl sie ihn nicht anrufen würde, Zitat: ›Es sei denn, die Welt stünde in Flammen. Und dann auch nur, um zu kontrollieren, daß sie auch bis nach Indien reichten.‹

Die Flammen, nahm Kerstin Holm an und wählte die Nummer.

Eric Mattsons Handy war abgeschaltet, doch das spielte

keine so große Rolle. Eigentlich hätte sie es gut sein lassen können. Die erste Silbe des Anrufbeantworters entschied die Sache. In breitem Småländisch und mit tiefer Baßstimme sagte er: ›Eric Mattson hier. Wenn es unbedingt sein muß, bitte nach dem Piep sprechen.‹

Sie sprach eine Mitteilung aufs Band, obwohl sie erkannt hatte, daß dies *nicht* die Stimme war, die mit – oder eher *zu* – Kommissar Ernst Ludvigsson auf der Polizeiwache in Flemingsberg gesprochen hatte. Es war eine helle Stockholmer Stimme gewesen, die die Afrikaner denunziert hatte. Und dazu ein Band abgespielt hatte.

Und was bedeutete das? Sie hatte die Schlußfolgerung aufgeschoben, bis sie die Bestätigung erhielt, daß Mattson mit der Sache nichts zu tun hatte.

Was war hier eigentlich los? Die Migrationsbehörde … Konnte jemand anders in der Behörde der Schuldige sein? Der mit Mattson noch ein Hühnchen zu rupfen hatte – solche gab es ja offenbar in der Familie, warum nicht auch anderswo? Es gab eine Alternative – die Migrationsbehörde war nur eine der Instanzen, die in Erfahrung bringen könnten, wo untergetauchte Flüchtlinge sich aufhielten.

Doch warum die Denunziation auf Band spielen?

Außerdem mußte der gesamte Verlauf, bis zum Todesschuß auf dem Dach in Flemingsberg, zusammenhängen. Und dann gab es nur einen Schuldigen. Und der war flüchtig.

Er war ihr früherer Lebensgefährte.

Dag Lundmark.

Neue Rekonstruktion. Dag Lundmark steht im Zentrum. Könnte es dann zusammenhängen? Das Gespräch kommt zu einem Zeitpunkt, als er unmittelbar zur Verfügung steht und vor Lubbes Tür Kaffee kocht. Seit wann kochte Dag Lundmark Kaffee? Es müßte sich um einen neuen Charakterzug handeln. Der Mann, der es schaffte, ein Glas Milch nach Scheiße schmecken zu lassen.

Der Zweck des Gesprächs ist ausschließlich der eine: offiziell den Auftrag zu bekommen, zu den Afrikanern einzudringen. Er braucht den Auftrag, um Winston Modisane zu töten, ohne daß es nach etwas anderem aussieht als nach einem Unglücksfall im Dienst. Oder schlimmstenfalls nach einem rassistisch bedingten Übergriff. Doch keins von beidem ist der Fall.

Natürlich ist nicht Lundmark der Anrufer; Lubbe hätte ihn erstens an der Stimme erkannt. Zweitens wäre es ziemlich schwierig gewesen, anzurufen und sich gleichzeitig in Lubbes Blickfeld aufzuhalten. Also muß es einen Mittäter geben, der anruft – und zwar exakt zum richtigen Zeitpunkt. Aber der Mittäter ruft nicht an. Ein Tonbandgerät ruft an. Mit der Stimme des Mittäters.

Irgend etwas war hier faul. Warum nicht einfach dafür sorgen, daß der Mittäter exakt um 14.06 Uhr anruft und sich Mattson nennt? Warum das Ganze auf Band aufnehmen? Es wird komplizierter – man muß eine Schaltung zwischen einem zeiteingestellten automatischen Anruf und einem Tonbandgerät, das anspringt, herstellen. Anderseits kann man dann mit absoluter Sicherheit wissen, daß das Gespräch zum exakt richtigen Zeitpunkt kommt und daß die exakt richtigen Worte gesagt werden. Außerdem kommt man um einen echten Mittäter herum; die Worte konnten für einen kleinen Obolus von einem x-beliebigen Menschen gelesen werden. Die fragliche Person brauchte nicht die Spur einer Ahnung vom Sinn und Zweck der gelesenen Worte zu haben.

Technisch gesehen klang das kompliziert, doch nicht unmöglich. Und sollte es sich so verhalten, erschien das Ganze immer mehr als eine gutgeplante Tat.

Die Planung muß zahlreiche Momente berücksichtigen. Dag Lundmark muß wissen, wo Winston Modisane sich aufhält; er ist ja untergetaucht, die Polizei weiß nicht, wo er ist. Außerdem muß Dag Lundmark wissen, daß sie zu fünft in der Wohnung sind; das wird auf dem Band gesagt. Er muß wissen, daß sie gegen vier Uhr am Montagnachmittag zu

Hause sind. Er muß die Feuerleiter und den Fluchtweg kennen. Er muß wissen, daß das Fenster in der Wohnung und die Speichertür auf dem Dach zu diesem Zweck offenstehen. Er muß wissen, daß Modisane, wenn er ihn zum offenen Fenster treibt und ihm eine Möglichkeit dazu bietet (beispielsweise dadurch, daß er sich zu den Kollegen in der Küche umdreht und sinnlose Befehle schreit), auf die Feuerleiter hinausklettert. Der Zweck der Übung muß sein, mit ihm allein zu sein, um ihn ohne Zeugen erschießen und ihm eine Pistole in die Hand drücken zu können. Damit das möglich wird, muß er die Fluchttür auf dem Dach verschließen. Er muß also so kurz wie möglich vor dem Einsatz zu dem Haus gelangen und die Speichertür verschließen; je früher er es tut, desto größer ist die Gefahr, daß jemand sie ganz einfach wieder aufschließt.

Doch der plötzliche Zahnarztbesuch paßt schlecht zu der präzisen Planung. Er hat ja zuvor einen Mann dazu gebracht, eine Mitteilung auf ein Band zu sprechen, und hat einen zeiteingestellten Anruf direkt zum Kommissar auf der Polizeiwache in Flemingsberg geschaltet. Was hätte er übrigens gemacht, wenn Lubbe nicht im Zimmer gewesen wäre oder schon telefoniert hätte? Er stand draußen und machte Kaffee, er war bereit einzugreifen, wenn es notwendig würde – hätte ihn dazu gebracht, vor 14.06 Uhr den Hörer aufzulegen, hätte dafür gesorgt, daß er von der Toilette zurück wäre oder dergleichen. Hübsche Absicherung. Und es gab noch ein weiteres Moment, das die Absicherung (möglicherweise) noch hübscher machte: den angeblichen Denunzianten bei der Migrationsbehörde Mattson zu nennen.

Wenn Dag Lundmark nun wußte, daß Eric Mattson wenige Tage später nach Indien fahren und schwer erreichbar wäre? Wenn auch das in den Plan einging?

Es bestand eine Diskrepanz zwischen den eleganten Vorbereitungen und zwei Dingen: zum einen der billigen Zahnarztausrede, zum anderen dem billigen Trick mit der in Modisanes

Hand gedrückten Pistole, wobei er eine unwahrscheinliche Sportwaffe benutzte, die ziemlich leicht zu ihm zurückverfolgt werden konnte.

Und dann das grundlegende Paradox: Wenn es die einzige Zielsetzung war, Winston Modisane hinzurichten, wäre es viel einfacher gewesen, ihn in aller Stille zu ermorden. Heimlich. Im Dunkeln.

Nein, Dag Lundmark wollte es nicht heimlich machen. Er wollte zweierlei: Erstens, die Aufmerksamkeit sollte sich auf ihn richten, zweitens, er sollte verdächtigt werden, daß der Schußwaffengebrauch nicht sauber war. Wie sie bereits konstatiert hatten: Er versuchte, ein Verbrechen mit cinem anderen zu verdecken. Eine unnötige fahrlässige Tötung sollte einen sorgfältig geplanten Mord verdecken. Doch das reichte nicht: Auch der sorgfältig geplante Mord sollte aufgedeckt werden. Aber nicht zu schnell. Sie sollten ein bißchen arbeiten, um darauf zu kommen.

Sie rief sich Dag Lundmarks Blick in Erinnerung, als sie während jenes nichtssagenden Verhörs ein bißchen zu schnell gearbeitet hatten. Als Paul und sie sich gegenseitig ein bißchen zu schnell zu der versteckten Hinrichtung auf dem Dach vorangetrieben hatten. Nur da hatte Lundmark Gefühle erkennen lassen. Die winzigkleine Unruhe, als er sagte: ›Heißt das, daß der Staatsanwalt eingeschaltet ist? Daß ihr vorhabt, mich über Nacht in Arrest zu nehmen?‹

Wenn man bedachte, was alles während des Verhörs Gefühle hätte wecken *sollen*, war es merkwürdig, daß die Gefühle sich gerade an *diesem* Punkt zeigten. Wenn auch in minimaler Weise. Warum?

Weil er nicht festgenommen werden wollte. *Denn er war noch nicht fertig*. Er mußte extrem erleichtert von dannen gegangen sein. Und dann tauchte er tatsächlich unter. Er war noch nicht fertig. Er hatte noch anderes zu tun. Sie sah es jetzt ganz klar. Er wollte die Aufmerksamkeit der Polizei, aber nicht so weit, daß man ihn festhielt. Anderseits aber so weit, daß die Augen der Polizei auf ihn gerichtet waren. Die Augen des ganzen Polizeikorps?

Oder nur ihre?

Diese Fixierung auf Paul während des Verhörs – als wäre seine ganze Aufmerksamkeit auf Paul Hjelm gerichtet, obwohl er doch dasaß und von seiner früheren Verlobten und Lebensgefährtin verhört wurde. ›Auch viele Wasser können die Liebe nicht auslöschen.‹ War das nicht auch eine bewußt gelegte falsche Spur? Die Fixierung auf *einen* Polizisten mit der Fixierung auf einen *anderen* zu verbergen?

Alles deutete in ein und dieselbe Richtung. Auf eine Sturmflut, die in der einen Welt im Begriff war, über sie hereinzubrechen, die sie nicht sah, sondern nur ahnte. Sie dachte an Jan-Olov Hultins Vorschlag: ›Mir ist eine Sache durch den Kopf gegangen, Kerstin. Du könntest in Gefahr sein. Möchtest du, daß wir dir jemanden zur Seite stellen?‹ Und er war ein kluger, erfahrener Mann.

Dann nahm sie den Hörer ab, um ein überfälliges Gespräch zu führen.

»Kommissar Niklas Grundström«, meldete sich der Angerufene.

»Hej, hier ist Kerstin Holm.«

»Aber hej, Kerstin«, sagte Grundström überrascht. »Wie geht es? Ich habe gerade an dich gedacht. Und an Hjelm. Ihr dürft nicht vergessen, eure Bewerbung einzureichen.«

»Hat Dag Lundmark ausdrücklich nach uns verlangt, falls er verhört werden sollte?«

»Er hat sich geweigert, mit unseren Leuten von der Internabteilung zu sprechen …«

»Genau das hast du gesagt, als du uns um Hilfe gebeten hast. Aber ich höre etwas Zögerndes in deiner Stimme. Ich glaube, er hat verlangt, genau mit uns beiden zu sprechen. Für dich war es ein eigentümliches Zusammentreffen, weil Paul und ich zu denen gehörten, die du im Zusammenhang mit deiner Stellenbesetzung in Erwägung gezogen hattest. Das gab den Ausschlag. Du konntest zwei Fliegen mit einer Klappe schlagen. Aber als du dann von meiner früheren Beziehung zu Dag Lundmark erfuhrst, hättest du reagieren müssen. Du bewegst dich hart an der Grenze eines Dienstvergehens, indem du es nicht getan hast. Aber du wolltest nicht, daß dein cleverer Plan von den beiden Fliegen mit einer Klappe zunichte wurde. Es war ein Fall von Befangenheit, wie er klarer kaum vorstellbar ist. Also frage ich dich noch einmal: Hat Dag Lundmark ausdrücklich verlangt, mit uns beiden zu sprechen?«

Nach dieser Entladung war es eine Weile still im Hörer. Dann sagte Niklas Grundström: »Nein.«

»Nein?«

»Er hat verlangt, ausschließlich mit *dir* zu sprechen.«

»Pfui Teufel«, sagte Kerstin Holm.

»Vergiß die Bewerbung nicht«, sagte Niklas Grundström.

Sie legte auf.

Hultins Stimme sagte: ›Du könntest in Gefahr sein, Kerstin.‹

Sie versuchte, klar zu denken. Es war ihr einziges Gegenmittel.

Es gab nichts, was sie mit Winston Modisane verband. Der Mord an Modisane hatte nichts mit Lundmarks Interesse an Kerstin Holm zu tun. Aber über den Mord konnte sie ihn finden. Das war die einzige Chance.

Das Telefonat. Der Anruf des sogenannten Mattson beim sogenannten Lubbe. Die Telefonnummer mußte herauszubekommen sein. Sie hatte schon gestern bei Telia versucht, eine Liste der Anrufe in Kommissar Ernst Ludvigssons Büro in der Wache Flemingsberg zu erhalten. Bisher keine Antwort. Es war Zeit, Druck zu machen.

Sie hätte sich nicht anzustrengen brauchen. Die Liste war fertig. Der Telefontechniker saß an einem unbekannten Ort in Schweden und war dabei, sie ihr zu faxen.

»Aber dann machen Sie schon«, sagte Kerstin Holm undankbar.

Er machte. Ihr Fax spuckte eine Liste aus. Sämtliche Gespräche, die am Montag, dem dritten September, auf Lubbes Apparat eingegangen waren. Ihr Finger glitt abwärts. Sie sah, wie er zitterte. Schließlich hielt er bei 14.06 Uhr an. Eingegangenes Ortsgespräch. Eine Nummer aus dem Vorwahlbereich 08. Die ersten beiden Ziffern waren 26. Welche Stockholmnummern fingen mit 26 an? Sie kam nicht darauf. Sie rief die Auskunft an und erhielt auf der Stelle Antwort. Gjuterivägen im Gewerbegebiet Ulvsunda. Nilssons Lackierwerkstatt.

Das Gespräch aus der Migrationsbehörde kam also von Nilssons Lackierwerkstatt im Gewerbegebiet Ulvsunda. Sonderbar.

Sollte sie anrufen?

Nein. Damit würde sie ihn verscheuchen. Wenn Dag Lundmark sich wirklich dort versteckt hielt.

Sie mußte hin. Schritt zwei mußte warten. Bo Ek mußte warten.

Sollte sie wirklich allein gehen? Wäre es nicht angebracht, jemanden mitzunehmen? Die ganze A-Gruppe war ausgeflogen, also müßte sie sich mit ein paar Assistenten abgeben. Auf der Jagd nach einem Assistenten. Nein, besser allein.

Aber sie sollte es wohl Hultin mitteilen?

Sie stellte sich diese Fragen, als sie schon zum Ulvsunda Gewerbegebiet einbog; also waren sie rein rhetorischen Charakters. Ihr frisch übernommener Dienst-Mazda rollte langsam zwischen niedrigen, schmutzigen Häusern aus den vierziger und fünfziger Jahren dahin, die wie vergessene Kadaver im Schatten des Flugplatzes Bromma lagen. Einige Teile waren ziemlich verfallen, und am hintersten Ende von Gjuterivägen lag das verfallenste der Gebäude.

Nilssons Lackierwerkstatt.

Es regnete stark und der Himmel war dunkelgrau, beinah schwarz. Kerstin Holm fühlte sich, als befände sie sich irgendwo in den Außenbezirken von Warschau in der Ära des Eisernen Vorhangs. Es erinnerte an die Filme von Kieslowski über die zehn Gebote; dieses unendliche Grau.

Eine Weile blieb sie im Wagen sitzen und guckte. Das Tor von Nilssons Lackierwerkstatt war krumm und schief, mehrere Fensterscheiben waren zerbrochen. Kein Zweifel, daß dies eine verlassene Werkstatthalle war. Sogar das Dach hatte Löcher.

Da drinnen konnte Dag Lundmark sich aufhalten. Möglicherweise hatte er den Wagen kommen hören. Möglicherweise blickte er in diesem Augenblick durch eins der zerbrochenen Fenster. Möglicherweise dachte er gerade: ›Auch viele Wasser können die Liebe nicht auslöschen‹, während er zur gleichen Zeit seine Sportwaffe der ausgefallenen britischen Marke Waylander entsicherte.

Sie schloß die Augen. Fragmente ihres Lebens mit Dag zogen an ihrem innern Auge vorbei. Und etwas Schwarzes. Ein schwarzes Loch mit einem unendlichen Sog. Nichts kam heraus. Alles, was in die Nähe geriet, wurde hineingesogen. *Ein schwarzes Loch in der Zeit.* Sie sah es zum ersten Mal. Und ihr Blick wurde eingesogen und verschwand.

Wollte er sie töten? War er wirklich darauf aus, sie zu töten? Nein. Das dann doch nicht.

Sie ging los. Die Tür von Nilssons Lackierwerkstatt hing tatsächlich schief in den Angeln. Sie konnte sie zur Seite stemmen und hineinschlüpfen. Eine Reparaturwerkstatt. Verödet. Verlassene Vogelnester, aus denen die Nässe tropfte. Regenwasser lief an den Wänden hinab. Und nirgendwo eine Farbe. Nur grau.

Sie zog ihre Dienstwaffe und entsicherte sie. Ein Stück entfernt in der leeren Halle führte eine Treppe zu einigen Büroräumen im ersten Stock. Sie schlich an der Wand entlang. Die Feuchtigkeit fraß sich in sie ein. Eine dicke Kette, die von der Decke herabhing, zitterte leicht. Eine Taube gurrte und flog von der Kette auf. Sie schwang im Dunkeln. Das Flattern der Flügel hallte durch die furchtbare Leere der Halle.

Da hörte sie es. Sie hörte die Schritte.

Drei, vier Schritte nur. Dann war es still. Sie kamen von

oben. Aus den oberen Räumen. Sie hielt die Pistole an den Körper. Zuunterst in ihrem Blickfeld sah sie, wie die Mündung zitterte. Und jetzt war es vollkommen still dort oben.

Sie verharrte einen Moment reglos. Bis ihre Atemzüge ruhiger gingen. Dann glitt sie an der seifenglatten Blechwand entlang.

Sie erreichte die Treppe. Sie schaute auf die Metallstufen. Nässe tropfte herab. Auf jeder Stufe lag eine dünne Wasserschicht, und von jeder floß ein kleines Rinnsal: ein Wasserfall in Etappen. Die Treppe würde ganz sicher glatt sein.

Außerdem machte sie Krach. Der erste Schritt hallte im Resonanzkasten der Halle wider. Sie duckte sich und stieg mit erhobener Waffe weiter aufwärts. Auf jeder Stufe rutschten ihre Schuhe leicht aus.

Sie war oben. Blieb stehen und horchte. Sie hörte nur ihren eigenen Atem. Er ging schneller, als er gehen sollte.

Ganz oben unter der Decke war eine Reihe großer Fenster. Direkt darunter verlief ein Absatz wie ein nach innen gewendeter Balkon um das ganze Gebäude herum. Von dem Absatz führten Türen in eine Anzahl von Büros. Die meisten standen halb offen, und fast alle hatten zerschlagene Glasscheiben.

Die Taube flatterte vorbei und landete auf der hängenden Kette. Sie klirrte mit einem kurzen, dumpfen Klang.

Kerstin Holm sah durch die erste Tür. Ein leerer Raum. Nur ein verlassener Schreibtisch war zurückgeblieben. Die Fensterscheibe nach draußen war von Schmutz bedeckt. Es fiel kaum Licht herein. Sie ging zum nächsten Raum.

Die Tür flog auf.

Glassplitter flogen ihr entgegen. Sie riß die Pistole hoch, sie hatte die laufende Gestalt im Visier. Ihr Finger lag am Abzug.

Sie schoß nicht.

Das war Glück. Der Junge, der soeben unten durch das Tor verschwand, war nicht älter als dreizehn. Mit wild hämmerndem Herzen blickte sie in den Raum, aus dem er gekommen war. Gleich bei der Tür lagen ein Lappen und eine umgefallene Flasche mit einem Lösungsmittel. Sie hob den Lappen auf und roch daran. Er roch ätzend. Gehirnverätzend.

Der Lappen färbte sich langsam rot. Sie begriff nicht, warum. Dann schaute sie auf ihre Hände. Aus mehreren Schnittwunden sickerte Blut. Langsam liefen die kleinen Rinnsale in den Lappen und wurden von ihm aufgesogen.

Sie hatte genug. Sie kehrte zurück zum Treppenabsatz, setzte sich und lehnte sich gegen die Wand. Sie holte ihr Handy hervor und wählte die Nummer.

Es klingelte vier Türen links von ihr. Sie ging hin und trat die Tür auf.

Der Raum war leer. Vollständig leer. Bis auf ein sehr altes und sehr schmutziges Telefon. Es klingelte.

Sie ging hin. Sie rutschte mit dem Rücken an der triefend nassen Wand nach unten. Sie schaltete ihr Handy ab. Und heulte.

21

Sie mußten zugeben, daß drei Beamte eine Spur übertrieben waren, um mit dem Informationschef eines Unternehmens auf Lidingö zu sprechen. Es hieße, ein falsches Signal zu setzen, was die Kapazität der Ordnungsmacht betraf. Dennoch wollte keiner es verpassen.

»Knobeln ist gut«, sagte Gunnar Nyberg und warf drei Papierbälle in die Luft. Sie plumpsten auf den Fußboden in Hjelms und Chavez' Zimmer.

»Nicht so«, sagte Sara Svenhagen. »Zwei in die linke Hand, einen in die rechte. Wirf den einen aus der linken Hand hoch. Wenn er den höchsten Punkt seiner Kurve erreicht hat, schickst du den Ball aus der rechten Hand hoch. Und so weiter.«

Jorge Chavez stand, weil die beiden Stühle besetzt waren. Er nahm zwei Papierbälle in die linke Hand und einen in die rechte. Merkwürdigerweise gelang es ihm, Sara und Gunnar ins Gesicht zu treffen. Der dritte Ball flog direkt in den Papierkorb.

»Mist«, sagte er.

»Und ihr behauptet, ihr hättet Ballgefühl«, sagte Sara und kaute Kartoffelpelle.

»Knobeln ist nicht gut«, sagte Jorge. »Es ist unwissenschaftlich.«

Er knüllte drei weitere Blätter zu Bällen zusammen.

»Ich glaube nicht, daß ich jemals behauptet habe, Ballgefühl zu haben«, sagte Gunnar Nyberg und machte es Jorge nach.

Sara Svenhagen nahm ihrem Ehemann die drei Papierbälle ab, jonglierte elegant eine halbe Minute damit und reichte sie ihm anschließend zurück. Jorge Chavez betrachtete sie finster und legte sie auf den Schreibtisch.

»Schere schlägt Papier«, sagte er, »Papier schlägt Stein, Stein schlägt Schere. Heißt es so?«

»Das ist doch unwissenschaftlich, zum Teufel«, sagte Nyberg und warf die drei Papierbälle in die Luft. Sie flogen in alle Richtungen.

»Es ist unmöglich«, stellte er ruhig fest.

»Fahrt ihr nur«, sagte Sara. »Ich verzichte.«

»Nein, jetzt knobeln wir«, sagte Jorge. »Eins, zwei, drei.«

Keiner außer ihm knobelte.

»Nun kommt schon«, sagte er und knobelte noch einmal. Wieder war er der einzige, der dieses seltsame Verhalten an den Tag legte.

»Ihr habt doch Dazimus lokalisiert«, sagte Sara. »Ich bin statt dessen in Schonen gelandet. Ich muß mich dem schonischen Fall widmen.«

»Da gibt es doch wohl nicht so viel zu tun«, sagte Nyberg. »In deiner Beschreibung wirkte es ziemlich schwierig. Landesweite Fahndung nach dem Jungen, das ist alles. Das Schonische, was übrigbleibt, ist Pauls Angelegenheit.«

»Ich muß hier sitzen und Hinweise auf Anders Sjöberg entgegennehmen.«

»Das hört sich trist an«, sagte Chavez. »Aber besser, als mit einem kleinen Kind im Bauch über schonische Felder zu stapfen.«

»Einer kleinen Tochter«, sagte Nyberg.

»Ist schon okay«, sagte Sara. »Fahrt ihr nur. Ich kann immerhin ein bißchen jonglieren.«

Das gab den Ausschlag. Ihr Jongliergequatsche führte dazu, daß sie sie ohne schlechtes Gewissen verlassen konnten. So etwas tut man Männern gegenüber nicht. Zumindest nicht Männern mit einem Anspruch auf Ballgefühl.

Die Männer zogen ab.

Es war Donnerstagnachmittag, und der Regen wollte nicht nachlassen. Der berüchtigte goldgelbe Renault machte wieder mal die nassen Straßen Stockholms unsicher.

Als die Lidingöbrücke sich vor ihnen auftürmte und in den Regenschauern aussah wie in einer Märchenwelt, kam Gunnar Nyberg plötzlich ein ganz anderer Fall in den Sinn. Vor langer Zeit. Er erinnerte sich plötzlich mit erschreckender Deutlichkeit des Gefühls von damals. Der Himmel hatte ganz anders ausgesehen, geborsten in göttlichem Orange, und er erinnerte sich des Gedankens, den der Himmel ihm eingegeben hatte: ›Vielleicht ist es Zeit zu sterben.‹

Ein paar Minuten später hatte eine Kugel ihn in den Hals getroffen, er eine breite Hecke überwunden, ein Gas gebendes Gangsterauto angegriffen und an einen Laternenmast gedrückt. In dieser Reihenfolge.

Er war zwar nicht gestorben, aber es hatte nicht viel gefehlt.

Er spürte, daß Chavez ihn vom Beifahrersitz beobachtete. »Negative Schwingungen?« sagte er.

»Tja«, antwortete Gunnar Nyberg.

Das Ziel ihrer Fahrt lag auf der anderen Seite von Lidingö, ein kleiner Industriekomplex, der unmittelbar am Strand aus dem Boden gestampft worden war. Dazimus Pharma AB war zwar in keinem der auffallendsten Gebäude untergebracht, war aber dafür am schicksten; ein Manhattan-Wolkenkratzer in kleinstem Maßstab. Durch und durch aus Glas.

Und das Logo war ein Wunder an Strenge. Schwedisches Design in Reinkultur.

Als das ungleiche Paar das Glasgebäude betrat, erlebte Gunnar Nyberg sein zweites *déja vu* an diesem Tag. Allerdings war er diesmal in Täby bei einem Computerunternehmen namens LinkCoop. Diese Erinnerung jagte noch schlimmere Schauer durch seinen abgespeckten Körper. Es war die Frage, ob er dort dem Tod nicht noch näher gewesen war.

Chavez mußte das Wort führen: »Wir suchen den Informationschef Carl-Ivar Skarlander.«

»Haben Sie einen Termin?« fragte die sehr schöne Empfangsdame ein wenig skeptisch.

Nyberg war froh, daß sie allein war und keine Zwillingsschwester an ihrer Seite hatte. Das wäre des *déja vu* ein bißchen zu viel gewesen.

»Ja«, sagte Chavez kurz.

Die Empfangsdame schaute auf den Bildschirm und fragte: »Wie waren Ihre Namen bitte?«

»Kriminalinspektor Jorge Chavez mit Wurmfortsatz«, sagte Chavez und lächelte gewinnend.

Gunnar Nyberg musterte voller Genugtuung seine schlanke leibliche Hülle.

Die Empfänglichkeit der Empfangsdame für den Humor des eigentümlichen kleinen Spaniers hielt sich in Grenzen. Doch der Name stimmte. Leider. Eine äußerst präzise Wegbeschreibung folgte.

»Wir sind Polizeibeamte«, fügte Chavez sicherheitshalber noch an, bevor sie in den Aufzug stiegen, um ins zweite Obergeschoß hinaufzufahren.

»Möglicherweise sagt das schon der Titel«, fuhr er leise im Aufzug fort.

Nyberg ließ ihn gewähren. Als Belohnung für den Wurmfortsatz.

Der Informationschef von Dazimus Pharma, Carl-Ivar Skarlander, saß in einem Büro mit brillanter Aussicht auf die Schären und Inselchen von Saltsjön. Eine Sekretärin lotste sie. Als wäre es ein hoffnungsloses Unterfangen, aus ihrem Vorzimmer in die inneren Gemächer zu finden.

Skarlander war ein Mann in den Fünfzigern mit sämtlichen Attributen an den richtigen Stellen. Dies war kein Ort, wo man seine Kleidung frei wählte. Möglicherweise trug man Freitagsjeans, wie in vielen amerikanischen Firmen. Aber heute war Donnerstag. Und folglich galt der Anzug. Das einzige, was ein wenig vom Schablonenstandard abwich, war der Schlips, den Pillen in allen Farben des Regenbogens zierten.

Er begrüßte das ungleiche Paar unbefangen und bat sie, auf der anderen Seite des Schreibtischs Platz zu nehmen. Beiden fiel auf, daß Skarlanders Stuhl gut zehn Zentimeter höher war.

Das bedeutete, daß er fast auf gleicher Höhe mit Nyberg war, während Chavez zwischen den Wollmäusen zu verschwinden schien. Wenn solche dagewesen wären.

Denn der Raum machte einen gut gereinigten Eindruck.

Es lag Chavez auf der Zunge, das zu sagen, aber es wäre eine strategisch ungünstige Eröffnung gewesen.

Statt dessen sagte er: »Es ist sehr freundlich von Ihnen, uns so kurzfristig zu empfangen.«

Er spürte Nybergs Blick auf seiner Backe. Einen kurzen Augenblick flammte sie auf wie in plötzlichem Fieber.

»Das war kein Problem«, sagte Informationschef Carl-Ivar Skarlander mit unerwartet hoher Stimme. »Was können wir denn für die Polizei tun?«

Er machte den Eindruck eines sehr gut organisierten Menschen. Kein Gelaber, aber auch keine Irritation. Professionelles Entgegenkommen. An den Umgang mit der Presse gewöhnt.

Vielleicht erwartete er die Antwort mit einer gewissen Spannung. Ein Anflug von Ernst glitt über seine ansprechenden Gesichtszüge.

»Wir interessieren uns für eine Person, die zwar nicht bei Ihnen angestellt war, aber eine ansehnliche Zeit hier verbracht hat.«

Möglicherweise zeigte sich eine Andeutung von Verwunderung in Skarlanders Blick. Es dauerte mindestens drei Zehntel Sekunden, bis er schaltete. Was anscheinend nicht genügte.

Als er antwortete, war sein Gesicht fast heiter. »Wir haben viele freie Mitarbeiter hier«, sagte er und machte eine lässige Handbewegung. »Berater vor allem, aber auch Verwaltungspersonal. Es gibt ja inzwischen Firmen, die Arbeitskräfte ausleihen. Wir warten nur noch darauf, daß es auch einen Chemikerpool gibt. Dann bekommen wir ökonomische Probleme.«

»Aber die haben Sie im Moment nicht?«

»Nein, es geht recht gut. Die Arzneimittelbranche hatte ein paar goldene Jahre, aber in diesem Jahr geht es nicht ganz so gut. Wie für alle Geschäftszweige außer der Holzindustrie und der russischen Börse.«

»Dann verstehe ich, daß es darauf ankommt, die Kosten niedrig zu halten.«

Falls Skarlander Unheil witterte, so verriet er das mit keiner Miene. Er sagte: »Natürlich. So ist es. Für wen interessieren Sie sich?«

»Winston Modisane.«

»Wir sind zwar keine der größeren Arzneimittelfirmen in Schweden, aber es sind trotzdem zu viele Mitarbeiter beschäftigt, als daß ich sie alle kennen könnte. Egal, ob sie angestellt sind oder nicht.«

»Was machen Sie eigentlich?« fragte Chavez. »Was ist die spezifische Nische von Dazimus?«

»Wir sind ein forschungsintensives Arzneimittelunternehmen. Was die Forschung betrifft, liegen wir weit vorn.«

»Aber damit verdienen Sie kein Geld?«

»Forschung ist immer etwas Langfristiges. Kurzfristig lebt Dazimus Pharma in erster Linie von vier Medikamenten, einem Blutverdünnungspräparat, einem HIV-Blocker, einem Kraftklistier und vor allem einer ganz gewöhnlichen Schmerztablette. Rezeptfrei. Sie kennen sie sicher aus den Apotheken. Mit ihr machen wir gut fünfzig Prozent unseres Umsatzes. Aber kommen wir zurück auf den Mann, den Sie suchen. Modinsone?«

»Modisane«, sagte Gunnar Nyberg. »Vielleicht haben Sie in der Zeitung von ihm gelesen. Er ist tot.«

Informationschef Carl-Ivar Skarlander wandte den Blick aufwärts in Normalaugenhöhe und sagte: »Ich fürchte, das sagt mir nichts.«

»Schwarzafrikaner mit einem Abschiebungsbescheid, der von einem Polizisten erschossen wurde«, sagte Chavez. »Vielleicht sagt Ihnen das etwas.«

»For whom the bell tolls«, sagte Nyberg in korrekter Aussprache.

Es sah aus, als schaute Skarlander Tennis. Smash, lobb, smash, lobb. Allerdings ohne wirkliches Sportinteresse. »Nein, tut mir leid«, sagte er geduldig.

»Er hat als nächtliche Reinigungskraft schwarz gearbeitet«, sagte Chavez.

»Hier«, sagte Nyberg.

»Hier?« sagte Skarlander. »Das kann ich nur sehr schwer glauben.«

»Es ist Tatsache«, sagte Nyberg.

»Eine gravierende Tatsache«, sagte Chavez.

Informationschef Carl-Ivar Skarlander wurde jetzt wirklich ganz und gar Informationschef. Um Situationen wie diese zu meistern, war er angestellt. Es stand bestimmt in seiner Aufgabenbeschreibung. Das A und O war jetzt, nicht zu lügen und doch nicht die Wahrheit zu sagen. »Ich muß zugeben, daß ich keinen Überblick über unsere Reinigungsverträge habe. Ich weiß, daß die Reinigung an Subunternehmen vergeben wird, aber ich weiß nicht, wann, wo und wie. Und wie die Subunternehmen ihre Arbeit erledigen und organisieren, das entzieht sich gänzlich unserer Kontrolle. Wir entscheiden uns für das günstigste Angebot. Wenn das, was Sie mir sagen, zutrifft, werden wir selbstverständlich den Vertrag mit sofortiger Wirkung kündigen.«

»Es ist einfach geputzt, wenn Sie morgens kommen?« fragte Nyberg. »Abrakadabra, und der Staub fliegt davon.«

»Wie gut wissen Sie denn Bescheid darüber, wer Ihre Büros putzt«, sagte Carl-Ivar und traf damit ins Schwarze.

Das ließ die beiden Herren Polizisten verstummen. Wer würde jetzt den ersten Stein werfen?

Chavez war es. Und von Stein konnte kaum die Rede sein. Eher vom verirrten Papierball eines miserablen Jongleurs. »Das bedeutet, daß Sie uns auch nicht sagen können, wo genau Modisanc geputzt hat?«

»Richtig«, sagte Skarlander. »Aber unsere Räumlichkeiten sind nicht übermäßig groß. Wenn er nachts hier war, könnte er fast das ganze Haus geschafft haben. Wissen Sie, ob er allein war? Oder waren sie zu mehreren?«

Noch ein Dämpfer für ihr vor wenigen Sekunden noch so aufgeblähtes Selbstvertrauen. Beide hatten es versäumt, Joakim Backlund nach diesem wesentlichen Detail zu fragen. Jetzt galt es, nicht zu lügen und doch nicht die Wahrheit zu sagen. Das A und O.

Der Geschmeidigste gewinnt. Chavez gewann.

»Genau das versuchen wir zu klären. Im Augenblick ist der Punkt noch etwas unklar.«

Informationschef Carl-Ivar Skarlander erkannte seinen eigenen Tonfall und seine eigene Strategie. Kein Lächeln spielte um seine Mundwinkel, er verzog keine Miene – und doch wirkte er sofort ein wenig entspannter. Er schaute nicht mehr Tennis, er blickte von oben herab.

»Ich werde folgendes tun«, sagte er. »Ich sehe mir unsere Reinigungsunternehmen an und versuche, jemanden zu finden, der etwas mehr darüber weiß als ich. Und wenn Sie etwas mehr wissen, melden Sie sich bei mir. Klingt das gut?«

Es klang alles andere als gut. Und das wußte Skarlander sehr wohl. ›Und wenn Sie etwas mehr wissen, melden Sie sich bei mir.‹ Eine versteckte Kränkung von Format. Wahrscheinlich mußte er hinter seiner polierten Fassade laut lachen. Und in der Zwischenzeit würden mit Reines Haus falsche Verträge geschrieben, und alles würde durch und durch legitim sein. Auswege gab es immer.

Sie verabschiedeten sich mit dem Gefühl, überfahren worden zu sein. Von einem sanft lächelnden Informationschef.

Vermutlich wäre es bedeutend besser gelaufen, wenn Sara dabeigewesen wäre. Sie wußte, wie man viele Bälle in der Luft hielt.

22

Er hätte keine Überstunden zu machen brauchen. Dennoch saß er da wie ein treuer Hund und bewachte das dunkle Polizeipräsidium. Das nicht bewacht zu werden brauchte. Dafür waren andere da.

Plötzlich hatte er keine Funktion mehr. Plötzlich hatte er einen Einblick bekommen, wie sein Leben als Pensionär sich gestalten würde. Alle waren die ganze Zeit fort. Alles lief wie von selbst. Als wäre er schon immer unnötig gewesen. Eine ungute Einsicht.

Was hatte Kriminalkommissar Jan-Olov Hultin in seinem langen Leben Nützliches geleistet?

Er vermißte die überschaubaren Sitzungen in der alten ›Kampfleitzentrale‹. Alle waren auf ein und denselben Fall konzentriert. Befehle waren leicht erteilt. Der Fall war vielleicht nicht glasklar, aber die Ausrichtung auf ihn war glasklar. Jetzt kam es ihm vor, als erledigten sie Botengänge für andere. Für die Internabteilung vor allem, aber auch für die Polizei in Trelleborg und für Interpol.

Wenn Ola Ragnarsson nun ein internationaler Serienmörder war.

Arto Söderstedt sollte im Lauf der Nacht aus Monaco zurückkehren. Sie hatten miteinander telefoniert. Arto hatte ungewöhnlich gedämpft geklungen.

Jetzt saß Hultin hier an seinem Schreibtisch und betrachtete das letzte bekannte Foto von Ola Ragnarsson. Von 1982. Aus seinen Glanzzeiten. Ein junger, schüchtern lächelnder Mann, der etwas Trauriges im Blick hatte. Hultin war routiniert genug (was war er denn sonst? was außer Routine konnte er schon aufbieten?), um zu wissen, daß Mörder vollkommen beliebig aussehen konnten. Besonders Serienmörder waren gern verschlossen, geduckt und dem Anschein nach vollkommen normal. Abnorm normal.

Dennoch blieb es ihm nicht erspart, Söderstedt in seinem klingenden Finnlandschwedisch Madame Claudine Jauret zitieren zu hören: ›Ola Ragnarsson hat niemanden ermordet. Darauf kann ich mein Leben wetten.‹

Die Frau, die sie für ein Mordopfer hielten.

Dieser merkwürdige Selbstmordbrief ... Jan-Olov Hultin hatte einen Verdacht geschöpft und eigenhändig, insgeheim, ein paar Dinge nachgeprüft. Er hatte den Gerichtsmediziner Qvarfordt angerufen – was immer eine Prüfung war –, um eine einzige Frage zu klären.

Ob die Leiche wirklich Ola Ragnarsson war.

Und sie war es. Ohne Zweifel. Im Rahmen einer ärztlichen Untersuchung der aufwendigeren Sorte Anfang der achtziger Jahre war Ragnarssons DNA festgestellt worden, ›um zukünftige Erkrankungen zu verhindern‹, wie es ein wenig quacksalberhaft in der Stellungnahme des Arztes hieß. Und Ola Ragnarssons DNA war auch die der Leiche.

Daraufhin kontaktierte Hultin den Chefkriminaltechniker Brynolf Svenhagen – was eine noch größere Prüfung war –, um nur eine einzige Frage zu klären.

Ob Ola Ragnarsson den Abschiedsbrief wirklich geschrieben hatte.

Und das hatte er. Zahlreiche Handschriftenvergleiche waren durchgeführt worden, und jeder Zweifel war ausgeschlossen.

Zwei schwere Enttäuschungen, die noch zu Jan-Olov Hultins nächtlicher Trübsal beitrugen.

Außerdem klingelte das Scheißtelefon. Es war der verlorene Sohn. *The Prodigal Son*.

Paul Hjelm aus Schonen.

So lange hätte er nicht in Trelleborg bleiben müssen. Versuchte er, vor seiner Familie zu fliehen? Oder vor der Internabteilung? Oder vor – Hultin?

»Schönen guten Abend«, sagte Hjelm in mißhandeltem Schonisch.

»Schön und gut in Maßen«, entgegnete Hultin finster.

»Ich wollte rapportieren, bevor ich den Nachtzug nach Hause nehme.«

»Rapportieren? Du solltest lieber apportieren. Das tue ich. Wie ein treuer Hund.«

»Ich ahne eine Spur Trübsinn.«

»Tja. Ragnarsson ist Ragnarsson, und der Abschiedsbrief ist von ihm. Das bedeutet, daß er sich entweder postum wichtig machen wollte, oder daß er wirklich ein Serienmörder ist.«

»Kein Ergebnis von der Fahndung?«

Hultin seufzte und setzte an: »Keine einzige Spur von dem siebenjährigen Anders Sjöberg. Gibt es irgendeinen Grund zu glauben, er könnte noch leben? Deine und Saras Theorie wirkt am plausibelsten: Ragnarsson wurde damit konfrontiert, daß er pädophil war. Aber das wollte er nicht einmal nach seinem Tod gestehen. Im Gegenteil, es ist vielleicht ein Motiv dafür, daß der Brief überhaupt geschrieben wurde: um die Aufmerksamkeit von der düsteren Wahrheit abzulenken. Und dennoch Aufmerksamkeit zu bekommen. Er ist vielleicht gar kein Serienmörder. Dies hier war vielleicht seine erste Tat. Und das reichte, um ihm den Rest zu geben.«

»Durchaus möglich«, sagte Paul Hjelm. »Ich weiß wirklich nicht, was ich glauben soll.«

»Hast du irgend etwas Spezielles zu ... rapportieren?«

»Todesursachen. Von gewissem Interesse. Das Ehepaar Sjöberg wurde mit Talliumsulfat getötet, einem inzwischen verbotenen geschmack- und geruchlosen Rattengift.«

»Aha, Ragnarssons Selbstmordgift.«

»Genau.«

»Ich weiß nicht, ob es einen größeren Unterschied macht«, sagte Hultin grämlich. »Wie hat er den beiden Talliumsulfat verabreicht?«

»Krogh war nicht sicher. Es kann injiziert worden sein,

aber es kann ebensogut dem Kaffee beigemengt worden sein. Beide haben kurz vor ihrem Tod Kaffee getrunken. Mehr als das war dem Mageninhalt nicht mehr zu entnehmen. Zu viele Piophiliden und Cleridae und Nitidulidae.«

»Ich verstehe«, sagte Hultin, ohne zu verstehen.

»Eine Mehrzahl von Fliegen in der Gegend um Anderslöv dürfte mittlerweile koffeinabhängig sein.«

»Ich verstehe«, sagte Hultin im gleichen Tonfall. Er hätte vernichtend sein sollen. Begann er, auch diesen Touch zu verlieren? Oder wirkte das Telefon ironiefilternd?

»Rapportierst du per Mobiltelefon?« kam er nicht umhin zu fragen.

»Ja«, sagte Hjelm schamlos.

»Auf wessen Kosten?« fragte Hultin und atmete durch. Mobiltelefone hatten eine Tendenz, alles auszuradieren, was mit menschlichem Tonfall zu tun hatte. Somit auch einen ironischen.

»Auf deine. *Collect call.*«

»Sonst noch etwas?«

»Der Zeitpunkt der Todesfälle ist recht klar, dank der Insekten. Allem Anschein nach waren Sjöbergs seit zwölf Tagen tot, als sie ausgegraben wurden. Wahrscheinlich wurden sie in ihrer eigenen Küche ermordet, kurz bevor sie über die Brücke nach Kastrup fahren wollten, um ihren ersten Urlaub seit zehn Jahren anzutreten.«

»Ist das ein Zufall? Die Todesart deutet wohl darauf hin, daß er freiwillig eingelassen wurde? Kann man jemanden mit Talliumsulfat überfallen?«

»Das sind zwei ganz verschiedene Fragen«, sagte Hjelm mit numerischer Stringenz. »Man kann das Paar natürlich mit einer tödlichen Injektion überfallen – mit einer Spritze angreifen –, doch dann muß man sie nacheinander angreifen. Und dann müßte der Tod des einen den anderen reagieren lassen. Beispielsweise, indem er wegläuft. Glaubhafter ist wohl, daß er eingelassen wurde und ein wenig todbringendes

Talliumsulfat in die Kaffeetassen schüttete. Aber Sjöbergs hatten wohl nicht die Zeit, sich mit einem Fremden hinzusetzen und Kaffee zu trinken, wenn wenig später ihr Flieger von Kopenhagen abging.«

»Anderseits wissen wir nicht, um welche Uhrzeit es war. Bauern stehen ja in der Regel mit dem ersten Hahnenschrei auf. Vielleicht hatten sie massenhaft Zeit.«

»Meinetwegen. Aber er muß ihnen ja trotzdem ein Anliegen vorgespiegelt haben. Doch davon wissen wir nichts. Die nächste Frage ist wichtiger. Ist es Zufall, daß die Sjöbergs bei einer so optimalen Gelegenheit ermordet werden? Als sie gerade in Urlaub fahren wollen, so daß zwei Wochen lang keiner nach ihnen fragen würde? Wie hat er das dann erfahren? Es ist kaum ein Zufallsmord. Entweder hat er sie beobachtet, oder er hat sich mit ihnen bekannt gemacht. Letzteres würde erklären, warum sie ihn am Morgen hereingelassen haben.«

»Wenn sie es denn getan haben. Was hast du im Laufe des Tages noch gemacht? Jetzt sag nicht wieder, der Snårestadmeister.«

»Ein unterschätzter Künstler aus dem Mittelalter. Allerdings kein Schwede. Schonen war damals noch lange nicht schwedisch. Aber nein, kein Snårestadmeister. Ich habe versucht, etwas über die Familie Sjöberg in Erfahrung zu bringen. Ich habe mit allen gesprochen, die etwas zu sagen hatten, und sie waren sich auf rührende Weise einig. Die Sjöbergs haben ihren Hof ungern verlassen. Sie waren ein bißchen von Selbstversorgerideen angehaucht. Gewächshaus mit Gemüse und Rüben. Selbstbewässernd, brauchte keine Pflege. Die Männer von Bondejouren wußten nicht einmal, daß es ein Gewächshaus gab. Die Familie war eine geschlossene kleine Einheit, und andere Freunde als die Familie Lindblom hatte sie eigentlich nicht. Die Bekannten, die es gab, sprachen ausdrücklich von einer geschlossenen Einheit, mit großer Liebe zu Anders, den sie als Säugling adoptiert haben. Er scheint ein ziemlich lebhafter kleiner Bursche gewesen zu sein, ein wenig schüchtern, seiner Lehrerin und den Kindergärtnerinnen zufolge, aber ohne erkennbare Probleme. Eine gewisse Tendenz zu Wutanfällen, doch welches Kind hat die nicht? Spielte Fußball und liebte Fernsehspiele. Ein Meister in Crash Bandicoot, falls dir das etwas sagt. Hatte gerade gelernt, seinen Namen zu schreiben. Möglicherweise zeichneten sich gewisse Mobbingprobleme ab, allerdings mit Anders in der Rolle des Mobbenden. Aber nichts Größeres. Er war schließlich erst sieben.«

»Ist«, sagte Hultin.

»Ist, natürlich, Entschuldigung. Rigmor Sjöberg war eine richtige Bauersfrau, die viel Marmelade und Saft machte und Gurken einlegte und Pfirsiche und Steckrüben und was nicht alles einkochte. Max seinerseits war ein Prachtbauer. Mit dem Traktor verwachsen. Niemand hat irgend etwas Schlechtes über sie zu sagen. Vielleicht aber auch nicht viel Gutes. Sie haben nicht viel gesagt. Schweigsam wie Leute aus Norrland, wie eine Kindergärtnerin es ausdrückte. Sie ist selbst aus Norrland und quasselt ununterbrochen.«

»Und diese Firma Bondejouren?«

»Ich habe mit den beiden gesprochen, die sich den Job bei Sjöbergs geteilt haben. Jonas und Hasse. Jonas Bergström und Hans-Erik Krona. Machen einen tadellosen Eindruck. Landarbeiter der alten Schule. Grashalm im Mund und verschmitztes Grinsen.«

»Weichet von mir, Vorurteile.«

»Naja, meinetwegen. Aber die Kartei von Bondejouren wird nicht besonders gut aufbewahrt. Es ist nur ein ganz kleiner Einbruch nötig, wenn jemand sie mitgehen lassen will. Man könnte sich das Internet als eine Möglichkeit vorstellen, aber die Firma hat nicht einmal eine eigene Website. Der geschäftsführende Direktor Kurt Ström ist in jeder Bedeutung des Wortes ein klassischer Bauer. Ragnarsson könnte die Adresse von ihm haben. Der perfekte Überblick über alle, die verreisen wollten. Das spräche dann für den Zufallsfaktor: Welche paßten in seinen Zeitplan für die Rückreise?«

»Keine Einbrüche gemeldet?« fragte Hultin.

»Nein. Bondejouren liegt auf dem platten Land, ein paar Kilometer außerhalb von Trelleborg. Sicherheitsdenken Fehlanzeige. Manchmal macht Ström sich nicht einmal die Mühe, abzuschließen. Er selbst wohnt in Malmö. Wenn man ein routinierter Serienmörder ist, der nie Spuren hinterläßt, dann hat man kein Problem, sich dort Zugang zu verschaffen und in der Kartei nachzusehen, ohne daß irgend jemand es bemerkt. Hat Interpol von sich hören lassen?«

»Ich habe mit einigen gesprochen, aber es ist alles so unglaublich vage. Wir wissen nicht einmal, in welchen Ländern wir suchen sollen.«

»Jetzt kommt mein Zug«, sagte Hjelm. »Haben wir sonst noch etwas zu besprechen?«

»Hast du die Dreistigkeit, mir zu sagen, daß du auf dem Hauptbahnhof in Malmö stehst und deinen Abschlußrapport durchgibst? Schämst du dich nicht?«

»Nicht direkt«, sagte Paul Hjelm und drückte auf die Austaste.

23

Nacht. Nur einzuschlafen war unvorstellbar. Zum einen die Schlaflosigkeit. Die Gedanken, die sie bedrängten. Zum anderen die Träume. Die bedrängende Abwesenheit von Gedanken. Scylla und Charybdis, die beiden Ungeheuer, so gleich und so ungleich – war es möglich, zwischen ihnen hindurchzusteuern wie Odysseus?

Nur ruhig und gut zu schlafen?

Es war jetzt eine Weile her. Und auch wieder nicht. Es war die Nacht zu Freitag, zwei Uhr, und die Regeringsgata lag vollkommen still vor dem Fenster. Kein nächtlicher Wanderer, keine Saufkumpane. Leer und regennaß. Dunkel. Sogar der gespenstische Schein der Straßenlaternen wirkte in der Nässe dunkel. Es war schwer, sich vorzustellen, daß sie am Dienstagmorgen mit so leichten Schritten durch die City gejoggt war und dem arroganten rosenroten Porsche mit ihrem alten Verlobungsring einen Kratzer beigebracht hatte.

Da war noch Sommer. Jetzt war es Herbst.

Sie lehnte die Stirn gegen die kalte Fensterscheibe und drehte den Ring. Warum trug sie ihn immer noch?

Die fliegenden Glassplitter hatten den Ringfinger ausgelassen. Große Teile beider Hände waren zugepflastert, aber nicht der Ringfinger. Es war wie ein Zeichen, das sie nicht deuten konnte.

Jenes schwarze Loch, das sich plötzlich offenbart hatte, als sie in die verlassene Werkstatt im Gewerbegebiet Ulvsunda gegangen war, kam näher, egal, ob sie schlief oder wach war. Ein schwarzes Loch mit einem unendlichen Sog. Nichts kam aus ihm heraus. Alles, was in seine Nähe geriet, wurde eingesogen. *Ein schwarzes Loch in der Zeit.* Und plötzlich war es sichtbar. Es war wider die Natur eines schwarzen Lochs, sichtbar zu sein. Wider seine Funktion. Seine Funktion war, alles zu schlucken, was in seine Nähe kam – Gedanken oder Nicht-Gedanken, Träume oder Nicht-Träume.

Aber jetzt zog alles in die entgegengesetzte Richtung.

Sie hatte ihre Dienstwaffe auf ein Kind gerichtet. Sie war sehr, sehr nahe daran gewesen, auf einen kleinen Jungen zu schießen, der in einer trostlosen verlassenen Werkstatthalle Lösungsmittel schnüffelte.

Es ging ihr nicht gut.

Ihr Blick wanderte hinüber zur Kungsgata. Sie war nicht zu sehen, aber ihre Lichter. Wie eine Lichtsphäre, die zum Himmelsgewölbe aufstieg. Aber kein Laut, keine Spur der üblichen Horden von Saufbrüdern.

Sie fuhr fort, ihren Ring zu drehen, zu drehen, zu drehen, und sie versuchte zu denken.

Dag Lundmark hatte einen leeren Büroraum der vor langer Zeit in Konkurs gegangenen Firma Nilssons Lackierwerkstatt genutzt. Dort konnte er ungestört seine zeiteingestellte Anrufvorrichtung zusammenbasteln.

Aber warum funktionierte das Telefon?

Warum war der Anschluß nicht abgeschaltet?

Ein Versehen der Telia in dieser Zeit des telekommunikativen Chaos? Oder hatte Dag sogar die Rechnung bezahlt? Ebendiesen Anschluß weiterbezahlt? Weil ihm diese Räumlichkeit so gut zupaß kam?

Nichts verband Dag Lundmark zum gegenwärtigen Zeitpunkt mit dem auf Band gespielten Anruf, und auch nichts mit Nilssons Lackierwerkstatt. Die Zahnarztlüge und die Tatsache, daß die Polizistin Britt-Marie Rudberg ›der Schuß‹ gesagt hatte, reichten in einem Gerichtssaal nicht weit. Aber, es kam ihr plötzlich in den Sinn, es gab *zwei* Dinge, die reichen konnten: als erstes die Telefonrechnung, als zweites – der Junge. Der schnüffelnde Junge konnte ihn tatsächlich gesehen haben.

Sie mußte an den Ort dieses Alptraums zurück.

Und sie mußte Bo Ek ein bißchen unter Druck setzen. Wenn es einen gab, der wußte, wo Dag Lundmark war, dann war es sein Streifenpartner auf der Polizeiwache im Distrikt Flemingsberg in Huddinge. Der Jüngling, der seinen Kollegen und Mentor verehrte.

Aber damit überhaupt etwas möglich wurde, mußte sie schlafen.

Sie blickte zum Himmel auf. Er war vollkommen schwarz.

Sie ging wieder ins Bett. Als sie aufstand, wußte sie nicht, ob sie geschlafen hatte.

Aber ausgeruht war sie nicht.

24

Freitag, der siebte September, überraschte mit trockenem Wetter. Und es war nicht nur trocken, die Sonne hieß Arto Söderstedt sogar willkommen, als er über die in Doppelreihe geparkten Wagen in der Bondegata hinwegblickte. Ganz unten bei der Götgata entdeckte er sogar ein flottes Dreierparken.

Doch das interessierte ihn nicht die Bohne. Die Sonne breitete eine versöhnliche Decke über dieses Chaos. Sogar der Schmerz in den Zähnen kam ihm erträglich vor.

Er blickte über den Frühstückstisch, über die Horde weißblonder Köpfe, die in verschiedene Richtungen unterwegs waren, und registrierte die verschiedenen Grade von Panik über fehlende Hausaufgabenhefte oder fleckige Jeans oder verlorene Kuscheltiere oder Frisuren, die nicht sitzen wollten, wie sie sollten. Und er dachte an Kinder. Daran, wie man es empfinden würde, wenn man die Fähigkeit verlor, Kinder in die Welt zu setzen.

Er dachte an Claudine Jaurets Tränen.

Und er dachte an Ola Ragnarssons Selbstmordbrief, ›Ich und meine Geliebte schufen etwas Schönes – doch die, die mich liebte, verbarg es vor mir, zog das Schöne in den Schmutz und warf es fort.‹ Es war eine poetisch prägnante und ziemlich schreckliche Beschreibung einer Abtreibung. Und die Formulierung kehrte im Zusammenhang mit seinem eigenen eventuellen Serienmorden wieder.

Aber etwas scheuerte. Arto Söderstedt war daran gewöhnt. Er hatte es früher schon erlebt. Es lag und scheuerte wie ein Sandkorn in einer Muschel. Oder eher wie eine Fliege im Auge, die man sozusagen auf die Rückseite des Augapfels gezwinkert hat, wo man sie nicht fassen kann.

Beim letzten Mal, als es geschah, hatte er die Fliege und

mehr dazu zu fassen bekommen. Jetzt war es schlimmer. Es gab so wenige Anhaltspunkte. Er merkte, daß er im Begriff war, sich auf den sich entziehenden Ola Ragnarsson zu fixieren.

Psychologisches Profil.

In der Jugend in Vallentuna gemobbt. Keine Verwandten, mit denen er reden konnte. Danach die Wirtschaftshochschule. Jung und ›geldgeil‹. Eine unglaubliche Energie. Als ob er bewußt die Augen verschlösse. Um vor der ›Verletzbarkeit‹ in seinem Wesen wegzulaufen. Dann endlich holte es ihn ein, als er sich in die mindestens ebenso geldgeile Claudine Verdurin verliebte. Er wurde immer weniger Geschäftsmann. Er war für Claudines Geschmack ein allzu ›friedlicher‹ und allzu ›leicht lenkbarer‹ Mensch. ›Er war schüchtern und verlegen und sehr leicht lenkbar. Das einzige, worauf er sich verstand, war Geld. Aber das dafür um so besser.‹ Der Verrat war furchtbar. Sie hatte sein Kind getötet. Schon am Tag nach der Entdeckung verschwand er und ließ seinen Kollegen Rundqvist die gesamten Geschäftsaktivitäten abwickeln.

Was passiert da? dachte Arto Söderstedt, während die hellhäutige Familie in alle Richtungen um ihn herumlief und seine Frau Anja ihm, der scheinbar total passiven Gestalt am Frühstückstisch, hin und wieder einen bösen Blick zuwarf.

Niemand, wirklich *niemand* hörte in den folgenden achtzehn Jahren irgend etwas von Ragnarsson. War es wirklich möglich, keinerlei Kontakte mit der Außenwelt zu haben? Und falls es so war, was besagte es?

Daß Ragnarsson zerbricht.

Vollständig.

Madame Claudine Jauret: ›Es war, als wäre etwas in ihm zerbrochen. Ich konnte sehen, daß etwas kaputtging. Etwas Lebenserhaltendes.‹

Ola Ragnarsson mußte irgendwo in Behandlung gewesen sein.

Er mußte mit der Psychiatrie zu tun gehabt haben. Ein Selbstmordversuch war nicht unwahrscheinlich. Die üblichen

Rundfragen hatten zu nichts geführt, aber auf der anderen Seite war Ragnarsson reich, unglaublich reich. Er hatte wohl kaum in einer staatlichen Anstalt gelegen. Sondern in einer Privatklinik. Private Psychiatrie mit strenger Geheimhaltung. Daher fand sich in den öffentlichen Registern keinerlei Spur von ihm.

Arto Söderstedt stand auf. Alle Bewegungen im Zimmer erstarrten. Anja war der Blick ihres Mannes vertraut, und sie seufzte schwer.

»Du könntest vielleicht ein bißchen mithelfen«, sagte sie, obwohl ihr bewußt war, daß er kein Wort hörte.

»Wie viele private Psychiatriekliniken gibt es in Schweden?« fragte er.

»Du findest also endlich selbst, daß es an der Zeit ist?« sagte Anja. »Aber du wirst dich mit einer staatlichen Anstalt begnügen müssen.«

Er starrte sie mit leerem Blick an. Sie hob die Arme zu einer Geste der Ratlosigkeit: »Ich weiß es nicht«, sagte sie. »Ich arbeite beim Finanzamt.«

»Ich muß weg«, sagte er.

»Als erstes mußt du drei Kinder in die Schule bringen.«

Da sah er seine Familie wieder. Sie erschien langsam wieder vor seinen Augen.

»Natürlich«, sagte er und riß sein Jackett vom Kleiderhaken im Flur.

Mit zerzausten Haaren und ohne die verlegten Hausaufgabenhefte rannten drei Kinder ihm nach ins Treppenhaus. Der Reihe nach.

Wie Orgelpfeifen.

Viggo Norlander dachte über seinen gestrigen Besuch im Söder-Krankenhaus nach. Über die beiden gestrigen Besuche. Zuerst das röchelnde Flüstern des überfahrenen Einbrechers

Björn Hagman. Wie elegant er es gedeutet hatte. Zum ersten Mal in den letzten vierundzwanzig Stunden fühlte er eine gewisse Zufriedenheit.

Klein-Charlotte, die Zweijährige, war nämlich am Nachmittag akut erkrankt. Seine Lebensgefährtin Astrid hatte ihn auf seinem Handy angerufen. Sie hatte Charlotte vorzeitig aus dem Kindergarten abholen müssen. Und es ging ihr immer schlechter. Das Fieber stieg. Und im Hintergrund schrie Klein-Sandra herzzerreißend. Er fuhr nach Hause in die Banérgata, holte die Familie und kehrte mit ihr ins Söder-Krankenhaus zurück. Als sie angekommen waren, zeigte es sich, daß sie im falschen Gebäude waren. Er stieß einen Seufzer der Erleichterung aus, als sie zum Kinderkrankenhaus Sachska abbogen. Die Familie würde jedenfalls nicht in einem trostlosen Labyrinth umherirren müssen. Er trug die glühendheiße Charlotte auf dem Arm. Sie war schlapp und apathisch, und er hatte das Gefühl, daß sie ihm einfach entglitt. Es war furchtbar. Er *lief* in das kleine Kinderkrankenhaus, und die Ärzte fuhren sie sofort auf die Intensivstation. So saßen sie im Zustand völliger Auflösung zwei Stunden im Wartezimmer, bis der Arzt auftauchte und ihnen sagte, es sei alles okay. Eine schwere Halsentzündung, die jedoch jetzt unter Kontrolle sei. Das Antibiotikum habe angeschlagen, das Fieber sei gesunken. Er hatte tatsächlich geweint. Und Astrid auch. Die einzige, die still war, war die kleine Sandra. Sie schlief.

Es waren ziemlich starke Gefühle im Spiel, wenn es um Kinder ging, das war klar.

Arto Söderstedt stürmte ins Zimmer. »Private Nervenklinik«, waren seine Begrüßungsworte.

»Viggo Norlander«, sagte Viggo Norlander. »Angenehm.«

Söderstedt stoppte seinen Ansturm und betrachtete seinen Kollegen, der fortfuhr: »Willkommen daheim in Schweden.«

»Ja, klar. Hej. Ich habe das mit Charlotte gehört. Warum bist du nicht bei ihr? Liegt sie noch im Krankenhaus?«

»Ja, sie liegt noch im Sachska. Astrid fand, ich sollte zur Arbeit gehen. Ich glaube, sie hatte es satt, mich flennen zu sehen.«

»Und ist jetzt alles okay?«

»Unter Kontrolle«, sagen die Ärzte. »Es war verdammt scheußlich.«

Söderstedt trat zu Norlander und legte den Arm um seine Schultern. »Man macht so einiges durch mit Kindern«, sagte er.

»Aber wirklich«, sagte Viggo Norlander. »Da macht es richtig Freude, zu seinen überfahrenen Einbrechern zurückzukommen.«

Arto Söderstedt nickte. Er ging zu seinem Platz und hängte den dicken Tweedsakko auf einen Bügel. Dann schielte er zu Norlander hinüber. »Überfahrene Einbrecher?«

»In der Nacht zu gestern wurde Björn Hagman von einem Wagen vollständig platt gemacht; der Fahrer beging anschließend Fahrerflucht. In der kleinen Grindsgata bei Skånegläntan.«

»Ist er tot?«

»Er hatte einen Schutzengel. Die Nähe zum Söder-Krankenhaus scheint ihm das Leben gerettet zu haben. Jeder Knochen in seinem Körper ist gebrochen, aber sein Kopf ist heil geblieben. Ich habe mit ihm gesprochen. Wenn man es so nennen kann. Seine Grunzlaute gedeutet.«

»Au Backe«, stieß Arto Söderstedt hervor. »Unser Mann auf der Flucht, überfahren von einem, der anschließend Fahrerflucht begeht. Konnte er sagen, wer es war?«

»Nein. Aber es war eher kein Unfall. Niemand fährt so schnell in der Grindsgata. Es ist kaum möglich. Er hat jedoch noch einiges andere Interessante erzählt.«

»Wie?«

»Wie daß jemand angerufen und ihm den Tip gegeben habe mit Ragnarssons Wohnung. Gesagt habe, es sei die letzte Chance, dann würde der Wohnungsinhaber nach Hause kommen. Deshalb hat er sich auf den Weg gemacht in die Wollmar Yxkullsgata. Trotz seiner Erkältung.«

Söderstedt betrachtete seinen scheinbar trägen Kollegen. »Ein Tip also?«

»Jemand wollte unbedingt, daß Ragnarsson in der Nacht gefunden wurde – nachdem er seit zwei Wochen tot war. Was wolltest du sagen mit privater Nervenklinik?«

»Warte ein bißchen«, sagte Söderstedt nachdenklich und setzte sich auf seine Hälfte des gerecht zweigeteilten Schreibtischs. »Warum hat Hagman nichts davon erzählt, daß jemand ihm einen Tip gegeben hatte? Zumal es sich um einen miesen Trick handelte? Er landete bei einer verwesten Leiche und wurde geschnappt. Er hatte wenig Grund, den Tipgeber zu schützen.«

»Er wollte uns nichts sagen, solange er nichts dabei gewinnen konnte. Er gehört trotz allem der Unterwelt an.«

»Der Schlupflochmann«, lachte Arto Söderstedt. »Er verdeckte ein Schlupfloch mit einem Schlupfloch. Er hat uns den Selbstmordbrief gezeigt; wir haben das für ein Schlupfloch gehalten. Aber sein richtiges Schlupfloch war, uns abzuhauen, während wir von dem Gestank überwältigt waren. Stell dir vor, daß er noch ein Schlupfloch im Jackenärmel hatte. Wenn es nicht geklappt hätte, würde er uns den telefonischen Tip angeboten haben.«

»Es war ja reiner Zufall, daß Hagman aufgeflogen ist«, sagte Viggo Norlander. »Weil er in einer Kneipe, in der zufällig zwei Polizisten waren, Leichengestank verbreitete, ohne es selbst zu wissen. Da kommen allerlei Zufälle zusammen. Wenn es Sinn und Zweck der Sache gewesen wäre, die Leiche entdecken zu lassen, wäre es sicherer gewesen, sich direkt an die Polizei zu wenden.«

»Das Risiko, dabei geschnappt zu werden, ist wesentlich höher«, sagte Arto Söderstedt. »Und wäre Hagman nicht erkältet gewesen, hätte er den Leichengestank gerochen, sobald er die Tür geöffnet hätte. Wahrscheinlich wäre er sofort abgehauen und hätte die Tür offenstehen lassen. Dann wäre die Leiche ziemlich schnell entdeckt worden. Und Hagman wäre frei gewesen und hätte den Tipgeber nicht verpfeifen können. Jetzt wurde Hagman aber gefaßt – das war nicht vorgesehen. Es zeigte sich, daß er nicht gesungen hat, sondern geflohen ist. Aber er war ja immer noch im Besitz der Information. Das sicherste war, ihn zu beseitigen. Ihn zu überfahren, zum Beispiel.«

»Es war also jemand, der Björn Hagmans lichtscheues Gewerbe ziemlich gut kannte. Er hatte Zugang zu seiner supergeheimen Telefonnummer, und er wußte, daß er ihn in dieser Nacht in der Grindsgata treffen würde. Voll ausgelastet mit neuen Einbrüchen.«

»Die grundlegende Frage ist: Warum war es wichtig, daß Ola Ragnarssons Leiche entdeckt wurde? Und warum gerade zu diesem Zeitpunkt?«

»Das einzige, was ich mir vorstellen kann, ist der Brief«, sagte Viggo Norlander. »Der Brief, der einen internationalen Serienmörder entlarvt.«

»Der eher ein psychisches Wrack war«, sagte Arto Söderstedt. »Um auf mein eingangs genanntes Stichwort zurückzukommen. Private Nervenklinik.«

»Ja, das ist ein bißchen rätselhaft.«

»Mein Besuch in Monaco hat meine Überzeugung verstärkt, daß Ola Ragnarsson an Claudines Abtreibung wirklich zerbrochen ist. Also *wirklich* zerbrochen ist. In zwei Teile. Er kehrte reich wie ein Troll und löcherig wie ein Sieb nach Schweden zurück. Er ließ sich irgendwo in eine Klinik aufnehmen. Es muß so oder so ähnlich gewesen sein. Und natürlich in eine private Klinik. Geld war kein Problem.«

»Zeit, alle Möglichkeiten durchzuchecken«, sagte Norlander. »Das hört sich nach Ackerei an.«

»Aber bestimmt gibt es irgendwo ein Register. Wir machen eine generelle Anfrage. Das müßte gehen. Und apropos: Du hast wohl dafür gesorgt, daß Björn Hagmans Telefonnummer überprüft wird? Wäre ja interessant, die eingegangenen Anrufe zu sehen.«

Viggo Norlander blickte ein wenig schuldbewußt drein.

»Ich verstehe«, sagte Söderstedt und kaute auf einem Bleistift. »Charlotte ist krank geworden.«

Norlanders Gesichtsausdruck wurde noch schuldbewußter. »Das war nicht der Grund«, sagte er. »Sie ist erst ein paar Stunden später krank geworden.«

»Aber warum hast du dann keine Überprüfung veranlaßt?«

Norlander verzog das Gesicht zu einer finsteren Grimasse. »Ich habe vergessen, Hagman nach seiner Telefonnummer zu fragen«, sagte er beschämt.

Arto Söderstedt lachte laut. »Dann hoffen wir mal, daß er noch im Krankenhaus liegt.«

25

In dem Büro im Polizeipräsidium, das sich normalerweise Kerstin Holm und Gunnar Nyberg teilten, wurden gleichzeitig drei Telefongespräche geführt. Mittlerweile waren hier drei Personen untergebracht, und nur eine von diesen war Gunnar Nyberg. Keine war indessen Kerstin Holm. Sie teilte das Zimmer mit Paul Hjelm. Obwohl keiner von beiden anwesend war. Das Zimmer stand also leer – während sich hier drei Personen drängten.

Es gab keine Gerechtigkeit auf der Welt.

Die erstaunte Herbstsonne ließ ihre schmalen Strahlen ins Zimmer fallen und heizte es auf. Bei der kleinsten Sonneneinstrahlung wurde es unerträglich heiß in den Räumen der A-Gruppe. Es war ein architektonisches Rätsel. Die Experten übertrumpften einander mit Lösungsvorschlägen, bisher ohne Erfolg. Es war jedoch klar, daß derjenige, der es einst konstruiert hatte, einen wesentlichen Teil der Energieprobleme des Erdballs gelöst hatte. Wie kam es, daß der kleinste Sonnenstrahl vier Büroräume in hocheffiziente Backöfen verwandelte?

Die drei verschwitzten Telefonate verbanden sich zu einem gesegneten verbalen Mischmasch. Ein Gespräch wurde auf englisch geführt, und zwar mit steigender doch beherrschter Gereiztheit. Ein zweites, äußerst sarkastisch, verlief in schwedischer Sprache. Und das dritte konnte eigentlich nicht als Gespräch bezeichnet werden.

Dieses dritte Gespräch bestand zu einem großen Teil daraus, daß Sara Svenhagen schwieg. Wenn sie zwischendurch ein ›Ja‹ oder ein ›Nein‹ von sich gab, störten ihre abrupten Äußerungen die Gespräche der anderen, und sie brachten sie durch ungerechtfertigtes Zischen zum Schweigen, obwohl sie selbst ununterbrochen brabbelten.

Svenhagen sprach mit einem ihr unbekannten Gerichtschemiker irgendwo in Schweden. Die fragliche Person hatte Urinuntersuchungen sämtlicher Personen durchgeführt, die zum Zeitpunkt des Todesschusses auf dem Dach oder in der Wohnung in Flemingsberg anwesend waren: vier Polizisten, vier lebende und ein toter Afrikaner. Der Gerichtschemiker bemühte sich, seine Untersuchungsergebnisse eingehend zu erläutern und gleichzeitig Lob einzuheimsen für die blitzschnelle Erledigung der komplizierten Aufgabe.

Sara merkte, wie sie ermüdete und daß ihre Ermüdung in rasantem Tempo zunahm. Als ein leichter Überschuß roter Blutkörperchen in Polizeiassistent Stefan Karlssons Urin in exakten Zahlen mit drei Ziffern hinter dem Komma genannt wurde, konnte sie nicht umhin zu fragen: »Gibt es eine konkrete Schlußfolgerung?«

»Konkrete Schlußfolgerung?« platzte der Gerichtschemiker heraus. »Herrgott, ich könnte den ganzen Tag wichtige Aspekte dieser Untersuchung diskutieren.«

»Glaubst du, du könntest uns das herüberfaxen? Beispielsweise.«

Einen Moment war es still am anderen Ende. Dann kam die Pointe: »Ich merke schon, wenn man mich abblitzen läßt.«

Und weg war er.

Das zweite Gespräch im Zimmer konnte möglicherweise als brutal bezeichnet werden. Verbale Mißhandlung. Es war Jorge Chavez, der sich für das Gefühl rächte, vom Informationschef einer Arzneimittelfirma in Lidingö überfahren worden zu sein. Dieses Gefühl bekam jetzt Joakim Backlund im Schwarz-Reinigungsunternehmen Reines Haus in den Hals gestopft. Es war ein klein wenig lächerlich.

»Wenn Sie mir noch einmal unvollständige Informationen geben, werde ich dafür sorgen, daß die Wirtschaftspolizei sich über ihre lachhafte kleine Firma hermacht und sie mit Haut und Haaren schluckt.«

Backlund nahm das verhältnismäßig gelassen. »Ich glaube,

ich verstehe trotzdem nicht richtig, worin die unvollständige Information besteht«, sagte er.

»Sie verstehen nicht? Sie verstehen sehr wohl, wie man verzweifelte Menschen aussaugt. Sie verstehen sehr wohl, wie man eine Geschäftsidee daraus entwickelt, daß man menschliches Leiden mit Steuerflucht kombiniert. Also versuchen Sie nicht, mir weiszumachen, Sie verstünden eine einfache Frage nicht.«

»Ich habe diese einfache Frage noch nicht gehört.«

»Sie sind eine richtig widerwärtige Ratte. Der Abschaum des Erdballs. Die Unternehmer in den Vernichtungslagern hatten mehr Moral als Sie. Die haben dem Naziregime jedenfalls Steuern bezahlt.«

Im Innersten sah Jorge Chavez ein, daß es nicht seine starke Seite war, Leute zu beschimpfen. Er klang wie ein piepsender Pekinese. Trotzdem war es notwendig. Des Selbstgefühls wegen.

Backlund schwieg.

Chavez fuhr fort: »Hat Modisane allein bei Dazimus Pharma geputzt?«

»Am Anfang war es ein Dreierteam«, antwortete Backlund wohlerzogen.

»Und es war nicht möglich, uns das gleich mitzuteilen? Wir haben Ihnen eine Chance gegeben, und so haben Sie es uns gelohnt. Miststück. Namen, bitte.«

»Sie sind abgeschoben worden. Es waren einmal drei, ein Südafrikaner, ein Somalier und ein Iraner. Dann verschwand der Iraner, danach der Somalier. Am Ende hat Winston es allein geschafft. Er war sehr sorgfältig. Und Dazimus war sehr zufrieden. Besonders meine Kontaktperson.«

»Ihre Kontaktperson bei Dazimus? Wie heißt sie?«

Jetzt herrschte Schweigen. Tiefes Schweigen. Merkwürdigerweise hatte die plumpe Schimpftaktik gewirkt.

»Jaja«, sagte Backlund. »Er hat einen ziemlich komischen Namen. Ich kann ihn kaum aussprechen.«

»Versuchen Sie's.«

»Carl-Ivar Skarlander.«

»Ha!« brüllte Chavez und knallte den Hörer auf.

Das Gespräch auf englisch schließlich ging zäh voran, und Gunnar Nybergs Geduld – die durchaus imponierend war – neigte sich dem Ende zu. Die südafrikanische Polizei tat sicher alles, was in ihrer Macht stand, aber der Prozeß selbst war langwierig und schwierig. Immer wieder hieß es ›tomorrow‹ und ›soon‹ und ›just now‹ und ›right away‹. Nybergs zielstrebige Hartnäckigkeit beschleunigte den Prozeß jedoch wesentlich. Nachdem er mit sieben Personen gesprochen hatte, die gegenseitig aufeinander verwiesen, schien er endlich an der richtigen Stelle gelandet zu sein. Der Mann, mit dem er während der letzten zehn Minuten gesprochen hatte, hieß Mzwanele Tshekela und klang ziemlich kompetent.

Zumindest im Vergleich mit seiner Umgebung.

»Sie wissen natürlich, daß es sich um falsche Namen handeln kann?« sagte Tshekela.

»Wir haben keinen Grund, das anzunehmen«, sagte Nyberg höflich. »Die Pässe sind sorgfältig untersucht worden. Sie waren echt.«

»Es sind jedenfalls keine Kriminellen. Sonst hätten wir sie im Polizeiregister. Ich muß also mit anderen Registern arbeiten, Einwohnermeldeamt und so weiter. Das kann ein Weilchen dauern.«

»Es sind schon ein paar Tage vergangen, seit wir unsere offizielle Anfrage geschickt haben«, sagte Nyberg so ruhig, wie er es vermochte. »Es ist wichtig, daß wir die Information baldmöglichst erhalten.«

»Sind Sie sicher, daß Sie am Apparat bleiben möchten, Mr. Neeburg? Die Telefonrechnung muß astronomisch werden.«

»Ich glaube, es ist das beste so«, sagte Mr. Neeburg.

Mzwanele Tshekela verschwand für ein paar Minuten. Nyberg schwitzte heftig, während er wartete. Er ließ es laufen. Es war wichtig, diesen Kontakt aufrechtzuerhalten.

Als Tshekela zurückkam, sagte er: »Richtig, Winston Ellis

Modisane und Robert Siphiwo Kani sind hier gemeldet. Geburtsort, Geburtsdatum. Modisane wurde 1965 in Kapstadt geboren, Kani in Vryheid in der Kwa Zulu Natal-Provinz, 1968.«

»Das ist alles?«

»In diesem Register ja. Ich kann noch in verschiedene andere Register gehen.«

»Ich wäre Ihnen dankbar, wenn Sie das sofort täten. Falls es Ihre Zeit erlaubt.«

»Entschuldigen Sie, wenn ich frage«, sagte Mzwanele Tshekela, »aber diese beiden Männer sind offenbar seit mehreren Monaten als Flüchtlinge in Schweden. Sind diese Anfragen nicht schon zuvor an uns gerichtet worden. Von der Flüchtlingsbehörde?«

»Wir haben ziemlich viele Flüchtlinge hier. Man befolgt standardisierte Protokolle. Man hat nicht die Zeit, so hartnäckig zu sein wie ich«, sagte Gunnar Nyberg.

»Wahrscheinlich nicht«, kicherte Mzwanele Tshekela. »Aber jetzt könnte es mehrere Stunden dauern. Da wollen Sie wohl nicht am Apparat bleiben?«

»Jetzt nicht mehr, wo ich endlich die richtige Person gefunden habe«, sagte Nyberg mit leicht einschmeichelndem Ton. »Ich habe alle Ihre Nummern. Und Sie haben meine. Ich wäre Ihnen sehr dankbar, wenn Sie das Material faxen könnten, sobald es Ihnen vorliegt.«

»Es sollte nicht mehr als ein paar Stunden dauern«, sagte Mzwanele Tshekela und legte auf.

Die drei im Zimmer blickten sich an. Allen lief der Schweiß. Die Luft war von Ausdünstungen gesättigt. Das Fax begann zu knarren. Nyberg schaute verwundert hin und dachte an einen Weltrekord in polizeilicher Effizienz.

»Das ist meins«, sagte Svenhagen aber. »Und es ist sicher nicht besonders erbaulich.«

Während das Fax drauflosknarrte, Blatt auf Blatt, sagte Chavez: »Skarlander.«

Nyberg hatte müde Ohren bekommen. »Und?« sagte er.

»Jetzt rollen Köpfe«, verdeutlichte Chavez.

Woraufhin Nyberg noch müdere Ohren bekam.

Chavez fuhr fort: »Skarlander persönlich ist Backlunds Kontaktmann bei Dazimus. Er selbst hat den schwarzen Vertrag für die Reinigung abgeschlossen. Er hat dagesessen und uns schamlos angelogen. Das war ein bißchen unerwartet.«

Es wirkte wie eine Ohrenspülung. Ein richtiges Labsal für die Ohren.

»Das kann man wohl sagen«, sagte Nyberg, jetzt hellwach. »Der Informationschef höchstpersönlich verantwortlich für die Schwarzarbeit. Das schlägt dem Faß den Boden aus.«

»Er hatte vielleicht nicht genug, worüber er informieren konnte«, sagte Svenhagen und befingerte den Papierstapel, der neben dem Faxgerät zu erstaunlicher Höhe anwuchs. »Es ist vielleicht nicht seine einzige Aufgabe. Wenn die Firma forschungsintensiv ist, dann ist viel Geheimniskrämerei im Spiel. Eine undichte Stelle kann die Forschungsarbeit von Jahren zunichte machen. Und man kann sich auch keinen Informationschef leisten, der den ganzen Tag nur dasitzt und Däumchen dreht.«

»Ja, schon«, entgegnete ihr Gatte. »Aber von da bis zum Reinigungsvertrag auf dem Schwarzarbeitsmarkt ...«

»Vielleicht ist der Schritt gar nicht so groß«, sagte Nyberg. »Es geht darum, die Verbreitung von Desinformation zu kontrollieren. Die Spinne im Netz.«

»Was ist denn das für ein Müll?« fragte Chavez und zeigte auf den unablässig wachsenden Papierhaufen.

»Etwas, was ich von Kerstin übernommen habe«, sagte Svenhagen. »Probenergebnisse von Afrikanern und Polizisten in Flemingsberg. Sehr detailliert.«

»Herrgott«, ächzte Chavez. »Die neuen Vorschriften.«

»Unterziehe alle in deiner unmittelbaren Nähe einem Drogentest«, sagte Nyberg. »Zur eigenen Sicherheit.«

»Wo ist Kerstin denn?« fragte Jorge.

»Unterwegs«, sagte Sara und zuckte mit den Schultern.

»Alle sind unterwegs, nur ich nicht. Es handelt sich offenbar um eine Schutzmaßnahme für mich. Schützt die arme Schwangere. Damit sie sich nicht überanstrengt. Ihr Mann klagt ja schon darüber, daß das Aufbewahrungsgefäß seines Kindes zwischen Leichenwürmern im schonischen Schlamm umherwaten mußte.«

»Puh«, sagte Jorge. »Davon hör ich zu Hause schon genug. Gunnar, was hältst du von einer rachelüsternen kleinen Spritztour zu Dazimus Pharma AB?«

»Tja«, sagte Gunnar Nyberg, während sein Blick unschlüssig zwischen den Eheleuten hin und her wechselte. »Wenn du uns nicht brauchst, Sara?«

»Ich brauche eure Abwesenheit«, sagte Sara. Und bekam sie.

Zeit verging. Sie saß in dem brütendheißen Zimmer wie in einem Gewächshaus. Vegetierte. Wuchs. Streichelte leicht ihren immer runder werdenden Bauch. Gestand sich selbst, daß sie eigentlich nicht besonders viel zu meckern hatte. Akzeptierte, daß sie dies gewollt hatte. Die Wölbung des Bauchs. Sie sehnte sich schon danach, daß es strampelte. Sie lebte in einem kleinen Gewächshaus der Versöhnung. Und es wuchs in ihr. Wie ein Samenkorn in der Mutter Erde. Sie fühlte sich wie ein Teil der Natur, ganz einfach. Eine absolute Einfachheit. Sie hatte es sich verdient nach der entsetzlichen, aber wichtigen Zeit bei der Abteilung für Pädophilie. Sie hatte ihren Frieden gefunden, zumindest für einige Zeit. Einen Aufschub. Denn sie ahnte etwas am Horizont. Einen kommenden Sturm. Aber sie schaffte es nicht, wollte nicht, hatte keine Lust, ihn zu sehen. Soll er kommen, dachte sie friedfertig. Alles zu seiner Zeit.

Das Faxgerät verstummte. Der Papierhaufen war prächtig. Sie vermutete, daß der Gerichtschemiker nicht nur frisch angestellt, sondern auch frisch examiniert war. Ein doppelter Enthusiasmus, der sich verheerend auswirkte. Das Ergebnis des vielen Reflektierens war ein vollkommen unreflektierter Papierberg. Er hatte nichts anderes tun sollen, als die Urinproben – und im Fall Modisane die Obduktionsproben – der an einem Tathergang beteiligten Personen zu analysieren. Statt dessen lieferte er eine Abhandlung über den gesammelten Gesundheitszustand der Anwesenden. Hatte er keine Vorgesetzten? Waren die auch wegrationalisiert?

Sie begann in den Papieren zu blättern. Sie merkte sich unter anderem, daß Bo Ek in jedem einzelnen Punkt physische Spitzenwerte hatte; daß Elimo Wadu erkältet war; daß Britt-Marie Rudberg ihre Tage hatte; daß Winston Modisane mit einem verheilten Schienbeinbruch gestorben war (ein imponierendes Ergebnis einer Urinprobe); daß Siphiwo Kani Kopfschmerztabletten genommen hatte; daß Dag Lundmarks Urin unter anderem Spuren von Naltrexonhydrochlorid aufwies, was das nun sein mochte; und daß in Ngugi Ogots Blut tatsächlich Spuren von Hasch – altehrwürdiges Marihuana – gefunden worden waren. Danach war sie eingeschlafen.

Die Herren kehrten geräuschvoll zurück. Sie wurde aus ihrem Schönheitsschlaf gerissen und versuchte, hellwach und agil zu wirken. Angesichts des über den ganzen Fußboden verstreuten Papierhaufens war das Heucheln nicht ganz einfach.

Die Herren hatten indessen anderes im Kopf. Jorge war außer sich vor Wut, Gunnar eher gedämpft mürrisch. Ohne nachzudenken, begann Jorge, die Papiere vom Fußboden aufzusammeln. Nestbau, dachte Sara. Wie süß, er baut das Nest.

»Geschäftlich unterwegs, daß ich nicht lache«, tönte das nestbauende Männchen. »Der Lächelarsch hat sich dünne gemacht, so einfach ist das. Carl-Ivar Lächelarsch in neuen kriminellen Geschäften unterwegs.«

»In seinem Terminkalender stand, daß er den ganzen Tag geschäftlich unterwegs sei«, sagte Nyberg und setzte sich. »Wahrscheinlich bei Reines Haus, um reinen Tisch zu machen mit den Anschuldigungen. Krieg dich wieder ein, Jorge. Das ist doch nicht die Welt.«

»Aber verflixt, ist die Antwort aus Südafrika gekommen?« stieß Jorge hervor. »Ist das schon lange da?«

Sara Svenhagen hatte keine Ahnung. Zum Glück hatte sie auch gar keine Chance zu antworten.

Chavez riß die Papiere aus dem Fax und fragte: »Ist das alles?«

»Ja«, sagte Sara auf gut Glück. »Ich fand, es wäre am besten, wenn ihr es selbst anseht.«

»Hmmm«, sagte Jorge und überflog die Papiere. Allmählich legte sich seine Erregung, er setzte sich auf Nybergs Stuhl und las konzentriert. Schließlich sagte er: »Diesen Kontakt solltest du möglichst aufrechterhalten, Gunnar.«

»Was steht denn da?«

»Wir hatten recht.«

»Ich will nicht schon wieder müde Ohren kriegen«, sagte Nyberg.

»Okay. Kommissar Mzwanele Tshekela von der südafrikanischen Polizei teilt folgendes mit. Siphiwo Kani ist gar nicht Grubenarbeiter, sondern Arzt. Und Winston Modisane war nicht Industriearbeiter. Er war Chemiker.«

»Chemiker?« rief Gunnar Nyberg. »Und Arzt?«

»Unsere Instinkte hatten recht. Kani ist Akademiker. Und jetzt ist er wieder in Südafrika. Unerreichbar.«

»Der Chemiker hat in der Arzneimittelfirma geputzt«, sagte Sara Svenhagen.

»Ausländische Akademiker tun so etwas in Schweden«, sagte Jorge.

»Das ist nicht der Punkt.«

»Ich verstehe«, sagte Chavez, vertiefte sich wieder in die Papiere und fuhr fort: »Es sind Auszüge aus den Universitätsregistern und verschiedene Schulbescheinigungen. Vollständiger Ausbildungsgang und Zeugnisse. Winston war gut in der Schule. Siphiwo auch. Zwei schwarze Leuchten im Schatten der Apartheid. Überall Bestnoten. Kani besuchte die Universität in Dar-es-Salaam in Tansania und Modisane in Nairobi, Kenia. In der Zwischenzeit brach das Apartheidsregime zusammen, und sie konnten in Südafrika arbeiten. Aber sie kamen nach Schweden und erzählten Lügen, was ihre Berufe anging. Warum?«

In Ermangelung eines Stuhls setzte Gunnar Nyberg sich auf die Schreibtischkante. Keiner achtete auf das Knacken. Er sagte: »Es hört sich nach einem Auftrag an. Als wären sie mit einem Auftrag hiergewesen.«

»Und der Auftrag«, sagte Sara, »bestand kaum darin, Schwarztaxi zu fahren. Wie Kani. Sondern nachts ungestört in einer Arzneimittelfirma zu arbeiten. Wie Modisane.«

»In einer sorgfältig ausgewählten Arzneimittelfirma«, sagte Nyberg.

»Der Chemiker putzte in der Arzneimittelfirma«, sagte Chavez. »Er war es, der den Kontakt zu Joakim Backlund bei Reines Haus aufnahm. Er wußte, daß Reines Haus bei Dazimus Pharma die Reinigung durchführte. Und er wußte, daß Backlund nur Flüchtlinge beschäftigte, die bereits einen Abschiebungsbescheid hatten. Also mußte er ein Flüchtling mit einem Abschiebungsbescheid werden. Das war der einzige Weg, der zu Dazimus hineinführte.«

»Also ist das Ganze sehr gut geplant«, sagte Svenhagen. »Es dauert seine Zeit, ein Abschiebungsurteil zu bekommen.«

»Und es war nicht nur ein Flüchtling aus Südafrika, sondern es waren zwei«, sagte Nyberg. »Kani war aus mehreren Gründen dabei. Als Unterstützung, falls Modisane es allein nicht schaffte – und als Arzt. Chemiker und Arzt. Die perfekte Kombination für – was?«

»Arzneimittel«, sagte Gunnar Nyberg.

Chavez stand auf und ging in der Hitze auf und ab. Er sagte: »Was hat Skarlander gesagt, von welchen Medikamenten Dazimus lebte? Eine gewöhnliche Schmerztablette, das war das Wichtigste. Aber auch – was hat er gesagt? – ein Kraftklistier, was immer das ist.«

»Meine Phantasie reicht nicht aus«, sagte Nyberg. »Dann war es ein Blutverdünnungsmittel. Aber hat er nicht vier genannt?«

»Natürlich«, sagte Chavez und schlug mit der Faust auf den Tisch, daß die Papiere durchs Zimmer segelten. »Ein HIV-Blocker. Verflixt und zugenäht. Südafrika und HIV.«

Sara Svenhagen sagte: »Ging das nicht im Frühjahr durch alle Medien? Aids verbreitet sich explosionsartig in Südafrika. Ich glaube, sie haben über vier Millionen HIV-Positive. Es ist vollkommen wahnsinnig. Zwei Drittel der HIV-infizierten Menschen leben in Afrika südlich der Sahara. Ich glaube, es sind fünfundzwanzig Millionen oder in der Richtung. Jeder zweite Fünfzehnjährige im südlichen Afrika wird an Aids sterben.«

»Was war denn da im Frühjahr, Sara?« fragte Jorge. »Ich habe nur eine vage Erinnerung ...«

»Sie sollte aber präzise sein«, meinte Sara. »Ich kann mich deutlich erinnern. Es hat mich richtig wütend gemacht. In der westlichen Welt können wir inzwischen HIV ziemlich gut behandeln. Es gibt effektive HIV-Blocker, die bewirken, daß HIV-Infizierte nicht an Aids erkranken. Man muß für den Rest seines Lebens täglich Medizin nehmen. Und das ist teuer. Richtig teuer. Doch es gibt billige Raubkopien von HIV-Blockern, die in Brasilien und Indien hergestellt werden. In Südafrika wollte man mit den Raubkopien die Katastrophe eindämmen. Doch im Frühjahr schloß sich eine Reihe multinationaler Arzneimittelunternehmen zusammen und verklagte den Staat Südafrika, weil er die Raubkopien einsetzen wollte.«

»Genau«, sagte Chavez. »So war es. Sie zogen schließlich ihre Klage zurück. Die Geldgier war ein bißchen *zu* deutlich. Es war dann in Ordnung, daß Südafrika die billigeren Raubkopien einsetzte. Aber man versprach, sich an die Patentgesetze zu halten.«

»Es war wohl ein halber Erfolg«, sagte Sara. »Auch die Blocker sind recht teuer bei so vielen HIV-Infizierten. Am besten wäre es, wenn man die Medizin selbst herstellen könnte und sie nicht aus Brasilien und Indien importieren müßte. Das wäre die Rettung für das südafrikanische Volk. Eine eigene geheime Raubfabrik.«

»Winston Modisane«, sagte Gunnar Nyberg langsam, »war bei Dazimus Pharma, um die Formel ihrer HIV-Blocker zu klauen. Er war nachts allein in den Räumen. Langsam aber sicher fand er heraus, wie er in die geheimsten Winkel ihrer Rechner eindringen konnte. Und am Ende war er erfolgreich.«

»Aber er wurde entdeckt«, sagte Sara. »Er wurde entdeckt und hingerichtet. Vielleicht haben sie ihre Formel zurückbekommen. Aber warum von Dag Lundmark? Warum von einem Polizisten?«

»Auf eine Weise kommt es mir nicht so wichtig vor«, meinte Jorge. »Sie hätten jeden beliebigen Henker wählen können. Die wahren Mörder heißen Dazimus Pharma. Der Sklavenhändler Carl-Ivar Skarlander erweist sich ebenfalls als Mörder. Aber warum hat Modisane ausgerechnet Dazimus Pharma ausgesucht? Hat es mit ihrem HIV-Blocker etwas Besonderes auf sich? Oder hätte man auch jede andere Firma wählen können? Es werden ja heute viele Blocker hergestellt ...«

»Ich überlege gerade«, sagte Sara. »Wir müssen eine unabhängige Instanz zu Rate ziehen. Ich kenne einen Pharmakologen am Karolinska Institutet. Ich kann mich bei ihm erkundigen.«

»Und ich glaube, wir strengen uns ein bißchen an, um unseren Freund Carl-Ivar Skarlander zu schnappen«, sagte Gunnar Nyberg und bekam diesen besonderen Blick, den das Ehepaar Chavez-Svenhagen so gut kannte. Jetzt würde Gunnar Nyberg nichts mehr aufhalten. Er war zornig. Und sein Zorn pflegte recht lange anzuhalten.

Chavez und Nyberg zogen ab. Svenhagen blickte auf die erneut auf dem Fußboden verstreuten Papiere. Dann seufzte sie und sammelte sie wieder zusammen. Auch um die zu verstehen, brauchte sie Hilfe. Warum sie also nicht gleich holen?

Zwei Fliegen mit einer Klappe, dachte sie und machte sich auf den Weg ins Karolinska Institutet.

26

Sie war wieder da.

Der Ort hätte anders aussehen sollen. Er hätte entwaffnet sein, das Geisterhafte hätte weggeweht sein sollen. Oder zumindest weggetrocknet. Von der bleichen Herbstsonne.

Aber so war es nicht.

Obwohl Nilssons Lackierwerkstatt dort lag und im Sonnenschein gleichsam geheilt wurde zwischen den tristen Hallen im Gewerbegebiet Ulvsunda, hatte sich nichts verändert. Die windschiefe Tür stellte noch immer die Eingangspforte zum Todesreich dar.

Dag Lundmarks Anwesenheit hatte nichts mit Wetter und Wind zu tun; sie reichte tiefer. Daß diese verfallene Werkstatthalle eine Rolle in den mörderischen Plänen ihres früheren Verlobten gespielt hatte, machte sie für immer pestinfiziert.

Und als sie sich durch die Tür zwängte, spürte sie einen Stich von Schuldbewußtsein. War es wirklich das schwarze Loch, der blinde Fleck, der tote Winkel? Daß sie vielleicht den Mord an Winston Modisane hätte verhindern können? Hätte sie nicht schon während ihrer Beziehung erkennen müssen, daß Dag Lundmark ein gefährlicher Mensch war? Hätte sie nicht sehen müssen, was sich anbahnte, und etwas tun müssen, um es zu verhindern?

Hatte ihre Trennung etwas mit der Sache zu tun?

Nein. Das stimmte so nicht. Es war Jahre her. Sie hatte nichts anderes gewollt, als sich aus einer schal gewordenen Beziehung zu befreien. Und Dag war damals kein Mörder gewesen. Ein brutaler Bursche, ja, ein versoffenes Subjekt, aber kein Mörder.

Das war nicht das schwarze Loch.

Sie war auf der Jagd nach einem Kind. Einem schnüffelnden

Kind. Sie bewegte sich behutsam, schlich durch die Halle, so leise wie möglich. Die Taube saß nicht an der Kette. Sie war anscheinend ausgeflogen in die überraschende Herbstsonne.

Es war wie die Rückkehr an einen Tatort.

Sie war das tüchtige Mädchen gewesen. Sie hatte getan, was sie sich für den Tag vorgenommen hatte. Jetzt war Freitagnachmittag, und die Wahrscheinlichkeit, den Schnüffelburschen anzutreffen, war nicht besonders hoch.

Aber das war alles, was noch ausstand.

Das übrige waren Reinfälle gewesen. Die Rückfrage bei Telia hatte ergeben, daß tatsächlich eine ansehnliche Summe einbezahlt worden war, um sicherzustellen, daß die Telefonanschlüsse von Nilssons Lackierwerkstatt nicht stillgelegt wurden. Es war vor längerer Zeit geschehen, aber die Bezahlung war bar an einem Postschalter in Vasastan erfolgt. Also keine Spur. Nichts, was mit Dag Lundmark in Verbindung gebracht werden konnte.

Dann war sie erneut zur Polizeiwache in Flemingsberg gefahren. Lubbe sah sie schief von der Seite an und rief nur äußerst widerwillig nach Bo Ek, der auf Streife war. Ek nahm sich eine gute Stunde Zeit, um zur Wache zurückzukehren. Dann war er im Prinzip nicht-kommunikativ.

Sie saßen in einem Vernehmungsraum. Ihr kleines Diktaphon surrte leise auf der Tischplatte. Der große, durchtrainierte uniformierte Bo Ek, Lundmarks Kollege bei der Polizei in Flemingsberg, starrte stur auf das Diktaphon und schwieg. Er schwieg so, wie einer schweigt, der etwas zu verbergen hat. Er begegnete ihrem Blick nicht ein einziges Mal. Sie mußte sehr erfindungsreich sein, um die Panzerwand zu durchdringen.

Und wenn sie eins nicht zu sein glaubte, dann erfindungsreich.

»Hast du weiter über deine Kontakte zu Dag Lundmark nachgedacht?« fragte sie.

Schweigen.

»Es ist nicht mehr nur einfach eine Frage des Schweigens«, fuhr sie fort. »Das Schweigen wird allmählich verbrecherisch.«

Schweigen.

»Es ist inzwischen bewiesen, daß Dag Lundmark Winston Modisane kaltblütig ermordet hat. Er hatte es von langer Hand vorbereitet. Und es geschickt durchgezogen. Er hat euch alle wie Marionetten gelenkt.«

Schweigen.

»Du mußt doch begreifen, daß es sich nicht mehr um eine dumm gelaufene fahrlässige Tötung handelt, Bo. Du deckst mit deinem Schweigen nicht mehr einen Kollegen, der sich ein bißchen Ärger eingehandelt hat. Du deckst all das, was wir Polizisten zu bekämpfen geschworen haben. Das allerschlimmste Verbrechen. Mord. Ich bin nicht mehr als Internermittlerin hier. Ich bin hier als Ermittlerin in einem Mordfall. Denn Dag Lundmark ist ein Mörder. Hast du viel Umgang mit Mördern?«

Schweigen.

»Er war nicht beim Zahnarzt. Er war in dem Haus und hat die Speichertür abgeschlossen. Damit Winston Modisane nicht vom Dach herunterkam. So daß er ihn ganz und gar ungestört erschießen konnte. Hinrichten. Wie man einer Kuh die Schlachtpistole an die Stirn setzt.«

Schweigen.

Neuer Ansatz. Ans Gewissen zu appellieren half wohl nicht. Also Schluß mit Appellen, da mußten ein bißchen härtere Bandagen her.

»Mehrere von uns haben angefangen sich zu fragen, ob er den Mord wirklich ganz allein begangen hat. Konnte er ihn ohne Mithelfer durchführen? Nein. Und wer stand ihm am allernächsten? Das warst du, Bo Ek. Jetzt, wo Lundmark verschwunden ist, richten sich viele Blicke auf dich. Er hat sich aus dem Staub gemacht wie ein richtiger Feigling und läßt dich in der Patsche sitzen. Und wir sind bereit, dich seinen Anteil an der Schuld mitbezahlen zu lassen.«

Schweigen. Aber der erste Blick, der Erschütterung erkennen ließ. Nicht ganz und gar verborgen hinter dem Eisenblick.

»Wir wissen inzwischen, daß der Hinweis von der Migrationsbehörde gar kein Hinweis von der Migrationsbehörde war. Aber wer hat *dann* angerufen? Wer hat dafür gesorgt, daß Dag Lundmark diesen Einsatz übernahm? Wer fehlte gerade, ›um was am Auto in Ordnung zu bringen‹? Ihr beiden, die ihr fast unzertrennlich wart. Wie Pat und Patachon.«

Schweigen. Fingerbewegungen. Blick auf den Tisch statt aufs Diktaphon. Stärker gesenkt.

»Begreifst du, in welche Richtung die Sache läuft? Du hast angerufen und den ›Tip‹ gegeben. Du hast dich Mattson genannt, von der Migrationsbehörde. Du hast dafür gesorgt, daß ihr diesen Einsatz bekamt. Von dem du sehr wohl wußtest, daß es ein Hinrichtungseinsatz war. Habt ihr das Ganze gemeinsam geplant? Wolltest du Dage-Pagge zeigen, daß du ebensoviel taugst wie er?«

Schweigen. Unsichere Seitenblicke. Auswege? Nein. Keine Auswege. Nur die monotone Stimme dieser hartnäckigen Frau.

»In ein paar Minuten muß ich dich festnehmen und dir Handschellen anlegen. Ich muß dich vor den Augen deiner Kollegen durch die Wache zum Wagen schleppen. Glaubst du, daß sie dich jemals wieder normal ansehen? Glaubst du, daß du jemals wieder mit dem Respekt seitens eines Kollegen rechnen kannst? Ein Mörder in Uniform.«

Kein Schweigen. »Willst du, daß ich etwas gestehe, was ich nicht getan habe?« fragte er mit diesem leichten småländischen Tonfall, der nicht die Spur Ähnlichkeit hatte mit der Stimme des Hinweisgebers am Telefon.

»Ich will, daß du einsiehst, wie ernst die Lage ist. Bis zu einem gewissen Grad ist man immer bereit, den nächsten Kollegen zu schützen. Man ist bereit, sich blind und taub zu stellen und wegzusehen. Man ist bereit, für ihn zu lügen, vielleicht sogar die eine oder andere geringfügige kriminelle Tat zu begehen. Aber das hier ist eine ganz andere Liga. Die Grenze ist schon längst überschritten. Wir betrachten dich schon jetzt als Mittäter. Den Mittäter eines schäbigen Henkers.«

»Aber ich weiß verdammt noch mal überhaupt nicht, wovon du redest!« rief Bo Ek.

»Also hast du nicht die Absicht zu gestehen?«

»Nein. Was sollte ich denn gestehen?«

»Du willst nicht einmal sagen, wo Dag Lundmark wohnt?«

Er starrte sie an und blinzelte. Wäre er etwas ruhiger gewesen, etwas weniger aus dem Gleichgewicht gebracht, hätte er vielleicht gemerkt, daß das Verhör hierhin – und nur hierhin – zielte. Vielleicht hätte er es gemerkt, wenn er die Zeit bekäme, einmal tief Luft zu holen. Aber die sollte er nicht bekommen.

Sie holte die Handschellen heraus und packte sie auf den Tisch. »Willst du sie dir selbst anlegen?« fragte sie. »Oder soll ich es für dich tun? Ich schlepp dich wirklich hier heraus. Und ich werde dir eine Menge Schimpfnamen an den Kopf werfen. Negermörder zum Beispiel. Faschistischer Henker. Und es wird sehr, sehr böse klingen. Denn das bin ich. Hier drinnen. Ich warte nur damit, es rauszulassen, bis wir in den Gang kommen. Denn ich weiß, daß du ein kaltblütiger Mörder bist. Du hast alles verraten, wofür wir hier bei der Polizei stehen. Du hast erst vor kurzem dein Examen gemacht. Du stehst den ursprünglichen Idealen noch näher als wir Älteren. Du weißt ganz genau, was du verraten und in den Schmutz gezogen hast.«

»Hallonbergen«, sagte Bo Ek leise.

»Ich hab nicht verstanden. Was hast du gesagt?«

»Ich weiß keine genaue Adresse. Ich habe ihn ein paarmal in Hallonbergen abgeholt. Lötsjövägen. Aber eine Hausnummer habe ich nicht. Er stand immer schon da und wartete. Der südliche Teil von Lötsjövägen. Zur U-Bahn hin.«

»Danke«, sagte Kerstin Holm.

Jetzt war sie an der Treppe der verlassenen Werkstatthalle angelangt. Die Metallstufen standen immer noch unter Wasser, wie eine Reihe kleiner aufgestauter Teiche. Keine Rinnsale verbanden sie miteinander. Das Wasser stand vollkommen glatt auf den Stufen. Dunkel und glatt.

Rostwasser. Kein Laut war zu hören.

Eine Bewegung zog schräg hinter ihr über den Boden. Sie sah es im Augenwinkel. Eine allmähliche Lichtveränderung. Eine Wolke mußte vor der weißen Herbstsonne vorübergezogen sein. Oben an der Fensterreihe unter dem Dach war es deutlich zu sehen, daß ein Schatten von Fenster zu Fenster wanderte.

Sie tat den ersten Schritt. Es gab ein platschendes Geräusch unter ihrem Schuh. Auf das Platschen folgte ein Rinnen. Ein kleines Rinnsal Rostwasser ergoß sich von der ersten Treppenstufe auf den Fußboden.

Der zweite Schritt. Das gleiche Geräusch. Das gleiche Rinnsal, allerdings ausgedehnter. Zunächst füllte es die erste Stufe, dann lief es weiter auf den Fußboden. Ein ganz leichtes Plätschern.

Und irgendwo dort in dem Plätschern ein Schritt. Ein einziger Schritt. Er kam von oben.

Sie zog ihre Waffe und stand wie angenagelt. Unter ihrem Fuß plätscherte es weiter.

Schwach, ganz schwach.

»Am laufenden Band«, sagte Arto Söderstedt und beobachtete den Bildschirm.

»Wirklich?« sagte Viggo Norlander total gleichgültig und schaute auf die Liste vor sich. Sie war lang.

»E-Mails am laufenden Band«, verdeutlichte Söderstedt. »Die Inbox schwillt an wie ein schwangerer Seehund. Und alle sagen das gleiche.«

»Nein«, sagte Norlander.

»Ja«, sagte Söderstedt. »Nein.«

»Nein. Wir haben in unserer feinen privaten Nervenheilanstalt keinen Ola Ragnarsson gehabt. Hier liegen keine Serienmörder, hier liegen nur feine, aber leicht psychopathische Patienten.«

Viggo Norlander hielt die lange Liste hoch. Ein Computerausdruck eines Uralt-Nadeldruckers. Er nahm die Liste in Augenschein und sagte: »Ich hatte keine Ahnung, daß es in Schweden so viele private Nervenheilanstalten gibt.«

»Uns geht es nicht besonders gut«, schlußfolgerte Söderstedt.

»*Mir* geht es gut«, sagte Norlander und schickte die Liste weiter. Sie segelte durch die Luft wie ein defekter chinesischer Drachen.

»Das glaubst du auch nur«, sagte Söderstedt. »Plötzlich finden wir dich in irgendeinem *Heim*. Das geht ganz schnell.«

Norlander hielt inne und blickte mit abwesendem Blick durchs Fenster auf den trostlosen Innenhof des Polizeipräsidiums. »Ich weiß«, sagte er. »Heute nacht war ich nahe dran. Wenn Charlotte etwas passiert wäre. Wenn sie gestorben wäre. Sie stirbt, dachte ich die ganze Zeit. Und dabei wurde mir klar, was dann aus mir geworden wäre. Ein Wrack.«

»Aber jetzt durfte sie ja schon wieder nach Hause.«

»Ja. Ich kann heute nicht zu lange bleiben. Ich muß sie bald sehen.«

»Du brauchst bestimmt nicht lange zu bleiben. Die Mails kann ich ansehen.«

»Da bin ich mir sicher.«

Es herrschte mit anderen Worten ein wenig Stillstand. Aber früher oder später würde zwischen all den ›Nein‹ ein ›Ja‹ auftauchen, davon waren sie überzeugt.

Statt dessen knarrte das Faxgerät los.

»Holde Musik«, sagte Söderstedt, als er am oberen Rand des ersten Blattes den Absender erkannte. »Das war eine starke Leistung, wie du die Tiraden unseres Freundes Björn Hagman gedeutet hast.«

»Drfnfsmnnsmnlfir. Es ging ihm diesmal bedeutend schlechter, fand ich. Schlechtes Heilfleisch.«

Drei Blatt Papier später war das Faxgerät fertig, erschöpft und bereit, seine Tätigkeit einzustellen. Telias Schreiben wurde ausgebreitet und einer genauen Betrachtung unterzogen.

»Dafür daß es eine supergeheime Telefonnummer ist, sind es aber verflixt viele Gespräche«, sagte Norlander. »Ich kann bald keine Listen mehr sehen.«

»Aber wir haben einen ungefähren Zeitpunkt«, meinte Söderstedt. »Hagman wurde um halb zwei in der Nacht auf Dienstag in der Half Way Inn an der Ecke Swedenborgsgatan/Wollmar Yxkullsgatan aus seinem Leichenduft gefischt. Zuvor hatte er sich von seiner geheimen Wohnung in der Folkungagata in die Wollmar-Yxkullsgata begeben sowie den Einbruch begangen. Wie lange kann das gedauert haben? Eine Dreiviertelstunde, Stunde. Gegen halb eins. *Da* haben wir etwas, glaube ich. Siehst du die Nummer da? 0.23 Uhr am Dienstag, dem vierten September. Das scheint zu stimmen.

»Sieh mal einer an«, sagte Viggo Norlander und betrachtete die Telefonnummer.

Eine Katze sprang die Treppe hinunter, direkt an ihr vorbei. Sie schloß für eine Sekunde die Augen. Lauschte.

Nichts mehr. Außer dem rieselnden Geräusch des Wassers, das die leichten Schritte der Katze in Gang gesetzt hatten, Stufe für Stufe für Stufe.

Keine weiteren Geräusche. Keine weiteren Katzenschritte. Überhaupt keine weiteren Schritte.

Sie bekam das Gefühl, als könnten keine Geräusche in die Halle dringen. Als schluckte sie alles. Wie ein schwarzes Loch.

Sie behielt die Dienstwaffe in der Hand, den Lauf nach unten gerichtet.

Bloß auf kein Kind schießen, bloß auf kein Kind schießen.

Es war kein Kind da, auf das sie hätte schießen können. Leider, hätte sie beinah gedacht. Der Schnüffeljunge war nicht da. Mußte sie alle Räume durchgehen? Auf die Gefahr, sich neue Schnittwunden zuzuziehen?

Sie erreichte den Treppenabsatz über der Werkhalle. Es war vollkommen still. Als hätte die Zeit aufgehört zu sein. Es kam ihr vor, als stünden sogar die Staubkörner in der Luft still.

Deshalb kam das gräßliche Geräusch wie ein Schock. Ein langer Nagel, der ins Trommelfell gehämmert wurde und es durchdrang. Sie sprang einen halben Meter in die Luft. Sie schoß. Ihre Dienstwaffe ging los.

Ihr Kopf ein einziges Getöse.

Als sie halbwegs das Gleichgewicht wiedergefunden hatte, erkannte sie, daß es ein Telefon war, das schrillte. Es war wahnsinnig.

Es war *das* Telefon.

Und sie sah das ganze Szenario vor sich. Dag Lundmark spioniert Kerstin Holm nach. Er hat sie die ganze Zeit unter Aufsicht. Er kennt sie gut. Mit einem subtilen psychologischen Spiel treibt er sie zum Gewerbegebiet Ulvsunda, in die Halle, in der er vor einigen Tagen seine zeiteingestellte Tonbandaufnahme hat ablaufen lassen. Er bleibt ihr dicht auf den Fersen. Dann, genau im richtigen Augenblick, ruft er dieses Telefon an. Wenn sie antwortet, steht er mit seinem Handy vor der Tür. Die Falle ist zugeschnappt. Die Stunde hat geschlagen.

Wider besseres Wissen ging sie hin. Sie betrat den leeren Büroraum. Sie betrachtete das schrillende Telefon.

Sie sah, wie die verletzte Hand zitterte, als sie zum Hörer bewegt wurde. Als wäre sie kein Teil von ihr.

Als sie sich meldete, erkannte sie ihre eigene Stimme nicht. »Ja«, sagte sie. »Wo bist du, Dag?«

Einen Moment lang war es still. Dann sagte eine unverkennbare Stimme: »Hallo? Aber verdammich! Bist du das, Kerstin?«

»Viggo!« stieß sie hervor.

27

Eins hatte Sara Svenhagen ihrem Mann gegenüber nicht erwähnt. Ihr Bekannter am Karolinska Institutet war kein gewöhnlicher Bekannter. Er war ein früherer Freund. Außerdem war er ein international anerkannter Gerichtschemiker und Pharmakologe, Lichtjahre entfernt von dem Enthusiasten hinter dem Papierhaufen, der ihre Schultertasche so schwer machte. Er war Papas Junge, wenn man es so ausdrükken wollte: einer der engsten Mitarbeiter ihres Vaters. Und ihr Vater war Chefkriminaltechniker Brynolf Svenhagen.

Der frühere Freund hieß Ragnar Lööf und hatte lange als Brynolfs künftiger Schwiegersohn gegolten. Sie waren knapp zwanzig gewesen, und Saras wegen hatte er die ein wenig ausgefallene Karriere als Gerichtschemiker gewählt. Um ein Teil der Familie zu werden. Der vollkommen selbstverständlichen Familie Svenhagen-Lööf.

Brynolf Svenhagen war ein äußerst unsentimentaler Herr, aber als es zwischen Sara und Ragnar zum Bruch kam, hatte er offen seine Trauer gezeigt. Keinen Druck ausgeübt und keine aufkommenden patriarchalischen Attacken – einfach nur Trauer. Die Zukunft hatte so überschaubar gewirkt, so bequem.

Daß der Vater seines Enkelkindes statt dessen ein kleiner Kripomann aus einer Einwandererfamilie sein sollte, konnte Brynolf Svenhagen nur schwer verdauen. Nicht nur, weil der fragliche Mann einen Kopf kleiner war als seine Tochter, auch nicht, weil er das unregelmäßige und unsichere Leben des Kriminalbeamten gewählt hatte, nicht einmal, weil seine Eltern chilenische Kommunisten waren – sondern weil ihrer beider Persönlichkeiten einander diametral entgegengesetzt waren. Der schlagfertige und freimütige Jorge und der geduldige und schweigsame Brynolf fanden einfach nie ein Gesprächsthema. Und Sara wußte, daß der Vater glaubte, es sei sein Fehler. Wahrscheinlich mochte er Jorge besser leiden als sich selbst. Und sich das einzugestehen war nicht gerade einfach. Als Ergebnis dessen verstärkte sich das urgesteinhaft Herbe seines Wesens ins Absurde.

Aber sie liebte Jorge. Trotz all seiner Macken.

Ragnar Lööf hatte sie nie geliebt. Sie hatte es sich eingeredet. Und er hatte sich eingeredet, sie zu lieben. Es dauerte eine Weile, bis sie beide akzeptierten, daß zwischen ihnen nicht die geringste Anziehungskraft wirksam war. Sie hatten sich als gute Freunde getrennt. Ganz gewöhnliche Freunde. Das war ziemlich ungewöhnlich.

Und die Freundschaft hatten sie die Jahre hindurch bewahrt. Sie verkehrte mit der Familie Lööf, mit seiner Frau Lisa, einer Biochemikerin, und vier sehr dicht aufeinander konzipierten Mädchen im Alter von vier bis neun Jahren. Aber Jorge hatte Sara in diese Freundschaft nicht einbezogen. Es war ein wenig merkwürdig, doch es war nicht nötig gewesen. Die Familie Lööf gehörte zu ihrer persönlichen Sphäre.

Sie kannte die Korridore gut. Während ihrer Zeit bei der Abteilung für Pädophilie hatte sie unangenehm oft gerichtschemische Auskünfte einholen müssen. Meistens war es um Arzneimittel gegangen. Häufig Schlafmittel.

Sie schüttelte sich.

Das Karolinska Institutet schien wie stets aus Gängen und nichts als Gängen zu bestehen – in denen man sporadisch weißgewandeten Forschern begegnete, die mit ihren Gedanken anderswo waren.

Nach einer endlosen Wanderung kam sie ans Ziel. Dozent Ragnar Lööf saß an seinem übervollen Schreibtisch, den bebrillten Blick in ein sehr dickes Buch vertieft. Sie kannte das Buch. Es war dicker als die Bibel. Die amerikanische Entsprechung zu FASS, dem schwedischen Arzneimittelverzeichnis.

Sie mußte sich mehrmals räuspern, bevor er sich umdrehte.

Und als er es schließlich tat, war sein Blick noch abwesend. Er war zwischen den Arzneimitteln hängengeblieben.

Lööf blinzelte ein paarmal, fixierte schließlich die kleine Rundung ihres Bauchs und eilte ihr entgegen. »Sara, ich werd verrückt!« rief er, umarmte sie und legte die Hand mit einer routinierten Wölbung um ihren Bauch. »Endlich.«

»Sieht man das wirklich so deutlich?« fragte sie und sah an sich hinunter.

»Jesses, ja doch«, sagte Dozent Ragnar Lööf. »Es ist wie ein inneres Licht.«

»Alles in Ordnung mit Lisa und den Mädchen?«

»Alles bestens. Reichlich intensiv. Viel Kindergarten und Schule und Freizeitheim und Reiten und Tischtennis und Theater und Kunstspringen und Disko und Schminken und Hunde und Katzen und Meerschweinchen und Wellensittiche und weiß der Kuckuck was. Setz dich. Ist ja einige Zeit her.«

Sara Svenhagen setzte sich. »Also hier bei der Arbeit erholst du dich?« sagte sie. »Liest aus schierer Lust die amerikanische FASS?«

Ragnar Lööf lachte kurz. »Wir haben alle unsere kleinen Perversionen«, sagte er. »Bist du dienstlich hier?«

»Ich fürchte, ja.«

»Aber die Pädophilen und ihre Schlafmittel hast du hinter dir gelassen?«

»Dies hier ist etwas anderes. Ich muß wissen, ob Dazimus Pharmas HIV-Blocker irgend etwas Besonderes an sich haben.«

Er starrte sie an und kratzte sich am Kopf. »Das haben sie«, sagte er. »Es sind die besten.«

»Die besten?«

»Die schwedische Forschung ist bei HIV-Blockern weltweit führend. Wir haben gute Arzneimittelforscher in Schweden. Feine Arzneimittelfirmen. Das Problem ist nur, daß alle drauf und dran sind, in amerikanischen Besitz überzugehen.«

»Die besten und – die teuersten?«

»Zweifellos. Dazimus' Blocker ist der Rolls Royce unter den Blockern. Verkauft sich gut in Westeuropa und den USA.«

Sie nickte. Winston Modisane hatte die Formel für den Rolls Royce der HIV-Blocker geklaut. Das konnte nicht ungestraft bleiben.

Sie kramte in ihrer Schultertasche. »Da war noch etwas«, sagte sie und förderte Papier auf Papier zutage. »Ich habe von einem neu angestellten Gerichtschemiker vollkommen überkandidelte Probenergebnisse bekommen. Glaubst du, du könntest sie für mich zusammenfassen?«

Am Ende lagen neun separate Papierhäufchen auf dem schon vorher papierüberladenen Schreibtisch des Dozenten Ragnar Lööf. Resultate der Urinproben aller an jenem unheilvollen Nachmittag in und um die Wohnung in Flemingsberg Anwesenden. Und die Obduktionsproben von Winston Modisane.

Lööf nahm sich die Stapel einzeln vor.

»Ek, Bo«, sagte er, während er rasch das erste Protokoll überflog. »Spitzenwerte. Nichts Auffälliges. Keine Drogen. Leichte Erhöhung der roten Blutkörperchen im Urin. Eigentlich nichts Erwähnenswertes.«

Der nächste Stapel. Winston Modisane. »Dies hier ist keine Urinprobenanalyse«, sagte Lööf. »Das ist ein Obduktionsprotokoll. Was tut das hier?«

»Vollständigkeitshalber, nehme ich an«, sagte Sara Svenhagen.

»Okay. Nein. Nichts Besonderes. Gesund und munter bis zuletzt. Und was haben wir hier? Ogut?«

»Ogot. Ngugi Ogot. Kenianer.«

»Hier ist was. Cannabis. Aber nur eine Spur. Vielleicht eine Haschischpfeife am Tag zuvor. Und ein wenig Fluvoxaminmaleat. Antidepressiv. Erhöht den Gehalt der Signalsubstanz Serotonin im Gehirn. Möglicherweise Fevarin oder ein ähnliches Präparat.«

»Es bestand ein gewisses Bedürfnis, sich zu betäuben«, sagte Sara.

»Nächster. Wadu, Elimo. Sehen wir mal. Hmmm. Nein. Spuren von Alkohol. Ein Bier zu Mittag. In der Art. Nein, nichts. Dann Rudberg, Britt-Marie. Menstruation. Spuren von Acetylsalicylsäure. Treo gegen Menstruationsschmerzen, vermutlich. Nächster, Okolle, Sembene. Hier haben wir eine ziemlich starke Dosis Amitriptylin. Auch ein Antidepressivum. Amitriptylin hilft bei der Übertragung von Impulsen zwischen den Nervenzellen im Gehirn nach. Es kann Saroten sein. Allgemein dämpfend und angstlösend. Ziemlich ordentliche Dosis, wie gesagt. Sembene Okolle ging es nicht besonders gut. Nächster. Lundmark, Dag.«

Hier hielt Ragnar Lööf zum ersten Mal inne. Er hörte auf, die Blätter zu überfliegen, und las sehr genau vom Anfang des umfangreichen Protokolls an.

»Ist es dieses Naltrexonhydrochlorid?« fragte Sara.

»Nja«, sagte Lööf zögernd. »Es ist eher die Kombination mit Acamprosat, die mich ein wenig verwirrt. Das sollte es nicht geben.«

Dozent Ragnar Lööf legte das Protokoll zur Seite und sah Sara an. »Das hier ist wirklich sehr interessant«, sagte er. »Es handelt sich um Alkoholentwöhnung. Ich nehme an, dieser Dag Lundmark ist Alkoholiker?«

»Ja«, sagte Sara.

Ragnar Lööf begann: »Die letzten fünf Jahre hat man sich viel damit beschäftigt, Mittel zu finden, die das Verlangen nach Alkohol unterdrücken. Die Generation nach Antabus, wenn man so will. Naltrexon und Acamprosat sind Opiatantagonisten. Acamprosat ist die Wirksubstanz in Mercks Glückspillen Campral, während Naltrexon die Wirksubstanz in dem ganz frischen Revia ist, das DuPont auf den Markt gebracht hat. Naltrexon ist seit fünfzig Jahren die erste registrierte wirksame Sustanz gegen Alkoholsucht. Ich weiß auch, daß daran geforscht wird, Naltrexon mit Acamprosat zu verbinden, doch diese Forschung befindet sich im Versuchsstadium. Es ist sehr unsicher, ob es auf lange Sicht ein Risiko der Unverträglichkeit zwischen den Substanzen gibt. Tierversuche haben bei Ratten Tendenzen zu Aggressivität und verzerrter Wirklichkeitswahrnehmung gezeigt. Aber ich meine mich zu erinnern, daß man in letzter Zeit, nicht zuletzt in Schweden, der Lösung etwas näher gekommen ist.«

Sara Svenhagen betrachtete ihren früheren Verlobten eingehend. Er hatte noch mehr auf der Zunge, so gut kannte sie ihn.

Sie half ihm auf die Sprünge: »In Schweden?«

Ragnar Lööf drehte ein wenig den Nacken. Es knackte. »Ja«, sagte er. »Es gibt diesbezüglich eine wichtige und sehr geheime Forschung.«

»Sprich weiter«, sagte Sara. »*Wo* geht diese wichtige Forschung vor sich?«

Er sagte: »Das ist geheim. Ich stehe unter Schweigepflicht.«

Sara betrachtete ihn bittend. »Komm schon«, sagte sie. »Ragnar. Niemand wird meine Quelle erfahren. Wo geht diese wichtige Forschung vor sich?«

Ragnar Lööf resignierte und sagte: »Vor allem bei Dazimus Pharma.«

28

Viggo Norlander starrte auf den Hörer in seiner Hand. Arto Söderstedt seinerseits starrte auf Viggo Norlander. Sie standen wie versteinert. Die einzige Bewegung spielte sich in den Gehirnen ab. Doch *da* war die Aktivität um so lebhafter.

Schließlich sagte Norlander: »Da brat mir einer 'n Storch.«

Söderstedt schloß kurz die Augen. Dann sagte er: »Plötzlich wurde alles völlig anders. Epiphanien pflegt man das zu nennen. Die Welt nimmt eine neue Form an.«

Norlander versuchte, Ordnung in die losen Fäden zu bringen. Sie wollten unbedingt verknüpft werden. Es fragte sich nur, ob er dafür der richtige Mann war. Er versuchte es: »Derjenige, der mitten in der Nacht Björn Hagman angerufen und ihm den Tip gegeben hat, daß Ragnarssons Wohnung das perfekte Einbruchsobjekt war, rief also über den gleichen Anschluß an, von dem am Tag zuvor Kommissar Ludvigsson in Flemingsberg angerufen wurde und den Hinweis auf die Adresse der Afrikaner bekam. Kann man es so zusammenfassen? Und was bedeutet es?«

»Was hat Kerstin gesagt?«

»Sie hat nicht viel gesagt. Sie hat gelacht. Laut. Und ziemlich komisch, muß ich sagen.«

»Sie war also in einer verlassenen Werkstatthalle in Ulvsunda?«

»Das hat sie gesagt, ja.«

Arto Söderstedt seufzte und sagte: »Laß uns jetzt mal versuchen, ein bißchen Ordnung in die Sache zu bringen. Was bedeutet dieses Gespräch? Daß plötzlich eine Verbindung zwischen Ola Ragnarsson und Dag Lundmark aufgetaucht ist? Oder?«

»Ja«, nickte Norlander. »Es ist Dag Lundmark, der will,

daß Ragnarssons wurmzerfressene Leiche gefunden wird. Warum?«

»Gehen wir zum Anfang zurück«, sagte Söderstedt. »Aber wo ist eigentlich der Anfang? Es scheint, als hätte dies alles ein ziemlich langes Vorspiel.«

»Wir könnten mal wieder eine richtig altmodische Beratschlagung in der Kampfleitzentrale brauchen«, sagte Viggo Norlander mit einem nostalgischen Zug im Gesicht. »Jetzt, da dies hier *ein* Fall zu sein scheint. Wir arbeiten alle an verschiedenen Fronten. Wir sind voneinander isoliert.«

»Das stimmt«, sagte Söderstedt. »Wir müssen versuchen, gegenseitig unsere Lücken auszufüllen.«

»Ruf Hultin an.«

Söderstedt wartete. Die bleiche Herbstsonne sickerte weiter durchs Fenster. Es war kochendheiß im Raum, aber sie hatten aufgehört zu schwitzen. Es war, als wären sämtliche Körperfunktionen aufs Gehirn übertragen. Und ob die Gehirne schwitzten, war schwer auszumachen. »Es kommt mir noch nicht vollständig vor«, sagte Söderstedt. »Etwas fehlt.«

»Natürlich«, sagte Norlander. »Die Verknüpfung zwischen allem fehlt. Was haben Winston Modisane und Ola Ragnarsson gemeinsam? Ja, Dag Lundmark. Und wir haben uns die ganze Zeit mit Ragnarsson beschäftigt. Ich komme auf meine Frage von vorhin zurück: Warum will Dag Lundmark, daß Ragnarssons Leiche gerade in dieser Nacht entdeckt wird? Womit hat er selbst sich abgegeben? Ja, er hat Winston Modisane ermordet. In der Nacht nach dem Mord, bevor er von Kerstin und Paul verhört wurde, ruft er einen berüchtigten Einbrecher an, damit der Ragnarssons toten Körper entdeckt. Gibt es da irgendeine Beziehung?«

»Die richtige Frage ist doch: Was will *er* die Polizei finden lassen? Die Leiche ist seit langem in einem üblen Zustand. Es kann nicht wichtig sein, daß sie zu einem bestimmten Zeitpunkt gefunden wird. Dagegen kann es wichtig sein, daß neue Leichen zu einem gewissen Zeitpunkt gefunden werden. Leichen in Schonen. Wir sollen den Brief finden, der einen internationalen Serienmörder entlarvt, der sich das Leben genommen hat. Was bezweckt er damit? Daß es unsere Aufmerksamkeit von dem Todesschuß in Flemingsberg ablenkt? Dag Lundmark weiß, daß die A-Gruppe sich mit der Ermittlung dieses Falls befassen wird. Wie verdammt gut geplant *ist* das hier? Und was bezweckt es?«

»Mir wird schwindlig«, sagte Norlander und setzte sich. Er schaute durchs Fenster hinaus und fuhr resigniert fort: »Ich habe keine Ahnung.«

Auch Söderstedt setzte sich. Er warf einen Blick auf den Bildschirm. Es waren wieder ein paar E-Mails in der Inbox. Er begann unkonzentriert, sie zu überfliegen. Er wußte sowieso, was er finden würde. ›Nein, bei uns ist nie ein Ola Ragnarsson behandelt worden.‹

Aber plötzlich stand da ein ›Ja‹.

Söderstedt stand auf. Der Stuhl flog um. »Ist es denn die Möglichkeit«, sagte er und las.

›In Beantwortung des Schreibens mit der Nachfrage der Reichskriminalpolizei an die privaten Einrichtungen, die psychiatrische Pflege im Programm haben, erlauben wir uns mitzuteilen, daß ein Ola Ragnarsson mit der angegebenen Personalnummer über viele Jahre bei uns in Behandlung gewesen ist. Die Diagnose war im allgemeinen Schizophrenie – mit gewissen Variationen. Die Pflegeaufenthalte waren sporadisch. Zeitweilig hat der Patient sich in seiner Wohnung in der Wollmar Yxkullsgata in Stockholm aufgehalten, zeitweilig bei uns. Im Notfall war er selbst in der Lage, sich zu uns und in Behandlung zu begeben. Wir bedauern seinen Tod sehr. Mit freundlichem Gruß, Dr. med. Robert Ehnmark, Dozent der Psychiatrie, Klinikleiter.‹

Söderstedt spürte, daß etwas schwer an seiner Schulter atmete. Er kannte das Hecheln sehr gut. Und den Atem.

»Sieh mal einer an«, sagte Viggo Norlander ihm direkt ins Ohr. »Woher kommt die Mail?«

Arto Söderstedt las langsam, aber sicher: »Rudhagens Privatklinik in Mälardalen.«

Viggo Norlander runzelte die Stirn: »Habe ich das nicht schon mal gehört?«

Arto Söderstedt lachte und hob den Telefonhörer, um in Mälardalen anzurufen. »Allerdings«, sagte er, während er die Nummer von Rudhagens Privatklinik wählte. »Dort ist Dag Lundmark zum Entzug gewesen.«

29

Er war also wieder mit im Spiel. Im gleichen Maße, in dem neue Informationen auf ihn einströmten, begann Kriminalkommissar Jan-Olov Hultin einzusehen, daß er tatsächlich wie die Spinne im Netz war. Sein Selbstvertrauen schoß in die Höhe. Und die Faszination packte ihn – die Faszination des Detektivs angesichts des Rätsels.

Es gab zwei Arten, wie man im Leben Dinge tun konnte – mit oder ohne Begeisterung. Das war die einzige Lebensweisheit, mit der er Staat machen konnte. Aber sie umfaßte ja auch fast alles.

Was er jetzt vor sich hatte, war ein Rätsel mit Namen Dag Lundmark.

Hultin rief sich jenen ersten Eindruck in Erinnerung. Lundmark saß behäbig und selbstzufrieden auf der anderen Seite des venezianischen Spiegels. Er blickte mit einem ironischen Lächeln in sein eigenes Spiegelbild, und es war ihm anzusehen, daß er wußte, was dahinter war.

Forschend prüfende Blicke aller Art.

Ließ sich so im nachhinein mehr in den Blick hineinlegen?

Er dachte an Chavez' Bericht über die Schwarzreinigungsfirma Reines Haus und die bewußt heruntergekommen wirkende Erscheinung des Vizedirektors Joakim Backlund. War das nicht eine direkte Parallele zu Dag Lundmark? Er gab sein Bestes, um sich übergewichtig, träge und vorurteilsbeladen darzustellen – während er mit einem Plan im Schädel dasaß, der extrem ausgeklügelt und zugleich vollkommen richtungslos war.

Denn wohin liefen alle diese Fäden?

Gab es irgendeine Richtung, irgendein Ziel?

Pauls und Kerstins Verhör mit Dag Lundmark war auf

DVD überspielt. Es mußte Stück für Stück durchgesehen werden. Vielleicht hatte er bei seinem zähen Murmeln den einen oder anderen Hinweis fallenlassen?

Kriminalkommissar Jan-Olov Hultin vertrieb sich die Zeit des Wartens auf die ersehnte Sitzung in der Kampfleitzentrale damit, daß er Schemata zeichnete – eine vertraute, aber auf traurige Weise ins Hintertreffen geratene Tätigkeit. Diese Schemata über den Stand der Dinge würden anschließend auf die legendäre Flipchart in der Kampfleitzentrale übertragen werden.

Und alles würde sein wie immer.

Er glaubte selbst nicht recht daran. Seine Zeit lief ab, und er wußte es. Er bebte und frohlockte abwechselnd.

Er sah auf die Uhr. Fünf Uhr am Freitagnachmittag war nicht die perfekte Zeit für eine Sitzung, aber keiner hatte das geringste einzuwenden gehabt. Die A-Gruppe hatte Witterung aufgenommen. Verbrechenswitterung. Von internationalem Charakter.

Es waren noch zehn Minuten. Weil er gern als erster am Platz war, nahm er seine Papiere zusammen und machte sich auf den Weg.

Im Gang stieß er mit Sara Svenhagen zusammen. Das war immer ein Vergnügen. Aber hatte sie sich nicht irgendwie verändert? Er konnte nicht genau sagen, was es war. Nicht einmal Reste von Kartoffelschalen schauten aus den Mundwinkeln.

Zusammen gingen sie zur Kampfleitzentrale. Er hielt ihr die Tür auf wie ein Gentleman der alten Schule.

Wahrscheinlich war er genau das.

Ein paar Minuten lang lag der Gang verlassen da. Dann kamen zwei Gewitterwolken angerollt, eine große und eine kleine. Sie spien Blitz und Donner. Sie hießen Jorge Chavez und Gunnar Nyberg.

Danach lag der Gang wieder verlassen.

Dann zog Viggo Norlander ein. Er blieb mit dem Jackenärmel am Türgriff hängen. Sehr irritierend. Er riß und hörte ein besorgniserregendes ratschendes Geräusch. Da fluchte er laut. Eine halbe Minute nach ihm schwebte Arto Söderstedt heran. Mit fernem Blick.

Wieder lag der Flur öde da. Dann zeigte sich ein schlechtgekleideter Mann in mittleren Jahren. Er hatte dunkelblondes Haar und ein rotes Mal auf der Wange. Er hatte den geschlagenen Tag beim Hinweiseingang zugebracht und falsche Zeugenaussagen über Siebenjährige durchgesehen. Sein Name war Paul Hjelm. Er öffnete die Tür und schaute herein. Dann blieb er einen Augenblick in der Türöffnung stehen, schaute den Flur entlang und überlegte, ob er eine Brille brauchte. Er würde sich keine anschaffen, aber darüber nachdenken konnte man ja.

Schließlich erblickte er – am entferntesten Ende des Gangs –, wonach er gesucht hatte. Eine dunkelhaarige Frau in seinem Alter. Er winkte ihr zu. Sie winkte zurück. Danach sah sie auf die Uhr. Sie hatte wohl noch ein, zwei Minuten Zeit?

Hjelm ging hinein. Kerstin Holm eilte der Perlenpforte der Kampfleitzentrale entgegen. Wäre sie nicht in ebendiesem Augenblick von einem jungen Boten des internen Botendienstes der Polizei aufgehalten worden, so wäre ihr Leben anders verlaufen. Sehr anders. Dann wäre sie in die Kampfleitzentrale geschlüpft, hätte sich auf einen Stuhl neben Paul Hjelm sinken lassen und an der großen Beratung des Freitagnachmittags teilgenommen.

Es kam anders.

»Entschuldigung«, sagte der Bote. »Ich brauche eine Unterschrift.«

Sie hatte einen großen Teil des Tages damit verbracht, eine Wohnung am Lötsjöväg im Vorort Hallonbergen zu lokalisieren. Der südliche Teil von Lötsjövägen war dicht besiedelt. Aber die riesigen und sehr tristen Wohnblocks waren fast ausschließlich im Besitz einer großen Baugesellschaft. Die hatte sie aufgesucht. Sie hatte sämtliche Mietverträge und Verträge über Untervermietungen durchgesehen, soweit sie archiviert waren. Es waren mehrere Hundert. Sie hoffte, daß eine Art von offiziellem Vertrag geschlossen worden war. Und so war es. Schließlich fand sie ihn. Er paßte auch zeitlich. Vom 1. Juni an für ein Jahr. Eine Untervermietung. Der Inhaber des Hauptmietvertrags hieß Mervat Elmagarmid, aber der Untervermietungsvertrag war lediglich mit einem Kürzel signiert. Einer Unterschrift, die sie sehr gut kannte. Dag Lundmarks. Sie hatte die Adresse, doch sie hatte sie zu spät bekommen, um noch etwas zu unternehmen.

Jetzt würde die A-Gruppe sie gleich erfahren.

»Was für eine Unterschrift?« fragte sie den jungen Boten.

»Eine Lieferung vom Kriminallabor«, antwortete er. »Jemand von der ... ›Spezialeinheit beim Reichskriminalamt für Gewaltverbrechen von internationalem Charakter‹ muß unterschreiben.«

»Ich muß zu einer Sitzung«, sagte sie in Eile. »Kannst du nicht etwas warten?«

»Es ist fünf Uhr am Freitagnachmittag«, sagte der Bote bittend. »Soll ich hier draußen im Flur sitzen und warten, bis eure Sitzung zu Ende ist?«

Kerstin Holm seufzte, unterschrieb und nahm die Sendung entgegen. Einen gewöhnlichen braunen C4-Umschlag. Sie drehte und wendete ihn. Er weigerte sich, sein Geheimnis preiszugeben.

Der junge Bote verschwand erleichtert ins Wochenendgewimmel.

Sie konnte es nicht lassen, den Umschlag zu öffnen. Für den Fall, daß er etwas enthielt, was sich mit zur Sitzung zu nehmen lohnte.

Die Sendung kam von Brynolf Svenhagen und bestand aus einem kleinen, in Auflösung begriffenen Zettel mit zerlaufener Tinte in einer verschlossenen Plastikhülle. Sie betrachtete ihn. Es war völlig unbegreiflich, man konnte nicht ein Wort erkennen.

Doch es war eine ausführliche Erläuterung beigefügt.

Chefkriminaltechniker Brynolf Svenhagen beschrieb einleitend die äußeren Umstände: ›Zettel gefunden am fünften September in der Brieftasche des verstorbenen Landwirts Max Sjöberg auf einem Acker zwischen Grönby und Sörby im südlichen Schonen. Der Tote dürfte cirka zwölf Tage auf einem brachliegenden Kartoffelacker vergraben gewesen sein. Ein gewisser Schutz war durch den schwarzen Plastiksack gegeben, in dem die Leiche lag.‹

Darauf folgte eine Beschreibung der Arbeit, die Svenhagen dem Papier gewidmet hatte: ›Das Papier ist gewöhnliches 80 g gebleichtes Schreibmaschinenpapier. Der Text ist mit Tinte geschrieben, den Kratzspuren zufolge mit einem Füller. Die Tinte ist zerlaufen und der Text nahezu unlesbar. Mit bloßem Auge kann man folgende Wörter erkennen, der Reihe nach: ›arm‹, ›stark‹, ›geben‹ und ›Haus‹, ohne einen Zusammenhang. Eine nähere Mikroanalyse der Tinte macht den Text nicht deutlicher; dafür ist sie zu weitgehend durch die Feuchtigkeit zerlaufen. Die Mikroanalyse mußte sich statt dessen auf die Kratzspuren richten, die die Feder auf der oberen Papierschicht hinterlassen hat. Dabei sind weitere Wörter erkennbar geworden. Im Zusammenhang ergibt sich der Reihe nach folgendes: ›mich‹, ›dein‹, ›Herz‹, ›Arm‹,/ ›stark‹, ›Eifer‹, ›Glut‹, ›Flamme‹,/ ›Wasser‹, ›auslöschen‹, ›Ströme‹,/ ›Gut‹, ›geben‹, ›Hause‹, ›Liebe‹, ›genügen‹. Außerdem sind vier Punkte zu erkennen, was darauf schließen läßt, daß es sich um vier Sätze handelt. Die Schrägstriche im obigen Text bezeichnen die Punkte. BS.‹

Sie begriff nicht richtig den Zusammenhang, doch die losgerissenen Wörter begannen in ihr zu klingen. Sie wußte kaum, wer Max Sjöberg war, doch von dem Zettel aus seiner Brieftasche ging ein furchtbarer Sirenengesang aus. Und der war an sie gerichtet. Er rief sie.

Sie hielt sich die Hände vor die Ohren. Sie wollte ihn nicht hören. Doch es half nichts. Er war zu stark.

Sie stand, die Hände an die Ohren gepreßt und den Rücken an die Wand gedrückt, im Flur, unmittelbar neben der Tür zur Kampfleitzentrale. So nah, und doch so weit entfernt.

Etwas bewegte sich durch den Flur. Es war ein schwarzes Loch mit einem unendlichen Sog. Nichts kam aus ihm heraus. Alles, was in seine Nähe geriet, wurde hineingesogen. *Ein schwarzes Loch in der Zeit.* Aber plötzlich war es sichtbar. Es war wider die Natur eines schwarzen Lochs, sichtbar zu sein. Wider seine Funktion. Seine Funktion war, alles zu schlucken, was in seine Nähe kam – Gedanken oder Nicht-Gedanken, Träume oder Nicht-Träume. Und es war fast kein schwarzes Loch mehr. Nichts wurde mehr hineingesogen. Es stieß statt dessen etwas aus. Es bekam Konturen. Menschliche Konturen. Eine schwarze Silhouette. Sie füllte die Lücken zwischen den losgerissenen Wörtern, und es sang in ihr mit entsetzlicher Stimme, direkt in ihr Knochenmark hinein wie ein Zahnarztbohrer ins Zahnmark.

Sie sank auf dem wochenendleeren Flur in die Hocke.

Sehr, sehr langsam drehte sie ihren alten Verlobungsring.

Dann verwandelte sich Trauer in Zorn.

Jetzt reichte es, verdammt noch mal.

Sie kam hoch, atmete tief durch und ging zu ihrem und Pauls Zimmer. Sie warf den Umschlag auf ihren Schreibtisch.

Dann lief sie den Flur entlang. In die Richtung, aus der sie gekommen war. Als sie um die Ecke bog, hörte sie, wie die Tür der Kampfleitzentrale geöffnet wurde. Es hatte nichts mehr mit ihr zu tun.

Sie schaltete ihr Handy ab.

Sie lief hinunter in die Tiefgarage des Polizeipräsidiums und holte ihren Dienstwagen. Wie eine Verrückte fuhr sie durch die Stadt. Sie sprang zwischen den Wochenendschlangen hin und her. Sie fuhr auf Busspuren und auf der Gegenfahrbahn. Sie drückte das Blinklicht aus dem Seitenfenster und setzte es aufs Dach. Sie ließ die Sirene heulen. Sie brachte ganz Stockholm dazu, ihr Platz zu machen.

Und sie erreichte Hallonbergen, den Lötsjöväg, einen Korridor, der aussah wie in einem Studentenheim, eine Tür, auf deren Briefschlitz der Name Elmagarmid stand. Sie fixierte sie einen Augenblick. Sammelte ihre ganze Kraft in einem Punkt. Zog ihre Dienstwaffe. Hob das Bein.

Trat die Tür ein.

Es ging. Auf Anhieb.

Sie stürmte Hals über Kopf hinein. Die Waffe im Anschlag.

Zimmer auf Zimmer. Ecke auf Ecke.

Blick auf Blick. Als wollte sie, daß *er* da wäre. Den *sie* töten wollte.

Und es war vollkommen leer.

Vollkommen, vollkommen leer.

Die Zweizimmerwohnung war kaum möbliert. Ein Bett. Ein paar Stühle. Und ein kleiner Küchentisch, von der Wand abklappbar. Da sank sie in sich zusammen. Vor dem Kühlschrank. Sank einfach. Den Pistolenlauf am Nasenrücken. Der kalte Stahl gegen ihre heiße Haut. Und die Tränen.

Nicht wieder die Tränen. Du mußt ein besseres Gegenmittel haben. Scheiß auf die Tränen.

Aber keine Willensanstrengung konnte ihnen Einhalt gebieten. Sie liefen und liefen. Als sie die Augen aufmachte, kam ein schwarzes Loch in die Küche. Es war kein schwarzes Loch mehr. Es war ein Mensch, ein sehr kleiner Mensch. Er setzte sich zu ihr auf den Fußboden. Sie hatte das Gefühl, daß er den Arm um ihre Schultern legte.

Dann die Begrüßung. Der Spuckeklecks.

Mit einem herzförmigen Magneten war eine einzelne Fotografie an der Kühlschranktür befestigt. Ein alltägliches Foto. Zwei lachende Wesen.

Ein Mann und ein Junge.

Ein dicklicher Mann mit Schnauzbart. Er legte den Arm um den Jungen und lachte lauthals.

Und da mußte sie kotzen.

30

Paul Hjelm stampfte mit dem Fuß. Dreimal sah er auf sein Handgelenk, aber er trug nun mal keine Uhr. Er mußte eine kaufen. Brille und Armbanduhr. Erwachsenenpunkte sammeln.

»Bist du sicher, daß du sie gesehen hast?« fragte Jan-Olov Hultin vom Katheder. Er blickte durch seine Minilesebrille auf die Sonntagsschüler hinab und sah aus wie eine naturwidrige Kreuzung zwischen einem Oberstufenlehrer und einer Eule.

Alles war mit anderen Worten normal. Nur daß Kerstin fehlte.

Die A-Gruppe sah zur Tür. Sie blieb geschlossen.

»Ich habe ihr sogar zugewinkt«, sagte Hjelm. »Sie hat zurückgewinkt. Sie muß ein wichtiges Telefongespräch bekommen haben oder akute Diarrhöe oder etwas in der Art.«

»Das ist ja ungefähr das gleiche«, sagte Hultin und kratzte sich mit der Kugelschreiberspitze im Augenwinkel. Es sah gefährlich aus. Ein abruptes Husten, und er wäre blind gewesen. Wenn nichts Schlimmeres.

Schweigen. Stühle scharrten. Jemand räusperte sich. Die Stimmung hätte leicht als schläfrig mißdeutet werden können. Aber sie war geschärft bis an die Zähne. Daß man die Verspätung ohne Murren hinnahm, deutete den Ernst der Stunde an.

Es war schließlich Hultin, der zuerst die Geduld verlor – was sogar ihn selbst zu überraschen schien. Der Kugelschreiber flog in weitem Bogen davon und landete zwischen Gunnar Nybergs Ruderblättern von Füßen.

»Himmelarschundzwirn«, stieß er brüsk aus. »Geh mal einer nachsehen.«

Hjelm ging und sah nach. Als er die Tür öffnete und in den Flur schaute, hatte er den Eindruck, daß gerade jemand um die Ecke am hintersten Ende des Gangs verschwand. Aber es war vermutlich eine optische Täuschung.

Er schaute in die Damentoilette. Niemand dort. Er ging in ihr Büro. Da war sie auch nicht. Er rief ihr Handy an. Der Anrufbeantworter meldete sich kurz. Er sprach eine ebenso kurze Nachricht aufs Band.

»Wo zum Teufel bist du abgeblieben! Sag nicht, die bösen Trolle hätten dich geraubt. Wehrlose Frau.«

Er ließ den Blick durchs Zimmer schweifen und kehrte in die Kampfleitzentrale zurück. Viele Blicke richteten sich auf ihn. Er zuckte mit den Schultern und sagte: »Nein. Sie hat sich in Luft aufgelöst.«

»Dann fangen wir jetzt an«, sagte Jan-Olov Hultin.

Keiner wollte spontan anfangen. Also mußte er es selbst tun. Und besonders spontan wurde es auch nicht. Er zeigte mit einem nagelneuen Kugelschreiber über seine Schulter und sagte: »Ihr habt ja an der Flipchart das Schema unseres Falls gesehen. Es gibt viele Enden, von denen aus man versuchen kann, ihn aufzudröseln. Ich schlage vor, daß du anfängst, Paul.«

Paul Hjelm schnitt eine kleine Grimasse. »Das ist eine gute Strategie. Bei dem anzufangen, der am wenigsten zu sagen hat. Denn ich habe praktisch nichts Neues.«

»Okay«, sagte Hultin. »Es dürfte sinnvoll sein, mit der neuentdeckten Beziehung zwischen Dag Lundmark und Ola Ragnarsson anzufangen. Arto?«

Alle waren auf eine geschliffene Darstellung gefaßt. Söderstedt räusperte sich und setzte an: »Rudhagens altehrwürdige Privatklinik in Mälardalen liegt auf dem Land, ungefähr zwanzig Kilometer von Eskilstuna entfernt. 1967, bei der Gründung, war die Ausrichtung klassische Psychiatrie. Weil man damals noch keinen Kontakt mit dem staatlichen Gesundheitssystem hatte, war die Behandlung den Bessergestellten vorbehalten. Der seelisch kranken Oberklasse. 1984 kommt ein sehr kaputter Mensch in die Klinik. Die Diagnose lautet schwere und akute Schizophrenie. Sein Name ist Ola Ragnarsson. Er hat gerade seinen Anteil an einer extrem erfolgreichen Kette von Investment-Gesellschaften auf den Cayman Islands verkauft. Nach einer allem Anschein nach sehr harten Kindheit und Jugend in Vallentuna hat Ragnarsson sich ordentlich revanchiert. 1982 macht seine Kette genausoviel Umsatz wie das Bruttosozialprodukt von Guatemala. Die Zentrale liegt in Monte Carlo. Schöne Frauen umschwärmen seine Brieftasche. Die schönste ist die Bankangestellte Claudine Verdurin. Sie begegnen sich im Frühjahr 1983. Ragnarsson verliebt sich schwer. Daß sie nicht ebenso verliebt ist in ihn, zeigt die Tatsache, daß sie schwanger wird, ohne ihm etwas davon zu sagen, und eine Abtreibung vornimmt, ohne ihm etwas davon zu sagen. Eines Abends im Spätsommer 1984 macht sie Schluß. Ola ist am Boden, er klammert sich an sie, bittet, fleht, bettelt, aber Claudine ist unerbittlich. Im Zorn schleudert sie ihm die nackte Wahrheit an den Kopf. Und da sieht sie, wie etwas in Ola zerbricht, etwas Lebenserhaltendes. Schon am nächsten Tag verläßt er Monaco und veräußert sein ganzes Unternehmen.«

Söderstedt blickte sich um und ließ die Worte sich setzen. Nach einer kurzen Pause fuhr er fort: »Ich hatte gerade ein langes Gespräch mit dem Leiter von Rudhagen, Robert Ehnmark, der folgendes erzählte: Anfang September 1984 wird Ragnarsson in Rudhagen aufgenommen, schwer schizophren. Er wird drei Jahre stationär behandelt, ohne je die Klinik zu verlassen. Im Oktober 1987 ist er so weit okay, daß er kleine Spaziergänge machen kann. Er wird mit starken Psychopharmaka behandelt. Im Frühjar 88 kann er die Klinik für einige Tage verlassen, zunächst fährt er nach Eskilstuna, dann nach Stockholm. Nach einigen erfolgreichen Wochenenden in Stockholm hält man ihn für so weit wiederhergestellt, daß er versuchen kann, ein normales Leben zu führen. Man hilft ihm, in der Wollmar Yxkullsgata auf Södermalm eine Wohnung zu finden. Das Krankheitsbild aus dieser Zeit deutet an, daß er sich in Richtung eines mehr manisch-depressiven Zustands bewegt hat. Man ist auf Rückfälle vorbereitet. Ragnarsson lebt jetzt ein paar Monate in Stockholm. Eines Tages ist er zurück in Rudhagen, in einem Zustand der Zerrüttung. Allmählich schält sich eine dauerhafte Behandlungsstruktur heraus. Es wird ein ständiger Wechsel. In seinen manischen Phasen lebt Ola Ragnarsson in der Stockholmer Wohnung, in den depressiven in Rudhagen. Es funktioniert tatsächlich ziemlich gut. Seit dem Herbst 1989 ist dieses wechselweise Wohnen ziemlich konsequent durchgehalten worden.«

Neue Pause. Ernsthaft gespanntes Schweigen.

Arto Söderstedt kam sich vor wie ein Geschichtenerzähler der alten Schule. Angespornt fuhr er fort: »In den neunziger Jahren expandiert Rudhagen. Über die traditionelle psychiatrische Behandlung hinaus widmet man sich mehr und mehr der Suchtbehandlung. Man erweitert den Komplex um eine Alkoholklinik, die sich eines wachsenden guten Rufs erfreut und von mehreren schwergewichtigen Instanzen in Anspruch genommen wird. Unter anderem der Polizei. Dag Lundmark wurde im Juli vorigen Jahres suspendiert. Im September wurde er in die Entzugsabteilung in Rudhagen aufgenommen. Er bleibt dort bis Mai in Behandlung. Im Juni tritt er wieder in den aktiven Dienst ein, allerdings degradiert und zur Wache nach Flemingsberg versetzt. Während Lundmarks Aufenthalt in Rudhagen befindet sich Ragnarsson in den Perioden vom 14. November bis 7. Januar und vom 24. März bis 5. Mai ebenfalls dort. Seine depressiven Phasen. Lundmark verläßt Rudhagen am 15. Mai und zieht am gleichen Tag ins Hotel Siebenstern in Huddinge ein.

Während seiner ersten Zeit in der Klinik dürfte Lundmark sich in einem schweren Stadium der Entgiftung befunden haben. Cold turkey. Die Neigung, Kontakte zu schließen, wird nicht sonderlich groß gewesen sein. In der Periode zwischen dem 24. März und dem 5. Mai dagegen nimmt Lundmark mit Sicherheit Kontakt zu Ragnarsson auf. Ganz wie Claudine findet er, daß Ragnarsson leicht zu lenken ist. Irgendwann im April dürfte Ragnarssons depressives Stadium in das manische übergegangen sein. Und jetzt wird er zum Werkzeug in Lundmarks immer ausgeklügelteren Plänen. Wie diese auch aussehen mögen.«

»Geht das nicht reichlich schnell?« sagte Hultin. »September bis April. Kann man so schnell von einer schweren Alkoholsucht geheilt werden? Sind die in Rudhagen so gut?«

»Sie sind bestimmt gut«, sagte Sara Svenhagen. »Aber sie haben auch neueste Hilfsmittel.«

Die Köpfe in der Kampfleitzentrale wandten sich ihr auf einen Schlag zu. Mit dem Blick in einer ansehnlichen Sammlung von Papieren fuhr sie fort: »Dag Lundmarks Urinprobe vom Tag des Todesschusses in Flemingsberg weist eine auffällige Konstellation von Naltrexon und Acamprosat auf.«

Die Blicke waren jetzt nicht mehr gnädig. Sie machte eine extra lange Pause und reizte die Anwesenden mit ihrem kleinen Lächeln. Schließlich fuhr sie fort: »In den letzten Jahren hat die Forschung um Alkoholabhängigkeit einen Sprung nach vorn gemacht. Naltrexon und Acamprosat sind zwei wichtige Opiatantagonisten. Sie wirken dem Verlangen nach Alkohol entgegen. Einzeln werden sie bereits in neuen Antialkoholmedikamenten verwendet – Revia beziehungsweise Campral. Aber wie sie zusammen reagieren, ist anscheinend eine sehr komplizierte Frage. Bei Ratten sind Aggressivität und eine verzerrte Wirklichkeitswahrnehmung beobachtet worden. Aber es könnte sich um einen Schlüssel zum Kampf gegen Alkoholismus handeln. Sehr wichtige Forschung, kurz gesagt. In Schweden ist es vor allem *ein* Arzneimittelunternehmen, das die Konstellation Naltrexon – Acamprosat in Laborversuchen erforscht. Es heißt Dazimus Pharma AB.«

Zwei Gewitterwolken, eine kleine und eine große, erhoben sich in der Kampfleitzentrale. Sie spien Blitz und Donner.

»Skarlander«, blitzte die kleinere.

»Er hat sich in Luft aufgelöst«, zischte die größere.

Hultin betrachtete sie skeptisch. »Ein normales Phänomen in diesen Tagen«, sagte er neutral.

Die Gewitterwolken setzten sich widerwillig.

Svenhagen fuhr fort: »Das Präparat, das Dag Lundmark während seiner Entgiftung eingenommen hat, ist also ein nicht zugelassenes Medikament, das sich noch in der Experimentierphase befindet. Das verhalf ihm zu einer sehr raschen Heilung. Aber möglicherweise hat es ihn in anderer Weise beeinflußt. Die Nebenwirkungen sind schwer überschaubar.«

Paul Hjelms und Jan-Olov Hultins Blicke trafen sich. Das hatten sie erwartet. Sie nickten beide.

Hjelm sagte: »Der Blick.«

»Natürlich«, sagte Hultin.

Hjelm verdeutlichte: »Lundmark hatte so einen sonderbaren Blick während unseres Verhörs. Wäßrig. Es muß die Wirkung des Medikaments gewesen sein. Ein Drogenblick.«

Chavez räusperte sich und sagte: »Rudhagens Klinik läßt also zu, daß experimentelle Drogen bei der Entgiftung eingesetzt werden? Menschliche Versuchskaninchen?«

»Ich hatte den Hörer schon in der Hand«, sagte Sara Svenhagen. »Sollte ich anrufen und in der Klinik nachfragen? Ich habe es gelassen. Das hieße vielleicht nur, sie zu warnen.«

Jorge betrachtete seine kluge Frau und sagte: »Sie müssen eine Art Absprache haben. Alle drei Instanzen. Der Patient-Dazimus-Rudhagen. Ich kenne einen Mann, der sich auf schwarze Absprachen dieser Art versteht. Er heißt Carl-Ivar Skarlander. Die Konstellation dürfte also heißen Lundmark-Skarlander-Ehnmark.«

»Robert Ehnmark in Rudhagen hat sich sehr verantwortungsbewußt angehört«, sagte Söderstedt.

»Das hat Skarlander bei Dazimus auch getan«, sagte Chavez. »Man kann die Konstellation vielleicht noch etwas ausweiten und Reines Haus mit einbeziehen. Dann wird Dazimus das Zentrum. Lundmark-Skarlander-Ehnmark-Backlund. Und Skarlander ist die Spinne im Netz.«

»Und eine Gang schwergeprüfter Afrikaner sind die Fliegen«, fiel Gunnar Nyberg ein.

»Ich muß gestehen, daß mir die Rolle der Afrikaner in diesem Zusammenhang nicht klar ist«, räumte Paul Hjelm ein.

»Ungefähr folgendermaßen«, sagte Nyberg. »Die Südafrikaner sehen ihre Kinder wie die Fliegen an Aids dahinsterben. Statt der teuren HIV-Blocker des Westens gibt es jetzt Raubkopien aus Indien und Brasilien, die Südafrika zu verwenden beschließt. Da erhebt eine Reihe multinationaler Arzneimittelkonzerne Klage gegen den südafrikanischen Staat. Das ist der Moment, in dem jemand die Nase voll hat. Jemand ist absolut sicher, daß Südafrika HIV-Blocker allein herstellen kann. Was man braucht, ist die exakte Formel – wie hast du sie genannt, Sara?«

»Den Rolls Royce unter den HIV-Blockern.«

»Genau. Und der Rolls Royce unter den HIV-Blockern wird hergestellt bei – Dazimus Pharma auf Lidingö.«

»Aha«, warf Arto Söderstedt ein. »Jetzt wird mir einiges klarer.«

»Aber der Rolls Royce unter den HIV-Blockern ist selbstverständlich ein gutgehütetes Geheimnis«, fuhr Nyberg fort. »Es bedarf einiger Tricks, um an die Formel heranzukommen.«

»Wer ist ›jemand‹?« fragte Jan-Olov Hultin vom Katheder. »Wer hat die Nase voll und beschließt, auf eigene Faust zu handeln?«

»Da die südafrikanische Regierung das Aids-Problem nicht richtig ernst nimmt, ist es vermutlich eine unabhängige humanitäre Organisation in Südafrika«, sagte Chavez. »Sie schicken ein Team nach Schweden. Die beste Methode, an die Formel heranzukommen, ist seltsamerweise, sich als Flüchtling auszugeben. Da kann man für die Schwarzreinigungsfirma Reines Haus arbeiten, die bei Dazimus Pharma saubermacht. Nachts. Man schickt die bestqualifizierten und engagiertesten Kräfte: den Chemiker Winston Modisane und den Arzt

Siphiwo Kani. Sie sorgen dafür, daß sie als Asylbewerber abgewiesen werden. Modisane regelt das mit dem Job bei Reines Haus. Schließlich gelingt es ihm, in das hochgesicherte System von Dazimus einzudringen und die Formel zu finden. Er kopiert sie. Ich denke mir, daß dies in der Nacht auf Montag, den dritten September, passiert ist. Am Montagmorgen entdecken die Dazimus-Leute, daß in der Nacht jemand in ihr geheimstes Computersystem eingedrungen ist. Es entsteht Panik. Der Rolls Royce unter den HIV-Blockern ist im Begriff, dem Unternehmen zu entgleiten. Man muß etwas dagegen tun. Wie? Man braucht einen professionellen Detektiv, der den Schuldigen findet und die Formel zurückholt. Doch zur Polizei kann man nicht gehen. Denn der Schuldige muß unschädlich gemacht werden. Und zwar bevor er die Formel kopieren und verbreiten kann. Jemand – und ich würde tippen, daß es der Informationschef Carl-Ivar Skarlander ist – kommt auf die Idee, daß man ja bereits in dunkle Geschäfte mit einem Polizisten verwickelt ist. Ein degradierter Kriminalinspektor hat die nicht zugelassene und nicht am Menschen getestete Superdroge gegen Alkoholsucht probieren dürfen und ist rasch geheilt worden.«

»Dag Lundmark«, sagte Hjelm.

Chavez nickte und fuhr fort: »Im Laufe des Montagvormittags nimmt Skarlander also Kontakt zu Dag Lundmark auf. Sie treffen sich nicht zum ersten Mal. Ein paar Monate zuvor hat Dag Lundmark zugestimmt, als Versuchskaninchen für Dazimus zu agieren, um schnell von seiner Alkoholabhängigkeit loszukommen. Lundmark steckt bereits tief in einem anderen lichtscheuen Plan, dessen Absichten wir noch nicht kennen. Er akzeptiert den Auftrag – vermutlich geht es um eine Menge Geld. Es ist nicht besonders schwierig für einen Kripomann, darauf zu kommen, daß der nächtliche Reinigungsmann der Schuldige ist. Aber er ist vollständig anonym. Also wendet sich Lundmark an Joakim Backlund bei Reines Haus. Vermutlich bedroht er Backlund und bringt Modisanes Namen und Anschrift in Erfahrung.«

»Und es zeigt sich, daß es in Flemingsberg ist«, sagte Hjelm. »Wo Lundmark selbst arbeitet.«

»Ganz genau«, sagte Chavez. »Es paßt perfekt. Bisher hat er nur daran gedacht, den Schuldigen stillschweigend unschädlich zu machen. Jetzt aber wählt er einen anderen Weg. Offenbar handelt es sich darum, diesen plötzlich erhaltenen Auftrag in den anderen Plan einzufügen.«

»Wir stoßen immer wieder auf diesen ›anderen Plan‹«, sagte Jan-Olov Hultin. »Das scheint der eigentliche Kern zu sein.«

»Wahrscheinlich«, sagte Chavez und fuhr fort: »Lundmark wählt jetzt eine sehr ausgeklügelte Vorgehensweise: den Mord durch eine Tötung in Notwehr zu verdecken. Er späht von einem Haus in der Nähe die Wohnung aus. Fünf Afrikaner am Küchentisch. Bestimmt Abschiebungskandidaten. Er macht ihren Fluchtweg aus: das offene Fenster, die Feuerleiter, die Speichertreppe vom Dach hinunter. Wenn Modisane diese einzigartige Formel geklaut hat, dann hat er sie wahrscheinlich bei sich, vermutlich auf Diskette. Lundmark muß also mit Modisane allein sein, damit er ihn ermorden und ihm die Diskette abnehmen kann. Er muß ihn aufs Dach jagen und dort abknallen. Also muß der Fluchtweg auf halber Strecke blokkiert werden. Der Plan ist klar, jetzt muß er umgesetzt werden. Wie? Er braucht einen Schlüssel für die Speichertür und eine Waffe, damit er behaupten kann, Modisane habe auf ihn geschossen. Und er muß dafür sorgen, daß er und kein anderer den Auftrag für den Einsatz erhält; das ist am schwierigsten. Aufgrund des ›anderen Plans‹ verfügt er bereits über einen sicheren Telefonanschluß in einer verlassenen Werkstatt in Ulvsunda – kurz darauf benutzt er dieses Telefon, um eurem Einbrecher einen Tip zu geben …«

»Björn Hagman«, sagte Viggo Norlander.

»Ja, genau«, fuhr Chavez atemlos fort. »Diese Halle paßt auch jetzt ausgezeichnet. Dag Lundmark muß dort einen automatischen Anruf bewerkstelligen, der genau zu einem bestimmten Zeitpunkt erfolgt, mit einem auf Band eingespielten falschen Hinweis. Er bringt in Erfahrung, daß ein Eric Mattson von der Migrationsbehörde am nächsten Tag nicht antreffbar sein wird, weil er nach Indien fährt, und benutzt seinen Namen.«

»Kann es wirklich so spitzfindig sein?« entfuhr es Hultin.

Chavez zuckte mit den Schultern. »Der Rest deutet darauf hin«, sagte er. »Lundmark läßt Carl-Ivar Skarlander (denn der ist wohl der einzige Beteiligte) den Tip auf Band sprechen. Dann sorgt er dafür, daß der Anruf exakt um 14.06 Uhr erfolgt, während er selbst in unmittelbarer Nähe des Zimmers von Kommissar Ludvigsson auf der Wache in Flemingsberg steht und Kaffee macht. So geht der Auftrag natürlich an ihn. Das einzige, was jetzt noch aussteht, ist, so spät wie möglich die Speichertür zu verschließen. Er gibt vor, zum Zahnarzt zu müssen, und zieht los. Als er zurückkommt, hat er eine Waylander Wettkampfpistole und den Schlüssel für die Speichertür bei sich, um sie nach dem Mord wieder aufschließen zu können. Er sorgt dafür, daß die Kollegen sich auf den Küchentisch konzentrieren, und so bekommt er Modisane für sich. Er treibt ihn bewußt in Richtung des offenen Fensters und wendet sich um, damit Modisane Gelegenheit bekommt zu fliehen. Dann folgt er ihm aufs Dach. Und da scheint alles so abgelaufen zu sein, wie Lundmark es geplant hat.«

»Er ermordet Modisane und – nimmt ihm die Diskette mit der Formel ab?« sagte Hultin ungläubig.

»Das nehme ich an – doch ohne zu merken, daß die Diskette eine *Kopie* ist. Es ist klar, daß Winston Modisane die Formel kopiert hat. Niemand weiß, daß er einen Partner hat. Ich möchte jedenfalls gern glauben, daß der Arzt Siphiwo Kani die Formel bei sich hatte, als er ausgewiesen wurde. Vielleicht erfahren wir es erst, wenn wir in den nächsten Jahren die Statistik der Aidstoten in Südafrika sehen. Ist es ihnen gelungen, eine Fabrik für die Herstellung von HIV-Blockern auf Basis der geraubten Formel zu errichten? Das und nichts Geringeres steht auf dem Spiel.«

Chavez verstummte und nahm einen Schluck Wasser. Er hatte das Gefühl, sich die Kehle blutig geredet zu haben.

»Aus einem Punkt in deiner Darstellung werde ich nicht richtig schlau«, sagte Hultin. »Wie kann der inzwischen trokkene Polizist Dag Lundmark so leichtsinnig einen Auftrag akzeptieren, der nichts anderes beinhaltet als eine Hinrichtung? Man mag von ihm halten, was man will, aber ein Mörder ist er doch nicht.«

»Ich fürchte, da irrst du dich, Jan-Olov«, sagte Arto Söderstedt. »Ich würde sagen, daß er genau das ist. Das genau hat Dag Lundmark gerade neulich bestätigt, als ihm dieser Auftrag angeboten wurde. Er hatte kein Problem damit, ihn anzunehmen. Im Gegenteil, er paßt wunderbar in seine neue Entwicklung. Als er Winston Modisane auf dem Dach in Flemingsberg erschießt, ist es sein vierter Mord binnen einiger Wochen. Vielleicht der fünfte. Wenn es irgendwo in dieser Geschichte einen Serienmörder gibt, dann ist es Dag Lundmark.«

»Sein fünfter Mord in wenigen Wochen?« unterbrach Hultin ihn skeptisch.

Söderstedt drehte einen Bleistift. Er blinzelte ein paarmal und sagte: »Ich würde gern zu meiner Darstellung zurückkehren. Wo ich vor einer Viertelstunde aufgehört habe. Jetzt ist mehr Fleisch am Gerippe. Es ist Ende April diesen Jahres. Dag Lundmark hat einen knochenharten Radikalentzug mit starken, zuvor unerprobten Drogen durchgemacht. Er sieht das Licht am Ende eines verflucht langen und pechschwarzen Tunnels. Während dieser höllischen Monate hat er viel Zeit zum Nachdenken gehabt. Er hat außerdem Zeit gehabt, richtig, aber richtig wütend zu werden, möglicherweise haben die unbekannten Nebenwirkungen des Medikaments nachgeholfen. Irgendwie will er *zurückschlagen.*«

»Der ›andere Plan‹«, nickte Hultin.

»Ja«, sagte Söderstedt. »Der Hauptplan. Plan A. Er ist suspendiert und degradiert und in eine torturähnliche Behandlung geschickt worden. An irgend jemandem muß er seine Wut auslassen. Vielleicht ganz einfach an der Polizei. Er beginnt, einen Plan zu entwerfen. Da begegnet er dem leicht lenkbaren Ola Ragnarsson. Lundmark sitzt jetzt in Rudhagens Klinik und manipuliert Ragnarsson. Sie wollen gemeinsam irgendein großes Spektakel in Szene setzen. Beide werden im Mai entlassen. Sie treffen sich wahrscheinlich mehrere Male während des Sommers. Was jetzt kommt, ist ein wenig spekulativ, wenn ihr erlaubt. Lundmark muß Ragnarssons Vertrauen gewinnen. Er findet seine schwachen Punkte. Er wird fast ein wenig zum Therapeuten. Vielleicht sagt er etwas wie: ›Worauf hast du den größten Haß in deinem Leben, Ola?‹. Ola antwortet: ›Claudine.‹ Dag sagt: ›Am besten schreibst du es auf, Ola. Das mache ich immer. Ich schreibe es auf, genau wie es ist. Willst du sehen, was ich geschrieben habe?‹ Ola sagt: ›Ja.‹ Dag sagt: ›Wie groß ist dein Haß? Was hättest du getan, wenn du gekonnt hättest? Wenn du nicht krank geworden wärst?‹ Ola antwortet: ›Ich hätte alle umgebracht.‹ Dag sagt: ›Schreib das auf.‹ Und so geht es weiter. Am Ende diktiert Lundmark Ragnarsson mehr oder weniger, was er schreiben soll. Es ist nicht ausgeschlossen, daß Ola am Ende tatsächlich glaubt, er sei ein internationaler Serienmörder, er habe zuerst Claudine in Monaco umgebracht und danach quer durch Europa weitergemordet. So entsteht ein sehr gut formulierter und rhetorisch vollendeter Brief. Aber der Schluß fehlt. Ende August fährt Dag Lundmark nach Schonen, nach Anderslöv bei Trelleborg, und tötet eine Bauernfamilie namens Sjöberg. Es erscheint ganz und gar unbegreiflich, doch so ist es. In meinen Augen besteht gar kein Zweifel, daß Dag Lundmark der Täter ist, der die Sjöbergs umgebracht hat. Und daß praktisch die ganze Anstrengung mit Ola Ragnarsson darauf abzielt. Er hat ein Datum. Ein sehr präzises Datum – den Tag, an dem die Familie Sjöberg ihren Auslandsurlaub antritt. Zwei Wochen wird sie niemand vermissen. Aber *warum* die Familie Sjöberg? Hat jemand eine Ahnung? Paul?«

Paul Hjelm schüttelte den Kopf und fand, daß der ganze Fall wie ein Kaleidoskop war. Drehe es, und es entstehen völlig neue Muster. Er schwieg.

»Wie auch immer«, sagte Söderstedt. »Lundmark fuhr nach Schonen, tötete die Sjöbergs und kehrte zu Ragnarsson zurück, der sich zu diesem Zeitpunkt in seinem manisch-depressiven Zyklus wieder abwärts bewegte. Ola dürfte jetzt eine ziemlich düstere Einstellung zum Leben gehabt haben. Lundmark überzeugt ihn davon, daß man das therapeutische Schreiben vielleicht in Form eines Selbstmordbriefs formulieren könnte. Das wäre der Punkt auf dem i. Es würde richtig dramatisch sein, wenn er am Ende des Briefs sein eigenes Sterben anfügte. ›Tu so, als ob du am Ende des Briefs stirbst, Ola. Das ist ein Exorzismus. Danach wird es dir bessergehen.‹ Außerdem fügt er die Wegbeschreibung zu den Leichen in Schonen bei.

Denn *das ist der eigentliche Zweck der Übung*.

Anders kann ich es nicht vor mir sehen. Mit diesem Ziel vor Augen hat er in Rudhagens Klinik Kontakt zu Ragnarsson aufgenommen. Hierauf zielt der ganze Umgang mit dem psychisch Kranken ab, die ganze Briefschreiberei ist nur das Vehikel für diese Wegbeschreibung. Als der Selbstmordbrief fertig ist, tötet er Ragnarsson mit dem Gift, das er schon bei dem Ehepaar Sjöberg benutzt hat. Talliumsulfat. Danach kann er daliegen und verfaulen, bis es Zeit wird, die Aufmerksamkeit der Polizei nach Schonen zu lenken.«

»Ein einziges Mal während unseres Verhörs ist er besorgt«, sagte Hjelm. »Und zwar als wir ihm damit drohen, ihn dazubehalten. Im Grunde sind ihm ja Modisane und Dazimus Pharmas Probleme mit dem verdammten Rolls Royce unter den HIV-Blockern scheißegal. Er hat andere Dinge laufen. Er will jetzt nicht in Haft. Unser Verhör ist ihm genauso scheißegal. Wir sollen glauben, was wir wollen, wenn er nur rauskommt. Danach können wir ihn jagen, mit einer gewissen Verzögerung.

Ich glaube tatsächlich, daß er Björn Hagman überfährt, damit der über den telefonischen Tip redet. Er will, daß wir ihn jagen, aber er braucht einen ordentlichen Vorsprung. Es ist klar, daß wir nicht in alle Ewigkeit an Ragnarssons Schuld glauben. Es ist klar, daß wir früher oder später die Beziehung zu Rudhagen herstellen. Es hat allzu lange gedauert. Hätte es nicht so lange gedauert, wäre Hagman vielleicht nicht überfahren worden. Lundmark hat ein paar Tage Vorsprung. Weiß der Kuckuck, was er vorhat. Das ist der ›andere Plan‹.«

In der Kampfleitzentrale war es eine Weile still. Als müßten alle sich sammeln. Kraft sammeln im Schweigen. Die schwere Kost verdauen.

Die sich zuerst gesammelt zu haben schien, war – an schwer verdauliche Kost gewöhnt – Sara Svenhagen. Sie strich mit der Hand langsam über die Rundung ihres Bauchs und sagte: »Lassen wir nicht etwas außer acht? Ist Dag Lundmark nicht dabei, zielbewußt falsche Spuren um sich her auszulegen? Gibt es nicht einen gemeinsamen Nenner, der Ragnarsson mit den Sjöbergs verbindet – und mit der A-Gruppe? Denn sicher macht er doch Ragnarsson deshalb zum internationalen Serienmörder, damit *gerade wir* auf ihn angesetzt werden.«

Paul Hjelm nickte. Natürlich gab es einen gemeinsamen Nenner. Und er müßte ihn sehen. Er war direkt vor seiner Nase, und er sah ihn nicht. Das spürte er.

Und wo war Kerstin? Warum war sie verschwunden?

Kriminalkommissar Jan-Olov Hultin saß da und schielte sehnsuchtsvoll auf seine Flipchart. Die ganze Zeit hatte er mit der abgezogenen Kappe des Eddings dagesessen. Er befühlte ihn vorsichtig mit dem Finger. Knochentrocken. Die Flipchart reichte gleichsam nicht aus. So groß sie auch wäre, sie würde nicht ausreichen.

Das hatte nichts mit Quantität zu tun.

»Ich sollte wohl zusammenfassen«, sagte er. »Ich glaube nicht, daß ich das kann. Aber ich kann es reduzieren – das ist vielleicht mein Los in diesem Leben. Ich erkenne vier Täter von unterschiedlichen Dimensionen, um die wir uns kümmern sollten. Der Reihe nach, vom leichtesten bis zum schwersten Fall: Robert Ehnmark in Rudhagen, weil er zuläßt, daß Patienten als medizinische Versuchsobjekte benutzt werden. Joakim Backlund bei Reines Haus, weil er flüchtige Abschiebungskandidaten als Reinigungskräfte beschäftigt und konsequent Steuern hinterzieht. Carl-Ivar Skarlander bei Dazimus Pharma, weil er flüchtige Abschiebungskandidaten unter sklavereiähnlichen Verhältnissen als Reinigungskräfte einsetzt, weil er psychisch Kranke als Versuchstiere benutzt und weil er den Mord an Winston Modisane in Auftrag gegeben hat. Dag Lundmark, weil er vier Morde, einen mutmaßlichen Mord und einen Mordversuch begangen hat. Habe ich jemanden vergessen?«

Die A-Gruppe dachte nach. Sie fanden keinen mehr. Aber es reichte auch so.

Jan-Olov Hultin steckte den Verschluß auf das ausgetrocknete Edding und sagte: »Wie viele protestieren, wenn wir das Wochenende absagen und durcharbeiten?«

Keiner protestierte.

Es war sieben Uhr am Abend des siebten September, ein Freitag.

31

Chavez und Nyberg fuhren zum zweiten Mal an diesem Freitag zum Björkhagsväg nach Lidingö hinaus. Dort wohnte der Informationschef von Dazimus Pharma.

Carl-Ivar Skarlanders Villa war ziemlich bombastisch. Ihren Angaben zufolge war er geschieden. Er lebte allein in der riesigen Villa. Sie standen davor und klingelten. Das Haus lag völlig im Dunkeln. Der Regen strömte auf sie herab. Sie kehrten zum Wagen zurück. Gunnar Nyberg warf einen etwas mißmutigen Blick in die Seven Eleven-Tragetüte, die er vom Rücksitz herüberhob. Der Duft gut verpackter warmer Würstchen stieg in sein sensibles Riechorgan. Er griff seinen Plastikbecher Asketenfutter, bog den Deckel ab, bekam eine Sturzflut von Kaffee in den Schoß und war verstimmt. Chavez steckte ein Kabel in den Zigarettenanzünderkontakt des goldgelben Renaults und schloß sein internetfähiges Mobiltelefon an. Es würde eine lange Nacht werden.

Söderstedt und Norlander fuhren nach Eskilstuna und von dort weiter zur Rudhagen-Klinik. Der Leiter Robert Ehnmark war zwar nicht anwesend, doch es gelang ihnen, vermittels Drohungen Einsicht in Ola Ragnarssons und Dag Lundmarks Krankenakten zu erhalten. Ihre Drohungen waren stark übertrieben, um eine ziemlich lange und hitzige Diskussion kurz zusammenzufassen. Die Nachtaufsicht schleppte Ragnarssons umfangreiche und Lundmarks nicht ganz so umfangreiche Mappen herbei und legte sie auf den Tisch eines leeren Behandlungszimmers. Eine Weile stand sie da und betrachtete Arto Söderstedt. Sie hatte schon ziemlich lange etwas auf dem Herzen.

»Ja?« sagte Söderstedt schließlich.

»Ich muß einfach fragen«, sagte sie vorsichtig. »Sind Sie Albino?«

Norlander lachte, Söderstedt seufzte. Es würde eine lange Nacht werden.

Hultin fuhr zu Niklas Grundström nach Hause. Er ließ die Klingel an der Wohnungstür in Fredhäll lange läuten, bevor Grundström, einen ordentlichen Whisky in der rechten Hand, öffnete. Hinter ihm dröhnte *Der König der Löwen* in voller Lautstärke.

»Ja, danke«, sagte Hultin ungebeten und trat ein.

Frau Grundström kam mit einem Säugling über der Schulter in den Flur. Es roch ausgesprochen schlecht. Frau Grundström war jung und säuglingsverschlissen. Außerdem war sie schwarz.

Hultin starrte sie verblüfft an und streckte ihr die Hand hin: »Jan-Olov Hultin«, sagte er. »Kollege Ihres Mannes.«

»Elsa«, sagte Frau Grundström schlafwandlerisch und ging weiter zur Toilette.

Hultin wandte den Blick zu Grundström hoch. Der lächelte ironisch.

»Tut mir leid, daß ich hier am Freitagabend so eindringe«, sagte Hultin ein wenig verwirrt. Er hatte eine pedantisch ordentliche Junggesellenwohnung erwartet. Statt dessen fand er ein chaotisches Nest mit Gerümpel in allen Ecken und vier schreienden Mulattenkindern unterschiedlicher Größe.

Da lachte Niklas Grundström. Es dauerte fast eine Minute. »Wir gehen ins Arbeitszimmer«, sagte er schließlich. »Willst du einen Whisky?«

Hultin lachte kurz auf und wiederholte – in ganz anderem Tonfall: »Ja, danke.«

Es würde eine lange Nacht werden.

Im Polizeipräsidium waren mit anderen Worten nur Paul Hjelm und Sara Svenhagen zurückgeblieben. Und ihre Büros lagen drei Zimmer auseinander.

Paul kam in sein und Kerstins Zimmer. Er setzte sich und starrte eine Weile vor sich hin. Am Fenster lief der Regen in seltsamen Mustern herab. Das schwache Licht aus verschiedenen Ecken des Präsidiums wurde von den ständig wechselnden Rinnsalen reflektiert und schuf ein Muster, das an die monotonen Wechsel eines Kaleidoskops erinnerte.

Genau wie der vorliegende Fall.

Der erste Gedanke, der sich einstellte – und das dauerte eine gute Weile –, war: Max und Rigmor Sjöbergs Vergangenheit klarlegen.

Konnte man sich einen trostloseren Auftrag vorstellen? Das Landwirtspaar vom südschonischen Flachland. Er war in ihrem Haus gewesen – da gab es keine verborgenen Geheimnisse, dafür würde er die Hand ins Feuer legen. Es waren einfache und stabile Menschen gewesen. Robust. Dennoch mußte er zu ihnen zurückkehren. Wenn die Sjöbergs nicht aus reinem Zufall gewählt worden waren, mußte es etwas mit ihrer Vergangenheit zu tun haben.

Aber wo sollte man anfangen? Und wie sollte man etwas finden? Die Polizei in Trelleborg arbeitete ja an dem Fall. Kommissar Sten Johansson hatte einen, tja, soliden Eindruck gemacht. Das Fußvolk war ausgeschwärmt, daran bestand kein Zweifel. Alle früheren Kontakte mußten ans Licht gezogen werden. Er benötigte Johanssons Material.

Er rief bei den Kollegen in Trelleborg an. Sten Johansson war nach Hause gegangen, und etwas anderes war auch nicht zu erwarten gewesen. Er verlangte den Schichtleiter und brachte diesen nach vielem Wenn und Aber dazu, ihm das gesamte Ermittlungsmaterial herüberzufaxen. Sein Faxgerät knarrte los. Der Kopfschmerzerzeuger.

Auf Kerstins Seite des Schreibtischs lag ein aufgerissener C4-Umschlag nachlässig hingeworfen. Er zog ihn zu sich heran. Was konnte es sein? Er betrachtete ihn. Da stand nicht: ›An Kerstin Holm‹. Da stand: ›An die Spezialeinheit beim Reichskriminalamt für Gewaltverbrechen von internationalem Charakter‹.

Und wer außer Brynolf Svenhagen würde die ganze offizielle Bezeichnung der A-Gruppe ausschreiben?

Das bedeutete auf jeden Fall nicht, daß er Kerstins Privatsphäre verletzte, wenn er hineinsah. Er nahm die Papiere aus dem Umschlag und erkannte den Zettel mit der zerlaufenen Tintenschrift aus Max Sjöbergs Brieftasche. Beigefügt war Svenhagens Analyse.

Er las sie durch. Ihm wurde schwarz vor Augen.

Ein paar mehr Worte waren sichtbar gemacht worden. Es war dennoch nicht besonders erhellend. Der zerronnene Text auf dem Zettel konnte offenbar in vier Sätze aufgeteilt werden. Diese vier Sätze lauteten, in weiterhin äußerst fragmentarischer Form:

1. ›mich‹, ›dein‹, ›Herz‹, ›Arm‹.
2. ›stark‹, ›Leidenschaft‹, ›Glut‹, ›Flamme‹.
3. ›Wasser‹, ›auslöschen‹, ›Ströme‹.
4. ›Gut‹, ›geben‹, ›Hause‹, ›Liebe‹, ›genügen‹.

Da hatte er genug. Von albernen Rätseln und dem nervtötenden Rattern des Faxgeräts.

Er ging von Brynolf Svenhagens Analyse zu dessen Tochter.

Bei Brynolf Svenhagens Tochter ratterte das Faxgerät noch schlimmer. Sara sah auf und begegnete seinem Blick. »Gräßlich, wie sich das anhört«, sagte sie. »Man kriegt Kopfschmerzen.«

Hjelm kicherte. »Wie wahr«, sagte er, setzte sich ihr gegenüber und legte die Hände flach auf den Schreibtisch.

Sie machte eine müde Bewegung zum Fax hin und sagte: »Das sind Lundmarks gesammelte Fälle aus Göteborg. Er war ziemlich viele Jahre tätig. Es wird ein richtiger Schmöker.«

»Bei mir drüben wird auch gerade so ein Schmöker ausgespuckt«, sagte Hjelm. »Aus Trelle-borg, nicht Göte-borg. Ich bin zu dir gekommen, um ein bißchen meine Ruhe zu haben und die Ohren zu schonen.«

Sara beugte sich vor, legte die Hand quer über den Schreibtisch auf Pauls Hand und sagte: »Wenn ich eins nicht glaube, dann, daß du ein bißchen deine Ruhe haben willst.«

Seine Erwiderung bestand darin, daß er seine freie Hand über ihre legte. Es begann, einem Spiel zu ähneln, das er mit seinen Kindern gespielt hatte. Sie waren nie richtig begeistert davon gewesen.

»Du auch nicht«, sagte er.

Es schwebte etwas Unausgesprochenes zwischen ihnen.

Die Hände lagen noch übereinander in der Mitte des Schreibtischs.

»Wo ist sie hin?« sagte Sara.

Paul schüttelte den Kopf. »Sie war schon auf dem Weg im Korridor. Sie hat mich gesehen und gewinkt. Aber sie ist nicht gekommen.«

»Irgend etwas ist da draußen passiert«, meinte Sara. »Während wir auf sie gewartet haben. Sie muß einen Anruf erhalten haben. Hat Jan-Olov einen Bericht darüber bekommen, womit sie sich heute beschäftigt hat?«

»Ich glaube nicht. Dann hätte er doch was gesagt.«

»Und sie ist nicht erreichbar? Überhaupt nicht?«

»Nein, ich habe alles versucht.«

Paul löste seine Hände von Saras, legte sie in den Nacken und lehnte sich zurück. Er schloß die Augen. Als er sie wieder aufmachte, war sein Blick ein anderer. Er starrte unverwandt in Saras Augen. »Wie nahe steht ihr euch?« fragte er.

Sara hielt seinem Blick stand und versuchte, ihn zu verstehen. »Nahe«, sagte sie. »Sie ist der stolzeste Mensch, den ich je getroffen habe. Und sie ist die beste Verhörleiterin des Polizeikorps. Aber manchmal ist es anstrengend, wenn sie geradewegs durch einen hindurchsieht.«

»Hast du sie in der letzten Woche viel gesehen?«

»Nein, fast gar nicht. Warum fragst du?«

»Hast du eine Veränderung bei ihr bemerkt?«

Sara dachte nach. Etwas sagte ihr, daß sie sich wirklich anstrengen mußte. »Dienstag früh hat sie gesehen, daß ich schwanger war«, sagte sie langsam. »Sie kam nach ihrem bescheuerten Joggingtrip in den Umkleideraum und sah es. Ich konnte es nicht mehr verbergen. Sie hat sich so gefreut. Ich weiß nicht, wie ich es erklären soll. Aber in dem Moment habe ich erkannt, wie nahe wir uns tatsächlich stehen. Sie hat mich in den Arm genommen. Ich habe nicht besonders viele Freundinnen, ich bin keine, die zu Frauenstammtischen und so etwas geht. Wenn ich heute sagen sollte, daß ich überhaupt eine Freundin habe, dann ist es Kerstin.«

Paul Hjelm nickte. »Das war kurz bevor die Affäre Lundmark ins Rollen kam«, sagte er. »Seitdem sind Dinge geschehen. Was weißt du über das Verhältnis der beiden?«

»Das Verhältnis welcher beiden?«

Hjelm schnaubte leicht und schüttelte den Kopf. Hultin hatte es geheimgehalten. Grundström hatte es geheimgehalten. War das wirklich richtig in einer Lage wie dieser? Und wer war er, das Vertrauen zu brechen?

Aber hieß es wirklich, das Vertrauen brechen, wenn er Sara davon erzählte? Kaum. Er brauchte ihre Hilfe. Wie er sonst immer Kerstins brauchte.

Eine weibliche Gehirnhälfte.

Er sagte: »Ich nehme an, du weißt, daß Kerstin und ich vor einigen Jahren ein kurzes, aber intensives Verhältnis hatten, gerade als die A-Gruppe gebildet wurde?«

»Ja«, sagte Sara, »obwohl sie es nie erwähnt hat.«

»Hat sie irgendwelche früheren Verhältnisse erwähnt?«

»Nur daß es welche gegeben hat. Einmal sprach sie von einem Pastor, der an Krebs gestorben ist.«

Hjelm nickte. »Sonst nichts?«

Sara hob die Hände zu einer Geste der Ahnungslosigkeit.

»Das ist ja so anstrengend an Kerstin. Sie sieht einfach durch einen hindurch. Man hat keine Geheimnisse mehr, wenn man mit Kerstin gesprochen hat. Aber mit ihr selbst ist es genau umgekehrt: Sie selbst ist ein einziges Geheimnis.«

»Ich verstehe, was du meinst«, sagte Paul Hjelm mit einem kleinen Lächeln. »Ich erzähle dir etwas von ihrem Hintergrund. Aber denk daran, daß sie es in einem sehr intimen

Zusammenhang geäußert hat. Danach hat sie es nie mehr erwähnt.«

Sara nickte.

Er fuhr fort: »Als Kind wurde sie von einem Freund der Familie mißbraucht. An Festtagen, und zwar in einem Garderobenschrank. Holger, Onkel Holger. Dann, als sie Polizistin geworden war, landete sie in einer ähnlichen Situation mit einem Kollegen in Göteborg, einem ranghöheren Kollegen. Er hatte keinerlei Absicht, seinen sexuellen Willen *nicht* durchzusetzen. Das überstieg ganz einfach seine Vorstellungskraft. So viel hat sie mir erzählt. So viel wußte ich bis Dienstag, ein paar Minuten nachdem sie dich im Umkleideraum umarmt hatte. Da erfuhr ich mehr. Er – der Kollege – saß im Vernehmungsraum hinter dem venezianischen Spiegel. Sein Name ist Dag Lundmark.«

»Aber Herrgott!« platzte Sara heraus. »Da ist sie doch befangen, sie hätte von Anfang an von dem Fall abgezogen werden müssen.«

»Die Umstände waren ziemlich speziell, das muß ich zugeben, aber wenn man es jetzt im nachhinein betrachtet, dann ist es glasklar. Natürlich hätte sie abgezogen werden müssen.«

»Inwiefern waren die Umstände speziell?«

»Es handelte sich um etwas so Banales wie eine Stellenbewerbung. Niklas Grundström und die Internabteilung haben uns zwar um Hilfe gebeten – aber das beruhte darauf, daß er einen neuen Chef für seine Stockholmabteilung sucht. Ich oder Kerstin. Grundström wollte uns in Aktion sehen. Kerstin hat ein ums andere Mal wiederholt, daß sie befangen sei. Aber Grundström und Hultin kamen zu dem Ergebnis, es sei so lange her, daß die Befangenheitsgrenze schon lange überschritten sei – zumindest für ein einzelnes Verhör. Und es gab nichts im Verhör selbst, was auf irgendeine Feindschaft zwischen ihnen hindeutete. Es wirkte nicht wie ein Fall von Befangenheit.«

»Aber du hast angefangen umzudenken«, sagte Sara mit Eisesstimme.

Paul lachte bitter.

Sara sprang auf und schrie: »Verdammt noch mal, siehst du nicht, daß er es auf sie abgesehen hat! Er wird sie ermorden. Darauf läuft doch alles hinaus. Wie gottverdammt blind kann man eigentlich sein?«

»Das stimmt nicht«, sagte Paul betreten. »Es ist viel wahrscheinlicher, was Arto vorhin in der Sitzung gesagt hat: Er haßt die Polizei an sich. Es war die Polizei, die ihn gezwungen hat, sich zu erniedrigen, nicht Kerstin. Es war die Polizei, die ihn rausgeworfen hat, nicht Kerstin. Im Gegenteil, sie hat ihn nicht wegen all seiner Dienstvergehen angezeigt, deren Zeugin sie in ihrer gemeinsamen Zeit geworden war. Und noch haben wir überhaupt keine Rache gesehen. Die Ermordeten sind ein südafrikanischer Chemiker, ein psychisch kranker Wirtschaftskrimineller und zwei schonische Bauern.«

»Und sie selbst?« sagte Sara ein wenig besänftigt und setzte sich wieder. »Was meinte sie selbst?«

»Ich weiß, daß Jan-Olov sich Sorgen gemacht hat und ihr vorgeschlagen hat, Schutzbegleitung anzunehmen. Sie hat es abgelehnt. Aber etwas hat sie beunruhigt, und irgendwie war es nicht Lundmark selbst. Sie hatte keine Angst vor ihm. Aber irgendwie hatte sie Angst. Sie hat mit mir darüber gesprochen, und ich habe es nicht richtig begriffen. Ich war unkonzentriert. Du und ich sollten gerade nach Schonen fahren. Ich habe alles versucht, um mich exakt daran zu erinnern, was sie gesagt hat. Denn es war wichtig.«

»Und?«

»›Es kommt irgend etwas auf mich zu‹, sagte sie. Ich versuchte nachzufragen, was sie fürchte, aber leider nicht nachdrücklich genug. Sie sagte: ›Ich habe kein gutes Gefühl. Ich weiß nicht.‹ Ich glaube, ich antwortete irgendwas in der Art wie: ›Ist es Lundmark? Kommen die Erinnerungen zurück?‹ Und ich weiß, daß sie antwortete: ›Nicht direkt.‹ Da habe ich sie ein bißchen genauer angesehen, aber nicht verstanden. Und da sagte sie etwas, was mir wie eine Tätowierung im Trommelfell sitzt: ›Wenn es passiert, dann laß mich nicht im Stich.‹«

Sara sah erst nach einer ganzen Weile auf. »Und du glaubst, daß es jetzt passiert ist?«

»Ja. Und ich habe keine Ahnung, was dieses verdammte ›es‹ sein kann. Aber hol mich der Henker, wenn ich vorhabe, sie im Stich zu lassen. Da sterbe ich lieber selbst. Verstehst du, was ich sage, Sara: *Da sterbe ich lieber selbst.*«

Ihre Hände trafen sich wieder auf dem Schreibtisch. Das Faxgerät ratterte unbeirrt. Der Regen tanzte in Kaleidoskopmustern an der Fensterscheibe entlang.

»Es gibt nur eins, was wir tun können«, sagte Sara. »Wir müssen ihn fassen.«

»Ja«, sagte Paul. »Wo fangen wir an?«

»Ich muß die Vernehmung sehen. Eure Vernehmung mit Lundmark.«

»Gut«, sagte Paul und wurde wieder Paul Hjelm. »Der Anfang. Der Anfang und das Ende. Wir müssen herausfinden, was sie heute getan hat. Und was dort draußen im Flur geschehen ist, als sie verschwand.«

»Wir müssen die Telefonate genau zu der Zeit checken. Gab es keine anderen Zeichen? In eurem Zimmer zum Beispiel?«

»Ich weiß nicht. Nein ... doch, es lag ein Brief da. Von – deinem Vater. Vom Kriminaltechnischen Labor.«

»Geöffnet?«

»Ja. Aber, ich weiß nicht, wie lange er da gelegen hat. Ich war fast den ganzen Tag unterwegs. Um Hinweise zu sammeln. Er kann seit heute morgen da gelegen haben. Vielleicht hat er mit der ganzen Sache nichts zu tun.«

»Seit wann gibt Paul Hjelm sich mit einem ›Vielleicht‹ zufrieden? Ist der Brief mit einem Boten gekommen? Gibt es keine Lieferzeit? Etcetera.«

»Du hast recht, Sara. Es ist Zeit, wieder wie ein Detektiv zu denken. Ich hole ihn. Kannst du das Verhör heraussuchen?«

»Den Film oder die Mitschrift?«

»Der Film ist viel wichtiger. Der Blick.«

Hjelm verschwand. Sara suchte routiniert den digitalen Vernehmungsfilm aus dem Intranet der Reichskriminalpolizei heraus. Als sie ihn anklickte, um ihn zu öffnen, erschien ein kleines Fenster. Da stand ›Paßwort eingeben‹. Sie starrte darauf.

Hjelm kam zurück und wedelte mit dem Umschlag. »Es steht keine Lieferzeit darauf«, sagte er, »aber Brynolf hat eine Zeit notiert: ›Ausgefertigt 16.34‹. Ein Glück, daß er pedantisch ist. Wenn er es direkt dem Boten gegeben hat, müßte es zum Anfang unserer Sitzung um 17.00 Uhr hiergewesen sein. Es ist der Zettel aus Grönby.«

»Warum ist das Verhör paßwortgeschützt?« sagte Sara nur.

»Was?« sagte Hjelm und legte den Brief ab. »Ich habe es nicht geschützt.«

»Dann müssen wir den finden, der es getan hat.«

Aber Hjelm blätterte schon im internen Telefonverzeichnis, das tatsächlich noch in gedruckter Form vorlag. »Nicht nötig«, sagte er zwischen den Zähnen und wählte eine Nummer.

Nach einer Weile meldete sich eine leicht belegte Stimme, während im Hintergrund Elton John die Musik zum *König der Löwen* sang: »Grundström.«

»Hjelm hier. Hast du mein und Kerstins Verhör mit Lundmark paßwortgeschützt?«

Einen Augenblick war es still. »Nein«, sagte Grundström schließlich.

»Doch«, sagte Hjelm. »Weil du nicht wolltest, daß rauskäme, daß Kerstin und Lundmark ein Verhältnis hatten. Weil dein professionelles Urteilsvermögen nämlich dann hätte in Frage gestellt werden können.«

»Aber ich habe es nicht getan«, sagte Grundström leise.

Es knisterte sonderbar im Hörer.

»Paul«, sagte eine barsche Stimme. »Was ist los mit dir?«

»Jan-Olov?« stieß Hjelm hervor. «Was machst du da? Seid ihr bei Grundström?«

»Hast du nicht da angerufen?« sagte Hultin mit der Andeutung eines Lallens.

»Sitzt ihr da und sauft?« schrie Hjelm. »Wollten wir nicht das Wochenende sausen lassen? Um diesen Fall zu lösen?«

»Jetzt mal immer mit der Ruhe«, sagte Hultin. »Wir diskutieren den Fall. Es ist wirklich nicht leicht. Und ich bin derjenige, der das Verhör paßwortgeschützt hat. Um Kerstins willen. Denk mal nach.«

Hjelm dachte nach. Es bedurfte zwar einer Reihe von Paßwörtern, um an die Dateien der A-Gruppe heranzukommen, aber ein weiterer Schutz war wohl sinnvoll. Wenn man Dag Lundmarks strategisches Talent berücksichtigte. Und wenn man berücksichtigte, daß er bereits eine Anzahl von Polizisten mit in die moralische Grauzone gezogen hatte, allen voran Bo Ek. Es konnte weitere geben.

»Ich verstehe«, sagte Hjelm.

»Zuerst denken und dann reden«, sagte Hultin. »Nicke und ich sitzen nämlich hier und kreisen den Wirkungsbereich ein, der für die Internabteilung interessant sein könnte. Dag Lundmarks kollegiales Umfeld. Hier und in Göteborg.«

»Nicke?«

»Und guten Malt Whisky hat er auch. Das Paßwort heißt ›Polizeimörder‹. Und darüber kann man sich auch mal ein paar Gedanken machen.«

Hultin legte auf.

»Polizeimörder«, sagte Hjelm steif.

Sara tippte das unschöne Paßwort ein.

Der Verhörfilm lief an. Die Bildqualität war richtig gut. Die Technik machte zweifellos Fortschritte.

Erst eine lange Sequenz mit Dag Lundmark, allein am Tisch. Dann treten Kerstin Holm und Paul Hjelm ein. Eine seltsame Glut leuchtet für einen kurzen Augenblick in Lundmarks Blick auf. Kerstin bleibt einen Moment stehen. Die Kamera hat die Hand hinter ihrem Rücken eingefangen, die den Verlobungsring dreht und dreht.

›Spieglein, Spieglein an der Wand, wer ist die Schönste im ganzen Land‹, sagte Dag Lundmark und starrte in den venezianischen Spiegel.

So hatte es angefangen, ja.

Hjelm betätigte die Maus. Das Bild blieb stehen. »Was hältst du von seinem Blick?« fragte er Svenhagen. »Ist der nicht reichlich gedopt?«

»Schwer zu entscheiden«, sagte sie. »Ganz natürlich ist er wohl nicht.«

Sie ließ den Film weiterlaufen.

Dag Lundmark fuhr fort: ›Du bist so schön wie immer, Kerstin. Was für ein sadistisches Gehirn hat dich hierhin gesetzt, hier zu mir? Kann es … Niklas Grundströms sein?‹

Den Namen rief er laut und starrte in den Spiegel. Und dort blieb sein Blick haften.

Hjelm hielt den Film wieder an. »Hier tut er ja ziemlich viel gleichzeitig«, sagte er. »Er zeigt seine Gleichgültigkeit gegenüber Kerstin mit der harmlosen Bemerkung ›Du bist so schön wie immer‹. Und er zeigt ein bedeutend größeres Interesse für Grundström. Alles, um zu demonstrieren, wie uninteressiert er an Kerstin ist.«

Sara fixierte das Bild und sagte: »Mit ›sadistisches Gehirn‹ will er zu verstehen geben, daß Grundström ihm seiner Meinung nach seine alte Flamme als Verhörleiterin vor die Nase gesetzt hat, um ihn aus dem Gleichgewicht zu bringen. Ist es so? Hat Grundström euch deshalb genommen? Hat er ein doppeltes Spiel gespielt?«

»Das ist eine faszinierende Alternative. Tatsache ist, daß es verschiedene denkbare Grade von doppeltem Spiel gibt. Alternative eins: Er will lediglich zwei Fliegen mit einer Klappe schlagen – uns als Kandidaten für den Chefposten testen und gleichzeitig einen Mann, der mit der Internabteilung nicht reden will, zum Reden bringen. Das ist die offizielle Version. Alternative zwei: Er setzt tatsächlich Lundmarks ›alte Flamme‹ ein, um zu sehen, was passiert, wenn sie ihn zu vernehmen beginnt – das dürfte vermintes Gelände sein. Grundström wartet auf die Explosion. Das bedeutet, daß er uns glatt ins Gesicht lügt. Er weiß sehr wohl, daß Kerstin Holm und Dag Lundmark ein Verhältnis hatten. Er spielt uns eine gut eingeübte Szene vor. Alternative drei: Lundmark hat verlangt, gerade mit uns beiden zu reden. Oder sogar nur mit Kerstin. Falls es so ist, lügt Grundström nicht – aber er verdunkelt. Es ist ein gradueller Unterschied, weniger einer in der Sache.«

»Und dann wäre es das, was Lundmark hier in diesen ersten Sätzen leugnet? Er geht zum Angriff gegen Grundströms ›sadistisches Gehirn‹ vor – obwohl er selbst derjenige ist, der diese Situation verlangt hat. Das ist interessant. Warum ist es wichtig, euch in dem Glauben zu lassen?«

»Puuh«, sagte Paul. »Weil Kerstin in seinen zukünftigen Plänen tatsächlich eine Rolle spielt. Und das will er verbergen. Mach weiter.«

Der Film lief weiter. Hjelm auf dem Bildschirm sagt zu Lundmark, er solle die Klappe halten, und gibt ihm Verhaltensmaßregeln. Lundmark sagt, er habe die Vorschrift ›bis aufs I-Tüpfelchen befolgt‹. Dann sagt er: ›Der Neger hat auf mich geschossen, und ich habe das Feuer erwidert.‹ Ein wenig später sagt er völlig unvermittelt: ›Stimmt es, daß du sie gevögelt hast, Paul Hjelm?‹

Paul klickte auf die Maus und hielt das Bild an. Lundmarks Blick unmittelbar nach der Vögelfrage. Vollständig gleichgültig.

»Hat er wirklich ›Neger‹ gesagt?« stieß Sara hervor.

»Er will die ganze Zeit etwas mit seinen Worten bewirken, und zwar etwas anderes als das, was er sagt«, sagte Paul und starrte in den wäßrigen Blick Bildschirm-Lundmarks. »Wenn er ›Neger‹ sagt, will er sich absichern. Sollten wir seine Aussage bezweifeln, daß Winston Modisane auf ihn geschossen hat – und davon geht er aus –, dann braucht er einen Plan B. Plan B ist, daß er Modisane aus finsteren rassistischen Motiven abknallt. Aber eine fahrlässige Tötung ist kein Mord ersten Grades. Da kommt er auf jeden Fall davon.«

Sara nickte. Nach einer Weile zeigte sie auf den Bildschirm und sagte: »Aber das da? Warum platzt er damit heraus: ›Stimmt es, daß du sie gevögelt hast?‹ Möglicherweise erlaubt das einen kleinen Einblick in seine Sichtweise von Sexualität. Wenn ihr miteinander geschlafen habt, dann hast du sie gevögelt. Männer vögeln, Frauen werden gevögelt, man vögelt nicht *miteinander*. Kasernenmentalität.«

»Ja, absolut. Aber sieh dir seinen Blick an in dem Moment, als er es sagt. So eine Bemerkung müßte voller Verachtung oder Wut ausgesprochen werden, und so kommt sie auch: ganz unerwartet, wie ein Ausbruch. Aber sieh ihn dir an. Er explodiert nicht. Im Gegenteil, er wirkt beinah apathisch, während er das sagt. Auch hier beabsichtigt er etwas. Es *soll mit hinein*, wie ein Satz in einem Drama. Es scheint darum zu gehen, die Aufmerksamkeit auf *mich* zu richten – das geht nachher weiter. Wenn er nichts von meinem und Kerstins Verhältnis gesagt hätte (was ein ziemlich öffentliches Geheimnis zu sein scheint), dann hätte das seltsam gewirkt. Es sollte mit hinein. Aber nicht gegen Kerstin gerichtet.«

»Schon hier am Anfang des Verhörs lenkt er also zwei Dinge, die selbstverständlich mit Kerstin verbunden sind, von ihr *weg*. Zuerst, daß sie überhaupt da ist, um ihn zu vernehmen: Da richtet er die Aufmerksamkeit auf Grundström. Dann, daß sie mit dir geschlafen hat: Da richtet er die Aufmerksamkeit auf dich. Das ist eine ziemlich deutliche Richtung. Er will nicht als auf Kerstin fixiert erscheinen.«

»Was vermutlich andeutet, daß er es ist. Ich hätte stärker darauf reagieren müssen. Mach weiter.«

Im Film ging Hjelm jetzt, ohne eine Miene zu verziehen, zur Diskussion einer seltenen britischen Sportwaffe des Modells Waylander 6.5 über. ›Es wirkt fast ein bißchen unbedarft, ausgerechnet diese Waffe zu wählen. Du hättest doch wohl eine andere finden können.‹ Lundmark kontert mit der Frage, ob es etwas gebe, was ihn an genau diese Waffe bindet. Danach wird die Frage eines Übergriffs diskutiert. Lundmark sagt: ›Es war ganz normale Notwehr. Auch du, Paul Hjelm, hast in Notwehr getötet. Ein einziges Mal, genau wie ich. Danne Blutwurst, falls du dich an ihn erinnerst.‹ Hjelm erwidert: ›Du interessierst dich ja mächtig für meine geringe Person, Dag Lundmark. Warum das?‹ Lundmark antwortet: ›Weil du so ein Held bist.‹

Hier hielt Paul Hjelm den Film an. Er kratzte sich am Kopf. Sara sagte: »Du bemerkst ziemlich früh, daß er alles in deine Richtung dreht. Und er hat keine richtig gute Antwort darauf. Dieses ›Weil du so ein Held bist‹, ist recht blaß. Es fällt aus dem Rahmen.«

»Ja, du hast recht. Es ist das erste Mal, daß er etwas aus dem Gleichgewicht kommt.«

Der Film lief weiter. Plötzlich sagt Kerstin: ›Du hast uns haben wollen, nicht wahr? Du hast dich geweigert, mit der Internabteilung zu reden, wenn sie nicht gerade Paul und mich hinzuzögen ... Warum? Es sieht ja nicht so aus, als wolltest du ein Geständnis machen. Was willst du denn dann?‹

Paul drückte mit Nachdruck auf die Maustaste und sagte: »Sie merkt es so früh. Warum haben wir da nicht tiefer nachgebohrt? Sie kommt plötzlich darauf, daß er verlangt haben muß, mit uns zu sprechen. Und dennoch sagt er nichts Vernünftiges. Was will er? Er will ihr etwas sagen, *ihr etwas einpflanzen*, etwas, was wachsen und viel später zu einer Einsicht werden soll. Wenn er schon auf und davon ist. Sara, was meinst du?«

»Es kann so sein. Aber noch gibt es nichts, was darauf hindeutet.«

»Aber unmittelbar danach, wenn ich mich nicht irre. Er stürzt sich unmittelbar auf diese Eckkneipe, in der sie sich verlobt haben. Er fährt sogar grobes Geschütz auf, um ihren Verdacht zu entkräften. Wir machen weiter.«

Dag Lundmark beobachtete jetzt seine frühere Verlobte mit scharfem, fast brennendem Blick. Nach einem kürzeren Wortwechsel erwähnt er Ravanelli. Hjelm sagt etwas Dämliches über einen Fußballspieler. Aber Lundmark läßt sich nicht aufhalten. ›Ravanellis Eckkneipe in Haga. Herbst '92. Ganz in Rot eingerichtet. Brennende Kerzen auf den Tischen, ein Armvoll Rosen. Und der Ring da.‹ Er zeigt auf Kerstins Hand. Sie sagt recht kühl: ›Auch viele Wasser löschen die Liebe nicht.‹ Worauf Dag Lundmark einen ganzen Sermon von sich gibt: ›Setze mich wie ein Siegel auf dein Herz, wie ein Siegel auf deinen Arm. Denn Liebe ist stark wie der Tod, und ihr Eifer ist fest wie die Hölle. Ihre Glut ist feurig und eine Flamme des Herrn. Daß auch viele Wasser nicht mögen die Liebe auslöschen, noch die Ströme sie ertränken. Wenn einer alles Gut in seinem Hause um die Liebe geben wollte, so könnte das alles nicht genügen.‹

Das Bild stand still. Paul saß reglos. Sara sagte: »Jesses, was für ein Zitat. Das Hohelied, oder? ›Liebe ist stark wie der Tod.‹ Sitzt das wirklich noch drin nach all den Jahren und nach all dem Alkoholkonsum? Sind diese Worte in ihn eingebrannt? Oder hat er sie auswendig gelernt?«

»Mit Generalprobe«, sagte Paul abwesend und streckte die Hand nach dem braunen C4-Umschlag aus.

»Mensch, verdammt«, fügte er hinzu. »Hier haben wir's doch. Lies dies mal. Die Analyse deines Vaters von dem Zettel aus Max Sjöbergs Brieftasche.«

Sara nahm die Papiere und überflog sie. Paul versank in sich selbst. Auch wenn es nur losgerissene Wörter waren, hätte er reagieren müssen. Eindeutig hatten sie Kerstin dazu gebracht zu reagieren. All dies ›Herz‹, ›Eifer‹, ›Glut‹, ›Flamme‹, ›Liebe‹. Und ›Wasser‹, vor allem ›Wasser‹.

›Auch viele Wasser.‹

»Ja«, sagte Sara. »Natürlich ist es das. Satz eins: ›mich‹, ›dein‹, ›Herz‹, ›Arm‹. Satz zwei: ›stark‹, ›Eifer‹, ›Glut‹, ›Flamme‹. Satz drei: ›Wasser‹, ›auslöschen‹, ›Ströme‹. Und Satz vier: ›gut‹, ›geben‹, ›Hause‹, ›Liebe‹, ›genügen‹.«

»Was ist denn eigentlich passiert?« fragte Paul. »Eine gute Woche bevor Dag Lundmark im Vernehmungsraum sitzt und die Verse aufsagt, hat er Max Sjöbergs Leiche einen Zettel in die Brieftasche gesteckt, auf den er einzelne Wörter daraus geschrieben hat. Er hat sie mit Tinte geschrieben, vermutlich, damit die Worte zerfließen und unleserlich werden. Was für einen Sinn hat das? Daß nur Kerstin sie erkennen soll? Und ihn verfolgen soll? Falls es so ist, ist ihm sein Vorhaben perfekt gelungen. Während wir in der Kampfleitzentrale saßen und auf sie warteten, hat sie das hier gelesen. Alle Puzzlesteine lagen plötzlich an ihrem Platz. Und sie macht sich an seine Verfolgung.«

Sara nickte langsam. »Das hat sie wohl getan«, sagte sie bedrückt. »Aber was besagt dieses Zitat eigentlich? Es handelt von der Ewigkeit der Liebe, von der Liebe, die nie erlöschen kann. Die Liebe als eine Form von Heimsuchung. Die Leidenschaft als Leiden. Als Liebeserklärung ist es eher fragwürdig: Es findet sich nicht ein positives Wort über die Liebe. Im Unterschied zum übrigen Teil des Hohenlieds, das ja eine Orgie in Sinnlichkeit ist. Warum wählt Lundmark dies als Motto für ihr Verhältnis? Will er sie festhalten, sie für ewig binden? Liegt hier schon von Anfang an eine Art Drohung vor: Du kannst mich nicht verlassen, es ist unmöglich?«

Paul rieb viel zu intensiv seine Lider. »Der verfluchte Ring«, sagte er. »Und diese Siegelgeschichte. In ihrem Verlobungsring ist auch so was eingraviert. Und sie trägt ihn wirklich wie ein Siegel am Finger. Sie kann ihn nicht abnehmen, so sehr sie es auch versucht. Aus irgendeinem Grund sitzt er fest. Und als Lundmark sieht, daß sie ihn noch immer trägt, wird ihm klar, daß sein verfluchter Plan Aussicht auf Erfolg hat.«

»Ein Siegelring ist ein Ring mit einem Stein, in den ein Muster eingeschnitten ist«, sagte Sara. »Das hat man ins flüssige Lack gedrückt, um ein Siegel zu produzieren.«

»Das hat er getan. Er hat sein Siegel in sie eingedrückt, sie gebrandmarkt. Und das paßt nicht zu der Kerstin, die ich kenne.«

»Die Liebe ist etwas ziemlich Unberechenbares ...«

»Nein. Er hat etwas anderes gegen sie in der Hand. Warum sehen wir es nicht?«

»Es sind Gefühle, verdammt, Paul. Woher sollen wir wissen, welche gefühlsmäßigen Dinge er gegen sie in der Hand hat?«

»Hat es noch einen Sinn, daß wir weitermachen?« seufzte Paul.

»Ja, unbedingt«, sagte Sara und ließ den Film weiterlaufen.

Dag Lundmark sprach jetzt von seiner und Kerstins gemeinsamer Vergangenheit. Er faßte sie in wenigen Worten mit unsentimentaler Stimme zusammen. ›Die kleine Hütte auf Tjörn, die wir in dem Sommer gemietet hatten, die Dänemarkreisen zu deinen Freundinnen, die lange Rundreise auf Öland, der Frühling in Paris.‹ Das hatte nicht soviel zu bedeuten. Dann sagte Kerstin: ›Ist es so, daß du darum gebeten hast, von mir vernommen zu werden?‹ ›Mir‹, dachte Paul, während der Film weiterlief. Nicht mehr ›uns‹. Es geht nicht im geringsten um Paul Hjelm. Es geht nur um Kerstin Holm und Dag Lundmark. Und um die großen Wasser, die Menschen voneinander trennen können.

›Wir können das ja leicht feststellen‹, sagte Paul Hjelm. Dag Lundmark richtete seinen wäßrigen Blick auf ihn und sagte mit unbestreitbarer Logik: ›Es ist doch ziemlich sonderbar, daß ihr nicht schon wißt, wie es sich damit verhält. Paul Hjelm.‹

»Und es wird immer eigentümlicher«, sagte Paul, hielt den Film an und drückte auf die Wiederholtaste des Telefons.

Diesmal klang die Stimme noch eine Spur unartikulierter. »Jaja, hier is Nicke.«

»Stell mal für eine Sekunde den Malt Whisky zur Seite und antworte: Hat Dag Lundmark verlangt, mit Kerstin zu sprechen? Mußten wir deshalb diese Vernehmung ausführen?«

»Nun hört auf, euch darin zu verbeißen«, sagte Grundström schleppend. »Wie lange wollt ihr noch darauf rumkauen? Ich hätte es sagen sollen, ich weiß, aber dann hättet ihr euch vermutlich geweigert.«

»Wieso darauf herumkauen?«

»Ich habe mich mit Kerstin doch schon darüber ausgesprochen. Stör uns jetzt nicht. Wir sind mitten im *König der Löwen*. Als Fernsehspiel.«

»Spielt Jan-Olov Hultin den *König der Löwen*? Als Fernsehspiel?« platzte Hjelm heraus.

»Wir haben alle unsere verborgenen Talente«, sagte Grundström. »Er ist super drauf. Der Alte.«

Er legte auf. Hjelm betrachtete skeptisch den Hörer. Dann sagte er: »Doch, Lundmark hat verlangt, mit Kerstin zu reden. Und sie hat mit Grundström schon darüber gesprochen.«

»Sie macht anscheinend ihr eigenes Ding«, sagte Sara.

»Los, weiter«, sagte Paul.

Im Film wechselte Hjelm jetzt das Thema. Er sprach von der Waylander-Pistole, Lundmark zeigte sich echt gleichgültig angesichts ihrer möglichen Identifizierung. Dann wäre er sowieso schon untergetaucht. Hjelm kam jetzt auf Lundmarks Alkoholproblem zu sprechen: ›Mich interessiert, wie du so schnell aus einem dermaßen gravierenden Alkoholmißbrauch herausgekommen bist.‹ Lundmark antwortete: ›Dafür gibt es heutzutage gute Medikamente.‹

Es war nicht angenehm, nachträglich seine Verhöre anzusehen. Wieviel einem tatsächlich entging. Wie unprofessionell man im Grunde war.

›Dafür gibt es heutzutage gute Medikamente.‹

Anschließend ging Hjelm auf die Ereignisse in der Wohnung in Flemingsberg ein. Da gab es nichts Neues. Ein längerer Wortwechsel endete damit, daß Kerstin sagte: ›Ich glaube nicht, daß Winston Modisane überhaupt geschossen hat.‹ Und Dag Lundmark sah sehr zufrieden aus.

Diese Zufriedenheit ließ Hjelm und Holm Blicke austauschen. Sie wechselten die Richtung. Die improvisierte Anklageerhebung kam in Gang. Sie endete weit später mit der Schlußfolgerung, daß Lundmark sich des Versuchs schuldig gemacht habe, ›einen Mord hinter einem geringeren Verbrechen zu verbergen‹.

Dag Lundmarks Lächeln sah unbestreitbar ein wenig hohler aus. Er sagte – und seine Stimme klang spürbar besorgt: ›Heißt das, daß der Staatsanwalt eingeschaltet ist? Daß ihr vorhabt, mich über Nacht in Arrest zu nehmen?‹ ›Nein‹, sagte Paul Hjelm. ›Aber wir wollen uns morgen weiter mit dir unterhalten.‹

Dazu kam es nie.

Paul und Sara blickten sich an. Was war der nächste Schritt? Und würden sie es schaffen, ihn zu tun? Gab es überhaupt noch die Möglichkeit? Es war Freitagabend, neun Uhr. Es war wohl an der Zeit, nach Hause zu fahren, trotz allem.

Nach Hause zur Liebe. Stark wie der Tod und feurig wie eine Flamme des Herrn.

Auch wenn es sich nicht immer so anfühlte.

Und es wurde Abend, und es wurde Morgen, der dritte Tag.

32

Es war schwer, mit dem Finger genau auf den Punkt zu zeigen, an dem Gunnar Nyberg genug bekam. Wahrscheinlich war es, als Chavez sein drittes warmes Würstchen mampfte.

Er stieß die Wagentür auf und stürzte hinaus in den strömenden Regen.

Verdammte, blöde Scheiß-Karotten. Beschissener, stinkender, ekliger Sellerie. Schweinisch muffiger, beschissener Kack-Kaffee.

Allerdings mußte man es wohl eine Projektion nennen.

Er war weniger wütend auf die Diät als auf Carl-Ivar Skarlander. Dessen Villa zwanzig Meter vor ihnen lag. So dunkel wie die stockdunkle Nacht.

»Jetzt gehen wir rein«, sagte Gunnar Nyberg.

Chavez sah ihn an und warf einen Blick auf die Uhr. »Ich habe getan, was ich konnte«, sagte er. »Ich kriege Hultin nicht zu fassen. Er ist nicht im Präsidium und nicht zu Hause. Seine Frau schien sich nicht besonders zu sorgen. Und es ist schwierig, ohne eine richtige Autorität spät am Freitagabend einen Staatsanwalt aufzutreiben. Und jetzt ist es drei. Komm rein und setz dich. Schlaf eine Weile. Ich kann aufpassen.«

»Nein«, sagte Gunnar Nyberg. »Ich geh rein.«

»Hör schon auf«, sagte Chavez. »Was willst du machen, wenn wir etwas finden? Jeder Beweis wird für ungültig erklärt.«

»Dann melden wir einen Einbruch im Björnhagsväg«, sagte Nyberg und trabte los, dem Haus zu. »Anonym«, rief er über die Schulter.

Chavez mühte sich aus dem Wagen und sah sich um. Niemand in der Nähe. Weit bis zu den Nachbarhäusern. Kein Zeuge.

Immerhin etwas.

Nyberg war bereits an der Haustür. Da saß eine raffinierte Alarmanlage. Das war weniger gut. Vielleicht gab es sogar Überwachungskameras. Er blickte um sich. Es waren keine zu sehen. Anderseits war genau das der Sinn der Sache.

»Schaffst du die?« fragte er Chavez.

Chavez betrachtete die Alarmanlage und seufzte. »Natürlich nicht.«

»Ich schlage vor, wir haben einen Tip erhalten«, sagte Nyberg. »Wir waren gezwungen, auf einen Tip hin zu handeln. Es war dringend.«

»Wie meinst du das?« fragte Chavez.

Eine Sekunde später verstand er.

Nyberg trat die dicke Tür ein. Alle Lampen im Haus blinkten wild. Ein prächtiger Einbruchsalarm bohrte sich in ihre Trommelfelle. Nyberg ging ins Haus und schoß die ganze Alarmanlage herunter. Leerte das Magazin in die kleine weiße Box. Sofortige Stille. Und pechschwarze Dunkelheit.

»Na, wer sagt's denn«, murmelte er und knipste die kleine Taschenlampe an, die an seinem Schlüsselbund hing. Dann begann er, durchs Haus zu gehen.

Es waren viele Zimmer, absurd viele Zimmer. Hier wohnte also ein einzelner Mann. Und in Stockholm herrschte akuter Wohnungsmangel.

Chavez fand eine Kerze, die er mit einem Streichholz aus einer Schachtel auf dem Eßtisch anzündete. Mit dieser Kerze in der Hand wanderte er im Haus herum. Er fühlte sich nicht besonders professionell dabei.

»Du bist vollkommen wahnsinnig«, murmelte er und versuchte, die kleine Flamme nicht erlöschen zu lassen.

Während sie mit gezogenen Dienstwaffen von Zimmer zu Zimmer gingen, sagte Nyberg: »Wir können verdammt noch mal nicht da draußen sitzen und auf Dag Lundmarks Angriffe *warten*. Und er wird angreifen. Er ist nachtragend, glaub mir, ich weiß es. Er wird nie vergeben. Ich weiß, was für ein Typ das ist. Ich war selbst so einer. Ein mieser Scheiß-Bulle. Und Angriff ist die beste Verteidigung.«

»Aber warum sollten wir hier etwas finden? Skarlander ist abgehauen, ganz einfach. Er weiß, daß er entlarvt ist. Er hat gravierende Verbrechen begangen, und er will nicht ins Gefängnis. Er ist nach Guam geflogen und sitzt bei einem Drink mit Ananasscheiben und vier kleinen Sonnenschirmen am Pool. Und ich wette, er plätschert mit den Füßen im Wasser. Während wir festgenommen und suspendiert werden.«

»Feigling«, sagte Gunnar Nyberg.

»Blödmann«, sagte Jorge Chavez.

Die Weisheit war mit Händen zu greifen.

Das große Haus war vollständig schwarz. Die kleinen Lichter tasteten in der Finsternis. Küche. Bibliothek. Zimmer auf Zimmer von unbestimmbarer Funktion. Wenn man seine Zimmer nicht mehr benennen kann, weiß man, daß man auf großem Fuß lebt. Trainingsraum. Der Heimtrainer sah im schwachen Licht aus wie ein geklonter Roboter. Krafttrainingsgeräte verschiedener Art. Völlig leere Zimmer, ohne das geringste Einrichtungsstück. Als hätte die Phantasie einfach gestreikt. Kein Gedanke daran, auch nur vorzuspiegeln, daß das Zimmer genutzt wurde. Verschiedene Gerüche von Abgestandenheit, Verlassenheit. Scheidungsgerüche.

Im Erdgeschoß waren sie fertig. Mit dem Keller warteten sie, der kam zuletzt. Die Vorstellung, die enge Betontreppe hinunterzusteigen, war wenig einladend. Etwas sträubte sich dagegen.

Statt dessen die Treppe in die oberen Stockwerke. Im ersten lagen die Schlafzimmer. Sie warfen in jedes einen Blick. Die Lichter begannen zu flackern. Nyberg schüttelte seine Taschenlampe immer wieder. Die Batterie neigte sich dem Ende zu. Und Chavez' Kerze drohte die ganze Zeit im Luftzug auszugehen. Er bereute, daß er die Streichholzschachtel auf dem Eßzimmertisch liegengelassen hatte. Die Schlafräume waren leer und unbenutzt. Nur einer schien benutzt zu sein. Ein Duft ging davon aus. Frisch, kräftig, gesund.

Sie traten ein. Die Tür stand zu drei Vierteln offen. Chavez flackernde Flamme ließ ihren schwachen Widerschein über die Stukkatur wandern. An den Fensterscheiben perlte der Regen hinab. Der unbestimmbare Duft war plötzlich sehr stark.

Auf dem Fußboden vor dem Kleiderschrank lag ein halb gepackter offener Koffer.

Und im Bett lag ein Mensch ohne Kopf.

Chavez schrie auf und ließ die Kerze fallen. Sie zischte und erlosch. Nyberg ging instinktiv ein paar Schritte näher ans Bett. Der kleine Lichtkegel seiner Taschenlampe flackerte auf. Er schüttelte sie. Der Lichtschein stabilisierte sich.

Es war nicht gerade ideal, um ganz ohne Licht zu sein.

Das halbe Bett war rotgefärbt. Der Körper lag auf dem Rücken, mit ordentlich gefalteten Händen. Er trug einen Anzug und einen mit Pillen verzierten Schlips, Arzneimittel in allen Farben des Regenbogens.

Der Duft kam vom Blut. Frischem Blut.

»Herrgott«, sagte Chavez.

Nyberg schwieg. Seine kleine schwache Lampe näherte sich der Halsregion. Der Lichtkegel zitterte.

»Hier steckt etwas drin«, sagte er heiser.

»Steckt drin?« sagte Chavez schrill. »Was steckt da drin?«

»In der ... Kehle.«

Nyberg beugte sich vor. Es gelang ihm, einen Plastikhandschuh aus der Innentasche zu zerren und ihn über seine rechte Hand zu ziehen. Inzwischen näherte sich sein Blick der enormen Wunde. Schließlich blickte er direkt in die durchschnittene Kehle hinein. In den Körper.

Die behandschuhte Hand faßte den Gegenstand und zog ihn heraus. Dabei entstand ein schlürfendes Geräusch, das keiner von ihnen jemals vergessen würde.

Es war eine Zigarrenhülse aus Metall. Ein verschlossener Aluminiumzylinder. Nyberg versuchte, den Korken zu fassen. Es ging schwer. Seine Hände zitterten. Zu keinem Augenblick versuchte Chavez, ihn zur Eile anzutreiben. Der kleine und der große Mann standen dicht zusammen in dem dunklen Zimmer.

Plötzlich gab der Korken nach und flog durchs Zimmer. Sie sahen in die kleine Hülse. Darin lag ein zusammengerolltes Stück Papier. Wie eine Flaschenpost.

»Nimm du es heraus«, sagte Nyberg. »Mein Handschuh ist blutig.«

Chavez zog sich einen Handschuh über. Er saß falsch herum, der kleine Finger steckte im Daumenloch. Das spielte keine Rolle. Er angelte das Papier heraus. »Leuchte mal«, sagte er.

Nyberg leuchtete. Chavez las: »›Du Menschenkind, sprich zu ihnen: Du bist ein Land, das nicht beregnet ist, das nicht benetzt wurde zur Zeit des Zorns, dessen Fürsten in deiner Mitte sind wie brüllende Löwen, wenn sie rauben; sie fressen Menschen, reißen Gut und Geld an sich und machen viele zu Witwen im Lande. Seine Priester tun meinem Gesetz Gewalt an und entweihen, was mir heilig ist; sie machen zwischen heilig und unheilig keinen Unterschied und lehren nicht, was rein oder unrein ist, und vor meinen Sabbaten schließen sie die Augen; so werde ich unter ihnen entheiligt. Die Oberen in seiner Mitte sind wie reißende Wölfe, Blut zu vergießen und Menschen umzubringen um ihrer Habgier willen.‹«

»Aus der Bibel«, sagte Nyberg und zeigte mit seinem bluttropfenden Handschuh. »Auf der Rückseite steht auch etwas.«

Chavez drehte das Papier um und las: »›Und ließ Fleisch auf sie regnen wie Staub, und Vögel wie Sand am Meer‹.«

Ihre Blicke trafen sich im Dunkeln.

»Das erste kann ich verstehen«, sagte Nyberg. »Es ist die Beschreibung eines Landes, das in Sünde verfallen ist. Es endet mit Skarlander selbst: ›Die Oberen in seiner Mitte sind wie reißende Wölfe.‹ Aber das andere …?«

»›… Fleisch auf sie regnen wie Staub‹?« sagte Chavez und

lehnte sich zurück an die Wand, wie er glaubte. Es war jedoch die zu drei Vierteln geöffnete Tür. Sie flog an die Wand.

Und Fleisch regnete herab wie Staub.

Er bekam einen Kopf auf den Kopf.

Er schrie auf. Der Lichtkegel irrte umher. Der Schmerz war ein zweites Licht. Klarer und greifbarer. Auf dem Fußboden lag der Kopf. Die Augen starrten schielend. Die Zunge hing heraus.

»Was machst du?« fragte Nyberg heiser.

»Scheiße, verdammte«, sagte Chavez und plumpste rückwärts auf den blutverschmierten Fußboden. »Au«, sagte er.

»Bist du okay? Jorge?«

»Ja. Jaja. Scheiße, verflucht. Ein Kopf. Jesus. Meine Jacke.«

Nyberg richtete den jetzt nur noch schwachen Lichtschein auf den Fußboden. Es war tatsächlich der Kopf von Informationschef Carl-Ivar Skarlander. Und es war nicht die Zunge, die aus dem Mund hing. Es war eine zweite Zigarrenhülse. In den Hals gesteckt.

Nyberg zog sie heraus. Er zwängte den Korken ab und holte ein weiteres Papier heraus. Es war ihm egal, ob es blutig wurde. Es war schon blutig. Viel blutiger, als Gunnar Nyberg es je würde machen können.

Er las laut: »›Auf einen Treulosen hoffen zur Zeit der Not, das ist wie ein fauler Zahn und strauchelnder Fuß. Wer einem mißmutigen Herzen Lieder singt, das ist, wie wenn einer das Kleid ablegt an einem kalten Tag, und wie Essig in Wunden. Hungert dein Feind, so speise ihn mit Brot, dürstet ihn, so tränke ihn mit Wasser, denn du wirst feurige Kohlen auf sein Haupt häufen, und der Herr wird dir's vergelten.‹«

Chavez stand wieder auf den Füßen. Vorgebeugt, die Hände auf die Knie gestützt.

Die Lampe erstarb.

Es hätte pechfinster sein müssen.

Statt dessen pflanzte sich ein anderes Licht durch die Villa fort. Es war blau und drehte sich. Und Geräusche wogten herein, als dränge plötzlich die Welt in die geschlossene Kugel des Ungeheuers ein. Es waren Sirenen und Motoren und Rufe und ein Megaphon, das brüllte: »Polizei. Kommen sie mit den Händen über dem Kopf heraus. Sonst schießen wir.«

Sie stolperten aus dem Zimmer. Der Kopf rollte ein Stück mit. Sie taumelten die Treppe hinunter und auf die Veranda hinaus. Ein Scheinwerfer wurde auf sie gerichtet.

»Legen Sie die Waffen nieder!« dröhnte das Megaphon. »Hände in den Nacken!«

Chavez blickte auf sein blutgetränktes Leinensakko. Er sah zu Nybergs kreideweißem Gesicht auf und begann zu ahnen, wie er selbst aussah.

»Pfui Teufel«, hörte man eine brechende Polizeistimme aus der Dunkelheit.

»Wir sind Polizeibeamte«, sagte Gunnar Nyberg mit dröhnendem Baß. »Wer auf uns schießt, bezieht Prügel.«

33

Die schweren Gewitterwolken wurden zueinander gezogen, und das Dröhnen, wenn sie aufeinanderprallten, hallte über der ganzen Stadt wider.

Allerdings war die Stadt nicht besonders wach. Es war fünf Uhr am Morgen, und die Nachtschwärze nahm gerade erst eine schwache lila Färbung an.

Regengüsse wälzten sich über die Stadt, hierhin und dorthin, kreuz und quer; Wolken in Bewegung. Falls es Naturgesetze für die Bewegungsmuster gab, waren sie ein gut verborgenes Geheimnis.

Die beiden Gewitterwolken kamen vom Meer. Sie waren lange über unruhigen Wassermassen unterwegs gewesen. Sie hatten mit ihren Zusammenstößen niemanden geweckt. Jetzt war Zeit für etwas ganz anderes.

Als sie über die Stadt heranzogen, schien diese gewölbt zu sein wie ein Horizont. Eine Welt in der Welt. Verstreute Lichter waren durch das Dunkel zu erkennen, manche bewegten sich, andere standen still.

Aber fast überall war noch Dunkelheit.

Die Gewitterwolken glitten auseinander. Lüstern betrachteten sie einander, während sie in launischen Bahnen durch die Stadt schwebten. Der makabre Tanz der Liebe. Länger als bis Vasastan konnten sie nicht voneinander lassen. Über Birkastan stießen sie wieder zusammen.

Der Knall versetzte eine blonde Frau mit kurzgeschnittenem Haar in Bewegung. Sie fuhr im Bett auf. Ihr Körper glaubte, daß sie erwachte, doch das tat sie nicht. Als der Körper seinen Irrtum erkannte, ließ er sie langsam aufs Kissen zurücksinken. Ihre eine Hand legte sich über ihren schwachgerundeten Bauch, die andere suchte die Hand ihres Mannes.

Der ergriff sie.

Er schlief nicht. Er war eben erst ins Bett gekommen. Er lag da und betrachtete ein verschmiertes Leinensakko, das auf einem Kleiderbügel an der Tür hing. Es war zu dunkel, es zu sehen, und trotzdem war es so deutlich. Es leuchtete. Der Mann wußte, daß er nicht würde schlafen können, aber er drehte sich um, legte die freie Hand auf den gewölbten Bauch seiner Frau und kroch näher heran. So nah er konnte. Er machte die Nachttischlampe an und schlug ein kleines Buch auf. Es war die Bibel.

Die Gewitterwolken vollzogen jetzt eine jähe Wendung und trieben nach Osten. Sie umkreisten einander, näherten sich einander, entfernten sich voneinander, bis sie kurz vor Östermalm waren. Da stießen sie zusammen; sogar ein Blitz erhob sich von Vallhallavägens Baumallee.

Das Krachen war gewaltig. Es weckte einen Mann, der vor kurzem ins Bett gekommen war. Verwirrt blickte er im Dunkeln um sich. Der Blitz verharrte noch als eine lila Kugel auf seiner Netzhaut. Seine Finger tasteten das Bett ab. Sie erreichten die Frau, die tief schlief, doch vorher berührten sie ein kleines Wesen. Die Hand bewegte sich zurück, zu dem zweijährigen kleinen Wesen. Und sie verweilte auf seiner Wange, die vor nicht allzu langer Zeit vor Fieber geglüht hatte. Dort blieb sie liegen. Er lächelte schwach der entschwindenden Blitzkugel nach und schlief wieder ein.

Über Fredhäll prallten die Gewitterwolken erneut zusammen. Zwei Männer auf einem Sofa starrten einander blind durch den Whiskynebel an. Sie erkannten nichts, aber beide schliefen wieder ein mit dem Gefühl, daß sie ein ganz anderes Gesicht hätten sehen sollen als das, welches sie sahen. Doch das reichte nicht aus, um sie aus ihrem unnatürlichen Schlaf zu wecken. Ein kleines dunkles Kind im Nachthemd glitt an ihnen vorbei. Das Kind schlief auch. Es war Schlafwandler.

Nach diesem Zusammenprall waren die Gewitterwolken ein wenig zerschlagen. Sie trennten sich und zogen jede für sich ihres Wegs nach Südosten. Über Södermalm stießen sie unbeabsichtigt zusammen. Die Anziehungskraft war so stark, daß sie nicht widerstehen konnten. Ein kleiner Blitz auf der Höhe der Bondegata war die Belohnung.

Ein kreideweißer Mann, der an einem Fenster stand und hinausblickte, sah den Blitz sich gegen den Himmel abzeichnen. Nicht eine Sekunde ahnte er, daß er von zwei schwarzen Gewitterwolken beobachtet wurde, die gerade voneinander fortgestoßen wurden. Er hatte ihn vorher schon einmal gesehen. Den Blitz, dachte er und zog seine Hose aus. Es war genau wie dieses Adernmuster, das man sieht, wenn man Kontaktlinsen ausprobiert, wenn man die Innenseite seines eigenen Auges sieht. Die Blitze sind in unseren Augen, und wir können sie nicht sehen. Aber wir können das Beben in uns wahrnehmen. Er ließ die Hose auf den Boden fallen und ging ins Bett. Seine Frau suchte seinen Körper, als er ins Bett kam, ihr schlafender Körper drängte zu seiner plötzlich auftauchenden Wärme. Dennoch war sie es, die ihn wärmte, als ihre Körper sich umschlangen, und es mochte sein, daß sie noch schlief, als er in sie eindrang. Doch sie hatte nichts dagegen.

Die Wolken glitten jetzt ein gutes Stück nach Süden. Der Kirchturm von Nacka sah vielversprechend aus, und sie warfen sich aneinander, mehrere Male sogar. Doch diesmal blieb der Blitz aus. Hatten sie ihre Kräfte schon erschöpft?

Der große Mann auf der Bettkante in dem Wohnblock neben der Kirche streichelte einer dunkelhaarigen Frau den Rücken. Sie schlief. Er würde nicht schlafen. Er sah nur ein einziges Bild vor sich, und er sah es die ganze Zeit, wie in einer Endlosschleife. Er fürchtete, es würde nie wieder verschwinden. Er sah einen schwachen Lichtschein, und in dem Lichtschein einen Kopf, der von der oberen Kante einer Tür herabfiel. Er sah den Kopf auf einen Menschen fallen, einen kleinen Menschen, der ihm immer näher stand. Und er sah den Blick des Kopfes, während er fiel. Und der Blick war vollkommen fremd. Er war nicht menschlich. Und immer wieder fiel der

Kopf durch die Wohnung, und das einzige, was den großen Mann auf der Bettkante festhielt, war das leichte Streicheln über den Frauenrücken.

Ein wenig beunruhigt darüber, daß ihre Kräfte sich zu erschöpfen begannen, zogen die Gewitterwolken noch weiter nach Süden. Die eine rührte an die hohen Hausdächer in Alby und Fittja, die andere stieg auf und strich dicht über die Dächer von Hallunda und Norsborg. Beide Wolken sanken ein wenig und stießen über einem niedrigen Haus in einer von mehreren Reihen mit exakt gleichen Häusern zusammen.

Der Knall war nicht stark genug, um den Mann zu wecken, der halb begraben unter seiner Frau schlief. Dort fühlte er sich wohl, in Schlaf und Wärme und Dunkel. Dort war er geschützt vor seinen Ängsten. Und seine Ängste nahmen die Form des Traums an. Er träumte, daß er dachte, er habe ihre Träume geerbt. Denn sie schlief wohl nicht mehr. Sie war irgendwo in der Stadt auf der Jagd. Und in den Träumen sah er einen dicklichen Mann mit Schnauzbart, der lachte und zielte und schoß und zielte und schoß. Und Glied auf Glied löste sich vom Körper, der sowohl seiner als auch ihrer war.

Und er war sicher, daß sie tot war.

Als die Gewitterwolken ein letztes Mal über dem Dach zusammenstießen, kam gar kein Knall. Sie verschmolzen. Sie wurden zu einer größeren Gewitterwolke, die die Stadt verließ und weiter nach Süden durch Schweden trieb, auf der Jagd nach einer neuen Gewitterwolke, mit der sie zusammenstoßen konnte.

Die Regengüsse wälzten sich weiter über die Stadt, hierhin und dorthin, kreuz und quer.

Wolken in Bewegung.

34

»Es war eine interessante Nacht.«

Die Worte legten sich im Raum zurecht. Die Anwesenden füllten sie mit ihrem Geist, jeder auf seine Weise.

So ungleich und doch so gleich.

Kriminalkommissar Jan-Olov Hultin drückte die winzige Brille so tief hinunter, daß sie zitternd auf der äußersten Nasenspitze hing. Über sie hinweg betrachtete er seine Jünger, keineswegs zwölf an der Zahl, nicht einmal die üblichen sieben, sondern sechs. Und er selbst konnte kaum Anspruch darauf erheben, mehr als ein Christus im Halbformat zu sein.

»Keine Kerstin?« sagte Arto Söderstedt und sah sich demonstrativ in der Kampfleitzentrale um.

»Sie ist krank«, sagte Paul Hjelm.

Hultin schob die Brille noch ein wenig tiefer. Er betrachtete Hjelm mit großartiger Neutralität. Aber er sagte nichts.

Söderstedt hingegen fuhr fort: »Ich möchte ja nicht aufsässig sein ...«

»Doch, das möchtest du«, sagte Hultin.

»... aber irgend etwas riecht doch faul hier. Sie ist also krank?«

»Ja«, sagte Hjelm.

»Sie hat dir also mitgeteilt, daß sie krank ist und sich leichten Herzens die Auflösung dieses Falles entgehen läßt?«

»Ja.«

Söderstedt hob die Hände zu einer resignierten Geste. »Von wegen«, sagte er.

»Wir können später darauf zurückkommen«, sagte Hultin und blätterte in seinen Papieren.

Je mehr ihre Arbeit computerisiert worden war, desto stärker war der Verdacht, daß seine ewigen Papierstapel nur leere Seiten waren. Dummies. Um eine Geste am Leben zu erhalten.

Arto Söderstedt war jedoch nicht gewillt zu warten. »Nein«, sagte er und stand auf. »Es ist lächerlich zu sehen, wie ihr versucht, eine Gruppe erfahrener Detektive hinters Licht zu führen. Außerdem vermute ich, daß Kerstins Abwesenheit von direkter Relevanz für diesen Fall ist. Ich glaube, daß ihr lügt wie die Bürstenbinder. Diese so sehr verleumdete Berufsgruppe.«

Hultin sah Hjelm an. Hjelm sah Svenhagen an. Svenhagen sah Hultin an. Hultin sagte einsichtig: »Ich habe den Eindruck, daß auch du versuchst, eine Gruppe äußerst erfahrener Detektive hinters Licht zu führen.«

»Was willst du damit sagen?« entgegnete Söderstedt mit errötenden Wangen.

»Versuch nicht, mir vorzumachen, daß du aus Routine oder aufgrund eines Gespürs, geschweige denn deiner Genialität so fragst. Was hast du ausgegraben?«

Arto Söderstedt setzte sich und wünschte, er hätte einen dicken Papierstapel, in dem er blättern könnte. Er begann dessen Funktion zu begreifen.

Er kroch zu Kreuze: »Viggo und ich haben einen großen Teil der Nacht damit verbracht, in der Rudhagen Klinik Ola Ragnarssons und Dag Lundmarks Krankenakten durchzusehen. In Lundmarks Gesprächen mit Psychologen und Ärzten taucht ziemlich oft eine ›Kerstin‹ auf. An einer Stelle wird sie sogar ›Kerstin H.‹ genannt. Es war wohl nicht zu weit hergeholt, ›Kerstin H.‹ mit der Polizei in Göteborg zu verknüpfen.«

»In welchem Zusammenhang taucht das auf?« fragte Paul Hjelm. »Das ist wichtig.«

»Erst erzählt ihr mal, *warum* es wichtig ist. Damit wir an einem *ganzen* Fall arbeiten und nicht an einem verstümmelten.«

Wieder das Spiel der Blicke zwischen Hultin-Hjelm-Svenhagen. Paul Hjelm merkte, daß die Entscheidung ihm überlassen wurde.

»Verstümmelt …«, sagte Chavez und sah ganz andere Bilder vor sich.

Hjelm sah ihn einen Augenblick an, seufzte und begann: »Kerstin Holm und Dag Lundmark hatten vom Frühjahr 1992 bis zum Sommer 1994 ein Verhältnis. Es war keine gute Beziehung. Ganz und gar nicht. Es gibt eine Reihe von Anzeichen dafür, daß Dag Lundmark es nicht auf die Polizei im allgemeinen, sondern auf Kerstin im besonderen abgesehen hat. Und es ist nicht ausgeschlossen – daß Kerstin hinter ihm her ist. Im schlimmsten Fall kann es sein – daß er genau das will.«

»Und ihr fandet es angebracht, das der A-Gruppe vorzuenthalten, die an diesem komplizierten Fall arbeitet?«

»Es war um Kerstins willen. Sie sollte nicht damit herumlaufen müssen, zwei Jahre mit dem Mörder geschlafen zu haben. Die Situation ist jetzt eine andere, zugegeben. Ich war übrigens heute morgen mit einem Schlosser bei ihr zu Hause. Wir haben die Tür geöffnet. Es ist seit gestern morgen niemand dagewesen. Die Post von Freitag lag noch da, die Samstagszeitung. Und es gab keine anderen Spuren.«

Söderstedt nickte eine Weile, als versuchte er, Fäden zu verknüpfen. »Was wir in Rudhagen gefunden haben«, sagte er schließlich, »ist ungefähr folgendes …«

»Entschuldige, wenn ich unterbreche«, sagte Hultin. »Aber ich bin trotz allem der Meinung, dies sollte ein wenig warten. Wir hatten letzte Nacht ein drastisches Vorkommnis, und ich wollte die Sitzung damit beginnen, einfach zu fragen: Wie geht es euch, Gunnar und Jorge?«

Gunnar Nyberg war bleich geworden. Das war nicht gerade alltäglich. Er sagte: »Ich habe ziemlich lange mit Kerstin das Büro geteilt. Aber Dag Lundmark? Das paßt nicht. Ich kann mich daran erinnern, daß sie von einer richtig schwierigen Beziehung sprach, die sie vor zehn Jahren mit einem Kollegen hatte. Das war also Lundmark? Und jetzt ist sie hinter ihm her? Das sieht ihr auch nicht ähnlich.«

»Danach habe ich nicht gefragt«, sagte Hultin neutral.

»Die wunderlichen Bindungen, die die Liebe schafft, sind nicht rational«, sagte Sara Svenhagen. »Man verhält sich nicht wie gewöhnlich.«

»Das weiß ich besser als sonst jemand«, erwiderte Nyberg. »Aber Kerstin Holm? Das paßt nicht zusammen. Es muß mehr dahinterstecken.«

»Wollten wir nicht über einen Kopf sprechen?« insistierte Hultin.

»Daß wir es vorziehen, über die Lebenden zu sprechen, statt über die Toten, ist wohl ein gutes Zeichen«, sagte Chavez.

»Wenn sie noch unter den Lebenden ist«, sagte Paul Hjelm.

Es wurde still. Sie sahen ihn an.

»Ich habe die ganze Nacht davon geträumt«, fuhr er mit leiser Stimme fort. »Der Scharfschütze. Der Giftmischer. Der sich jetzt auch noch als Scharfrichter erweist. Er ist raffiniert. Diese experimentelle Droge scheint ihn noch schärfer gemacht zu haben, kränker aber auch raffinierter. Alles deutet darauf hin, daß er sie genau in diese Situation bringen wollte. Und bisher ist ihm wirklich alles gelungen, was er sich vorgenommen hat. Er kann sie schon hingerichtet haben. Eine schnelle Kugel ins Herz aus einer Wettkampfpistole. Eine Dosis Talliumsulfat in die Vene. Oder ...«

»Himmelherrgott«, rief Hultin. »Nun wollen wir doch nicht gleich den Teufel an die Wand malen. Glaubst du wirklich, Lundmark wäre raffinierter als Kerstin? Hast du so wenig Zutrauen zu deiner engsten Kollegin? Es gibt überhaupt keinen Grund anzunehmen, daß sie direkt in seine Falle tappen würde.«

»Er geht nach einem sorgfältig inszenierten rationalen Plan vor. Sie wird von chaotischem Gefühlsverhalten bestimmt. Was glaubst du denn selbst?«

»Daß er sich nicht die ganze Mühe gemacht hat, nur um sie zu erschießen oder sie mit einem schnell wirkenden Gift zu vergiften oder um ihr den Kopf abzuschlagen.«

»Nein«, sagte Hjelm. »Vermutlich hast du recht. Er zieht das Ganze lieber in die Länge. Vielleicht ist er schon dabei, sie zu foltern. Er kann es auf eine Woche ausdehnen, während wir weiter im dunkeln tappen.«

»Jetzt ist aber Schluß«, donnerte Hultin. »Du hast deine Angst rausgelassen, und das ist in Ordnung. Aber jetzt muß es auch gut sein. Jetzt sind Fakten und planmäßiges Vorgehen angesagt. Und wie war das jetzt mit diesem Kopf? Gunnar und Jorge, wie geht es euch?«

»Ich habe einen Schädel auf den Schädel bekommen«, sagte Chavez. »Reicht das nicht? Und mein altes Lieblingssakko ist nicht mehr zu retten. Ich habe es heute morgen weggeworfen. Wie wenn man seine alte Katze begräbt. Ich habe am Müllschlucker eine Schweigeminute eingelegt.«

Hultin seufzte laut. »Könnten wir dies vielleicht auf einem etwas gehobeneren Niveau abhandeln«, sagte er bittend. »Habt ihr mit jemandem geredet?«

»Einem Psychologen?« fragte Gunnar Nyberg. »Glaubst du selbst daran?«

»Es ist ein traumatisches Erlebnis. Es ist vorstellbar, daß selbst ein Übermensch wie du ein wenig Hilfe braucht, um Erlebnisse, die das erträgliche Maß übersteigen, zu verarbeiten. Und du, Jorge?«

»Nein. Keinen Psychologen. Ich glaube, das ist nicht nötig.«

»Gut. Dann können wir ja zu etwas ganz anderem übergehen. *Was in Dreiherrgottsnamen habt ihr euch eigentlich dabei gedacht?* Die Tür einzutreten und die Alarmanlage zu zerschießen? Dienstvergehen ist noch eine verschönernde Umschreibung. Ein Rauswurf wäre eine Belohnung.«

»Man könnte es vielleicht Gespür nennen«, sagte Chavez und blinzelte zu Nyberg hinüber.

»Wir waren gezwungen, auf einen Tip zu reagieren«, sagte Nyberg. »Es war dringend.«

»Vergiß nicht, mit wem du gerade sprichst«, sagte Hultin.

»Ein Tip? Mach dich nicht lächerlich. Du hast keinen Tip gesehen, seit du aus den Rattenlöchern der Unterwelt herausgekrabbelt bist.«

»Nun komm schon – wir haben etwas Wichtiges gefunden. Sonst wäre er genauso verfault wie alle anderen in dieser Ermittlung. Die Leichenwürmer sind die Hauptpersonen, verflucht. Wir hatten einfach keine Wahl.«

»Okay«, sagte Hultin. »Lassen wir das. Carl-Ivar Skarlander, Informationschef bei Dazimus Pharma, muß also den Mörder freiwillig in sein Haus am Björkhagsväg auf Lidingö eingelassen haben.«

»Ja«, sagte Chavez. »Er hat Lundmark hereingelassen und Lundmark hat ihn enthauptet. Es muß etwas überraschend gekommen sein. Ich habe versucht, mir unser einziges Gespräch mit ihm, in seinem Büro bei Dazimus, in Erinnerung zu rufen. Der unglaublich professionelle Empfang. Aber erinnerst du dich, Gunnar, in dem Moment, als er fragte, was wir wollten? Da glitt etwas über sein Gesicht. Und dann fragte ich nach der Schwarzreinigung. Was dann folgte, waren ja – so jetzt im nachhinein – reinste Freudenszenen. Die schiere Erleichterung. Er hatte gefürchtet, wir seien gekommen, um ihn wegen Anstiftung zum Mord festzunehmen. Als er begriff, worum es sich drehte, wurde er – geistreich. Klopfte uns auf die Finger.«

»Ja«, sagte Nyberg. »Bestimmt war es so. Aber als wir ihn verließen, muß es ihm gedämmert haben, wie dicht wir dran waren. Ohne es selbst zu sehen.«

Chavez nickte und sagte: »Wahrscheinlich war nur er es, der bei Dazimus dieses Spiel in den Grauzonen betrieb: die Schwarzreinigungsverträge mit Reines Haus, die experimentellen Drogen in Rudhagen und jetzt das Formelspiel mit Lundmark. Ich glaube, Dazimus hat ihn bewußt mit allen zweifelhaften Geschäften betraut, damit die Firmenleitung den Rücken frei hatte. Sie wollten nichts wissen. Das ist eine ziemlich verbreitete Unternehmensstruktur.«

»Ich glaube nicht, daß Lundmark Skarlander mochte«, sagte Nyberg. »Die Enthauptung war sorgfältig geplant, genau wie alles andere in seinem Leben, seit er seine feinen neuen Drogen bekam. Er hat Zigarrenhülsen aus Metall beschafft, um uns seine Bibelzitate in den Hals zu stecken. Sozusagen.«

»Ja«, sagte Hultin und streckte den Rücken. »Was sollen wir denn von den Bibelzitaten halten? Verändern sie unser Bild von Dag Lundmark?«

»Eigentlich nicht«, sagte Sara Svenhagen. »Schon als er sich mit Kerstin verlobt hat, benutzte er ein ziemlich unpassendes Zitat aus dem Hohenlied. Ein langes Zitat, das er auswendig konnte und auch heute noch kann. Ich habe mir seine Papiere aus Göteborg angesehen. Sein Vater ist Pastor. Er muß die Bibel mit der Muttermilch eingesogen haben.«

Chavez betrachtete seine Frau eine Weile und dachte an eine Liebe – stark wie der Tod. Dann sagte er: »Das ist das genaue Gegenteil von mir. Meine Eltern waren lateinamerikanische Altkommunisten. Mein Aufruhr gegen die Eltern bestand aus zwei Dingen: amerikanischer Jazz und katholische Religion. Alles, was nicht sowjetisch war. Dieser Kopf, den ich auf den Kopf bekam, hat mir dazu verholfen, mich zu erinnern. Newtons Apfel, ungefähr. Ich konnte heute nacht nicht schlafen – statt dessen habe ich in der Bibel gelesen. Und dabei ist mir wieder klargeworden, wieviel ich tatsächlich einmal wußte. Ich half dem Pater in Rågsved beim Kommunionsunterricht. Beinah wäre ich selbst Priester geworden. Das Zölibat kam dazwischen, könnte man sagen.«

Er beugte sich zu seinem Rucksack hinab, holte einen Stapel Bücher heraus, kam wieder hoch und sagte: »Darf ich vorschlagen, daß wir diese Sitzung in ein Bibelseminar umfunktionieren?«

Dann ging er herum und teilte an die Anwesenden Bibeln aus. Die neue Übersetzung, Bibel 2000. Dann setzte er sich und begann zu blättern. »Es sind drei Zitate«, sagte er. »Ich habe sie herausgesucht. Eins im Kopf und zwei im Körper.

Das eine vom Körper ist ein ›Scherz‹ – und das sagt einiges über Lundmarks Gemütszustand: ›Er ließ Fleisch auf sie regnen wie Staub, und Vögel wie Sand am Meer.‹ Das steht in Psalm 78, Vers 27. ›Er‹ ist natürlich Gott. Der Psalm erzählt von den Wundern des Herrn in der Wüste Ägyptens, von Moses und dem Manna vom Himmel, Fleisch wie ein Staubregen. Doch trotz dieser Gottesgaben sündigt das Volk weiter. Etwas später heißt es: ›Darum ließ er ihre Tage dahinschwinden ins Nichts und ihre Jahre in Schrecken.‹

Und um Sünde geht es auch in dem langen Zitat auf der Rückseite des Zettels: »›Du Menschenkind, sprich zu ihnen …‹ Dies steht beim Propheten Hesekiel, Kapitel 22, die Verse 24 bis 27. In gewisser Weise ist es das gleiche Thema: Gottes Zorn angesichts der Sünde in der Welt. *Die Zeit des Zorns*. Die Mächtigen sind Kannibalen und Räuber, sie schänden das Heilige und gehen über Leichen ›um ihrer Habgier willen‹. Auch hier ist die Fortsetzung interessant: ›Das Volk des Landes übt Gewalt; sie rauben drauflos und bedrücken die Armen und Elenden und tun den Einwanderern Gewalt an gegen alles Recht.‹«

»Einwanderern?« platzte Hjelm heraus.

»In der alten Bibelübersetzung hieß es ›Fremdlinge‹. Genau wie in dem Psalm endet es auf jeden Fall mit Gottes Zorn«, sagte Chavez. »›Darum schüttete ich meinen Zorn über sie aus, und mit dem Feuer meines Grimmes machte ich ihnen ein Ende und ließ so ihr Treiben auf ihren Kopf kommen, spricht Gott der Herr.‹«

»Und Gott der Herr ist kein anderer als Dag Lundmark«, nickte Hjelm. »Kann Größenwahn eine Nebenwirkung des Medikaments sein?«

»Ganz sicher«, sagte Chavez. »Kommilitonen, fragen wir uns, was er eigentlich mit den beiden Seiten dieses Zettels sagen will. Die Zeit des Zorns ist gekommen, die Sünder sollen ausgelöscht werden. ›Die Oberen sind wie reißende Wölfe, Blut zu vergießen und Menschen umzubringen um ihrer

Habgier willen.‹ Das ist eine ziemlich gute Beschreibung des Verhaltens der Arzneimittelindustrie gegenüber den Aidskranken in Afrika, zumal in Südafrika. Aber es ist nicht ein Kopf, der rollen soll: ›Er ließ Fleisch auf sie regnen wie Staub, und Vögel wie Sand am Meer.‹ Sagt nicht dieser Zettel: Jetzt, verdammt, ist es Zeit für den Tag des Zorns, und er wird alle Sündigen treffen?«

»Er selbst, Dag Lundmark, ist doch derjenige, der es verhindert, daß die Medizin die HIV-Infizierten in Südafrika erreicht«, sagte Hultin.

»Und wenn wir das berücksichtigen, sagt uns dieser Text noch mehr«, übernahm Chavez wieder. »Ist es nicht eine Art Entschuldigung? Ich habe Modisane um des Geldes willen erschossen, nicht aus Überzeugung. Aber *dies hier* tue ich aus Überzeugung: schneide Carl-Ivar Skarlander den Kopf ab. Er braucht Skarlanders Geld, um seinen Plan durchzuführen.«

»Und die andere Zigarrenhülse?« sagte Hultin.

»Sonderbarerweise handelt das dritte Zitat überhaupt nicht von der Zeit des Zorns«, sagte Chavez. »Dies hier steckte im Mund, eindeutig getrennt von denen im Körper. Vielleicht hat er sich dabei etwas gedacht. Es heißt: ›Auf einen Treulosen hoffen zur Zeit der Not, das ist wie ein fauler Zahn und strauchelnder Fuß. Wer einem mißmutigen Herzen Lieder singt, das ist, wie wenn einer das Kleid ablegt an einem kalten Tag, und wie Essig in Wunden. Hungert dein Feind, so speise ihn mit Brot, dürstet ihn, so tränke ihn mit Wasser, denn du wirst feurige Kohlen auf sein Haupt häufen, und der Herr wird dir's vergelten.‹«

»Das kenne ich«, sagte Hultin. »Das mit den feurigen Kohlen auf seinem Haupt.«

Chavez nickte und sagte: »Sprüche 25, Verse 19 bis 22. Näher kommen wir im Alten Testament der Versöhnung nicht, aber es ist *Versöhnung als Rache*. Das ist ziemlich sonderbar. Man kann sich in der Stunde der Not auf den Treulosen nicht verlassen, er ist wie ein fauler Zahn und ein strauchelnder Fuß.

Dann ändert sich die Perspektive. Für ein mißmutiges Herz zu singen ist wie Essig in Wunden zu gießen. Das ist richtig verzwickt. Er singt für das mißmutige Herz, das wohl auch das *treulose* Herz ist, aber es wirkt wie Essig in Wunden. *Der Gesang tut weh*. Und er fährt fort damit, dem hungrigen und durstigen Feind Brot und Wasser zu geben. Auch dieser Gunsterweis hat die gleiche Wirkung: Essig in Wunden und glühende Kohlen aufs Haupt. Wenn man für den Treulosen singt und ihm Wasser und Brot gibt, tut es dem Treulosen richtig weh. Die Kohle brennt sich ins Gehirn ein, und der Sänger bekommt seinen Lohn von Gott. Dag Lundmark ist nicht mehr der alttestamentarische Gott, der ständig im Zorn vernichten muß. Statt dessen tut er Gutes, er singt für das mißmutige Herz, er sättigt den hungrigen Treulosen, er löscht seinen Durst.«

»Nicht seinen«, sagte Paul Hjelm, der bleich aussah.

»Was?« sagte Chavez.

»Nicht seinen. *Ihren*. Es geht um Kerstin. Sie ist die einzige, die ihn verlassen hat. Sie ist die, die treulos war.«

Die A-Gruppe betrachtete ihn geschlossen. Er hatte das Gefühl, als sähe Kerstin ihn von irgendwo an. Ihr Blick sang: ›Wenn es passiert, dann laß mich nicht im Stich.‹

Und es war wie Essig in seiner Wunde.

»Was ist das für ein ›Gesang‹?« fragte Hultin. »Und warum brennt er in ihren Wunden?«

»Das ist die Kernfrage«, sagte Paul Hjelm. »Uns entgeht etwas. Wir denken an Kerstin, wie sie heute ist, an die Kerstin, die wir kennen. Aber niemand ist immer derselbe gewesen. Wir verändern uns die ganze Zeit, auch ich. Auch du, Jan-Olov. Irgendwo in Dags und Kerstins gemeinsamer Vergangenheit gibt es ein Loch, eine Finsternis. Das ist der Grund, warum sie noch immer ihren Verlobungsring trägt.«

Hultin überging die Beleidigung, ohne eine Miene zu verziehen.

Hjelm konnte weitermachen: »In Max Sjöbergs Brieftasche

fand sich auch ein Bibelzitat. Sara und ich haben es gestern mit freundlicher Hilfe Brynolfs entziffert. Es ist eine direkt an Kerstin gerichtete Mitteilung, die gleichen Worte, die er sagte, als er 1992 auf dem Fußboden in einer Kneipe niederkniete und ihr den Verlobungsring überreichte. Das Hohelied, Kapitel 8, Verse 6 und 7.

In ihrem Verlobungsring sind die Worte ›Auch viele Wasser löschen die Liebe nicht‹ eingraviert. Das ist eine Art verkappte Drohung: Du wirst nie von mir loskommen. Die größten Wasser können das Band zwischen uns nie auslöschen.«

»In einer anderen Übersetzung heißt es aber auch, man dürfe den nicht gering achten, der für die Liebe all seinen Besitz gibt«, sagte Chavez.

»Das macht es etwas deutlicher«, sagte Hjelm. »Und vielleicht ist das der Kernpunkt. Dag Lundmark gibt alles für die Liebe, und können wir ihn dafür gering achten?«

»Wenn er deswegen eine verdammte Menge Leute umbringt, können wir schon«, sagte Hultin.

»Trotzdem stimmt da etwas nicht«, sagte Sara Svenhagen. »Ich habe mir gestern das Verhör mit ihm angesehen, ganz genau, mit Anhalten und Standbildern und allem. Wenn da irgendwo eine kleine Spur von Liebe zu Kerstin war, dann hat er sie mächtig gut versteckt.«

»Dennoch betreibt er irgendeine Form von seelischer Erpressung«, sagte Hjelm. Was verdammt sollte der Zettel in Sjöbergs Brieftasche? Was haben die Sjöbergs in Schonen überhaupt mit der Sache zu tun? Der Zettel steckte da, damit Kerstin den Zusammenhang begreifen sollte. Das ist ein Teil von Dag Lundmarks Gesang, den er für sie und sonst niemand singt, der wie Essig ins Blut und wie glühende Kohlen auf den Kopf ist. Wahrscheinlich hat sie begriffen.«

»Hier kommen wir ins Bild«, sagte Arto Söderstedt. »Die Krankenakten in der Klinik Rudhagen sind in der Regel eine triste Lektüre. Denkbar schlimmste Trockenprosa. Exakte Zeitpunkte der Toilettenbesuche, Nahrungs- und Flüssigkeitsaufnahme, Urinproben, Telefonate, Besuche (in beiden Fällen keine), Medikamentierung und Schlafzeiten. In Lundmarks Krankenakte wird sogar ein paarmal der Name ›Kerstin‹ erwähnt. Doch nur im Winter, während der akuten Behandlungsphase. Lundmarks Zustand ist betrüblich, seine Äußerungen sind, gelinde gesagt, verwirrend. Aber ›Kerstin‹ wird häufig im Zusammenhang mit Treulosigkeit erwähnt. Dann, als die Medikamente richtig wirken und die Therapiegespräche zusammenhängender werden, fällt der Name überhaupt nicht. Der Therapeut versucht dann und wann auf diesen Namen zurückzukommen, der in akuten Abstinenzzuständen geäußert wurde, aber ohne jeden Erfolg. Es ist Februar, März. Die Therapiesitzungen sind total nichtssagend. Es wird eigentlich ausschließlich über Alkohol gesprochen.

Interessant ist, daß Lundmark im März wie ein Besessener die Bibel zu lesen beginnt. Die Ärzte sehen das positiv. Die Behandlung führt offenbar in die richtige Richtung. Vermutlich fängt Dag Lundmark an, über seine Schuld nachzudenken. So argumentiert man. Am vierundzwanzigsten März kommt Ola Ragnarsson mit einer tiefen Depression nach Rudhagen. Als er im April aus der depressiven Phase herauszukommen beginnt, tritt er in engeren Kontakt zu Lundmark. In beider Krankenakte wird das Verhältnis als positiv beschrieben. Sie unterhalten sich viel. Beide scheinen davon zu profitieren. Aber an einem Tag gibt es eine Abweichung. Viggo, die Akte hast du.«

Viggo Norlander schaute in seine Papiere und sagte: »Es ist zehn nach fünf am vierzehnten April. Lundmarks Akte sagt: ›Nachdem Pat. den Nachmittag im gewohnten Gespräch mit Pat. Ola Ragnarsson verbracht hat, kommt es zu einem Vorfall, der erwähnt werden muß. Fehlmedikation, wie zunächst angenommen, ist ausgeschlossen. Die beiden Pat. sitzen in der Bibliothek und unterhalten sich. Pat. Lundmark hat die aufgeschlagene Bibel vor sich. Plötzlich steht er auf, völlig weiß im Gesicht, und schleudert die Bibel ins Bücherregal. Die Bücher fallen auf den Fußboden. Ragnarsson hält sich die Ohren zu und schreit. Pat. Lundmark wütet wie ein Berserker, reißt Bücher aus den Regalen und wirft sie um sich. Pers. drückt ihn zu Boden. Vier Pers. erforderlich. Sedative werden injiziert. Pat. wird isoliert. Bei späteren Versuchen, Pat. über den Ausbruch zu befragen, schweigt dieser beharrlich. Versuchsweise darf er einige Tage später wieder in die Nähe von Pat. Ola Ragnarsson, unter strenger Bewachung. Pat. Ragnarsson anfänglich abwartend, ängstlich, doch das Verhältnis normalisiert sich wieder. Von da an bis zu Pat. Ragnarssons Entlassung nach Hause am 5.5. sind sie täglich zusammen.‹«

»Was ist das?« fragte Söderstedt rhetorisch. »Ein Anfall erster Güte. Offenbar läßt etwas, was Ragnarsson gesagt hat, Lundmark explodieren. Doch der Zorn richtet sich nicht gegen Ragnarsson. Der Zorn ist blind ins Leere gerichtet. Dann sind sie wieder täglich zusammen. Kann man vermuten, daß dies der Zeitpunkt ist, an dem der ›andere Plan‹ Form anzunehmen beginnt? Mitte April?«

»Was er von Ragnarsson erfährt, ist der Schlüssel«, sagte Viggo Norlander. Die Frage ist, ob sich in Ragnarssons sogenanntem Selbstmordbrief eine Spur davon findet. Das ist die einzige Spur, die wir haben.«

Es herrschte Stille in der Kampfleitzentrale. Eine merkwürdige Stille. Die Lösung schwebte zwischen ihnen, ungreifbar, aber gegenwärtig.

»Wir müßten sie sehen«, sagte Paul Hjelm.

35

Paul Hjelm kehrte in sein Zimmer zurück. Er setzte sich und rieb sich die Stirn. Er stellte das Verhör mit Lundmark am Computer an. Der Film lief und Lundmark redete im Hintergrund.

Er stand auf und ging im Zimmer hin und her. Langsam begann etwas, in ihm Form anzunehmen. Er ließ ihm Zeit, Form anzunehmen. Zwischendurch trat er an den Bildschirm. Dag Lundmark saß da und war betont lässig. Seine Antworten waren so absichtlich nichtssagend.

Er ging hinüber zu Kerstins Platz und durchwühlte ihre Schubladen. Er hatte es schon mehrfach getan. Es gab nichts, was er nicht bereits kannte. Er blieb stehen.

Verdammt.

Wohin sollte er gehen? Was sollte er noch anstellen?

Kerstin mußte herausgefunden haben, wo Lundmark war. Als sie Brynolf Svenhagens Analyse des Zettels aus Schonen bekam, wußte sie bereits, wohin sie fahren mußte. Vermutlich hatte sie sich in die Kampfleitzentrale begeben wollen, um es dort mitzuteilen – doch das Schicksal hatte es anders gewollt. Das Schicksal wollte, daß ein Bote auftauchen und ihr einen mit Unheil gefüllten Umschlag in die Hand drücken sollte. Das Schicksal wollte, daß sie auf dem Absatz kehrtmachen und spurlos verschwinden sollte.

Es war Samstag. Im Polizeipräsidium war nicht viel los. Der Regen vor den Fenstern hatte sich beruhigt. Es war ein Wetter, das sich durch das Fehlen von allem auszeichnete: von Regen, von Sonne, von Licht, von Dunkel, von Wolken, von Himmel. Der Tag war grau wie die Hölle.

Wie hatte sie herausgefunden, wo Lundmark sich aufhielt?

Und Viggos unerwartet spitzfindige Schlußbemerkung:

Gab es Spuren von Lundmarks Schock in Ragnarssons Selbstmordbrief?

Er wollte sich auf Kerstins Rechner den Brief herunterladen. Im Hintergrund, auf seinem eigenen Rechner, waren ihre Stimmen zu hören: Lundmarks, Kerstins – und seine eigene. Er tastete nach der Maus. Sie war weg. Er verfolgte die Schnur in den umfangreichen Papierhaufen auf ihrem Schreibtisch. Dabei sah er die Überschrift auf einem Blatt, bevor er die Maus fand und Ragnarssons Brief auf Kerstins Bildschirm aufrief. Die Überschrift ruhte eine Weile in seinem Gehirn, bis es zum Kontakt zwischen ihnen kam.

Zwischen der Überschrift und seinem Gehirn.

Da stand: ›Bewerbung um die Stelle als Kommissar bei der Abteilung für interne Ermittlungen‹, mit der untergeordneten Überschrift ›Curriculum vitae: Kerstin Holm‹.

Er seufzte und dachte einen Moment lang an seine eigene Bewerbung. Als er in Trelleborg auf dem Bett gesessen und mit seiner eigenen blassen ›Vita‹ konfrontiert worden war. Diese Wahnsinnsbezeichnung, die Bildung bis ins Mark vortäuschte.

Kerstins Vita kam aus Göteborg. Ihre Arbeitsbescheinigung von der Dienstzeit in Göteborg. Kurz, stringent, sachlich. Eine objektive Liste über eine lange und interessante und gefährliche und schwierige Zeit. Sie ging rückwärts, begann vor ein paar Jahren, als die A-Gruppe vorübergehend aufgelöst war. Man hatte sie an ihren alten Polizeidistrikt ausgeliehen, wo auch Dag Lundmark arbeitete. Daß er das vergessen hatte. Das kühle Verhältnis zwischen den beiden hatte schließlich die ganze Polizeiwache in Rauhreif gehüllt, und so hatte sie wieder gehen dürfen. In einen Vorortdistrikt. Angered. Ein rauhes Pflaster und wenig stimulierend. Das hatte sie doch erzählt. Wie konnte er es vergessen haben?

Doch nicht das erregte seine Aufmerksamkeit, sondern etwas anderes, was noch ein paar Jahre weiter zurücklag. Eine Lücke in der detaillierten Arbeitsbescheinigung. November 1993 bis April 1994. *Ein Loch in der Zeit.*

Ein halbes Jahr vom Dienst befreit.

Das hatte sie nie erwähnt.

Kerstin Holms und Dag Lundmarks Beziehung dauerte vom Frühjahr 1992 bis zum Sommer 1994. Gegen Ende des Verhältnisses hatte man sie ein halbes Jahr vom Dienst befreit. Warum, wurde nicht gesagt.

Etwas nahm Form an.

Erinnerte das hier nicht an etwas? War nicht irgendwo in dieser Ermittlung etwas Ähnliches vorgekommen?

Er blickte auf den Bildschirm. Ragnarssons Selbstmordbrief.

Claudine.

Gegen Ende von Ola Ragnarssons und Claudine Verdurins ein Jahr lang dauerndem Verhältnis war Claudine plötzlich verschwunden. Als sie sich trennen wollte, hatte sie ihm die Wahrheit ins Gesicht geschleudert. Sie hatte eine Abtreibung durchgeführt und das Kind ihrer Liebe getötet. Das hatte ihn vollkommen gebrochen.

War es das, was Kerstin in jenem Winterhalbjahr 93–94 getan hatte? War sie weggefahren, um eine heimliche Abtreibung vorzunehmen?

Diese sonderbaren Passagen in Ragnarssons Selbstmordbrief.

›Ich verließ die, die mich liebte – ich stieß das Messer in den Leib meiner Geliebten.‹

Und: ›Meine Geliebte und ich schufen etwas Schönes – aber die, die mich liebte, verbarg es vor mir, zog das Schöne in den Schmutz und warf es fort.‹

Das paßte nicht zusammen. Das erste stimmte ganz einfach nicht. Nicht Ragnarsson hatte seine Geliebte verlassen, sondern sie ihn. Wie es in der zweiten Passage denn auch richtig hieß.

Mit aller Sicherheit hatte Lundmark den Brief komponiert. Warum war es ihm so wichtig, daß Ragnarsson diesen Teil seiner Vergangenheit erwähnte?

Weil dies der Ausgangspunkt war.

Weil es der Schock war, der Kollaps.

Weil es der Tobsuchtsanfall in Rudhagens Klinik war.

Sie sitzen in der Bibliothek. Lundmark liest in der Bibel. Ragnarsson erzählt still von seiner Vergangenheit, von dem Anlaß dafür, daß er seit einer Reihe von Jahren hier in der Psychiatrie sitzt. Und etwas sagt klick in Lundmark, er schaltet. Er versteht, was in jenem Halbjahr geschehen ist, als Kerstin verreist war und danach zurückkam und Schluß machte. Und er dreht völlig durch. Sie hat sein Kind gestohlen und es getötet.

Die Parallele war greifbar. Die zweite Passage aus dem Brief würde perfekt auf beide passen, auf Ragnarsson und Lundmark. ›Ich und meine Geliebte schufen etwas Schönes …‹ Dagegen ist die erste Passage Lundmarks eigene. Er ist sich bewußt, daß er es war, der Kerstin mit seinem Saufen und seinem Sexualverhalten von sich gestoßen hatte.

Ola Ragnarssons Selbstmordbrief war eine Mitteilung an Kerstin Holm. Genau wie der Zettel in der Brieftasche des ermordeten Max Sjöberg. Beide richteten sich direkt an Kerstin. Und am Schluß hatte sie angebissen.

Aber sechs Monate für eine Abtreibung?

Es nahm Form an. Es nahm verdammt noch mal Form an.

Max Sjöbergs Brieftasche. Der Zettel mit dem Zitat aus dem Hohenlied, *das auf etwas zeigte*. Das *nicht* begraben war. Das Tote, das auf Leben zeigte.

Er lief zum Fax. Der Papierhaufen aus Trelleborg lag noch da. Nicht angerührt.

Idiot.

Er suchte wild. Da. Am Ende.

Anders Sjöberg. Im April 1994 von dem kinderlosen Landwirtpaar Max und Rigmor Anders adoptiert. Im Alter von zwei Wochen beim Sozialamt in Malmö abgegeben. Anonym. In einem verdammten Korb. Zwei Wochen später von Sjöbergs aus Anderslöv adoptiert.

O Herrgott.

Er rief beim Einwohnermeldeamt an. Nein, eine Kerstin Holm mit dieser Personennummer hatte keine Kinder geboren. Das war amtlich.

Er durchwühlte seine Schubladen und grub einen Umschlag der Polizei in Trelleborg aus. Fotos. Das Weihnachtsessen. Sechs Menschen um einen Weihnachtstisch in einer großen Bauernküche. Alle tragen Weihnachtsmannmützen und lachen. Zwei Männer, zwei Frauen und zwei Kinder, zwei Jungen im Alter von sieben und zehn Jahren.

Er fixierte den Siebenjährigen. Es war kein gutes Bild. Er war kaum zu erkennen. Aber es gab auch noch ein Schulfoto. Und da sah man es. Wenn er dem Bild mehr als einen flüchtigen Blick gewidmet hätte, wäre es ihm vielleicht früher aufgefallen. Die blonden Eltern Sjöberg konnten keinen so dunklen Sohn haben.

Das dunkle Haar war Kerstin Holms, und ein Zug um die Augen kam ihm sehr bekannt vor. Und das Kinn war ihres.

Dafür waren der Mund und die Nase Dag Lundmarks.

Paul Hjelm hielt einen Moment inne.

Anders Sjöberg war eindeutig Kerstin Holms Sohn. Und Dag Lundmarks.

Und Lundmark hatte ihn geholt. Er war zu den Sjöbergs gegangen, während sie für die Griechenlandreise packten, hatte sich als Polizist ausgewiesen und, tja, sie vor Einbrechern gewarnt oder was auch immer. Sie hatten Kaffee gemacht. Er schüttete Talliumsulfat in ihren Kaffee.

Dann holte er Anders Sjöberg.

Anders Sjöberg, sieben Jahre alt, war nicht tot.

Noch nicht.

Sollten Kerstin und ihr verdrängter Sohn zusammen sterben? Sollten sie alle drei – die ganze zerrissene Kleinfamilie – zusammen sterben? War das Dag Lundmarks Plan? Sah so seine Rache aus? War das seine ›Liebe‹?

Er schloß einen Moment die Augen. ›Wenn es passiert, dann laß mich nicht im Stich.‹

Nein. Nein. Nicht ums Verrecken.

Eine Nummer auf dem Haustelefon.

»Sara«, sagte Sara Svenhagen.

»Komm zu mir rüber, Sara. Ich hab's.«

Und Sara Svenhagen kam. Er ging auf sie zu und nahm ihre Arme. Er zeigte auf die kleine Wölbung ihres Bauchs. »Anders Sjöberg ist ihr Sohn. Sieh mal hier.«

Sara schaute verwirrt auf das kleine Schulfoto.

»Tja«, sagte sie. »Vielleicht. Es würde ihre Freude erklären, als sie mich an jenem Morgen vor hundert Jahren im Umkleideraum in den Arm genommen hat. Irgend etwas in ihr hat sich erinnert. Was hast du gefunden?«

»›Ich und meine Geliebte schufen etwas Schönes – aber die, die mich liebte, verbarg es vor mir, zog das Schöne in den Schmutz und warf es fort.‹«

»Ragnarssons Abschiedsbrief ...«

»Sie war im Winter 93–94 ein halbes Jahr beurlaubt. Als sie den da nicht mehr verheimlichen konnte.«

Wieder zeigte er auf Saras Bauch.

»Nenn das nicht ›den da‹«, sagte sie irritiert.

Er ignorierte es und fuhr fort: »Sie wollte keine Abtreibung vornehmen lassen, aber es durfte auf gar keinen Fall passieren, daß der versoffene Gewalttäter Dag Lundmark irgendeinen Einfluß auf ihr Kind bekam. Lieber gab sie es weg. Ans Sozialamt in Malmö. Und Rigmor und Max Sjöberg aus Anderslöv waren die ersten in der Adoptionsschlange.«

»Aber was hat sie in Schonen gemacht?«

»Sie mußte ganz einfach weg, denke ich.«

»Und das Einwohnermeldeamt?«

»Keine registrierten Kinder. Was hat sie gemacht? In einem verlausten Hotelzimmer in Malmö heimlich entbunden? Allein?«

»Das glaube ich nicht. Das sieht ihr nicht ähnlich.«

»Sieht es ihr denn ähnlich, ihr Kind in einem beschissenen Korb beim Sozialamt in Malmö zurückzulassen?«

»Glaub mir, wenn sie das Kind wirklich haben wollte, hätte sie nicht sein Leben aufs Spiel gesetzt, indem sie allein entband. Nein, man muß Menschen um sich haben. Wenn man einen so drastischen Entschluß faßt wie den, ein Kind zur Welt zu bringen will, um es dann wegzugeben, braucht man Unterstützung um sich herum. Sonst zerbricht man daran.«

»Hat sie nicht genau das getan? Sie hat ihr eigenes Kind, ihr eigenes Gebären verdrängt.«

»Aber sie ist nicht daran zerbrochen. Hätte sie das halbe Jahr damals allein in einem Hotelzimmer in Malmö gelegen und dann ohne Hilfe das Kind geboren, wäre sie zerbrochen. Statt dessen hat sie verdrängt. Du kannst dich auf mich verlassen, wenn ich das sage. Du kannst dich verlassen auf mich als Schwangere.«

»Eine Wohngemeinschaft?«

»Dann müßte es Ärzte und Hebammen in der Nähe geben. Nein, am wahrscheinlichsten ist wohl, daß das Kind im Ausland zur Welt kam.«

Ein Schrei stieg von Pauls Computer auf. Paul Hjelm Stimme: ›Du hast geschossen, um zu töten. Oder?‹

»Ist das das Verhör?« sagte Sara und zeigte auf den Monitor.

»Ja, Entschuldigung«, sagte Paul. »Ich mach ihn aus.«

Sie legte die Hand auf seinen Arm, hielt ihn zurück. »Nein, warte. Er sagt da ja etwas. Eine seiner verstreuten Andeutungen.«

Mit geübter Hand bediente Sara die Maus und ließ den Film zurücklaufen.

Dag Lundmark sagte: ›Und der Rest. Die kleine Hütte auf Tjörn, die wir in dem Sommer gemietet hatten, die Dänemarkreisen zu deinen Freundinnen, die lange Rundreise auf Öland, der Frühling in Paris.‹

Sara klickte den Film weg. Sie zeigte auf den Bildschirm:

»Er will, daß Kerstin hier reagiert. Nur Kerstin. Als sie es nicht tut, sieht er ein, daß sie tatsächlich alles verdrängt hat. Da erkennt er, daß er für ein mißmutiges Herz singen muß, damit es so wird, als wenn Essig in Wunden geschüttet würde. Denn bestimmt ist es doch das, was er mit ›die Dänemarkreisen zu deinen Freundinnen‹ sagen will.«

»Kopenhagen?« sagte Hjelm und hob den Telefonhörer. »Rigshospitalet?«

»Vielleicht. Ruf lieber Arto an.«

»Arto? Warum das?«

»Hat er nicht etwas davon gesagt, daß dort die Telefongespräche in der Akte vermerkt worden seien?«

Paul fixierte sie einen Moment. »Verdammt«, sagte er, knallte den Hörer auf und wählte die Nummer von Söderstedts Zimmer.

»Schönen guten Morgen, Arto hier«, meldete sich eine naßforsche Stimme.

»Wie genau sind die Telefongespräche in Rudhagens Krankenakten verzeichnet?«

»Guten Morgen erstmal.«

»Nun komm, mach schon. Es ist wichtig.«

»Ganz genau. Mit Telefonnummern. Sie wollen offenbar eine Totalkontrolle über die Kontakte zur Außenwelt haben. Was nicht verwunderlich ist, wenn man bedenkt, daß sie ein ziemlich zweifelhaftes Geschäft betreiben.«

»Wann hatte Lundmark seinen Auftritt? Am achtzehnten April?«

»Vierzehnten«, flüsterte Sara.

»Am vierzehnten«, sagte Arto nach einer Weile.

»Sieh mal die ausgehenden Gespräche am fünfzehnten nach.«

Eine Weile war es still im Hörer. »Zwei Stück«, sagte Arto Söderstedt schließlich. »Sie fangen beide mit 0045 an. Was ist das? Norwegen?«

»Dänemark«, sagte Hjelm und nickte. »Gibst du mir die Nummern?«

»Nur wenn du mir sagst, worum es geht.«

»Kerstin. Allem Anschein nach hat sie im April 1994 in

Dänemark ein Kind bekommen. Dieses Kind wurde im Folgenden zu Anders Sjöberg, Landwirtssohn in Anderslöv in Schonen.«

»Was sagst du da? Ich komme rüber.«

Drei Sekunden später war Söderstedt in Hjelms Zimmer. Er legte die Kopie der Krankenakte auf den Tisch.

Hjelm sagte umstandslos: »Spontan, alle beide: Wie hat Kerstin Lundmarks Adresse rausbekommen?«

»Meinst du jetzt?« sagte Söderstedt. »Gestern?«

»Ja. Schnell.«

Es ging nicht schnell, doch ziemlich schnell. »Von dem Kollegen«, sagten Arto und Sara.

»Bo«, sagte Sara.

»Ek«, sagte Arto.

»Gerade komm ich drauf«, sagte Paul. »›Bo Ek, hast du jemals einen Menschen getroffen, der einen kürzeren Namen hat als du?‹ Checkst du mal nach, Arto?«

»Aber ja doch«, sagte Arto Södersetdt, rutschte hinüber an Kerstins Schreibtischhälfte und rief die Polizeiwache Flemingsberg an.

Paul und Sara sahen auf die Telefonnummern, die Arto mitgebracht hatte.

»0045-35 und so weiter«, sagte Paul. »35, ist das Kopenhagen?«

»Keine Ahnung«, sagte Sara. »Ruf an.«

So geschah es. Keine Antwort. Zehn Klingelzeichen. Nicht einmal ein Anrufbeantworter.

»Versuch die andere«, sagte Sara. »0045-47 und so weiter.«

So geschah es. Antwort: »Slangerups plejehjem.«

»Plejehjem?« sagte Hjelm. »Pflegeheim?«

»Entschuldigung? Was wollten Sie sagen?«

»Ich befürchte eine Sprachverwirrung. Verstehen Sie Schwedisch?«

»Schwedisch? Nein, nicht gut genug …«

»Ich fasse mich kurz«, sagte Hjelm, so deutlich er konnte.

»Mein Name ist Paul Hjelm von der schwedischen Polizei. Und Sie sind …?«

»Solvej Karlsen. Krankenschwester.«

»Hej Solvej. Ich brauche Hilfe. Was ist Slangerups Pflegeheim für ein Pflegeheim?«

Hjelm versuchte, das ziemlich schwerverständliche Dänisch der Krankenschwester zu übersetzen. Und so lautete ihre Antwort: »Wir sind eine private Krankenstation für Allgemeinmedizin.«

»Führen Sie Entbindungen durch?«

»Nein. Im Notfall können wir es tun. Sonst nicht.«

»Hatten Sie im April 1994 einen solchen Notfall?«

»Ja.«

Ohne die geringste Bedenkzeit.

»Ja?«

»Ja.«

»Wieso wissen Sie das?«

»Ich habe vor ein paar Stunden genau die gleiche Frage schon einmal beantwortet. Aber ihr Dänisch war besser als Ihres.«

»Sie? Eine Frau?«

»Ihr Dänisch hatte einen schwedischen Akzent.«

»Ich verstehe. Und was genau haben Sie ihr geantwortet?«

»Daß wir am sechzehnten April 1994 eine Spontangeburt hatten. Eine anonyme Schwedin brachte einen gesunden Jungen zur Welt und verschwand mit ihm.«

»Verschwand?«

»Ich war damals nicht hier. Aber Schwester Marit hat die Krankenakte sofort gefunden. Und der Akte zufolge verschwand die anonyme Schwedin schon am Tag nach der Entbindung. Ohne das Personal zu verständigen. Und ohne zu bezahlen.«

»Schwester Marit?«

»Sie hat die Entbindung durchgeführt. Hebamme Marit Raagaard.«

»Und Sie haben nichts weiter im Journal? Keinen Hinweis auf die Identität? Keine Beschreibung?«

»Sie können mit Marit sprechen.«

Einen Moment war es still. Dann kam eine bei weitem barschere Stimme: »Ja. Marit Raagaard!«

»Hej, Marit. Haben Sie gehört, worüber wir gesprochen haben?«

»Ja! Und nein! Ich weiß auch nicht mehr!«

»Würden Sie die Patientin wiedererkennen, wenn Sie sie sähen?«

»Ja! Ganz bestimmt!«

»Ich schicke Ihnen ein Foto per E-Mail. Haben Sie E-Mail?«

»Ja! Natürlich! Klar, daß wir E-Mail haben! Wir liegen Europa ja wohl näher als Sie!«

Paul Hjelm notierte die Mailadresse, bedankte sich und legte auf. Er mußte sich vor dem Sturm von Ausrufezeichen in Sicherheit bringen.

Arto Söderstedt sprach im Hintergrund. Es war nicht mehr als ein Murmeln.

»Sara«, sagte Paul. »Kannst du versuchen, den Kundendienst der dänischen Entsprechung zu Telia zu erreichen? Wir haben keine Zeit, den Umweg über die dänische Polizei zu nehmen. Kontrolliere einerseits diese Nummer, unter der wir niemanden erreicht haben, und anderseits eine Nummer, von der vor ungefähr einer Stunde in Slangerups Plejehjem angerufen wurde. Aus Schweden.«

»Aus Schweden?«

»Wahrscheinlich Kerstin. Also versuche, ihnen Beine zu machen.«

Sara griff zum Telefonhörer, Paul setzte sich an den Computer, suchte ein Bild von Kerstin und mailte es an Slangerups Plejehjem. Er betrachtete seine Kollegen. Sie waren ganz auf ihr jeweiliges Gespräch konzentriert. Also hatte er Zeit, Slangerup im Internet zu suchen. Es war ein kleiner Ort nordwestlich von Kopenhagen mit achttausend Einwohnern. Die

Wurzeln reichten bis ins Mittelalter zurück. Ungefähr eine Strecke, die man noch fahren kann, wenn die Wehen einsetzen und man soweit wie möglich von der Zivilisation weg will. Es wirkte ziemlich wahrscheinlich.

»Okay«, sagte Arto Söderstedt und knallte den Hörer auf. »Ich glaube, ich hab's. Bo Ek war zu Hause. Kerstin hat tatsächlich gestern nachmittag mit ihm gesprochen. Er hatte Lundmark ein paarmal am südlichen Ende von Lötsjövägen in Hallonbergen abgeholt. Ich habe mal rasch bei der Stadtverwaltung Sundbyberg nachgefragt, wozu Hallonbergen gehört, und habe erfahren, daß fast alle Mietblöcke im südlichen Teil von Lötsjövägen denselben Besitzer haben.«

»Komm schon zur Sache.«

»Ich habe Lundmarks Adresse. Lötsjövägen 5, vierter Stock, auf der Briefeinwurfsklappe steht der Name Elmagarmid.«

»Hervorragend.«

Sie sahen Sara an. Sie merkte es, hielt die Hand über den Hörer und flüsterte: »Sie sind dabei. Viel flotter als Telia.«

»Okay, wir warten«, sagte Paul.

»Was habt ihr herausgefunden?« fragte Söderstedt.

»Kerstin hat in einer kleinen Privatklinik in einem Ort namens Slangerup auf Seeland einen Sohn geboren. Am sechzehnten April 1994. Dann ist sie verschwunden. Außerdem hat sie selbst vor ungefähr einer Stunde dort anzurufen versucht, um nachzufragen. Vielleicht erfahren wir so, wo sie ist.«

»Großartig.«

»Kannst du die anderen holen, Arto? Dann fahren wir in den Lötsjöväg.«

»Oui, mon capitaine«, sagte Söderstedt und verschwand.

Sara schrieb fieberhaft und bedankte sich. Sie wandte sich zu Paul um und las vom Block: »Die erste Nummer, die Dag Lundmark am 15. April angerufen hat, war tatsächlich eine Kopenhagener Nummer. Eine Lotte Kierkegaard in der Thorsgade in Nørrebro.«

»Kierkegaard?«

»Ja, ob du's glaubst oder nicht.«

»Und der schwedische Anruf bei Slangerups Plejehjem vor einer Stunde?«

»Von einem Mervat Elmagarmid. Er wohnt ...«

»Lötsjövägen 5, vierter Stock.«

Sara starrte ihn an. Nach einer Weile nickte sie kurz.

»Wir sind auf dem Weg dahin«, sagte Hjelm, spannte sein Achselhalfter fest und zog das Jackett darüber. »Kommst du mit?«

»Was denkst du denn«, sagte Sara und verließ den Raum.

Er folgte ihr in den Gang hinaus. Sie verschwand in der Tür, aus der Chavez und Nyberg gerade herauskamen. Beide fummelten in ihren Jackeninnenseiten herum, Nyberg in seinem alten Lumberjack, Chavez in einem nagelneuen Leinenjackett. Arto tauchte mit Viggo im Schlepptau auf. Schließlich erschien auch Sara.

»Also dann«, sagte Hjelm. »Wissen alle Bescheid?«

»Nicht richtig«, sagte Chavez. »Es geht also um Lundmarks Versteck?«

»Es ist die Wohnung, in der er heimlich gewohnt hat, während er das Hotel Siebenstern in Huddinge offiziell als seine Adresse angegeben hat. Es ist also möglich, daß er dort zwei Wochen lang den siebenjährigen Anders Sjöberg versteckt hat. Aber vor einer Stunde hat Kerstin von dort telefoniert. Das bedeutet entweder, daß sie weg sind und Kerstin eine leere Wohnung vorgefunden hat, oder – daß er sie in seine Gewalt gebracht und gezwungen hat, anzurufen.«

»In Dänemark, soviel ich mitbekommen habe«, sagte Chavez. »Aber nicht, warum.«

»Es ist denkbar, daß sie dort gefesselt Anders Sjöberg gegenübersitzt und sich immer noch weigert zu akzeptieren, daß es ihr Sohn ist. Da zwingt Lundmark sie, das Krankenhaus in Dänemark anzurufen, wo sie den Sohn geboren hat. Daß sie von dort aus angerufen hat, muß nicht bedeuten, daß die Wohnung gesichert ist. Wir müssen jedenfalls auf alles gefaßt sein. Entweder entscheidet sich der ganze Kram dort, oder wir bekommen auf jeden Fall Kerstin von dort mit.«

»Oder wir bekommen keinen Scheiß mit.«

»Wichtig ist, daß wir es ernst nehmen. Falls Lundmark da ist, wird er sich nicht freiwillig ergeben. Schutzwesten, dann fahren wir los. Wer fährt?«

»Ich«, sagte Gunnar Nyberg.

»Ich«, sagte Arto Söderstedt.

Zwei Männer, die gern Auto fuhren.

Hjelm landete in Nybergs goldgelbem Renault. Der Mann war verrückt. Dieser besonnene, joviale Teddybär verwandelte sich hinterm Steuer in ein Ungeheuer. Es war nicht schön. Im Rückspiegel sah er, wie Arto sich bis zum äußersten anstrengte, um in dem zähfließenden Samstagsverkehr nicht den Anschluß zu verlieren.

Sie kamen ans Ziel. Um das Zentrum von Hallonbergen herrschte Wochenendgewimmel. Der Himmel hatte beschlossen, sich zurückzuhalten. Keine Regenschauer ergossen sich vom farblosen Himmel über die Volksmassen. Es war Mittagszeit und ein ziemlich trister, einheitlich grauer Tag.

Äußerlich.

Sie joggten den Lötsjöväg hinauf und kamen in den Hauseingang der Nummer fünf. Vierter Stock, immer noch im Laufschritt. Atempause, als sie oben anlangten. Sammlung.

Weiter einen endlosen Korridor entlang.

Die Tür mit dem Namen Elmagarmid auf dem Briefschlitz war eingetreten. Sie war zwar zugezogen und hing dank einiger Holzverstrebungen noch zusammen, aber es herrschte kein Zweifel, daß schon jemand dagewesen war. Jemand mit viel aufgestauter Kraft.

Die Wahrscheinlichkeit, daß jetzt noch jemand hier war, wurde immer geringer, nicht Kerstin, noch weniger Lundmark, und ganz bestimmt nicht Anders Sjöberg.

Auf alles gefaßt sein. Norlander hatte die Ehre, die Tür einzutreten. Dazu bedurfte es keiner größeren Kraftanstrengung. Die Tür flog auf. Die A-Gruppe flog hinein. Mit gezogenen Waffen. Und wie zu erwarten, war die Wohnung leer.

Unerhört leer.

Außerdem durchsucht – oder offensichtlich verwüstet. Jemand hatte die Wohnung durchsucht und gleichzeitig alles kurz und klein geschlagen. Das extrem spärliche Möblement war ausnahmslos zertrümmert. Der Badezimmerspiegel war zerschlagen, ein Blutfleck prangte in der Mitte, als hätte jemand mit der Faust hineingeschlagen. Blut im Waschbecken, Blut auf dem Fußboden, Blut an den Wänden.

Und es war Kerstins Blut. Paul ging mit dem Finger an den größten Blutfleck, den im Spiegel. Er betrachtete das Blut an seinem Zeigefinger, roch daran, leckte es ab.

Doch, es schmeckte nach Kerstin.

Sie lebte. Auf jeden Fall hatte sie vor einer Stunde gelebt.

Arto Söderstedt sagte: »Ich rufe an und kontrolliere die letzten Tage.«

»Gut«, sagte Paul.

Chavez stand in der Küche, als Paul hereinkam. Er hielt den Arm um die Schultern seiner Frau. Sara Svenhagen weinte ganz leise und ruhig. Es war schnell vorbei. Dann schloß sie sich den anderen an.

Paul fand, daß das kurze, schnelle, stumme Weinen die Lage perfekt zusammenfaßte.

In der Küche war nichts. Der kleine Küchentisch, der von der Wand abzuklappen war, hing nur noch in verbogenen Scharnieren. Die wenigen Teller, Gläser und Becher lagen zerschlagen auf dem Boden. Der Kühlschrank war leer, die Gitter waren herausgerissen. An der Kühlschranktür haftete ein einsamer Magnet in Form eines Herzens. Die Küchenschubladen waren viel zu weit herausgezogen. Der Mülltütenhalter war zertreten.

Und auf dem Küchenfußboden lag ein prächtiger Klacks von Erbrochenem.

»Hier«, sagte jemand von weit weg.

Hjelm verließ die Küche. Die Stimme kam aus dem Badezimmer.

Gunnar Nyberg hatte die mit einem Plastikhandschuh versehene Hand in der Kloschüssel und fischte kleine Papierfetzen in bunten Farben heraus. »Es ist eine zerrissene Fotografie«, sagte er und fischte weiter. Als er fertig war, drückte er die Stücke an die Kacheln. Puzzleteile. Er fing an, das Puzzle zu legen. Hjelm ließ ihn allein.

Viggo Norlander ging den Bereich um das umgeworfene Bett durch. Kleiderschränke, Nachttische. In einer Schublade lag eine Quittung, das war alles. Eine Ikea-Quittung. Er hielt sie Hjelm hin.

»Alle Möbel«, sagte Norlander. »Alles, bis hin zum Besteck, ist am ersten Juni gekauft worden.«

»Am selben Tag, an dem der Mietvertrag unterschrieben wurde«, sagte Arto Söderstedt mit der Hand über dem Telefonhörer. Dann nahm er die Hand fort und sprach in den Hörer: »Ja, ich bin noch da. Ich warte. Aber beeilen Sie sich.«

Hjelm kehrte zur Toilette zurück. Nybergs Puzzle nahm Form an. Die untere Hälfte war fertig. Es klebte an der Kachelwand. Zwei Beinpaare. Ein größeres und ein kleineres.

»Da«, sagte Hjelm und tippte darauf.

»Danke«, sagte Nyberg mit einem schiefen Grinsen.

Hjelm ging zurück in die Küche. In einer Ecke hatte das Paar Svenhagen-Chavez einen kleinen Haufen schwarzer Plastikteilchen zusammengefegt.

»Was ist das?« fragte Hjelm.

Chavez suchte in dem Haufen und fand eine halbe Fünf. »Von der Tastatur eines Handys«, sagte er.

»Deshalb hat sie vom Festnetz nach Dänemark telefoniert«, sagte Sara. »Der Akku ihres Handys war leer. Und da hat sie es an die Wand gefeuert. Es ist kaputtgegangen. Sie hat die Reste aufgehoben. Den Fitzelkram hat sie liegenlassen. Die letzten Anrufe hat sie vom normalen Telefon gemacht.«

»Wir müssen auch die Gespräche von ihrem Handy kontrollieren«, sagte Hjelm.

Dann ging er in den Flur zurück. Söderstedt stand in einem komischen Winkel und schrieb etwas auf einen zerknitterten Zettel, der in der Fensternische lag.

»Danke«, sagte er schließlich. »Es wäre schön, wenn Sie auch sagen könnten, wohin die Nummern gehen. Soweit möglich. Ja, ich warte.«

»Was Bekanntes dabei?« fragte Hjelm.

»Bist du ein sogenannter Vorarbeiter?« fragte Söderstedt. »Ist es dein Job, herumzulaufen und nichts zu tun?«

»Ich koordiniere und behalte den Überblick«, sagte Hjelm.

»Sieben Nummern«, sagte Söderstedt. »Zwei sind uns bekannt. Dieselben wie in Lundmarks Krankenakte. Zuerst diese Kierkegaard in Kopenhagen. Dann das ›Plejehjem‹ in Slangstrup.«

»Slangerup«, sagte Hjelm und wanderte zur Toilette.

»Whatever«, sagte Söderstedt in seinem Rücken.

»Fertig«, sagte Nyberg in der Toilette. Er trat einen Schritt zurück und betrachtete sein Meisterwerk. Ein paar Teile fehlten. Sie waren heruntergespült worden. Aber aus den übrigen war eine zusammenhängende Fotografie entstanden.

Sie stellte Dag Lundmark und Anders Sjöberg dar.

Sie hatten die Arme umeinander gelegt und lachten. Sie hatten Hüte aus Zeitungspapier auf dem Kopf. Im Hintergrund waren Bäume zu sehen. Als stünden sie an einer Waldlichtung.

Es war kein gutes Gefühl.

Ganz und gar nicht.

36

Samstagnachmittag, der achte Dezember. Nichts. Keine Spur. Der Energiekick war von einem enormen Vakuum abgelöst worden.

Alle versuchten, etwas zu tun, und alle taten wirklich etwas – doch nichts brachte sie voran. Sie traten auf der Stelle. Der Samstag verging. Der Sonntag verging ebenso.

Dead end.

Sackgasse.

Lotte Kierkegaard in der Thorsgade in Nørrebro nahm nicht ab. Es war Samstag. Bestimmt war sie unterwegs und amüsierte sich. Wie alle vernünftigen Menschen.

Nach vielem Hin und Her gelang es Sara Svenhagen, ihren Arbeitsplatz ausfindig zu machen. Sie war Bibliothekarin an der Universitätsbibliothek in Kopenhagen. Nach einer Reihe von Anrufen hatte sie endlich eine Handynummer in Erfahrung gebracht.

Es war halb fünf, als sie zu ihr durchkam, mitten in weinseligen Festvorbereitungen auf dem Lande. Wie sich zeigte, nicht weit von Slangerup entfernt.

»Sie haben dort also ein Sommerhaus?«

»Ja, in Lystrup Skov«, sagte Lotte und machte »Pschscht!«. Im Hintergrund war wüster Lärm zu hören.

»Haben Sie Kerstin dorthin gebracht?«

»Am Ende der Schwangerschaft fuhren wir hier hinaus. Ich wußte, daß die Klinik eine Viertelstunde mit dem Auto entfernt lag. Wir hatten geplant, daß ich sie hinfahre, wenn es soweit wäre. Reingehen mußte sie selbst, obwohl die Fruchtblase schon geplatzt war. So wollte sie es. Keine Spuren.«

»Wie haben Sie sich kennengelernt?«

»Kerstin war ziemlich viel in Kopenhagen, als sie zur Polizeihochschule ging. Am Anfang mit einer Freundin, später allein. Wir lernten uns in einer Kneipe kennen, ganz einfach. Sie war damals eine ganz wilde Hummel. Aber ich verstehe nicht richtig, was passiert ist. Ist sie irgendwie in Schwierigkeiten?«

»Sie ist möglicherweise in Gefahr. Versuchen Sie bitte, sich zu konzentrieren. Am 15. April dieses Jahres hat Sie also ein Mann angerufen und sich nach Kerstins Entbindung erkundigt?«

»Ein schwedischer Mann rief an. Er stellte sich als hoher Polizeichef vor und war sehr autoritativ. Es war schwer, ihm nicht zu glauben. Ich versuchte zu lügen, wie wir es verabredet hatten, aber ich glaube nicht, daß es mir richtig gelang. Es war das erste Mal seit 94, daß ich überhaupt daran dachte, und ich war nicht darauf vorbereitet zu lügen. Kerstin und ich haben uns danach aus den Augen verloren. Ich studierte und heiratete, und sie ging in ihre Richtung. Welche das auch war.«

»Was geschah dann?«

»Er fragte mich, ob bei mir im Winter 93/94 eine Polizeiassistentin Kerstin Holm gewohnt habe. Ich verneinte das. Er sagte, er kenne meine Wohnung in der Thorsgade und mein Sommerhaus auf dem Land, und es sei absolut notwendig, daß ich wahrheitsgemäß antworte. Kerstin sei in großer Gefahr. Genau, was Sie sagen, aber viel eindringlicher. Ich wollte weiter alles abstreiten, aber ich fürchte, daß ich ein bißchen ins Schwimmen geriet. Ich merkte, daß er sich vor allem für Lystrup Skov und Slangerup interessierte.«

»Warum haben Sie Kerstin nicht angerufen und ihr von diesem Mann und seinem Anruf erzählt?«

»Ich habe es versucht, aber ich konnte sie nicht erreichen. Sie wohnte nicht mehr in Göteborg. Es ging nicht. Und ich selbst steckte gerade mitten in einer aufreibenden Scheidung. Es ging im Chaos unter.«

»Okay. Und heute hat also Kerstin selbst angerufen?«

»Ja. Ich habe ihre Stimme nicht wiedererkannt. Sie hat sich irgendwie fremd angehört. Und sie hat etwas ganz Sonderbares gefragt.«

»Was denn?«

»Ob sie ein Kind geboren habe.«

Sara betrachtete einen Moment den Hörer. Dann fragte sie: »Und was haben Sie geantwortet?«

»Ich glaubte, jemand wollte mich zum Narren halten, aber es gelang ihr, mir zu beweisen, daß sie tatsächlich meine alte Kerstin war. Es ging um einen Streitruf, den wir einander zuriefen, wenn wir gepunktet hatten.«

»›Gepunktet?‹«

»Ich brauche wohl nicht näher darauf einzugehen. Wir waren frei und unverheiratet. Und sie war bedeutend wilder als ich, wenn es darum ging, das andere Geschlecht zu umgarnen.«

»Kerstin??«

»Ja. Sie dürfen nicht vergessen, daß Menschen sich verändern.«

»Und was geschah weiter?«

»Ich verstand ungefähr, was mit ihr passiert war. Sie hatte tatsächlich auf irgendeine Weise verdrängt, daß sie ein Kind bekommen hatte. Ich erzählte ihr von der Klinik in Slangerup. Daß sie nach der Geburt abgehauen ist, daß ich sie geholt und nach Malmö gefahren habe. Sie hatte zwar eben erst entbunden, aber es ging ihr nicht schlecht. Ich ließ sie und ihren Sohn am Hauptbahnhof in Malmö aussteigen. Seitdem haben wir höchstens noch ein-, zweimal voneinander gehört. Aber ich glaube, daß es ziemlich wichtig war, was ich für sie getan habe.«

»Okay. Was geschah genau im Winter 93/94? Kam sie einfach runter zu Ihnen und war schwanger?«

»Wir hatten ein paar Jahre lang dann und wann Kontakt, aber sie war ruhiger geworden, nicht mehr die wilde Hummel von früher. Sie wurde eher eine Musterstudentin, war mein

Eindruck. Es war eine Art von Lebensentscheidung. Sie ließ durchblicken, daß die männlichen Polizeianwärter es nicht mochten, daß sie herumvögelte, wenn ich mal so sagen darf. Also hörte sie einfach auf. Änderte ihren Lebensstil. Das mag ja logisch gewesen sein. Aber auf mich wirkte es eher ziemlich feige.«

»Sie hatten also ein paar Jahre nur sporadisch voneinander gehört, als sie mit dickem Bauch zu Ihnen hinunterkam, um ihr Kind heimlich zur Welt zu bringen?«

»Ja, allerdings kam sie nicht einfach herunter. Sie rief an und fragte, ob es okay wäre, ob ich sie ein paar Monate verstecken könnte, während sie ihr Kind bekäme. Denn sie wollte absolut nicht, daß der Vater davon erfuhr. Er sei ein böser Mensch, das hat sie mir ganz klar gemacht.«

»Wenn ich Sie richtig verstehe, kann man also von zwei verschiedenen Phasen in ihrem Verhalten Männern gegenüber sprechen. Zuerst – zusammen mit Ihnen – ziemlich frivol. Ein besonderes Kodewort, wenn man ›punktete‹, also einen Abend Sex gehabt hatte. Ein internes Zeichen für one night stands. Danach ein plötzliches Umschwenken, als sie im Prinzip gar keinen Sex hatte, und zwar als Reaktion auf eine gewisse Haltung der männlichen Umgebung. Anschließend dieses Verhältnis mit einem Mann, der ein ›böser Mensch‹ war, vor dem sie ihre Schwangerschaft geheimhalten mußte. Ist das richtig?«

»Ungefähr ...«

»Auf welche Weise war er böse?«

»Er trank und er vergewaltigte sie. Und hatte nie ein schlechtes Gewissen. Sie wollte nicht, daß das Kind irgendeinen Kontakt mit ihm hätte.«

»Wäre es nicht besser gewesen, mit ihm Schluß zu machen?«

»Das war anscheinend nicht so einfach. Da war was mit ›auch viele Wasser‹. Ich habe es nie richtig begriffen.«

»›Auch viele Wasser löschen die Liebe nicht.‹«

»Genau. Sie hatte schon beschlossen, ihn zu verlassen, als

sie nach Kopenhagen kam, aber sie dachte, es würde ihr zuviel, während sie schwanger war. Statt dessen hat sie ihm eingeredet, sie sei ausgebrannt und brauche eine längere Auszeit. Das war offenbar leichter. Danach nutzte sie die Zeit in Dänemark dazu, sich Mut zu machen, damit sie es schaffte, ihn zu verlassen. Und als sie wieder nach Göteborg kam, war er so schwer alkoholabhängig, daß es ihm egal war, ob sie ihn verließ oder nicht.«

»Eins möchte ich gern noch wissen«, sagte Sara Svenhagen und ließ die Hand über die Rundung ihres Bauchs gleiten. »Hat sie nie daran gedacht, das Kind zu behalten? Es selbst großzuziehen?«

»Nein. Dann würde er auftauchen und in der einen oder anderen Weise Anspruch auf das Kind erheben. Sie wollte das Kind ganz von ihm getrennt halten.«

»Es ist sieben Jahre gutgegangen. Aber nicht länger.«

»Und ich hoffe wirklich, daß es nicht meine Schuld ist. Aber wahrscheinlich ist es das. Er ist Polizist. Er hat meine Lügen am Tonfall erkannt. Was bedeutet eigentlich dieses ›Auch viele Wasser löschen die Liebe nicht‹?«

»Ich weiß es wirklich nicht richtig«, sagte Sara Svenhagen und bedankte sich bei Lotte Kierkegaard.

Sie hatte das Gefühl, Kerstin Holm ein wenig besser kennengelernt zu haben. Aber Dag Lundmarks Aufenthaltsort war sie kaum nähergekommen.

Gunnar Nyberg war bei ihrem Vater.

Chefkriminaltechniker Brynolf Svenhagen betrachtete das zusammengestückelte Foto mit Mißfallen. »Ihr hättet uns die Stücke überlassen sollen«, sagte er ungnädig. »Das hier ist ja ein richtiger Amateurjob.«

Nyberg biß sich auf die Zunge. Aber zu spät. Er sagte: »Sie lagen in einem Klo. Natürlich hätte ich dich anrufen müssen.«

Zum Glück entging Brynolf Svenhagen der Unterton dieser Bemerkung. Er fuhr fort, das Foto von Dag Lundmark und Anders Sjöberg durch diverse Vergrößerungsgeräte zu studieren. »Diese lustigen Hüte aus Zeitungspapier«, sagte er, »die haben ein Datum. Der sechste September. Vorgestern, Donnerstag. Ich kann eine Abschrift des gesamten lesbaren Textes machen, wenn ihr wollt. So müßte herauszukriegen sein, was für Zeitungen es sind.«

»Das wäre phantastisch, Brynolf«, sagte Nyberg einschmeichelnd.

»Im übrigen. Die Bäume hinter ihnen sind klassischer Mischwald. Eine Kiefer, eine Fichte, eine Birke, eine Espe und eine kleine Eiche sind zu erkennen. Und ein Stück von einem Apfelbaum der Sorte Ingrid Marie, die am Anfang des zwanzigsten Jahrhunderts aufkam und als ein Ableger der Sorte Cox Orange angesehen wird.«

»Ist das wirklich relevant?«

»Ich liefere die Information. Ihr sortiert sie. Das ist die Arbeitsverteilung.«

»Läßt sich etwas darüber sagen, wo es sein kann?«

»Kaum«, sagte Brynolf Svenhagen mit einem Achselzukken. »Schweden südlich von Piteå.«

»Dänemark?«

»Durchaus denkbar. Obwohl Wald nicht Dänemarks wichtigste natürliche Ressource ist.«

»Und das Foto selbst? Kann man herausfinden, wo es entwickelt wurde?«

»Es ist nicht entwickelt. Nicht im üblichen Sinn. Es ist ein Polaroidfoto. Aber man kann dennoch das eine oder andere damit anstellen. Unsere Fotoabteilung hat ein paar neue Methoden, um Filmtyp, Kameratyp und andere brauchbare Dinge festzustellen. Ich melde mich deswegen. Aber das ist eigentlich nicht das Interessante.«

»Was ist denn das Interessante?«

»Es ist keine kriminaltechnische Frage«, sagte Brynolf Svenhagen. »Es ist eine polizeiliche Frage. Die du dir schon längst hättest stellen sollen.«

»Und?«

»Wer hat das Foto gemacht?«

»Ich bin davon ausgegangen, daß es mit Selbstauslöser gemacht wurde.«

Brynolf Svenhagen betrachtete ihn eine Weile und sagte dann: »Was ist am ärgerlichsten, wenn man seine Urlaubsfotos vom Entwickeln zurückbekommt?«

»Ich weiß nicht. Daß man immer so betrunken aussieht?«

»Ich würde sagen, es ist, wenn man ein Stück vom Finger des Fotografen oben in der Bildecke als extra Sonnenuntergang mitbekommen hat.«

Svenhagen zeigte auf die rechte obere Ecke des Fotos.

»Au verdammt«, sagte Gunnar Nyberg.

Also saß er jetzt in seinem Zimmer und hielt starke Vergrößerungen von zwei fragmentarischen Zeitungsartikeln von Donnerstag, dem sechsten September hoch, in jeder Hand einen. Es war der Tag, bevor Dag Lundmark Carl-Ivar Skarlander enthauptete.

Er hielt den Arm um die Schulter eines schonischen Siebenjährigen und lachte. Er trug einen lustigen Hut auf dem Kopf.

Das Datum war auf beiden Zeitungshüten nach vorn gewendet, also sollte es gesehen werden. Es waren ohne Zweifel Tageszeitungen, und kaum welche von den gängigsten.

Der Mann, der Gunnar Nyberg gegenübersaß, nahm ihm die Vergrößerungen aus der Hand und sah auf die Texte. »Hmmm«, sagte er.

Der Mann hieß Rolf Runeberg und war Forscher an der Hochschule für Journalismus und Experte für schwedische Tageszeitungen. »Ja«, sagte Runeberg. »Natürlich erkenne ich das Layout. Dies hier links ist Östersunds-Posten. Bei dem anderen bin ich ein wenig unsicher.«

Er drehte und wendete das Foto. Nyberg ließ ihn gewähren.

»Hier unten«, sagte Runeberg schließlich, »steht eine kleine lokale Nachricht, in der der Ort Dödevi genannt wird. Das liegt an der Ostküste von Öland. Darf ich mal telefonieren?«

Nyberg ließ ihn anrufen und dachte in der Zwischenzeit über die kleine Lokalnachricht nach. War es ein Zufall, daß der Ort auf Öland Dödevi hieß? Wir Toten? Wir sind tot? Wir starben?

Dödevi.

Nyberg dachte sich ›Wir sind tot‹ als Bildunterschrift unter dem Foto, und ihm war auf einmal ausgesprochen abscheulich zumute.

Er schüttelte sich und versuchte, das Gespräch zu verfolgen, das in seinen Hörer gespuckt wurde. Es war lang und entnervend. Der Journalistenjargon war unverkennbar. Er war ungefähr so charakteristisch wie ein alter Heimatfilm.

»Also«, sagte Runeberg, als er fertig war. »Es ist Barometern, eine Tageszeitung in Kalmar.«

»Sind Sie sicher?«

»Ja doch«, sagte Runeberg. »Östersunds-Posten links und Barometern rechts.«

Nyberg war wieder allein. Er hatte das Gefühl, daß draußen die Dämmerung hereinbrach. Wie der Finger eines Fotografen am Rand eines Fotos.

Dag Lundmark spielte mit ihnen, soviel war klar. Und es war äußerst ärgerlich. Östersund und Kalmar lagen tausend Kilometer auseinander. Lundmark war Polizist, er wußte, daß sie versuchen würden, die Zeitungen zu identifizieren. Also wählte er zwei, von denen jede für sich allein hochinteressant war, die zusammen aber rein gar nichts bedeuteten. Außer daß er kürzlich am Hauptbahnhof in Stockholm gewesen war, wohl dem einzigen Ort im ganzen Land, an dem man noch Tageszeitungen aus großen Teilen Schwedens kaufen konnte.

Am bemerkenswertesten war weiterhin das kleine Fragment eines Zeigefingers in der rechten oberen Bildecke. Man konnte sich natürlich vorstellen, daß Lundmark ganz einfach einen Passanten angesprochen hatte und ihn das Foto hatte machen lassen.

Doch das wäre ein riskantes Moment gewesen.

Also gehörte der Finger wahrscheinlich einem Mittäter.

Weiter kam Nyberg im Moment nicht.

Er fühlte sich handlungsunfähig.

Und damit war er nicht allein.

Dödevi, dachte er.

Jorge Chavez sagte: »Ein bißchen mehr wäre nicht schlecht.«

Kommissar Ernst Ludvigsson betrachtete ihn schräg von der Seite und schwieg. Sie saßen auf der Veranda vor Lubbes Haus in Krigslida, einem kleinen Idyll südwestlich von Västerhaninge, und betrachteten den Waldrand. Einzelne Blätter hatten sich schon gelb gefärbt.

Es war ein kalter, klarer Tag. Die Regenwolken hatten wochenendfrei.

»Wenn man einen suspendierten Kollegen, der nach einem Alkoholentzug den Dienst wieder aufnimmt, zurückholt, sollte man tunlichst eine ganze Menge über ihn in Erfahrung bringen. Damit er nicht den Ablauf sabotiert.«

»Tunlichst«, sagte Lubbe, und seine Bemerkung troff von Sarkasmus.

»Und?« sagte der lästige kleine Spanier unberührt.

Lubbe goß sich ein wenig Kaffee ein, ohne seinem Gast etwas anzubieten, und sagte: »Es ist Samstag. Ich habe samstags frei. Ich war im Wald und habe Pilze gesammelt.«

»Dann nimm dir eine Sekunde frei von deinem freien Samstag.«

»Aber was ist eigentlich in euch gefahren?« stieß Lubbe hervor und wedelte mit dem Kaffeelöffel, daß es spritzte. Er ist abgehauen? Das ist wohl nicht die Welt. Er taucht auch wieder auf. Er hat einen Menschen erschossen, er muß sich

Gedanken machen über sein Leben. Das kann man doch wohl zulassen. Wir reden nicht von einem Verbrecher. Es geht um Dagge.«

»Ich kann nicht näher darauf eingehen, aber es ist äußerst wichtig, daß wir ihn finden. Es steht das Leben eines Kollegen auf dem Spiel.«

»Ja«, sagte Lubbe sauer. »Dagges.«

»Seins auch. Die landesweite Fahndung läuft. Also denk nach.«

»Eine Fahndung habt ihr auch laufen. Ist doch klar, daß er sich nicht zeigt. Damit ihn kein Kollege erschießt. Das wäre typisch. Nach allem, was er durchgemacht hat.«

»Ich muß wissen, wo er sich aufhält.«

Lubbe schaute in die Unergründlichkeit des Waldes. Sein Blick verirrte sich sofort. Er verharrte eine Minute wie in Trance, dann sagte er: »Ich weiß es nicht. Das habe ich vorher schon gesagt. Ich dachte, er wohnt in diesem Hotel in Huddinge. Seestern.«

»Siebenstern«, korrigierte Chavez. »Er hat ein paar Nächte dort verbracht, dann hat er eine Wohnung in Hallonbergen gemietet. Bo Ek wußte davon. Aber du nicht?«

Lubbe schwieg.

Chavez fuhr fort: »Wie ist es überhaupt zugegangen. Warum kam er zu euch? Es ist ja nicht gerade der gemütlichste Distrikt in Schweden, um Polizist zu sein.«

Lubbe kratzte sich am Kopf. »Vicke und ich sind alte Kumpel«, sagte er geheimnisvoll und verstummte.

Chavez überlegte eine Weile. Er dachte laut: »Vicke und Lubbe. Ein Traumpaar. Alberne Spitznamen. Polizeihochschulnamen. Zwei alte Kurskumpel. Kollegen, die einander durchs Leben gefolgt sind. Kommissarkollegen. Hmmm, ich verstehe. Kommissar Victor Lövgren in Göteborg. Der Mann, der Dag Lundmark trotz aller Übergriffe und aller Dienstvergehen die Stange hielt, so daß er bei der Polizei bleiben konnte. Vicke? Victor Lövgren?«

Lubbe betrachtete den eigentümlichen Spanier mit einer gewissen Verwunderung. »Du bist Detektiv, höre ich«, sagte er.

»Das ist korrekt«, sagte Chavez, nicht ohne Stolz.

»Aber nicht nur zwei Kurskumpel«, sagte Lubbe, »sondern drei. *Drei* alte Kumpel von der Polizeihochschule. Ernst Ludvigsson, Victor Lövgren und Dag Lundmark. Lubbe, Vicke und Dagge. Zwei wurden Kommissare und einer wäre um ein Haar in der ›Spezialeinheit beim Reichskriminalamt für Gewaltverbrechen von internationalem Charakter‹ gelandet. Falls dir das was sagt.«

»Was denn. In der A-Gruppe? Lundmark?«

»Das ist korrekt«, imitierte Lubbe und machte die Klappe dicht.

»Komm schon. Was meinst du damit? Dag Lundmark wäre beinah in der A-Gruppe gelandet?«

»Das hast du nicht gewußt?« sagte Lubbe triumphierend. »Hultin startete eine Rundfrage, als damals im Zusammenhang mit den Machtmorden ein bißchen Panik ausgebrochen war. Vicke wurde gefragt. Er schlug Dagge vor. Denn Dagge war ein verdammt guter Polizist, bevor er anfing zu saufen, das kannst du mir glauben. Dann war er mit dieser Strebertussi Holm zusammen und brachte ihr alles über Polizeiarbeit bei. Hultin hat ihn eine ganze Weile interviewt, aber dann ausgesondert. Statt dessen nahm er Holm. Ich glaube, von da an hat Dagge sich gehenlassen.«

Chavez saß eine Weile da und dachte über das Spiel des Zufalls nach. Sich vorzustellen, sie hätten Dag Lundmark in die A-Gruppe bekommen. Wie hätten sie mit ihm zusammenarbeiten können? Es hörte sich völlig absurd an. Und Hultin hatte es eingesehen. Er hatte ihn *ausgesondert.* Danach ließ Lundmark sich völlig gehen.

Vielleicht hatte Dag Lundmark es nicht allein auf Kerstin abgesehen.

Der Wald schien ein Stück näher zu rücken.

Arto Söderstedt las Krankenakten. Viggo Norlander saß ihm gegenüber und las Polizeiakten. Söderstedts Akten stammten aus der Rudhagen-Klinik, Norlanders von der Göteborger Polizei.

Sie suchten Übereinstimmungen zwischen Lundmarks Krankenakte und seinen alten Fällen. Es war ziemlich trostlos. Auch wenn es auf beiden Seiten psychologische Profile gab. Und zwischen diesen stellten sie gerade einen Vergleich an.

»Interessant ist«, sagte Söderstedt, »daß ich klinische Beurteilungen habe und du berufliche. Meine sind vom Dozenten der Psychiatrie Robert Ehnmark, deine von Kriminalkommissar Victor Lövgren in Göteborg, Dag Lundmarks altem Chef und Kumpel. Was bei mir negativ klingt, klingt bei dir positiv. Und dennoch sagen sie fast dasselbe.«

»Wenn wir einmal das Gelaber beiseite lassen, bleiben ein paar wichtige Punkte«, sagte Norlander. »In allererster Linie die Neigung zur Aggression. Bei mir heißt das dann: ›Hat keine Scheu vor der konfrontativen Seite der Polizeiarbeit.‹ Ist ›konfrontativ‹ ein richtiges Wort?«

»Kaum. Bei mir heißt es: ›Schnell aufwallende Ausbrüche von Aggression, verstärkt durch Alkoholgenuß.‹ Dann habe ich: ›Melancholische Desillusion bezüglich des Zustands der Welt und in bezug auf den Sinn und Nutzen seiner Arbeit‹.«

»Der ist gut. Kommissar Lövgren schreibt: ›Realistische Erwartungen an die Wirksamkeit der Polizeiarbeit.‹ Darüber kann man sich heutzutage schon Gedanken machen. Und jetzt paß mal auf: ›Hält auf traditionelle Werte wie gesunden Menschenverstand, Anständigkeit, Kleinfamilie, Steuermoral usw.‹«

Söderstedt blätterte fieberhaft in seinen Papieren. »Die nächste Entsprechung bei Dozent Robert Ehnmark dürfte sein: ›Ausgeprägter Reinheitstrieb, umfassender Purismus, Solipsismus, starke Mutterbindung, akuter Widerwille gegen Auflösung der Kleinfamilie, wahrscheinlich auf frühen Verlust der Mutter zurückzuführen, die die Familie verließ, als Pat. fünf Jahre alt war.‹«

»Was ist Solipsismus?« fragte Norlander.

»Die Überzeugung, daß sich alles um einen selbst dreht, ungefähr. Daß alles in der Welt von mir ausgeht.«

»Okay. Da du kein Würstchenbudenfritze bist, kannst du vielleicht die Zusammenfassung machen?«

»Das vergißt du wohl so schnell nicht.«

»Wahrscheinlich nie. ›Du bist meine Kontaktfläche mit dem Humus, in dem Würstchenbudenfritzen, Tabakladenbesitzer und Hotelzimmermädchen gedeihen.‹ Zitat Ende.«

»Ich entschuldige mich.«

»Faß lieber zusammen.«

Arto Söderstedt betrachtete seinen Kollegen beschämt und gehorchte: »Dag Lundmarks Mutter verließ ihn, als er noch ein kleiner Junge war – aber alt genug, um einzusehen, daß er verlassen worden war. Fünf Jahre alt. Den Verlust hat er nie verwunden. Das Gefühl, verraten worden zu sein, nichts zu taugen, sitzt tief. Es war seine Schuld, daß die Mutter die Familie verließ, und seitdem dreht sich alles um ihn. Sein Vater, der Pastor, der ihn offenbar aufgezogen hat, wird überhaupt nicht erwähnt. Es geht nicht um den Vater, es geht ausschließlich um Dag, alles dreht sich um Dag. Für Lundmark ist die Kleinfamilie der Inbegriff des Glücks – wahrscheinlich weil er sie nie kennengelernt hat. Es ist ein Idealbild, das er nie erreicht. Das ist auch nicht beabsichtigt. Es *soll* ein Idealbild sein, das nie erreicht werden, nie von Alltagsschmutz befleckt werden kann. Daher diese Reinheitsforderung, die nie eingelöst werden kann, daher die tiefe Enttäuschung über den wirklichen Zustand der Dinge. Und nicht einmal die Polizeiarbeit – die dafür gedacht war, ganz zu machen, zu heilen, die dafür gedacht war, die Dinge geradezurücken – funktioniert, wie sie beabsichtigt war. Die Verlobte verläßt ihn und bringt ihr gemeinsames Kind heimlich zur Welt, um es dann wegzugeben, um es von ihm fernzuhalten. Dann verläßt sie ihn. Er wird zweifach verlassen.«

»Aber sein Sohn bekam doch eine richtige Kleinfamilie.

Warum ermordet er die Kleinfamilie? Die Sjöbergs in Schonen?«

»Weil sie keine *echte* Kleinfamilie sind. Sie machen sich des schwersten aller Verbrechen schuldig: Sie imitieren das Ideal. Das ist die äußerste Unreinheit.«

»Unser Freund ist nicht richtig gesund.«

»Nicht richtig«, sagte Söderstedt und spürte einen ziehenden Schmerz in den Zähnen.

Paul Hjelm steckte fest.

Nichts klappte. Die kleinen Fortschritte führten nirgendwohin.

Es war ein unglaublich frustrierender Zustand.

Er bekam einen Mann namens Mervat Elmagarmid zu fassen. Der konnte sich sehr vage daran erinnern, seine Wohnung in Hallonbergen an einen dicken Mann mit dünnem Schnauzbart vermietet zu haben. Das Telefongespräch entwickelte sich zu einem in sehr schlechtem Schwedisch vorgetragenen Monolog über das Thema Schnauzbärte. Warum bekamen schwedische Männer so schüttere Schnauzbärte, während zum Beispiel Araber wahrhafte Stahlbürsten unter der Nase entwickelten?

Paul Hjelm hatte nicht einmal darauf eine richtig gute Antwort. Vor langer Zeit hatte er einen minimalen Kinnbart gehabt. In seiner unreifen Periode. Er wuchs sehr schlecht.

Paul Hjelm seufzte und bedankte sich.

Er erhielt Antwort von der Hebamme Marit Raagaard aus der Krankenstation in Slangerup. Doch, es war sehr gut denkbar, daß es sich bei der Frau auf dem Foto um die Schwedin handelte, die im April 1994 auf der Krankenstation ein Kind zur Welt gebracht hatte. Anderseits war es lange her, und auf dem Bild sah sie älter aus.

Paul Hjelm seufzte und bedankte sich.

Es kam eine Mitteilung über Kerstins Handy, das sie in der Küche in Hallonbergen zerschlagen hatte. Keine Gespräche am Samstag. Entweder war ihr klargeworden, daß sie zu ihr zurückverfolgt werden konnten, und sie hatte es vor Wut an die Wand geknallt. Oder der Akku war ganz einfach leer gewesen. Auf jeden Fall hatte sie vom Wohnungstelefon aus angerufen. Obwohl auch da das Risiko bestand, daß die Gespräche entdeckt wurden. Wenn auch ein geringeres.

Paul Hjelm legte das nichtssagende Papier auf den Tisch und dachte nach. Dann und wann wurde er von dem Gefühl heimgesucht, etwas Wesentliches übersehen zu haben. Der Samstag entwickelte sich zu einer einzigen Heimsuchung.

Er hatte etwas Wesentliches übersehen.

Erst gegen Abend kam er darauf. Es wuchs langsam hervor, und er war sich nicht sicher, ob es wirklich genau das Wesentliche war, das er übersehen hatte. Er wurde darauf gestoßen, als er im Samstagsverkehr an einem Fußgängerübergang stand und sein Los verfluchte, für die ganze A-Gruppe belegte Brote kaufen zu müssen. Sie hatten darum geknobelt, wer gehen sollte, und sein Papier war unaufhörlich im Rachen der Schere gelandet. Als er zu Stein überging, war ein Papier da und wickelte ihn ein.

Er stand am Fußgängerübergang. Das rote Männchen wurde grün. Er hielt inne und blieb stehen. Das Männchen wurde wieder rot.

Bei irgendeiner Gelegenheit hatte Kerstin einen Scherz über den Wechsel der Fußgängerampel gemacht. Warum mußte er daran denken? Und wie ging der Scherz noch? ›Dem Verstopften ist schlecht geworden.‹ Das rote Männchen wurde grün.

Naja. So witzig war es auch wieder nicht. Warum dachte er daran?

Es war ein Kinderscherz. Kerstin hatte ein Kind zitiert.

Welches Kind?

Ihre neunjährige Nichte.

Sie hatte eine Schwester.

Schlampiger Trottel.

Er rief beim Einwohnermeldeamt an und bekam den Namen und die Telefonnummer. Sie war drei Jahre jünger als Kerstin, wohnte auf Hisingen in Göteborg und hieß Eva Jansson. Verheiratete Jansson.

Arto Söderstedt tauchte in der Tür auf und fragte: »Wo sind die Brote?«

»Verdammt«, sagte Hjelm. »Die hab ich vergessen.«

»Ja!« stieß Söderstedt überraschend aus.

»Wieso ›Ja‹«?

»Wir haben gewettet«, sagte der komische Finne. »Viggo hat an dich geglaubt. Ich habe *nicht* an dich geglaubt. Jetzt habe ich einen Hunderter gewonnen. Danke.«

Die Tür ging zu. Hjelm rief an. Er hatte keine Ahnung, was er sagen sollte.

Sie meldete sich. »Eva.«

»Hej. Mein Name ist Paul Hjelm von der Reichskriminalpolizei in Stockholm.«

»Hej. Von dir hat man ja schon dies und das gehört.«

»Hat man?«

»Kerstin hat ein bißchen was erzählt.«

Wieviel? fragte sich Hjelm. Aber er sagte: »Du weißt nicht, wo sie sich im Moment aufhält?«

»Kerstin? Die steht wohl um diese Zeit im Chor.«

»Im Chor? Ja klar, der Kirchenchor. Johannesgemeinde?«

»Jakob. Bist du wirklich Paul? Ich hatte den Eindruck, ihr stündet euch ziemlich nahe.«

Er wurde tatsächlich rot. Hoffentlich sah sie es nicht durch den Hörer.

Und Schwester Eva streute noch Salz in die Wunde: »Hast du es in der Jakobskirche versucht?«

»Ich wollte es gerade tun«, log er schamlos. »Wohin würde sie gehen, wenn sie sich verstecken wollte?«

»Sich verstecken? Was ist denn los? Ist sie verschwunden? Und du, der große Detektiv, fragst *mich*, wo sie ist?«

»Tja.«

»Ich habe keine Ahnung. Ich muß dir etwas gestehen. Ich bin sechsunddreißig Jahre alt, und in meinem ganzen Leben war ich noch nicht einmal in Stockholm. Ich würde nicht mal das Königliche Schloß finden. Und die U-Bahn in die falsche Richtung nehmen.«

»Das tue ich oft«, sagte Paul Hjelm.

Da lachte sie. Und es war Kerstins Lachen.

Und es war alles ziemlich schrecklich.

»Vor einigen Jahren hatte sie ein Verhältnis mit einem Kollegen in Göteborg«, sagte Paul. »Hat sie davon etwas erzählt?«

»Nicht viel«, sagte Eva Jansson. »Aber das war keine gute Zeit in ihrem Leben, soviel ich weiß. Es war eine Befreiung für sie, als sie nach Stockholm kam. Auch wenn es sich wie ein Widerspruch anhört.«

»Erinnerst du dich daran, daß sie '93–'94 ein halbes Jahr in Kopenhagen war?«

»Ja, sie mußte ausspannen. Sie wohnte bei einer Freundin, die Kyrkogård hieß. Ich weiß noch, daß ich zu ihr sagte: Kirchhof? Ein guter Platz, um auszuruhen.«

Sie lachte wieder. Paul Hjelm fiel das Lachen bedeutend schwerer. Er sagte: »Es kommt mir vor, als stündet ihr euch nicht besonders nahe, wenn du mir die Bemerkung erlaubst.«

»Ich erlaube es. Denn du hast recht. Sie steht meiner Tochter bedeutend näher.«

»›Dem Verstopften ist schlecht geworden.‹«

»Was?«

Paul Hjelm seufzte und dankte.

Es war sehr einsam in seinem Zimmer.

Kriminalkommissar Jan-Olov Hultin trat gern einen Schritt zurück, um zwei nach vorn tun zu können, aber jetzt hatte er das Gefühl, schon so viele Schritte zurück getan zu haben, daß er gleich hintenüber fallen würde.

In Ermangelung einer sinnvolleren Beschäftigung versuchte er, den Verlauf aus Kerstins Sicht zu rekonstruieren.

Freitagnachmittag, fünf Uhr. Sie ist auf dem Weg in die Kampfleitzentrale zu einer Sitzung, als ihr von einem Boten eine von Brynolf Svenhagen abgeschickte Mitteilung ausgehändigt wird. Es zeigt sich, daß ein Zettel, der in der Tasche des toten Max Sjöberg gefunden wurde, das Zitat aus dem Hohenlied enthält, das Dag Lundmark rezitierte, als er ihr den Verlobungsring überreichte. Sie erkennt, daß das Ganze eine Botschaft an sie und sonst niemanden ist. Vage werden ihr die Zusammenhänge klar. Sie versucht immer noch, vor ihrem weggegebenen und verdrängten Kind zu fliehen. Weil die Vorwärtsbewegung viel einfacher ist als die Rückwärtsbewegung, folgt sie Dag Lundmark, dessen Adresse sie früher am Tag herausgefunden hat. Sie kommt dorthin, zum Lötsjöväg nach Hallonbergen. Sie tritt die Tür ein. Es ist bereits dämmrig, in der klinisch gereinigten Wohnung ist es ziemlich dunkel. Aber es ist niemand da. Sie sinkt in der Küche zu Boden, sie fühlt sich elend. Da fällt ihr Blick auf ein Foto an der Kühlschranktür. Es zeigt Lundmark und den Sohn. In dem Moment bricht die Einsicht über sie herein. Sie erinnert sich an den Sohn, dieses winzige Bündel, das sie vor siebeneinhalb Jahren beim Sozialamt in Malmö zurückgelassen hat. Sie erbricht sich auf den Küchenfußboden.

Und dann?

Allem Anschein nach verbringt sie die Nacht in der Wohnung, und welche Gespenster sie in dieser Nacht heimsuchen, kann man sich nicht vorstellen. Es ist ganz einfach eine Höllennacht. Wahrscheinlich kann sie sich nicht bewegen. Sie bleibt auf dem Fußboden. Irgendwann am nächsten Tag ist sie in der Lage, sich zu bewegen. Jetzt geht es darum, Lundmark zu finden. Sie muß ihn jagen, obwohl sie versteht, daß es genau das ist, was er will. Sie will die A-Gruppe nicht mit hineinziehen. Dies ist ihre eigene Jagd. Ihr eigenes schmerzlich verdrängtes Leben. Sie weiß, daß wir die Nummern, die sie von ihrem Handy aus anruft, herausfinden werden. Also ruft sie nicht von ihrem Handy an, sondern schmeißt es an die Wand, daß es zu Bruch geht. Von wo kann sie anrufen? Sie hat die Wohnung auf eigene Faust ausfindig gemacht. Es ist möglich, daß wir sie nicht finden. Wir nehmen Bo Ek vielleicht nicht ins Kreuzverhör. Das Risiko ist geringer. Also benutzt sie das Telefon in der Wohnung. Sieben Anrufe. Der vorletzte ist bei Lotte Kierkegaard in Kopenhagen. Von ihr bekommt sie die letzte, die Krankenstation in Slangerup. Und davor? Noch fünf. Jetzt identifiziert. Der Reihe nach: Eins: Bo Ek, bei sich zu Hause. Vermutlicher Zweck: Mehr darüber herauszubekommen, wo Lundmark sein kann. Keine Antwort. Er ist nicht zu Hause. Zwei: Kommissar Ernst Ludvigsson, bei sich zu Hause. Vermutlich derselbe Zweck. Auch dort keine Antwort. Er ist im Wald und sammelt Pilze. Es ist zutiefst frustrierend. Drei: Altenpflegeheim Pärlan in Västra Frölunda. Dort sitzt Dag Lundmarks Vater, der Pastor. Das Gespräch dauert zwölf Minuten. Vier: Länskriminalpolizei in Västra Götaland. Das Gespräch dauert vier Minuten. Und fünf: Internationale Auskunft von Telia. Das Gespräch dauert exakt sechsunddreißig Sekunden. Dies ist der Anruf vor dem bei Lotte Kierkegaard. Wahrscheinlich hat Kerstin dort nach Lottes Nummer gefragt. Hatte sie ihren Sohn verdrängt, hatte sie bestimmt auch die Telefonnummer verdrängt. Das mit der Nummer war begreiflich.

Das mit dem Sohn nicht.

Im Pflegeheim Pärlan in Västra Frölunda wußte man nicht, wer das Gespräch angenommen hatte. Die Tagesschicht war inzwischen von der Abendschicht abgelöst worden. Aber Hultin konnte mit Lundmarks Vater Artur sprechen. Er war nicht so senil, wie Hultin befürchtet hatte. Ganz und gar nicht, genaugenommen. O ja, er hatte mit Kerstin gesprochen. Er hatte sie so gern gemocht, sie war das Beste, was seinem Sohn passiert war. Aber er wußte sehr gut, daß Dag sie nicht würde halten können. Nicht so, wie er trank. Nicht so, wie er Frauen behandelte. Er brauchte nur an Anna zu denken. Was Kerstin gewollt hatte? Sie wollte hören, ob er wußte, wo Dag war. Aber er hatte keine Ahnung, er hatte seit Jahren nichts von seinem Sohn gehört. Leider. Aber sie hatten sich eine Weile unterhalten. Ungefähr zehn Minuten. Sie schien verwirrt zu sein. Redete von einem Sohn. Einem Enkel. Doch, *seinen* Sohn hatte er selbst großgezogen, das war in jener Zeit nicht so üblich. Es war vielleicht akzeptabler für einen Pastor als für einen Fabrikarbeiter oder einen Direktor. Ja, er war Pastor gewesen. Pastor Artur Lundmark in Haga. Doch, er hatte mit seinem Sohn viel in der Bibel gelesen. Gab es bessere Geschichten? Außerdem jagten sie einem jungen Menschen ein wenig nützlichen Schrecken ein. Aber sein Sohn war nicht richtig so geworden, wie er es gehofft hatte, und das war eigentlich nicht mehr, als daß er ein glücklicher und guter Mensch geworden wäre. Er war unglücklich und böse geworden. Ja, böse und schlecht ... Vielleicht nicht böse, aber ihm fehlte etwas. Die Fähigkeit zur Empathie vielleicht, die Fähigkeit, aus sich selbst herauszutreten und sein Handeln von außen zu betrachten. Harte Erziehung? Nja. Gottesfurcht war wichtig. Ein Gefühl für strenge Moral. Für grundlegende Werte.

Hultin bedankte sich und legte auf. Einen Moment saß er da und ließ seinen Gedanken Zeit, sich zu ordnen.

Anna? Dachte er dann.

Anna, geborene Högberg?

Die Exfrau.

Es dauerte eine Weile, aber schließlich hatte er sie eingeordnet. Sie hieß weder Anna Högberg noch Anna Lundmark, sondern Anna Strömbäck und war wieder verheiratet. Sie hatte in ihrer neuen Ehe drei Kinder und wohnte noch in Göteborg. In Örgryte, dem Djursholm von Göteborg.

Doch sie meldete sich nicht.

Hultins Gedanken gingen mit ihm durch.

War Dag dort?

Meldete sie sich deshalb nicht am Telefon?

Verbarg Dag Lundmark sich mit seinem Sohn bei seiner Exfrau und wartete auf seine Exverlobte? Mit drei weiteren Kindern?

Eine richtig ekelhafte Geiselsituation. Vier Kinder.

Hatte Lundmark dafür das Geld gewollt? Das Blutgeld von Dazimus Pharma AB? Um Waffen und Sprengstoff zu kaufen? Hultin hatte so etwas schon einmal erlebt. Im Zusammenhang mit den World Police and Fire Games in Stockholm vor ein paar Jahren.

Hatte Lundmark Winston Modisane ermordet, um ein Einfamilienhaus in Örgryte in die Luft zu sprengen? Mit zwei Exfrauen und ihren Kindern? Mehrere unreine Fliegen mit einer Klappe …

Vieles stimmte in diesem Gedankengang. Unangenehm viel.

Dennoch fehlte etwas.

Und das, was fehlte, war Jan-Olov Hultin selbst.

Der Mann, der dafür gesorgt hatte, daß Dag Lundmark nicht nur als Kandidat für die A-Gruppe ausgeschieden war, sondern außerdem noch mit ansehen mußte, wie seine Exverlobte statt seiner einen Platz bekam.

Es war eine Überzeugung, die sich immer stärker gefestigt hatte an diesem schicksalhaft friedlichen Herbstwochenende. Wenn es einen richtigen Knall von dieser oder jener Sorte geben würde, dann würde Jan-Olov Hultin dabei wahrlich nicht fehlen.

Er war fast der Hauptbestandteil.

Auf jeden Fall ließ er es sich nicht entgehen, selbst ein paar Fliegen mit einer Klappe zu schlagen. Er rief die Polizeibehörde in Västra Götaland an. Er überlegte, welche der gegenwärtigen Polizeistationen Örgryte am nächsten lagen. Die polizeiliche Lage hatte sich seit der Bildung des neuen Läns Västra Götaland stark verändert. Er tippte auf Majorna/Linnéstaden in der Tredje Långgata 18.

Sie sollten umgehend einen Wagen zu Anna Strömbäcks Haus schicken.

»Aber seid äußerst vorsichtig«, sagte Hultin.

Anschließend ließ er sich mit der Länskriminalpolizei am Ernst Fontells Plats verbinden. Kerstin Holms und Dag Lundmarks altem Arbeitsplatz. Dort hatte Kerstin am Samstag von Mervat Elmagarmids Wohnung in Hallonbergen aus angerufen. Keiner der Anwesenden erinnerte sich an das Gespräch. Es waren anderseits auch nicht viele anwesend. Eine ganze Reihe von Kollegen war seit den Ereignissen beim EU-Gipfel im Juni krank geschrieben. Ein Blick in die Liste der Diensthabenden ergab indessen, daß Hansson oder Bergmark das Gespräch angenommen haben mußten. Hultin bat darum, die beiden Herren schnellstens suchen zu lassen.

Woraufhin der Wachhabende sagte: »Es sind keine Herren. Es handelt sich um Damen.«

»Mir egal, und wenn es Kakadus sind«, sagte Hultin. »Sorgt dafür, daß ihr sie erreicht. Und daß sie mich auf der Stelle anrufen. Unmittelbums.«

Er legte auf. Wenn er sich nicht irrte, hatte Kerstin ihre Laufbahn im Wachdistrikt 3 in der Färgaregata am Odinsplats begonnen. Dort hatte sie als frischgebackene Polizeiassistentin Dag Lundmark getroffen, damals Kriminalinspektor bei der Länskriminalpolizei, wohin sie nach ihrer Beförderung zur Kriminalinspektorin versetzt wurde. Das war in der Zeit, als sie zusammen waren. Kerstin und Dag. Dag und Kerstin.

Kriminalkommissar Jan-Olov Hultin fühlte sich sehr, sehr müde.

Es wurde Abend, und es wurde Morgen, der fünfte Tag.

Sonntag, der neunte September.

37

Zur Mitte ihres Lebenswegs gelangt, stand sie, verirrt, in einem dunklen Wald und konnt' den rechten Weg nicht wiederfinden.

So fühlte sie sich.

Langsam fiel die Sonntagsdämmerung über die Insel. Der schmale Pfad wurde immer undeutlicher. Kalter Wind wehte ihr entgegen. Es roch nach Meer.

Als ob das eine Rolle spielte.

Als ob irgend etwas eine Rolle spielte.

Sie wußte nicht, was sie tat. Ihre Beine schienen sich ohne ihr Zutun zu bewegen. Ihr Gehirn war leergepustet.

Als pfiffe der Wind durch ihren Kopf hindurch.

Sie war eine Bewegung, das war alles. Eine Richtung.

Ein schwarzes Loch hatte sie heimgesucht. Es hatte Konturen angenommen. Die Konturen eines Kindes. Es hatte sich auf einem Küchenfußboden neben sie gesetzt. Sie hatte sich erbrochen. Da hatte das schwarze Loch sie eingenommen, war in sie eingedrungen, hatte sie erfüllt. Sie war nur eine Leere, eine schwere Leere.

Und eine Bewegung, eine Richtung.

Sie stolperte. Eine unsichtbare Wurzel brachte sie zu Fall. Die Hände im Moos. Braunes Wasser sickerte zwischen den Fingern hervor.

Ihre Knie wurden naß. Sie konnte nicht mehr aufstehen. Blieb liegen. Fühlte, wie die Hände ins Moos sanken. Fühlte, wie die Nässe sich über die Hosenbeine ausbreitete.

Die Schwere, die furchtbare Schwere. Sie wurde hinabgesogen. Als verschwände sie, dem Kern der Erde entgegen. Dem flammenden Kern entgegen.

Eine Stoffpuppe, flatternd im großen Nichts.

Flatternd und flammend.

Sie kam wieder hoch. Die Kraft, die sie trieb, hatte nichts mit Willen zu tun. Sie war größer. Sie war eine Urkraft.

Zwischen den Baumstämmen erkannte sie das Meer. Weiße Schaumkronen gegen das Schwarze. Darüber ging der Himmel in Schwarz über. Wolken ballten sich zusammen und verfinsterten sich zu Gewitterwolken. Sie drängten sich aneinander, als wollten sie um jeden Preis ihrem eigenen inneren Dunkel entfliehen. Sie stießen zusammen. Der erste Blitz erleuchtete den Wald. Dieses eisblaue Licht, das ein Bild in die Netzhaut ätzt, ein Bild mit ganz anderen Farben.

Und das Bild war eine Lichtung.

Dann war sie blind, geblendet. Sie stolperte in Richtung des Erinnerungsbilds. Es blitzte in grellem Orange gegen die Hirnrinde.

Vermutlich war sie am Ziel. Keine Zweige peitschten mehr ihr Gesicht. Keine Nadeln stachen mehr in ihre bloßen Arme.

Sie schloß die Augen. Ließ das Bild verblassen, bis alles vollkommen schwarz war. Dann öffnete sie wieder die Augen.

Es war kohlschwarz. Pechschwarz. Es war rabenschwarz, kohlrabenschwarz, nachtschwarz.

Sie wartete auf den nächsten Blitz. Eine Stimme sagte: Warte auf den nächsten Blitz. Dann siehst du wieder. Ein neues Erinnerungsbild wird in deine Netzhaut eingeprägt sein. Es wird verblassen, genauso schnell, wie deine Erinnerungen verblassen. Aber du kannst seinem Abdruck eine Weile folgen.

Wie du es jetzt tust.

Der Blitz kam.

Es war eine Lichtung.

Eine Kiefer, eine Fichte, eine Birke, eine Espe und eine kleine Eiche. Und ein Apfelbaum der Sorte Ingrid-Marie.

Etwas war in den Boden getreten.

Aber das konnte sie nicht mehr erkennen.

Sie folgte der inneren Karte des flammenden Erinnerungsbilds. Die Finger tasteten sich an der Erde entlang. Keine Sicht mehr, höchstens verschwommene Wahrnehmung.

Es zerfiel in ihren Händen. Klebrig, als wäre eine Schnecke darübergekrochen. Oder als hätte es ein ewiger Regen hinabgezwungen, dem flammenden Kern der Erde entgegen.

Fragmente. Zerfallende, nässezerfressene Fragmente einer Tageszeitung. Sie las: ›Der größte in diesem Jahr gefangene Dorsch wurde am Donnerstagvormittag von Anton Kramström aus Dödevi aus dem Wasser gezogen.‹

Dödevi.

Da kam der Blitz und schenkte ihr die Hütte.

Sie lag dreißig Meter entfernt auf der anderen Seite des kleinen Wäldchens. Sie schien wie von einem inneren Feuer zu leuchten.

Und das innere Feuer war das ihre.

Sie machte sich auf. Durch die Dunkelheit. Die ersten Regentropfen. Von der Seite. Vom Meer. Als sollte die Insel überspült werden. Die Welt überspült werden.

Die Veranda. Ein paar leere Bierdosen schepperten im Wind. Ein erloschenes Windlicht.

Und kein Licht in der Hütte.

Schon da begriff sie.

Schon da begriff sie, daß sie zu spät kam. Es hatte zu lange gedauert. Sie hatte zu langsam gedacht.

Sie berührte die Tür. Sie war offen. Der Griff zur Dienstwaffe war mehr Reflex als durchdachte Handlung. Denn die Erkenntnis leuchtete mit einem eigenen Licht durch die pechschwarze Finsternis: Es würde keiner da sein.

Kein Lebender.

Sie war schon drinnen. Das hohle Gespenst der Berufsroutine lenkte ihre Schritte. Die völlig durchnäßten Verbände ihrer Hände schleckten an der Waffe. Metallisch kühle Feuchtigkeit durch die gelockerten Verbände.

Ein Blitz erleuchtete das Innere der Hütte. Als sie die Augen schloß und das eingravierte Erinnerungsbild wiedererstehen ließ, sah sie einen Fernseher. Das war alles.

Auf dem Dach war keine Fernsehantenne.

Das Erinnerungsbild flammte in Orange. Sie studierte es im Detail. Vor dem Fernseher eine kleine Dose.

Ein Fernsehspiel.

Das Bild verblaßte. Es ging immer schneller. Bald würden keine Erinnerungsbilder mehr da sein. Alles verflüchtigte sich immer schneller.

Sie war im Begriff zu verschwinden. Ein Mensch ohne Erinnerungsbilder ist kein Mensch mehr.

Nächster Blitz.

Und jetzt war der Boden übersät. Übersät mit Spielzeug. Die ganze Hütte war eine Spielhütte.

Es war ein Hohn. Noch eine Spucksalve mitten ins Gesicht. Zäher grüner Rotz rann übers Gesicht.

Spielzeug, zurückgelassen, damit sie stolperte. Stolperte auf ihrem Weg durch den dunklen Wald.

Weit, weit entfernt vom rechten Weg.

Und sie stolperte, sie zertrat Spielzeugautos und Legoteile, und sie fühlte nichts. Gar nichts. Außer daß diese große Leere im Begriff war, durch ihre Haut hinauszudringen und sie zu vernichten und sich mit der Luft um sie zu vereinigen und die Hütte mit ihrem unendlichen Sog hinabzuziehen zum flammenden Kern der Erde.

Sie kam zu einem Bett. Es mußte ein Bett sein. Ihre Knie schlugen an eine Holzkante.

Und wieder der Blitz.

Im Licht des Blitzes das Bett. Und im Bett lag er. Alles andere wäre undenkbar gewesen. Die Hände gefaltet. Einen Zettel zwischen den Fingern.

So friedvoll.

Das schwarze Loch sprengte ihre Haut von innen heraus.

Alles, genau alles, wurde hineingesogen.

38

Es war Montagmorgen. Über das Frühstück gebeugt, spürte Paul Hjelm, daß etwas geschehen würde. Die monströse Passivität des Wochenendes war vorüber.

Er blickte über den Küchentisch. Es war niemand da. Und wäre jemand dagewesen, hätte er ihn nicht gesehen.

Alles, was er hörte, war eine Stimme, die sagte: ›Wenn es passiert, dann laß mich nicht im Stich.‹

Und sie war sehr, sehr deutlich.

Ein anderer Gedanke drängte sich auf. Wozu wollte Dag Lundmark das Blutgeld? Es war Teil des Plans, soviel war klar. Es war mitten in der Planung wie ein Geschenk des Himmels gekommen, und er hatte nicht widerstehen können.

Aber wozu, verdammt, wollte er das Geld?

Vermutlich nahm Paul Hjelm die U-Bahn in die Stadt. Auf jeden Fall stand er unversehens auf einer Rolltreppe an der U-Bahnstation Rådhuset. Er wanderte die Bergsgata hinauf und war viel zu früh. Es war ein richtig widerwärtiger Montagmorgen, und noch nicht einmal halb acht. Es regnete nicht, doch der Himmel war dunkelgrau, und der Wind riß und zerrte an seiner viel zu leichten Kleidung.

Daß er es nie lernte, sich vernünftig anzuziehen.

Er betrat den Gang, an dem die Räume der A-Gruppe lagen. Verlassen. Als wäre er der letzte Mensch auf Erden.

Tatsache war, daß er der erste war.

In Hultins Büro war Licht. Er ging hinein. Der große Häuptling hatte das Büro offensichtlich erst spät in der Nacht verlassen. Es herrschte eine Unordnung, wie sie normalerweise nicht vorkam.

Da klingelte das Telefon. Er zögerte einen Augenblick. Sollte er beim Chef das Telefon abnehmen? Natürlich sollte er.

»Hultin«, meldete er sich sogar. Das war in den meisten Fällen am einfachsten. Am anderen Ende sagte eine Stimme: »Hier ist Polizeiassistentin Helen Bergmark aus Göteborg. Ist da Kommissar Hultin?«

War er da?

»Ja«, sagte Paul. Das war am einfachsten.

»Du wolltest mit mir sprechen.«

Pause.

»Mach weiter«, sagte Hjelm, der schwitzige Hände bekam.

Polizeiassistentin Helen Bergmark fuhr fort: »Normalerweise arbeite ich auf der Polizeiwache in der Nordstadt. Spannmålsgatan. Aber am Samstag war ich zum Länskrim ausgeliehen. Es hat am Vormittag tatsächlich eine Kriminalinspektorin Kerstin Holm angerufen.«

Pause, verflucht.

»Und?« sagte Hjelm.

»Sie hat nach Kriminalkommissar Victor Lövgren gefragt. Ich habe ihr gesagt, er sei im Urlaub. Und das war alles.«

Und das war alles. Verflucht.

Ein flüchtiger Gedanke kam jedoch in Gang. Etwas, was Jorge erzählt hatte. Das mit Lubbe, Vicke und Dagge. Vage, vage. Urlaub. »Wer ist sein Vertreter?« fragte er.

»Im Länskrim? Kommissar Högström.«

»Kannst du mich mit ihm verbinden?«

So geschah es.

»Einar Högström«, klang es jetzt aus dem Hörer.

»Hej«, sagte Paul Hjelm. »Hier ist Paul Hjelm vom Reichskrim. Du hältst also Vickes Stuhl warm?«

»Wie bitte?«

»Entschuldigung. Du bist also der Stellvertreter von Kommissar Victor Lövgren?«

»Wer ist da? Hjelm? Der Hjelm? Der Held von Hallunda?«

»Das ist lange her«, sagte der Held von Hallunda.

»Doch. Ich halte Vickes Stuhl warm. Er ist im Urlaub. Ich wußte nicht, daß du ihn kennst.«

»Tu ich auch nicht. Wie lange ist er im Urlaub?«

»Zwei Wochen. Die vorige und diese.«

»Weißt du, wo er ist?«

»Selbst wenn ich es wüßte, würde ich es nicht verraten. Wenn wir hier unten eins nötig haben, dann Urlaubsruhe. Du weißt doch, was hier im Sommer los war.«

»Nur zu gut. Aber es ist wirklich wichtig.«

»Und wenn es noch so wichtig ist. Und was das betrifft, wer sagt mir denn, daß du nicht ein Journalist bist, der uns das Leben zur Hölle machen will. Ihr tut doch schon seit Monaten nichts anderes.«

»Jetzt hör auf damit. Ich bin Paul Hjelm. Ich bin Kollege. Dann ruf mich an.«

So geschah es. Der vorsichtige Kommissar ging sogar über die Vermittlung, um ganz sicher zu sein. Da klingelte es natürlich ein paar Türen weiter. Hjelm lief wie ein Elch den immer noch leeren Gang entlang. Auf eine Weise war es schön, wieder man selbst zu sein. Ohne schwitzige Hände. Wenn es auch nur wenig gewesen war. »Ja«, keuchte er.

»Okay«, sagte Einar Högström. »Warum ist es so wichtig?«

»Das ist eine lange Geschichte. Victor Lövgren ist möglicherweise in Gefahr. Mehr kann ich nicht sagen. Aber ich garantiere, daß es stimmt.«

»Garantiere ...«

»Was kann ich noch tun? Bitten und betteln? Mich in Sack und Asche kleiden? Von mir aus.«

»Ja, schon gut. Vicke kommt ursprünglich aus Stockholm. Er hat irgendwo in den Schären eine Hütte. Dahin wollte er. Hat er gesagt.«

»Kannst du es genauer beschreiben?«

»Ich nicht, aber vielleicht ...«

»Vielleicht?«

»Vielleicht Olle. Ich seh mal nach.«

Einar Högström verschwand. Anscheinend konsultierte er den unbekannten Olle. Der nicht lange unbekannt blieb.

»Ja«, kam es aus dem Hörer. »Hier ist Olle Bengtsson.«

»Hej, Olle«, sagte Hjelm bereitwillig. »Paul Hjelm. Reichskrim. Weißt du, wo Victor Lövgren sein Sommerhaus hat?«

»Es heißt Storängen. Auf der Südseite von Ljusterö. Es liegt völlig isoliert. Kein Telefon, kein Fernsehen.«

»Bist du mal dagewesen?«

»Vor einigen Jahren, als er seinen fünfzigsten Geburtstag gefeiert hat. Es war ziemlich asketisch. Außer an der Getränkefront.«

»War Dag Lundmark auch da?«

»Dagge? Das arme Schwein, ja. Stimmt es, daß er flüchtig ist? Hat das hier mit ihm zu tun?«

Hjelm biß sich auf die Zunge. Viel zu spät, wie man zu sagen pflegt. »Weiß nicht«, sagte er. Das war unverfänglich.

»Ja, Dagge war da. Er hat sich natürlich total danebenbenommen. Sich vollaufen lassen. Es war nur ein paar Monate bevor er total versackt ist.«

»Kannst du etwas genauer beschreiben, wo es liegt?«

»Ich habe noch die Einladung. Sie hängt hier an meiner Pinnwand. Warte einen Moment.«

Hjelm wartete einen Moment. Darauf bekam er eine äußerst detaillierte Wegbeschreibung – und stand damit vor einem moralischen Dilemma.

Er war allein im Präsidium. Sollte er auf die anderen warten? Oder war es angesagt, sich zu blamieren und allein loszuziehen? Wie in den klischeeüberladenen schwedischen Bullenserien im Fernsehen?

Eine innere Stimme mußte entscheiden. Sie sagte: ›Wenn es passiert, dann laß mich nicht im Stich.‹

Er machte sich auf den Weg. Holte den Wagen aus der Garage und tuckerte los. Die E 18 war ihm freundlich gesinnt, wenig Verkehr in seiner Richtung. Er nahm die Abfahrt bei Åkersberga und fuhr die Küste entlang. Bei Roslagskulla bog er zur Ljusterö-Fähre ab. Er mußte eine Viertelstunde warten. Beißender Wind.

Mit der Taxikarte über dem Lenkrad, fuhr er vom Fähranleger Lervik nach Süden. Die Straße schlängelte sich über mehrere Landspitzen der seltsam geformten Insel. An einem Seitenweg, der einem Kuhpfad ähnelte, stand ein kleines Schild, das ganz schüchtern ›Storängen‹ sagte. Am Ende des Wegs ließ er den Wagen stehen und ging zu Fuß in den Wald. Er zog Olle Bengtssons Wegbeschreibung zu Rate, fand den Weg mit Briefkästen, bog ab, sah den Pfad und war überzeugt, sich verlaufen zu haben. Er erreichte eine kleine Lichtung. Auf der Erde lagen ein paar in den Schmutz getretene Tageszeitungen. Sie waren zu Hüten gefaltet. Da zog er seine Dienstwaffe. Die letzten Meter schlich er sich langsam an. Der Wind war immer noch beißend.

Die Hütte lag unbestreitbar isoliert. Keine anderen Häuser in Sichtweite, kein Leben. Und auch die Hütte verriet kein Leben. Mit leisen Schritten ging er die drei Stufen hinauf. Auf der Veranda stand ein erloschenes Windlicht. Ein paar leere Bierdosen schepperten im Wind.

Er drückte sich an die rotgestrichene Außenwand. Die Tür sah ziemlich massiv aus. Sie würde nicht ohne weiteres einzutreten sein. Vorsichtig streckte er die Hand aus und drückte die Klinke nach unten. Die Tür war auf.

Er ließ sie langsam aufgleiten. Sie knarrte ein wenig, aber nichts rührte sich im Inneren. Er ging hinein.

Der Fußboden war mit Spielzeug bedeckt.

Er ging weiter, wandte sich nach rechts, kam in einen Schlafraum.

Ein Bett. Auf dem Nachttisch eine Polaroidkamera.

Und im Bett ein Mensch. Ein toter Mann.

Hjelm betrachtete das tote Gesicht. Er kannte den Mann nicht. Seine Hände waren über der Brust gefaltet, und er sah ganz friedvoll aus. Es mußte Kriminalkommissar Victor Lövgren sein. Und er war noch nicht lange tot.

Ein kurzes Geräusch. Eine Bewegung. Etwas glitt über den Fußboden.

Aber wo?

Die Waffe ziellos gezückt.

Wieder das Geräusch. Es kam aus dem toten Winkel auf der anderen Seite des Bettes. Als kröche jemand am Boden.

Eine schlecht bandagierte Hand schob sich rot-weiß über die Bettkante hoch. Die Rache der Mumie.

Das Gesicht, das folgte, war leichenblaß. Er erkannte es nicht. Einen Moment hatte er es im Visier, sein Gehirn stand still. Dann sah er, wer es war. Sah durch die Todesmaske hindurch.

Er steckte die Waffe ins Schulterhalfter und ging zu ihr. Er ging auf die Knie und umarmte sie. Sie reagierte nicht.

Obwohl sie kein Wort sagte, hörte er die ganze Zeit ihre Stimme, wieder und wieder, wie ein Mantra: ›Wenn es passiert, dann laß mich nicht im Stich.‹

Und er war zu spät gekommen. Er hätte es früher verstehen müssen.

Der Mann, der Dag Lundmark während seiner ganzen langen Zeit als Alkoholabhängiger geholfen hatte, hatte das auch weiterhin getan. Es war gar nicht weit hergeholt. Aber Paul Hjelms Denken war schwerfälliger gewesen als gewöhnlich.

Und er hatte sie im Stich gelassen.

Er sah in ihre Augen. Etwas darin war gebrochen. Es schüttelte ihn. War sie verloren?

»Kerstin«, rief er. »Antworte mir.«

Kein Wort, kein Laut. Sie war schlapp wie ein weggeworfener Handschuh.

Er sah wieder in ihre Augen. Tief. Und es war, als verbände der Blick ihre Körper. Als wäre er wie eine Nabelschnur zwischen ihnen. Und er meinte zu sehen, wie das Gebrochene langsam, ganz langsam heil wurde. Der Film eines fallenden Hauses, rückwärts gespielt. In Zeitlupe.

Und sie war wieder zu Hause.

Nicht ganz, aber es reichte.

Sie hob die Hand. Darin steckte ein Zettel. »Diese Scheißrätsel«, sagte Kerstin Holm mit breitem Göteborger Akzent.

Er nahm sie wieder in den Arm. Sie erwiderte seine Umarmung, schwach, ganz schwach.

»Ich habe dich im Stich gelassen«, sagte er.

»*Ich* habe mich im Stich gelassen«, sagte sie. »Ich bin zu spät gekommen.«

Hjelm sah sich in der Hütte um. »Sieh dir die Spielsachen an«, sagte er. »Man kauft nicht soviel Spielzeug, wenn man ein Kind ermorden will.«

Sie fixierte ihn. Er meinte, die Farbe in ihr Gesicht zurückkehren zu sehen, doch vermutlich war es Einbildung.

»Du weißt es also?« fragte sie.

»Wir finden die beiden«, sagte er. »Er *will*, daß wir sie finden.«

»Hier steht es«, sagte sie und hielt ihm den Zettel hin. »Er kennt seine Bibel. Sein Vater war Pastor.«

Hjelm nahm den Zettel. »Wo war der?« fragte er.

»In Vickes Hand«, sagte sie.

»Vicke, ja« sagte er. »Er ist noch nicht lange tot. Lundmark kann ihn nicht vor den Augen seines Sohns getötet haben. Er hat ihn zwei Wochen lang verwöhnt. Und dem Foto nach zu urteilen hatte der Junge nichts dagegen.«

»Ich habe das Bild ins Klo gespült«, sagte Kerstin Holm.

»Es war nicht genug«, sagte Paul Hjelm. »Es ist nicht einfach, Fotos runterzuspülen.«

»Er heißt Anders«, sagte sie.

»Ich weiß«, sagte er.

Er las den Zettel. Auf der einen Seite stand: ›Oreb, Seeb, Abner, Gilboa‹. Auf der anderen Seite stand: ›Ihr Otterngezüchte, wer hat denn euch gewiesen, daß ihr dem künftigen Zorn entrinnen werdet?‹ Und: ›Es ist nicht recht, daß du sie habest.‹ Das war alles.

Paul Hjelm seufzte. »Diese Scheißrätsel«, sagte er.

»Wie gesagt«, gab sie zurück.

Und lächelte schief.

39

Hjelm und Holm fuhren auf dem Rückweg im Krankenhaus Danderyd vorbei. Die Ärzte stellten fest, daß Kerstin erschöpft und stark unterkühlt war und daß sie Schnittwunden an der rechten Hand hatte. Der schlechtsitzende Verband hatte die Sache nicht besser gemacht. Aber im großen und ganzen war sie heil. Äußerlich.

Sie war nicht zu bewegen, zu Hause zu bleiben und sich auszukurieren.

Ein merkwürdiger Arbeitstag nahm seinen Anfang. Er bestand aus unterschiedlichen Momenten, die alle gleich öde waren.

Streifenwagen wurden an alle Stellen geschickt, die auch nur das geringste mit Dag Lundmark zu tun hatten. Sie durchsuchten das Ristorante Ravanelli in Haga in Göteborg, das Hotel Siebenstern in Huddinge, Winston Modisanes Wohnung am Diagnosväg in Flemingsberg, Ola Ragnarssons Wohnung in der Wollmar Yxkullsgata auf Södermalm, Bo Eks Haus in Nacka Strand, Carl-Ivar Skarlanders Haus in Lidingö, Dazimus Pharma AB auf der gleichen Insel, die Firma Reines Haus in Huvudsta, Rudhagens Klinik in Mälardalen, Nilssons Lackierwerkstatt im Gewerbegebiet Ulvsunda, den Hof der Familie Sjöberg bei Anderslöv, die Firma Bondejouren AB bei Trelleborg, den Hof der Lindbloms bei Anderslöv, Mervat Elmagarmids Wohnung in Hallonbergen, Joakim Backlunds Luxusvilla in Äppelviken, Lotte Kierkegaards Wohnung in Nørrebro, ihr Sommerhaus in Lystrup Skov, die Krankenstation Slangerup, Ernst Ludvigssons Villa in Krigslida, Victor Lövgrens Wohnung in Masthugget in Göteborg, und eine sehr erschöpfte Streife fuhr noch einmal hinaus nach Storängen auf Süd-Ljusterö. Sogar die Polizei in Monte Carlo machte einen Hausbesuch bei dem äußerst verwunderten Ehepaar Jaques und Claudine Jauret.

Nichts. Nicht ein Piep.

Auch nicht, als sie sich am Montagabend sammelten, um ihre klugen Köpfe zusammenzustecken.

»Trotzdem kann ich mir nicht vorstellen, daß er einen anderen als einen von diesen Orten gewählt hat«, sagte Paul Hjelm umständlich zu der vollzähligen Mann- und jetzt auch wieder Frauschaft in der Kampfleitzentrale. »Er *will* gefunden werden.«

»Wir können sie aber nicht alle Tag und Nacht bewachen lassen«, sagte Jan-Olov Hultin. »Auch wenn wir genügend Personal hätten, bezweifle ich, daß es der richtige Weg wäre.«

»Irgendwo da muß es sein«, erklärte Hjelm hartnäckig.

»Die Streifen haben nichts gefunden.«

»Sei nicht naiv. Sich vor einer lahmen Polizeistreife zu verstecken ist nicht besonders schwer. Es liegt verdammt noch mal nur daran, daß wir sein Rätsel nicht lösen können.«

»Hier wird zuviel geflucht«, sagte Jan-Olov Hultin. »Um ihn zu finden, müssen wir seine Rätsel lösen. Und darüber haben sich alle Gedanken gemacht? Wie alte Bibelkundige?«

Eine Weile war es still. Dann ergriff Pater Jorge Chavez das Wort: »Inzwischen weiß wohl jeder, worum es geht. Es ist die Bibel, natürlich. Sowohl das Alte als auch das Neue Testament. Das erste ist kein Zitat, sondern eine Reihe von Namen aus dem Alten Testament. ›Oreb, Seeb, Abner, Gilboa.‹ Die beiden ersten hängen zusammen. So heißt es im Buch der Richter: ›Und sie fingen zwei Fürsten der Midianiter, Oreb und Seeb, und erschlugen Oreb am Felsen Oreb und Seeb bei der Kelter Seeb und jagten den Midianitern nach und brachten die Häupter Orebs und Seebs über den Jordan.‹ Und Abner? Ja, das hängt mit der guten alten Geschichte des Kampfs zwischen David und Goliath zusammen. Erstes Buch Samuel, siebzehntes Kapitel, Vers siebenundfünfzig: ›Als nun David zurückkam vom Sieg über die Philister, nahm ihn Abner und brachte ihn vor Saul, und er hatte des Philisters Haupt in seiner Hand.‹ Saul war Davids König und genaugenommen der erste König der Israeliten. Als er stirbt, übernimmt David die Krone. Und wo stirbt Saul? Ja, in einem Gebirge. Und wie heißt das Gebirge? Ja, Gilboa. Der letzte und vierte Name in Lundmarks Reihe. So heißt es im selben Buch, im einunddreißigsten Kapitel: ›Am anderen Tage kamen die Philister, um die Erschlagenen auszuplündern, und fanden Saul und seine drei Söhne, wie sie gefallen auf dem Gebirge Gilboa lagen. Da hieben sie ihm sein Haupt ab und nahmen ihm seine Rüstung ab und sandten sie im Philisterland umher, um es zu verkünden im Hause ihrer Götzen und unter dem Volk.‹«

»Das erinnert mich an *Das Herz der Finsternis*«, sagte Arto Söderstedt, der schon allzu lange still dagesessen hatte.

»Insofern, als es sich um abgeschlagene Köpfe handelt, ja«, sagte Chavez. »Also um Carl-Ivar Skarlander. Wir beobachten seine Wohnung. Das ist wohl die einzige Stelle, die wir rund um die Uhr bewachen?«

»Das stimmt«, sagte Hultin. »Die Dänen haben wohl Lotte Kierkegaard unter Personenschutz gestellt. Aber die haben ja auch mehr Personal als wir.«

»Und Monaco?« sagte Söderstedt. »Die haben doch genug Leute.«

»Aber kein plausibles Drohbild«, ließ Hultin ihn abblitzen.

»Okay«, sagte Söderstedt und fuhr unbeirrt fort: »Aber warum sich in diesen abgeschlagenen Kopf verbeißen. Vier Namen, die alle mit abgeschlagenen Köpfen zu tun haben. Das kann nicht gut Angeberei sein, das paßt nicht zum psychologischen Profil. Beschwörung eines Traumas? Tja, möglicherweise. Ein bißchen Autotherapie. Aber es taugt doch kaum als Erklärung dafür, warum er den Zettel in der Hand des toten Victor Lövgren zurückgelassen hat.«

»Ja, Lövgren«, sagte Viggo Norlander. »Wie soll man seine Rolle in dem ganzen Fall eigentlich bewerten?«

»Ich glaube nicht, daß Lundmark seinen Sohn zusehen ließ, wie er starb«, sagte Sara Svenhagen. »Victor hatte ihnen eine ganze Weile geholfen, war vielleicht inzwischen gut Freund mit Anders. Hat das Kindermädchen gespielt, während der Vater seine Verbrechen beging. Vielleicht wußte Lövgren nichts von den Verbrechen. Vielleicht glaubte er, Lundmarks Besuch mit dem Sohn wäre rein freundschaftlich. Ich glaube, Lundmark hat Lövgren erst ganz zuletzt ermordet. Vielleicht saß Anders schon im Wagen und wartete, als er es tat.«

»Und weshalb?« sagte Gunnar Nyberg. »Weshalb ihn töten? Es ist doch ganz klar, daß Lövgren ihm geholfen hat. Er machte mit seiner alten Polaroidkamera das fröhliche Bild von Vater und Sohn und hinterließ seinen Daumen als extra Sonnenuntergang auf dem Bild. Bevor er zu ihnen kam, hatten sie schon eine Woche in der Hütte gewohnt. Es war alles voller Spielsachen.«

»Als sie nach Ljusterö kamen, war er also nicht da«, sagte Hultin. »Da hat er gearbeitet. Und anzunehmen, daß ein Kriminalkommissar sich so ohne weiteres zum Mitwisser mehrerer Morde machen ließe, ist ziemlich starker Tobak. Etwas sagt mir, daß er beigetragen hat, ohne etwas über den Stand der Dinge zu wissen. Er fand sie in seiner Hütte. Möglicherweise wußte Lundmark, daß er Ferien haben und in die Hütte kommen würde. Möglicherweise hat er ihn nur als Aufpasser für das Kind benutzt.«

»Können wir mit den Zitaten weitermachen?« fragte Chavez ungeduldig.

»Okay«, sagte Hultin.

»Diese vier Namen standen also auf der einen Seite des Zettels in Victor Lövgrens Hand. Auf der anderen waren zwei Zitate: Das erste: ›Ihr Otterngezüchte, wer hat denn euch gewiesen, daß ihr dem künftigen Zorn entrinnen werdet?‹ Das schließt an die beiden früheren Zitate an, die in Carl-Ivar Skarlanders Hals steckten. Da war viel die Rede von der *Zeit des Zorns*.«

»Das ist also aus Matthäus drei?« sagte Gunnar Nyberg und kam sich vor wie ein fleißiger Konfirmand.

»Ja.«

»Wenn«, fuhr Nyberg fort und warf einen raschen Blick auf Kerstin Holm, »wenn wir annehmen, daß dieses ›Otterngezüchte‹ nichts mit Kindern zu tun hat – worauf bezieht es sich dann? Über das Motiv ›Zeit des Zorns‹ hinaus. Ist er wirklich so einfallslos?«

»Ich habe bei Otterngezüchte gar nicht an Kinder gedacht«, sagte Viggo Norlander. »Heißt es dann nicht anders? Schlangenbrut?«

»Genau«, sagte Hultin und warf einen ähnlichen Blick in Holms Richtung. »Die Drohung gilt kaum einem Kind. Sondern uns allen, Gottes unzüchtigen Kindern.«

»Und das andere?« fragte Hjelm. »›Es ist nicht recht, daß du sie habest.‹ Das klingt ja eher harmlos. Ganz was anderes als die ›Zeit des Zorns‹. Das ist also auch aus dem Neuen Testament?«

»Das steht auch bei Matthäus«, bestätigte Chavez. »Etwas später, im vierzehnten Kapitel. Die beiden Matthäus-Zitate können natürlich zusammen gelesen werden. Dann läuft es ungefähr darauf hinaus, daß die Zeit des Zorns kommen wird, weil ihr zusammengelebt habt, obwohl es nicht recht war. Dann klingt es so, als handelte es sich um eine Art Verbot für die Beziehung von Kerstin und Lundmark. Kann er das meinen? Ist ›du‹ dann er selbst? ›Es ist nicht recht, daß du sie habest.‹ Warum sollte es nicht recht sein?«

»Weil Vergewaltigung nicht erlaubt ist«, sagte Kerstin Holm.

Eine bemerkenswerte Stille entstand in der Kampfleitzentrale. Die Blicke gingen in ihre Richtung, wenn auch ein wenig verlegen, unstet. Als sei es schwer, ihrem Blick zu begegnen.

»So kann es sein«, sagte Paul Hjelm. »Denn wer war es, der zuließ, daß es weiterging? Wer war es, der die ganze Zeit einsprang und den alkoholisierten und empathiegestörten Wahnsinnigen ›rettete‹? Ja, der Badmintonpartner Victor Lövgren.

Kriminalkommissar Victor Lövgren. Hätte er das Problem zu einem früheren Zeitpunkt angepackt, wäre alles einfacher zu lösen gewesen. Und Kerstin wäre jenes letzte schlimme Jahr erspart geblieben.«

»Aber dann macht die ›Zeit des Zorns‹ immerhin einen gewissen Sinn«, sagte Chavez. »Während der Behandlung in Rudhagen sieht Dag Lundmark ein, daß er Kerstin tatsächlich vergewaltigt hat. Es kann eigentlich kein Haß sein, den er erlebt, eher Selbstverachtung. Ja, okay: *Selbsthaß*.«

»Andrerseits stand er stark unter dem Einfluß experimenteller Drogen«, sagte Nyberg. »Und ich weiß, was nichtzugelassene Präparate für Wirkungen haben können, das könnt ihr mir glauben.«

»Sie schaffen möglicherweise auch Augenblicke vorübergehender Klarheit«, sagte Arto Söderstedt zögernd. »Vielleicht war es ein solcher Moment, den er an jenem Apriltag zusammen mit Ola Ragnarsson in der Bibliothek von Rudhagen erlebte. Als sich plötzlich alles zusammenfügte. Der Zorn galt vielleicht der Tatsache, daß Kerstin *gezwungen war*, vor ihm zu verbergen, daß sie ein Kind erwartete. Als er Olas Geschichte mit seiner eigenen verglich, sah er vielleicht ein, wie abscheulich er sich verhalten hatte. Daß er seine Frau so teuflisch behandelt hatte, daß sie nicht nur das Gefühl hatte, ihre Schwangerschaft vor ihm verheimlichen zu müssen, sondern auch noch das Kind wegzugeben. Er – der erlebt hatte, wie seine Mutter verschwand –, er hatte die Mutter gezwungen, ihr Kind wegzugeben. Nur um es von ihm fernzuhalten. Natürlich muß er während der Behandlungsphasen eingesehen haben, wie grausam das war. Vielleicht war es Selbstverachtung, die ihn da in der Bibliothek überkam? Ungefähr wie bei dir, Gunnar.«

»Ja, danke«, sagte Nyberg. »Ich weiß, wie man sich dabei fühlt. Wirklich.«

»Er hat mehrere Menschen getötet«, sagte Hultin. »Einem hat er den Hals durchgeschnitten und den Kopf auf eine Tür gesetzt, damit er einem Polizisten auf den Kopf fallen sollte. Verhält sich so ein Mann, der von Schuldgefühlen getrieben wird?«

»Wenn man weiter mit der Bibel argumentieren will, könnte man vom Sündenbock sprechen«, sagte Söderstedt. »Man nahm buchstäblich einen Bock und ließ ihn die Sünden der Menschen auf sich nehmen und in der Wüste verschwinden. Das ist es, was Lundmark mit Skarlander getan hat. Daher die Grausamkeit. Er wird zum Sündenbock, der die Sünden der Welt auf sich versammelt. Dann soll sein Kopf auf unsere Köpfe herunterfallen. Ungefähr wie der Apfel auf Newtons Kopf. Und der hatte wirklich einen Genieblitz. Vielleicht haben wir das auch. Hier und jetzt. *Vielleicht war Lundmark nie darauf aus, zu morden*. Vielleicht ist es einfach so gekommen. Du warst es, Sara, die davon gesprochen hat: Als Kerstin und Paul Lundmark verhören, wird ihm klar, daß Kerstin ihr Kind tatsächlich verdrängt hat. Und diese Verdrängung ist absichtlich. Es ging darum, das Kind von Dag Lundmark, der Inkarnation des Teufels, fernzuhalten. Um den Preis der eigenen Erinnerung.«

Sie sahen Kerstin an. Sie saß da, blaß und mitgenommen, und nickte. Kein Wort – aber deutliches Nicken.

»Was wäre dann der Zweck von alledem?« fragte Hultin. »Was will er?«

»*Das Zersplitterte heil machen*«, sagte Arto Söderstedt emphatisch.

Neues verdichtetes Schweigen.

»Da ist noch etwas«, sagte Chavez nach einer Weile.

»Was denn?« fragte Hultin.

»In beiden Zitaten ist es Johannes der Täufer, der spricht.«

Es wurde Abend, und es wurde Nacht. Der sechste Tag.

40

Es war Dienstag, der elfte September, früher Nachmittag. Die Zeit verrann zwischen den Fingern. In allen Zimmern saßen sie und beschäftigten sich mit dem Lösen von Rätseln. Wie Schulkinder. Oder eher wie Konfirmanden. Bibelkunde. Denn es war vollkommen klar, daß in den Bibelzitaten, die Dag Lundmark bei der Leiche Victor Lövgrens zurückgelassen hatte, eine Mitteilung steckte, in ihrer Kombination.

›Oreb, Seeb, Abner, Gilboa.‹

›Ihr Otterngezüchte, wer hat denn euch gewiesen, daß ihr dem künftigen Zorn entrinnen werdet?‹

›Es ist nicht recht, daß du sie habest.‹

Kerstin saß Paul gegenüber. Das letzte Mal war einige Zeit her. Aber sie konnte sich nicht konzentrieren, das sah man ihr an. Sie war anderswo. Wäre es jemand anders gewesen, hätte er gesagt: Fahr nach Hause, ruh dich aus, nimm dir Zeit. Aber Kerstin war hinter ihrem Kind her, nicht mehr und nicht weniger, sie war eine Mutter auf der Jagd nach ihrem Sohn. Und nur wenige Kräfte im Universum sind stärker.

Aber sie waren einem kühlen und geduldigen Denken nicht förderlich. Und das war jetzt zuallererst vonnöten.

›Oreb, Seeb, Abner, Gilboa‹. Viele Hinweise auf ein und dasselbe. Enthauptung. Um es einzuhämmern. Damit wir merken, daß er es einhämmert.

Und dann die Zitate von Johannes dem Täufer, dem ebenfalls enthaupteten Prediger. Das erste Zitat, das vom Otterngezücht, war mehr eine Wiederholung der früheren Zitate, eine Wiederanknüpfung für den Fall, daß die A-Gruppe auf die Idee käme, die Zeit des Zorns zu vergessen. Das zweite erschien wichtiger. Es stand in folgendem Zusammenhang: König Herodes lebt mit der Ehefrau seines Bruders, Herodias, zusammen. Es geht um sie, wenn der gefangene Johannes der Täufer sagt: ›Es ist nicht recht, daß du sie habest.‹ Herodes will ihn daraufhin töten, wagt es jedoch nicht wegen des Volks, das in Johannes einen Propheten sieht. Der offenbar ziemlich liederliche Herodes feiert seinen Geburtstag, und da ›tanzte die Tochter der Herodias vor ihnen. Das gefiel Herodes wohl. Darum verhieß er ihr mit einem Eide, er wollte ihr geben, was sie fordern würde. Und wie sie zuvor von ihrer Mutter angestiftet war, sprach sie: Gib mir her auf einer Schüssel das Haupt Johannes des Täufers! Und der König ward traurig; doch um des Eides willen und derer, die mit ihm zu Tisch saßen, befahl er's ihr zu geben. Und schickte hin und enthauptete Johannes im Gefängnis. Und sein Haupt ward hergetragen auf einer Schüssel und dem Mädchen gegeben; und sie brachte es ihrer Mutter. Da kamen seine Jünger und nahmen seinen Leib und begruben ihn und kamen und verkündigten das Jesu.‹

Worum ging es hier? War der Zusammenhang wichtig?

Paul betrachtete Kerstin. Er dachte darüber nach, wie sie früher zusammen gearbeitet hatten, wie sie sich gegenseitig mit ihren Einfällen befruchtet und sie weitergetrieben hatten. Jetzt fühlte er sich steril. Und er sah, daß sie es auch war. Sie konnte sich nicht konzentrieren. Sie war nur eine Richtung, eine Bewegung. Und die war aufgehalten.

Ihre frühere Zusammenarbeit ... Ein früherer Fall drängte plötzlich in sein Bewußtsein. Der Name *Orpheus* tauchte in seinem Kopf auf. Er kam aus dem schwierigen Fall mit dem Totschläger vom Kvarnen.

Orpheus, der von den thrakischen Bacchantinnen in Stücke gerissen wird.

Orpheus, dessen Kopf weitersingt. Nachdem er abgeschlagen ist.

War nicht *das* das Wichtige an dem Zitat Johannes des Täufers? *Daß* er sprach, war wichtiger als das, *was* er sagte? Und eine starke Betonung der Enthauptung. Was bedeutete dieser Zusammenhang?

Wo sprach der Enthauptete?

Wo ertönte Carl-Ivar Skarlanders Stimme? Wie konnte sie nach der Enthauptung weitertönen?

»Kerstin«, sagte er. »Wach auf jetzt. Das Tonband. Die Stimme, die allem Anschein nach Skarlanders war. Das ist die Stimme des Enthaupteten. Deshalb haben wir zwei Zitate des enthaupteten Johannes des Täufers. Stimmenproben des Enthaupteten. Menschenskind. Wo hat Carl-Ivar Skarlander gesprochen? Wo kann seine Stimme weitersprechen?«

Kerstin blickte auf. Ihr Blick veränderte sich.

»Wo das Tonbandgerät war«, sagte sie und stand auf. »Gewerbegebiet Ulvsunda. Wo ich schon einmal seine Anwesenheit gespürt habe. Ich war überzeugt davon, daß er mich da und dort töten würde.«

»Nilssons Lackierwerkstatt«, nickte Hjelm und stürzte fort zu Hultins Zimmer.

»Nilssons Lackierwerkstatt«, wiederholte er vor seinem Kommissar.

»Geht's auch etwas ausführlicher?« fragte sein Kommissar.

Es ging. Hultin saß eine Weile da und sah aus, als wäre er in Trance gefallen.

Dann sagte er: »Okay. Einen Versuch ist es wert. Nimm alle mit. Aber vorsichtig. Ich komme nach. Ich hole nur Grundström.«

Sie fuhren. Draußen schien die Sonne. Es war Viertel nach zwei, als die Wagen das Polizeipräsidium verließen und zum Gewerbegebiet Ulvsunda brausten.

Die Halle sah aus wie vorher, vielleicht noch eine Spur trauriger gegen einen völlig unerwarteten Sonnenschein. Das Tor hing noch immer schief. Nichts schien seit langer, langer Zeit von Menschenhand berührt worden zu sein.

Im Wagen hatte Kerstin eine Skizze der Halle angefertigt. Sie war als einzige schon vorher hier gewesen. Sogar zweimal. Sie versuchte, nichts zu vergessen. Der Weg in die große Werkstatthalle. Die Reihe großer Fenster oben unter der Decke.

Darunter der wie ein nach innen gewendeter Balkon um die ganze Halle führende Absatz. Die Reihe von Bürotüren, die man von dem Absatz aus erreichte. Sie erinnerte sich an mindestens zehn Türen.

Und jetzt das schiefe Tor, das man etwas auseinanderstemmen mußte, um einzutreten. Das Tor zum Totenreich. Zuerst Hjelm, dann Holm, dahinter Nyberg, Norlander, Svenhagen, Chavez, Söderstedt. Alle.

Die offene Werkstatthalle war in Licht getaucht. Ein paradoxes Licht. Alles, was vorher vor Feuchtigkeit getrieft hatte, wirkte jetzt vollkommen trocken. Die Taube saß an der schweren Kette, die von der Decke herabhing. Sie rührte sich nicht vom Fleck.

Sie waren an der Treppe angelangt. Die Eisenstufen waren trocken. Als wäre seit Jahrzehnten kein Regen gefallen. Sie stiegen nach oben.

Hjelm erreichte den Absatz als erster. Er betrachtete die Türen. All das zerbrochene Glas. An der Tür, die ihm am nächsten war, ein wenig geronnenes Blut. Kerstins Blut. Das war ihm klar.

Sie folgten, einer nach dem anderen. Sammelten sich. Gruppierten sich, hätte man sagen können, wenn die Bewegung die geringste Ähnlichkeit mit einer Ordnung oder Struktur gehabt hätte.

Als in einem der Räume das Telefon klingelte, entstand ein kurzer Augenblick von Chaos. Kerstin lief sofort zu einer bestimmten Tür und stieß sie auf. Sie stürzte zu dem alten Telefon und nahm ab. Eine Männerstimme, die sehr mechanisch klang, sagte: ›Hier Mattson, Migrationsbehörde. Unterbrechen Sie mich nicht. In einer Wohnung bei Ihnen, Diagnosvägen 4, neunter Stock, sitzen fünf abgewiesene afrikanische Asylbewerber, die untergetaucht sind. An der Tür steht Lundström. Kontrollieren Sie das mal.‹

Singender Kopf.

Es klingelte in einem anderen Raum. Sie stürzten hinaus.

Norlander fand den richtigen. Er hob ein altes Telefon ab. Eine Stimme, die sehr mechanisch klang, sagte: ›Hier Mattson, Migrationsbehörde. Unterbrechen Sie mich nicht.‹

Und dann klingelte es im nächsten Raum. ›Hier Mattson, Migrationsbehörde. Unterbrechen Sie mich nicht.‹ Und im nächsten.

Und im nächsten. ›Hier Mattson, Migrationsbehörde. Unterbrechen Sie mich nicht.‹

Ohne nachzudenken zerstreuten sie sich über den ganzen Absatz und verschwanden durch die Türen, bis nur noch Paul Hjelm übrig war.

Es klingelte erneut. Die Waffe war gezogen. Hjelm ging zu dem Raum, der fast auf der anderen Seite des Absatzes lag. Gleich hinter der Tür stand ein altes Telefon und klingelte mit einem monotonen Hallen. Er streckte die Hand aus und nahm den Hörer ab. Eine Stimme, die mechanisch klang, sagte: ›Hier Mattson, Migrationsbehörde. Unterbrechen Sie mich nicht.‹

Gleichzeitig sagte eine andere Stimme: »Rühr dich nicht vom Fleck.«

Doch die kam nicht aus dem Telefon.

Dann spürte er den Stahl im Nacken. Den bekannten Stahl.

Er ließ den Hörer fallen. Er ließ die Waffe fallen. Er drehte sich langsam um.

»Paul Hjelm«, sagte Dag Lundmark und lächelte. Aber sein Lächeln war verändert. Er sah erschöpft aus. Die wäßrigen Augen waren vollkommen blank.

»Du siehst müde aus«, sagte Paul Hjelm.

In der einen Hand hielt Lundmark seine Waylander-Pistole. In der anderen eine Vorrichtung, die einer Fahrradhandbremse glich. Drähte führten von ihr ins verborgene Innere des Büros. Von dort drangen leise Geräusche heraus.

»Müde?« sagte Lundmark und lächelte sein ausgedünntes Lächeln. »Das Wort hat eine neue Bedeutung bekommen.«

»Du hast uns ziemlich in Trab gehalten«, sagte Hjelm und fixierte die Vorrichtung in Lundmarks linker Hand.

»Dies hier, ja«, sagte Lundmark und nickte zur Seite hin. »Es ist der Zünder für eine aufwendige Sprengladung, die im gesamten Gebäude verteilt ist. Ich mußte gestern eine Pause einlegen, weil eure billige Streife vorbeikam, den Mund voll mit Würstchen und Pommes. Wenn ich dieses handbremsenähnliche Dings loslasse, fliegen wir alle in die Luft. Und das halbe Gewerbegebiet und der halbe Flugplatz Bromma noch dazu. Nur damit wir klarsehen.«

»Und Anders?« fragte Hjelm, ohne den Blick vom Zünder zu lassen.

Lundmark seufzte und sagte: »Ruf jetzt die anderen. Und sieh zu, daß keiner sich als Held aufspielt. Das wäre für uns alle das Ende.«

Hjelm beobachtete Lundmark. Seine Entschlossenheit überstieg jeden Willen.

»Wie hast du das mit den Telefonen gemacht?« fragte Hjelm.

Lundmark machte eine Geste zu einer Serie zusammengeschalteter Apparate auf dem Fußboden bei der Anschlußbuchse. »Das ist bloß Technik«, sagte er gleichgültig und fuhr fort: »Wir nähern uns immer mehr einer dummdreisten Heldentat von Viggo Norlander. Typ Tallinn. Wenn er mir das Dings hier aus der Hand schlägt, ist alles vorbei.«

Hjelm rief: »Hallo, hört ihr alle? Er ist hier. Legt eure Waffen ab und folgt langsam meiner Stimme. Er hat das gesamte Gebäude vermint, also macht keine Dummheiten. Er hat einen Zünder in der Hand. Von der Sorte, die hochgeht, wenn man sie losläßt. Also bitte, Ruhe bewahren.«

Lundmark verschwand um die Ecke in das Innere des Büros. Sie tröpfelten herein. Kerstin kam zuletzt. Der Blick, mit dem sie sich umsah, war nicht von dieser Welt.

»Ihr könnt hier hereinkommen«, sagte Dag Lundmarks Stimme hinter der Ecke.

Am Fenster saß ein kleiner Junge vor einem Fernseher. Er spielte ein Videospiel. Er blickte kaum auf, als die Gruppe eintrat. Es war ziemlich eng.

Lundmark stand in der Ecke hinter dem Jungen. »Stellt euch in einer Reihe auf«, sagte er und hielt den Zündmechanismus hoch. Die Drähte daran schlängelten sich hin zu einem Loch in der Wand, mit unbekanntem Ziel.

»Anders«, flüsterte Kerstin Holm.

Der Junge sah einen kurzen Augenblick auf und begegnete ihrem Blick. Dann spielte er weiter.

»Ja. Anders«, sagte Dag Lundmark. »Anders weiß, daß wir ein Spiel spielen. Nicht wahr, Anders?«

Anders Sjöberg nickte und konzentrierte sich auf sein Spiel.

»Und sollen wir glauben, daß rundum in der Halle hier eine Masse Sprengstoff verteilt ist?« fragte Gunnar Nyberg.

»Glaubt, was ihr wollt, Gunnar«, sagte Lundmark. »Keine Kentuckymörderuppercuts jetzt. Wir wissen doch, wie das endet.«

»Du glaubst also, du weißt etwas über uns?«

»Ich glaube, ich weiß alles. Alles, was sich zu wissen lohnt. Es gibt keine Geheimnisse mehr. Keine wirklichen Geheimnisse. Alles ist in digitaler Form vorhanden. Man muß nur hinfinden.«

»Und was willst du jetzt?« fragte Arto Söderstedt ruhig. »Die A-Gruppe und deinen Sohn und dich selbst umbringen?«

Anders blickte fragend zu Lundmark auf.

Lundmark machte eine abwehrende Geste in seine Richtung. »Der Onkel da macht Witze«, sagte er. »Er weiß nicht richtig, was wir spielen. Er tut so, als wäre ich dein Papa. Jetzt darfst du mein Papa sein.«

Sie betrachteten ihn verwundert.

»Wir machen jetzt folgendes«, sagte er. »Kerstin nimmt Anders und verläßt uns. Und fährt sofort weit, weit weg von hier.«

»Was?« stieß Hjelm hervor.

»Kerstin nimmt Anders und verläßt uns«, wiederholte

Lundmark ruhig. »Dann ist alles erreicht. Dann habe ich die größten Wasser überbrückt. Die zwischen Mutter und Sohn. Der Rest ist Zugabe.«

Er beugte sich zu Anders hinunter und fuhr ihm mit der Hand durchs Haar. »Findest du, daß wir zusammen Spaß gehabt haben, Anders?«

»Ja«, sagte Anders und nickte.

»Du kannst jetzt mit dieser Frau mitgehen. Du weißt, wer sie ist?«

»Das ist meine richtige Mama«, sagte Anders und blickte schräg von der Seite zu Kerstin auf.

»Genau«, sagte Dag Lundmark. »Nimm ihn jetzt mit, Kerstin. Und sag den beiden Alten, die da draußen lauern, daß ich das schwangere Paar gegen Hultin und Grundström austausche. Es könnte angebracht sein, auch der Nationalen Einsatztruppe gegenüber diesen Zünder zu erwähnen.«

Kerstin ging zu Anders und nahm seine Hand. Sie warf Lundmark einen verwunderten Blick zu.

»Hast du wirklich geglaubt, ich hätte es auf dich abgesehen?« sagte er. »Du kennst mich schlecht. Auf dein Vergessen hatte ich es abgesehen.«

Anders machte das Videospiel aus. Auf dem Bildschirm tauchte ein Testbild auf. Kerstin führte Anders zur Tür.

Lundmark sagte hinter ihr her: »Irgendwann wirst du mir vielleicht verzeihen können. Ich weiß, daß ich ein Mörder bin. Ich habe keine andere Möglichkeit mehr gesehen. Der Zweck heiligt die Mittel. Und den Zweck habe ich erreicht. Ihr werdet einander nie mehr verlassen. Du und Anders. ›Auch viele Wasser löschen die Liebe nicht.‹«

»Und du selbst?« sagte Hjelm. »Wie paßt du in das Ganze hinein?«

»Überhaupt nicht«, sagte Dag Lundmark und zuckte mit den Schultern. »Ich bin vor vielen Jahren schon gestorben. Ich habe meine Lebenszeit nur geliehen. Ein Mann hätte mich retten können, aber er hat keinen Finger gerührt. Er glaubte, er würde mir helfen. Eigentlich denke ich, daß es lediglich Schlappheit war. Sein Widerwille dagegen, zu handeln. Er verdiente zu sterben.«

»Victor Lövgren«, sagte Hjelm. »Hast du deshalb trotz allem seine Hände gefaltet? Als eine Geste der Zärtlichkeit? Statt ihm den Kopf abzuschneiden?«

»Skarlander war nicht angenehm«, war alles, was Lundmark sagte.

Dann tauchte Hultin in der Tür auf. Ohne zu zögern trat er mitten ins Zimmer.

»Jan-Olov«, sagte Lundmark. »Das freut mich. Aber du bist doch nicht ohne Grundström gekommen?«

»Er steht vor der Tür. Aber wir wollten zuerst sicher sein, daß du Jorge und Sara wirklich gehen läßt.«

»Geht ihr«, sagte Lundmark. »Und komm herein, Niklas.«

Jorge betrachtete seine Frau. Dann betrachtete er Dag Lundmarks Hand. Man merkte ihm an, daß er gespalten war. Eigentlich wollte er das hier nicht verpassen. Dann nahm Sara seine Hand.

»Geht«, sagte Lundmark.

Sie gingen.

In der Tür begegneten sie Niklas Grundström. »Ich habe vier Kinder«, sagte er.

Lundmark lächelte schwach. »Ich verstehe, daß du Angst hast«, sagte er. »Du hast ja lange keine Feldarbeit gemacht. Und Arto, der hat fünf Kinder. Er hat keine Angst.«

»Na ja«, sagte Arto Söderstedt und dachte an einen italienischen Müllschacht.

»Wo waren wir?« sagte Lundmark zu Hjelm.

»Skarlander war nicht angenehm«, sagte Hjelm. »Aber am wichtigsten ist: Warum hast du uns hier versammelt? Du hast dein Ziel erreicht. Deinen Zweck. Du hast es nicht auf die A-Gruppe abgesehen, nicht auf Hultin und nicht auf Grundström.«

»Es ist eine Zugabe, wie gesagt. Ihr dürft ruhig ein bißchen schwitzen. Ich hätte einer von euch sein können. Dann wäre mein Leben anders verlaufen. Wenn du mich nicht aussortiert hättest, Jan-Olov.«

»Und du weißt ganz genau, warum«, sagte Hultin. »Dein Leben wäre nicht anders verlaufen. Du warst tief unter dem Eis, als ich dich traf. Du bist nie in Frage gekommen. Nach zwei Sekunden habe ich gesehen, daß du nicht in Frage kommst.«

Lundmark lachte leicht. »Du hast sicher recht«, sagte er nur.

»Was willst du denn?«

»Ich will betonen, daß ich nichts anderes vorhatte, als einen Sohn mit seiner Mutter zusammenzubringen. Das hat ungewöhnliche Maßnahmen erforderlich gemacht.«

Sie betrachteten ihn.

Hjelm sagte: »Du hast also den Jungen nicht gekidnappt. Wie hast du es angestellt, daß er freiwillig mitkam? Wie konnte er so leicht darauf eingehen, seine Eltern zu verlassen? Ein Siebenjähriger.«

»Ich hatte einiges über Anders herausgefunden«, sagte Lundmark. »Er war nicht glücklich. Er war schwierig in der Schule, widerspenstig. Als wüßte er, daß er sich an einem falschen Ort auf Erden befindet. Ich habe es geschafft, ihn einige Male heimlich zu treffen. Das war nicht besonders schwer. Ich habe ein Vertrauensverhältnis zu ihm aufgebaut. Und ich habe ihm die Idee eingepflanzt, daß er eine richtige Mama hat. Das war unser Geheimnis. Er schien sich richtig nach einem erwachsenen Mann zu sehnen, der nett war und ihn ernst nahm. Nicht auf solch strenge Weise sprachlos wie diese Bauern.«

»Sie haben ihn geliebt«, sagte Hjelm. »Über alles.«

»Du hast keine Ahnung. Sie konnten nicht sprechen. Sie murmelten nur. Und nie hatten sie Zeit für ihn. Der Hof nahm ihre ganze Zeit in Anspruch. Alles, was er tagtäglich tun konnte, war Videospiele zu spielen. Ich spürte, daß er sich nicht geliebt gefühlt hat.«

»Erzähl weiter.«

»Nachdem ich die Sjöbergs vergiftet hatte, ging ich zu Anders hinauf, der an einem seiner Videospiele saß, und sagte ihm, daß es jetzt losginge. Ich habe lange mit ihm geredet und ihm Bilder seiner richtigen Mama gezeigt. Er weinte ein bißchen, aber es klappte. Anders hat alles als Spiel aufgefaßt. Er durfte zu Hause bei Sjöbergs nicht viel spielen. Er wußte kaum, was das war.«

»Und dann?«

Lundmark betrachtete Hjelm eine Weile, dann vollführte er eine verneinende kleine Geste und sagte: »Nein, verdammt, jetzt ist genug erzählt. Den Rest wißt ihr. Sonst wärt ihr ja nicht hier.«

Hjelm blickte zu Gunnar Nyberg. Er sah, daß dessen Gehirn unter Hochdruck arbeitete. Gab es wirklich nichts, was man tun konnte? Konnte man nicht an diesen verdammten Zündmechanismus herankommen?

Im Hintergrund war der Fernseher an. Das schwach pfeifende Testbild verhöhnte sie.

Blaulichtsirenen heulten durchs Fenster herein. Kommandierende Stimmen. Stimmen in Todesangst, die wußten, daß es jederzeit vorbei sein konnte. Geräusche, scharrende Geräusche, als würden Absperrungen errichtet.

Sterben? Explodieren? Nein, verdammt noch mal. Er fixierte Dag Lundmarks Blick. Was lag darin? Und gab es da draußen überhaupt eine Sprengladung? War das Ganze nur ein Trick? Doch die Miene sagte etwas anderes.

Daß die Tage der A-Gruppe gezählt waren.

Jorge und Sara und Kerstin würden neu anfangen können. Sie würden eine Weile trauern. Dann würde man aus allen Ecken des Landes neue Leute zusammensuchen. Junge Leute. Zukunftstauglich.

»Was gibt es noch, Dag?« sagte Hjelm. »Was willst du noch?«

Lundmark lächelte matt, ging zu dem einzigen Stuhl im Raum und setzte sich. Der Stuhl stand neben dem Fernseher. »Für mich gibt es nichts mehr. Meine Frau hat mich so gehaßt, daß sie nicht nur unseren Sohn heimlich zur Welt brachte, sondern auch noch darauf verzichtete, als Mutter für ihn dazusein. Alles nur, damit mein Sohn nie in meine Nähe käme. Aber ich hatte zwei schöne Wochen mit meinem Sohn. Ich bin zufrieden.«

»Dann kann es ja hier enden. Laß es gut sein jetzt. Du hast sechs Personen ermordet: Ola Ragnarsson, Max Sjöberg, Rigmor Sjöberg, Winston Modisane, Carl-Ivar Skarlander und Victor Lövgren. Wenn du uns jetzt gehen läßt, hast du dein Konto ausgeglichen: Arto Söderstedt, Viggo Norlander, Gunnar Nyberg, Jan-Olov Hultin, Niklas Grundström und Paul Hjelm. Das sind auch sechs. Das gleicht sich aus.«

Lundmark lächelte schwach. »Gerissen«, sagte er. »Du bist ein ziemlich guter Polizist, Paul.«

Hjelm sah sich um. Grundström war mit dem Rücken an der Wand auf den Fußboden gesunken. Norlander hockte da und sah bleich aus, Söderstedt wirkte vollkommen abwesend, Nyberg und Hultin sahen wütend aus.

Da geschah etwas auf dem Fernsehschirm.

Das Testbild wich dem Blick über eine Stadt. Die schwache Stimme war stark erregt.

Jetzt sah man, daß es New York war. Hinter einem Rauchschleier. Ein neues Bild erschien. World Trade Center. Die Zwillingstürme. Feuerkaskaden.

»Was ist da los?« sagte Gunnar Nyberg skeptisch. »Ist das echt?«

Er trat an den Fernseher und stellte den Ton lauter.

Alle standen wie versteinert vor dem Fernseher.

Dag Lundmark beugte sich zu Hjelm vor und flüsterte: »Das Geld ist auf dem Plumpsklo auf Ljusterö. Sorg dafür, daß Kerstin es bekommt.«

Gewaltige Flammen schlugen aus den Zwillingstürmen. Tausende von Menschen mußten umgekommen sein. Im Herzen der westlichen Welt. Es war vollkommen unwirklich.

Dag Lundmark sprang auf den Stuhl. Er richtete die Pistole

auf sie und hielt die Hand mit dem Zündmechanismus in die Höhe. »Dies scheint die passende Gelegenheit zu sein«, sagte er. »Zeit zu sterben.«

Die Finger seiner linken Hand lockerten sich. Es klickte im Zündmechanismus.

Und dann blieb er zehn Zentimeter unter Dag Lundmarks Hand hängen.

Die Zeit blieb stehen.

Die Zeit gefror.

Die absolute Kälte der Todeserkenntnis. Die Lebensgeister tiefgefroren. Der Nullpunkt. Alles, was man gedacht hat, alles, was man gefühlt hat, alles, was man erlebt und durchlebt hat – weg wie durch einen Zauberschlag.

Der Mechanismus hing da und trotzte den Naturgesetzen. Aufgehängt zwischen zwei Augenblicken. An der schmalen Landzunge der Zeit. In einem paradoxen Augenblick genau zwischen Leben und Tod.

Und alles war für immer zu spät.

Die im Zorn gesprochenen Worte, die man nie würde bereuen können. Der alte Feind, dem man hätte vergeben sollen. Die unbedachten Worte zu den Kindern, die man über alles liebte.

Nichts konnte man mehr tun.

Sie waren tot.

In diesem eingefrorenen Augenblick wußten sie alle sechs, daß sie tot waren.

»Oh, my God!« schrie es aus dem Fernseher.

Und der Zauber war gebrochen.

Der Zündmechanimus fiel zu Boden. Die Leitungen legten sich auf ihn.

Und nichts geschah.

Außer daß Dag Lundmark sagte: »Ein bißchen Todesangst ist reinigend.«

Dann schoß er sich in den Kopf.

Und es wurde Abend, und es wurde Nacht. Der siebte Tag.

41

Ein sehr milder, leiser Regen fällt über den dichten Wald. In der Nähe liegt der See, in dem die Wassergeister wohnen. Und bis vor kurzem wohnte der Regen dort. Der ist auch eine Art Wassergeist.

Modjadji Forest. Nicht viele Kilometer entfernt von der fünfzig Millionen Jahre alten Zikadenvegetation. Den Modjadji-Palmen.

Ein Stück weiter weg wohnt die Regenkönigin. Die erste war eine Prinzessin aus Zimbabwe. Sie hieß Modjadji und kam im 16. Jahrhundert hierher. Sie kannte die geheimen Formeln für den Regen. Generation auf Generation sind die Formeln von Modjadji auf Modjadji vererbt worden. Wenn die Regenkönigin alt ist, wird sie eine neue Modjadji ausersehen und Selbstmord begehen.

Aber die geheimen Formeln leben weiter.

Der Mann im weißen Kittel denkt an Modjadji, als er aus dem fast ganz verborgenen Gebäude tritt. Die Bäume wölben ihre großen Blätter über das Gebäude und verbergen es.

Der Mann zündet sich eine Zigarette an und beugt sich über das Geländer der Veranda. Er nimmt einen tiefen Zug und blickt in den feuchten Wald. Man sieht nicht weit. Der Wald ist sehr dicht, und das Gebäude ist schwer zugänglich.

Er bleibt eine Weile stehen und denkt an einen Freund. Einen Freund, der tot ist. Aber dennoch lebt.

Er streckt die Hand aus und hält sie in den leise fallenden Regen. Die Hand ist schwarz. Kohlschwarz, pechschwarz, rabenschwarz, kohlrabenschwarz, nachtschwarz.

Besonders gegen den kreideweißen Kittel.

Jetzt hat dieses klebrige Harz sich schon wieder auf dem

neuen Schild abgelagert. Es ist wirklich ärgerlich. Sie müssen das Schild von dem Baum wegstellen.

»Doktor Kani«, ruft eine Frauenstimme aus dem Innern des Gebäudes. »Doktor Kani.«

Er holt sein Taschentuch hervor, um das Schild abzuwischen. Aber er kommt nicht dazu. Ihre Stimme ist jetzt ganz nah: »Doktor Kani.«

Sie gehört einer Frau in einem ebenso weißen Kittel. Sie tritt zu ihm auf die Veranda und stellt sich neben ihn. »Es ist soweit, Doktor Kani«, sagt sie aufgeregt und hält ihm eine kleine Schachtel hin. Sie öffnet sie.

Er wirft die Zigarette zu Boden, steckt die Finger in die kleine Schachtel und holt eine Pille heraus.

Er hält die Pille gegen das schwache Licht, das durch das Laubwerk sickert. Sie ist schwarz und rund. Wie ein kleiner Eishockeypuck.

Wenn Doktor Siphiwo Kani wüßte, was ein Eishockeypuck ist.

Er nickt und legt die Pille zurück.

Bevor er der Frau ins Gebäude folgt, wischt er das klebrige Schild ab.

Schließlich kann man es lesen.

›The Winston Modisane Pharmaceutical Institute‹

42

Nichts war mehr so, wie es gewesen war. Er ging über Straßen und Plätze, die er in- und auswendig kannte, aber es waren nicht die gleichen Straßen und Plätze wie vor vierundzwanzig Stunden. Alles war verändert.

Die Stadt lag da wie gelähmt. Oder besser: noch nicht ganz wach nach einem langen, langen Schlaf. Es hieß schon, daß jeder sich erinnern würde, wo er sich kurz nach drei Uhr am Nachmittag des elften September 2001 aufgehalten habe.

Paul Hjelm würde sich auf jeden Fall erinnern.

Im Normalfall würde er sich fragen, ob er stank. Aber es war kein Normalfall. Außerdem brauchte er sich kaum zu fragen. Es war sonnenklar, daß er stank.

Oder auf jeden Fall die Schultertasche, die er trug.

Sie stank nach Plumpsklo.

Er war am Morgen wie gewöhnlich ins Präsidium gekommen. Einige der anderen waren dagewesen. Sie bewegten sich wie Schlafwandler durch die Gänge. Grüßten einander wie benommen. Keiner vermochte dem Blick des anderen zu begegnen. Noch nicht.

Hultin hatte einen kurzen Bericht abgefaßt. Er war an die Mitarbeiter verteilt worden. Zwei Exemplare lagen in Hjelms und Holms Zimmer. Das eine war nicht angerührt. Das andere hielt er in der Hand.

Er überflog den kurzen Überblick über die Ereignisse des gestrigen Tages. Dag Lundmark war auf der Stelle tot gewesen; ein guter Schütze war er ja. Die vom Zündmechanismus ausgehenden Drähte endeten blind in der Wand. Es hatte keinen Sprengstoff gegeben.

Desto mehr Geld.

Er legte Hultins Bericht auf den Schreibtisch und nahm

einen Stoß Papiere aus einer Schublade. Er sah die Papiere durch, steckte sie in einen Umschlag, schrieb eine Adresse darauf und frankierte ihn. Dann nahm er den Umschlag und fuhr hinaus in die nördlichen Schären.

Das Geld, das Dag Lundmark für den Mord an Winston Modisane bekommen hatte, lag tatsächlich im Plumpsklo. Er angelte es heraus, warf es in eine Schultertasche und nahm es mit.

Er kam an den Königstürmen vorbei. Die schwedischen Zwillingstürme aus den fünfziger Jahren sahen heute vollkommen anders aus. Dann stieg er die wie gewöhnlich urinstinkende Treppe von der Kungsgata zur Regeringsgata hinauf. Er warf einen Blick in beide Richtungen und dachte: ›Dies ist eine ganz normale Straße, ohne besondere Kennzeichen.‹

Denn er war Polizeibeamter.

Jedenfalls noch.

Er erreichte die Haustür und gab den Sicherheitskode ein. Er wollte gerade die Treppe hochsteigen, als er sah, daß die Hintertür zum Innenhof offenstand.

Im Innenhof war ein kleiner Spielplatz, ein Sandkasten, zwei Schaukeln. Die beiden Schaukeln waren in Bewegung.

Auf der einen saß Kerstin. Ihre Hände hielten die Schaukelketten, und an der linken Hand trug sie keinen Ring.

Auf der anderen Schaukel saß Anders.

Sie sahen einander an und schaukelten weiter.

Anders lachte laut.

Und Kerstin lachte laut.

Es war lange her, seit er ihr Lachen zuletzt gehört hatte. Es war eine Befreiung. Er stand am Hofeingang und mußte lächeln.

Eine Weile blieb er stehen und betrachtete Mutter und Sohn. Es sah so friedvoll aus. Als wäre nichts geschehen.

Kerstin als Mutter? Tja, warum nicht? Es sah aus, als ginge es gut.

Er stieg ein paar Treppen hinauf. Die Tür mit ›Holm‹ am

Briefschlitz war nicht verschlossen. Er trat ein. Er stellte die Schultertasche genau hinter der Wohnungstür ab, nahm den frankierten Umschlag heraus, schrieb ein paar Zeilen auf einen Zettel und legte den Zettel auf die Tasche.

Da stand: ›Wer behauptet, Geld würde nicht stinken, der lügt. Ich überlasse es dir, was du damit machst. Denk daran, daß es Geld kostet, Kinder zu haben. Ich umarme dich, Paul.‹

Er schloß die Tür und hoffte, daß Björn Hagman noch im Söder-Krankenhaus lag.

Er dachte einen kurzen Moment an Dag Lundmark. An die Offenbarungen des Opfers.

Dann trat er hinaus auf die Regeringsgata. Die Sonne schien. Und alles war sehr eigentümlich. Alles war irgendwie deutlicher geworden. Es war näher gekommen.

Er ging zu einem gelben Briefkasten und betrachtete den Umschlag in seiner Hand. Er roch nicht gut. Adresse: Polizeipräsidium, Abteilung für interne Ermittlungen, Niklas Grundström.

Ein Lebenszeugnis. Curriculum vitae. Arbeitsbescheinigungen. Beglaubigte Zeugniskopien und Empfehlungsschreiben von Vorgesetzten. Es waren nicht mehr als zwei Briefmarken nötig gewesen. Es wog nicht viel.

Zur Mitte seines Lebenswegs gelangt.

Exakt zur Mitte.

Er stand eine Weile in der eigentümlichen Spätsommersonne. Der Brief lag auf seiner Hand. Er hob die Hand zum Briefkastenschlitz. Dann hielt er inne und ließ sie wieder sinken.

Und blieb lange so stehen.

Bis er fühlte, daß der Herbst wirklich gekommen war.